MEIN EHEMANN AMRETH

Match Maker Agentur

REGINE ABEL

COVERGESTALTUNG
Regine Abel

ILLUSTRATIONEN VON
Invidious
Vvevelur
Lau Isa San
Niklas Cloister

HERAUSGEBER
Die Autorenflüsterin

INHALT

Kapitel 1	1
Kapitel 2	17
Kapitel 3	27
Kapitel 4	48
Kapitel 5	62
Kapitel 6	76
Kapitel 7	98
Kapitel 8	117
Kapitel 9	136
Kapitel 10	164
Kapitel 11	188
Kapitel 12	212
Kapitel 13	222
Kapitel 14	248
Kapitel 15	266
Kapitel 16	275
Kapitel 17	306
Kapitel 18	329
Epilog	346
Über Regine	387

MEIN EHEMANN AMRETH

Er ist der dunkle Engel aus ihren Träumen.

Als Ciara am Intergalaktischen Medizin-Symposium teilnimmt, ist das Letzte, womit sie rechnet, die Begegnung mit Kayog, einem unfehlbaren, empathischen Heiratsvermittler, der ihr erklärt, er wisse, wer ihr Seelenverwandter ist. Ihre Vorfreude auf ein Treffen mit Amreth, einem prächtigen und mächtigen obosianischen Höllenfürsten, wird durch einen Piratenangriff zunichte gemacht, bei dem sie fast stirbt und entführt wird.

Nach Jahren der Einsamkeit als Aufseher auf dem Gefängnisplaneten Molvi ist Amreth überglücklich, als Kayog ihm mitteilt, dass er seine Seelenverwandte gefunden hat. Er ist am Boden zerstört, als er erfährt, dass sie entführt wurde, und obwohl er sie noch nie gesehen hat, zögert er nicht, seine Ciara zu retten. Kayog liegt nie falsch. Doch als er die Entführer aufspürt und sich mit seiner Gefährtin verbindet, erkennt Amreth, dass nichts so ist, wie es scheint.

Werden Amreths und Ciaras Bemühungen dazu beitragen, eine ganze Spezies vor dem Aussterben zu bewahren, oder werden auch sie den bösen äußeren Kräften zum Opfer fallen, die sie bedrohen, während sich tragische Ereignisse entfalten?

WIDMUNG

Für die Mediziner, die sich täglich in Gefahr begeben, um das Leben zahlloser Fremder zu retten, Leiden zu lindern und Hoffnung zu geben, wo es einst keine gab.

Für die Wissenschaftler und Spezialisten, die unermüdlich im Verborgenen arbeiten, um die unsichtbaren Feinde zu besiegen, die unseren Körper und unseren Geist angreifen, um die Epidemien zu bekämpfen, die zu viele Gemeinschaften dezimieren, und um neue Medikamente und Technologien zu entwickeln, die helfen, Tragödien zu verhindern.

Ihr seid die unbesungenen Helden ganzer Generationen. Manche mögen die Wunder, die Ihr vollbringt, leugnen oder in Frage stellen, aber Ihr sollt wissen, dass eine schweigende Mehrheit Euch sieht und dankt.

KAPITEL 1

CIARA

Ich führte ein weiteres schickes Hors d'oeuvre an meine Lippen, während ich die bunte Menge um mich herum betrachtete. Ich konnte mich nicht entscheiden, ob ich amüsiert oder angewidert war, als ich sah, wie sie sich gegenseitig anschleimten. Obwohl ihr Verhalten erwartet worden war, machte es mich doch stutzig, dass sie, nachdem sie in ihren jeweiligen Fachgebieten ein so hohes Niveau erreicht hatten, sich immer noch auf diese Weise erniedrigen mussten.

Andererseits konnte ich es ihnen auch nicht verübeln. Eine Einladung zum Intergalaktischen Medizinsymposium zu erhalten, war an und für sich schon ein Lebenswerk. Die größten Namen aus dem medizinischen und pharmazeutischen Bereich in unserem Sektor der Galaxie nahmen daran immer teil. Das war die ultimative Gelegenheit, Lobbyarbeit zu betreiben, sich um einen prestigeträchtigen Job zu bemühen, dringend benötigte Mittel für ein neues Projekt oder eine Forschungsarbeit zu sichern und potenzielle Spender davon zu überzeugen, Mäzene zu werden.

Ich persönlich hatte keine Zeit für diesen beschämenden, aber notwendigen administrativen Aspekt des medizinischen

Bereichs. Ich war einfach nur froh, dass ich mir ein Ticket verdient hatte, mit dem ich meinen Helden treffen konnte. Als Epidemiologe bei der Interstellaren Ärzteorganisation – einer galaktischen Organisation, die der irdischen Organisation „Ärzte ohne Grenzen" ähnelte – habe ich immer davon geträumt, an einer lebensverändernden Entdeckung teilzuhaben, wie sie Dr. Elias Jacobs vor einem Jahrzehnt gemacht hat.

Während einer routinemäßigen Forschungsmission wurde sein Team von einem wilden Tier angegriffen, von dem er das revolutionäre Simian Serum 12 – allgemein als SS12 bezeichnet – erhielt. Dieser wundersame chemische Transmitter stoppte nicht nur degenerative Krankheiten bei mehreren empfindungsfähigen Spezies, sondern machte sie auch rückgängig. Krankheiten wie Demenz, Parkinson und Alzheimer gehörten der Vergangenheit an. Und das galt auch für die meisten nichtmenschlichen Spezies.

Ich hoffte einfach auf eine Chance, auch nur fünf Minuten mit Dr. Jacobs allein zu sprechen. Aber dazu müsste ich etwas aggressiver vorgehen. Die meisten meiner aktuellen und ehemaligen Kollegen gingen mutig auf alle Leute zu, mit denen sie zu tun haben wollten. Ich war zwar nicht der ängstliche oder leicht einzuschüchternde Typ, aber es gefiel mir nicht sonderlich, mich für ein bisschen Aufmerksamkeit durch die Menge drängeln zu müssen. Dennoch wäre es dumm von mir, diese einmalige Gelegenheit ungenutzt verstreichen zu lassen, nur weil ich keine Lust hatte, aus meiner Komfortzone herauszukommen.

Seufzend stürzte ich mich auf einen weiteren dieser übertrieben ausgefallenen, aber wahnsinnig köstlichen Amuse-Bouche, trank die restlichen zwei Schlucke meines Sekts, stellte das leere Glas in die Ecke des Tisches und ging zum anderen Ende des Raums, wo Jacobs von den Massen umringt war.

Es war ein langsames Vorankommen, da so viele Teilnehmer unterschiedlicher Art unterschiedlich große Gruppen bildeten. Ich tauschte höflich Lächeln, Nicken und sogar ein paar Worte mit Bekannten entlang des Weges aus. Aber erst auf halbem Weg gerieten meine Schritte ins Stocken. Das goldene und kastanienbraune Gefieder eines großen vogelähnlichen Männchens erregte meine Aufmerksamkeit. Als ich erkannte, dass es sich um den berühmten Kayog Voln handelte, war ich vollkommen überrumpelt.

Er leitete die hoch angesehene Match Maker Agentur. Sie war darauf spezialisiert, Lebenspartner für primitive Außerirdische zu finden. Im Gegensatz zu den meisten anderen Partnervermittlungsagenturen hatten sie eine 100 %ige Erfolgsquote bei allen von ihnen durchgeführten Vermittlungen. Die Herausforderung bestand darin, tatsächlich einen Partner zu finden. Im Laufe der Jahre wurden sie mit unzähligen Anfragen überschwemmt. Aber es war nicht so, dass sie – ich sollte wohl eher sagen: *er* – einfach mit einem Zauberstab den Namen eines Seelenverwandten hervorzaubern konnten. Kayog musste beide Partner getroffen haben, um sie als das perfekte Paar zu erkennen. Soweit ich wusste, konnte er als Edal – eine seltene Eigenschaft für seine Spezies – die Gesänge zweier Seelen hören und erkennen, dass sie in Harmonie waren.

Was zum Teufel hat er auf einem medizinischen Symposium zu suchen?!

Kaum war die Frage in meinem Kopf aufgetaucht, kam auch schon die Antwort. Eine der vielen Personen, die ihn umgaben, wich zur Seite und gab den Blick auf die atemberaubende Silhouette seiner Gefährtin Linsea Voln frei. Während er ganz kastanienbraun war, mit goldenen Daunenfedern auf der Brust und im Gesicht und einem flauschigen, langen, weißen Schwanz, würde man sie mit ihrem makellosen weißen Gefieder und ein paar dunklen Flecken auf der Brust mit einer Schneeeule vergleichen.

Linsea arbeitete als Botschafterin für die Internationale Planetarische Organisation. Neben den vielen hochkarätigen Fällen, in die sie verwickelt war, erleichterte die Temern-Frau oft die Zusammenarbeit zwischen den Spezies, wenn es unter anderem um den Zugang zu seltenen medizinischen Ressourcen ging.

Ich konnte nicht anders, als stehen bleiben und das Paar zu bewundern. Sie hielten sich an den Händen wie zwei junge Verliebte. Jedes Mal, wenn er sie mit seinen silbernen Augen anschaute, brachte mich die Zärtlichkeit – wenn nicht gar die Bewunderung -, die darin aufleuchtete, von innen heraus zum Schmelzen... ganz zu schweigen von einem Hauch von Neid. Soweit ich mich erinnere, lernten sie sich auf dem College kennen und waren seit etwas mehr als dreißig Jahren verheiratet.

Was würde ich nicht dafür geben, dass mich jemand so ansieht, wie er sie nach so langer Zeit zusammen ansah.

Trotz der Steifheit seines Schnabels lächelte er Demetra Stamos herzlich an. Ich brauchte nicht in seiner Nähe zu sein, um zu wissen, dass sie ihm von ihrem Liebeskummer erzählte. Die arme Frau war öfter verheiratet und geschieden gewesen, als ich zählen konnte. Leider gehörte sie zu den Personen, die eher in die Idee der Liebe verliebt waren als in den tatsächlichen Partner. Für sie bedeutete es, auch nur einen Tag lang Single zu sein, dass sie irgendwie als Frau versagt hatte. Das machte mich insofern traurig, als Demetra ansonsten ein schöner, äußerst intelligenter und liebenswerter Mensch war. Sie gab sich nur immer mit dem falschen Mann zufrieden. Ein Kompliment und ein verführerisches Lächeln genügten, um sie um den Finger zu wickeln.

Hoffentlich kann Kayog ihr das Glück schenken, nach dem sie sich so verzweifelt sehnt.

Gerade als ich mich abwenden und meinen beschwerlichen Weg zu Dr. Jacobs fortsetzen wollte, runzelte Kayog plötzlich die Stirn. Sein Lächeln verblasste, und er ruckte mit dem Kopf, um auf etwas im hinteren Teil des Raumes zu seiner Rechten anzustarren. Sein Stirnrunzeln vertiefte sich, als er aufmerksam in diese Richtung starrte. Neugierig, was diese seltsame Reaktion auslöste, folgte ich seinem Blick.

Ich brauchte einen Moment, um zu begreifen, was seine Aufmerksamkeit erregt hatte, da so viele Körper in Bewegung waren. Eine Frau, die ich nicht kannte, lehnte an der Wand, um sich abzustützen, und legte die Stirn in Falten. Sie holte ein paar Mal tief Luft, richtete sich dann auf und warf diskrete Blicke um sich, als wolle sie sicherstellen, dass sie keine Aufmerksamkeit auf sich zog. Ich musterte sie mit zusammengekniffenen Augen, auf der Suche nach Anzeichen dafür, dass sie vielleicht etwas Hilfe brauchte. Obwohl es ihr äußerlich gut ging, zeigte ein Blick auf Kayog, dass seine Besorgnis zugenommen hatte.

Wie als Antwort auf diesen Gedanken entschuldigte sich der Temern bei seiner Gefährtin und Demetra und machte sich auf den Weg zu der Frau. Ohne nachzudenken, folgte ich ihm. Die Personenmenge machte mir das Vorankommen schwer. Aber ich konzentrierte mich nicht mehr auf Kayog. Auf der Stirn der Frau bildeten sich Schweißperlen, als sie wieder einmal zusammenzuckte. Die Frau begriff, dass sie etwas hatte, das wahrscheinlich zu ernst war, um es einfach zu ignorieren, und bewegte sich in Richtung Ausgang.

Nachdem ich an vielen dieser großen Veranstaltungen teilgenommen hatte, bei denen eine Vielzahl von außerirdischen Speisen anwesend war, hatte ich mich daran gewöhnt, dass zumindest eine Handvoll Leute krank wurde und sich schämte, nachdem sie etwas gegessen hatten, was sie nicht hätten essen sollen. Aber wo sonst bekam man die Gelegenheit, eine so vielfältige Auswahl an außerweltlichen Speisen zu probieren?

Die Frau verließ den Raum eine gute Minute, bevor Kayog und ich die Tür der riesigen Empfangshalle, die für die Veranstaltung genutzt wurde, erreichen konnten. Gerade als er hinausgehen wollte, ruckte der Temern plötzlich mit dem Kopf nach links und sah mich über seine Schulter an. Aus irgendeinem dummen Grund zog sich mein Magen zusammen, als hätte man mich auf frischer Tat ertappt, als hätte ich ein Verbrechen begangen oder als wäre ich ein Stalker. Er sah mir in die Augen, und seine Anspannung war sichtbar.

„Sind Sie eine Ärztin?", fragte er zur Begrüßung.

„Ja", antwortete ich.

„Gut. Folgen Sie mir. Dieser Frau geht es nicht gut."

Ohne meine Antwort abzuwarten, drehte er sich um und eilte aus dem Zimmer. Er rannte nicht, aber seine langen Schritte ließen mich halb joggen, um Schritt zu halten. Seine riesigen Flügel versperrten mir teilweise die Sicht, als wir auf die große Promenade des riesigen Schiffes traten, in dem die Veranstaltung stattfand. Von hier aus konnten wir sowohl die vier Stockwerke über uns als auch die drei darunter liegenden betrachten. Jedes Stockwerk hatte seinen eigenen Balkon, der immer schmaler wurde, je höher man kam, so dass man fast den Eindruck hatte, die Promenade sei ein Amphitheater. Verschiedene Aufzüge an jedem Ende und in der Mitte jeder Seite ermöglichten einen schnellen Zugang zu den anderen Etagen. Es gab aber auch majestätische Treppen, die einen bequemeren Zugang ermöglichten.

Schließlich entdeckte ich die Frau ein kurzes Stück vor mir. Sie schien wackelig auf den Beinen zu sein. Ich konnte nicht sagen, ob sie vorhatte, in einen der Hygieneräume, zurück in ihr Quartier oder in die Krankenstation zu gehen. Was auch immer sie vorhatte, sie würde es eindeutig nicht schaffen.

Da alle drinnen beschäftigt waren, schien keiner der wenigen Anwesenden, die auf der Promenade herumlungerten, ihre Notlage zu bemerken. Ein leises Keuchen entrang sich mir, als Kayog mit zwei kräftigen Flügelschlägen plötzlich nach vorne stürzte. Kaum ein paar Sekunden später brach die Frau zusammen. Im Sturzflug fing der Temern sie auf, kurz bevor sie auf dem Boden aufschlug. Ich rannte auf sie zu, wobei meine Bewegungen durch das enganliegende Abendkleid, das ich trug, und meine hohen Absätze behindert wurden.

Das hielt mich nicht davon ab, ein paar Anweisungen auf meiner Armschiene einzutippen, um meinen medizinischen Scanner zu aktivieren. Der Temern drehte sich zu mir um, gerade als ich sie erreichte. Er sagte kein Wort und begnügte sich damit, sie wie eine Braut zu halten, während ich meinen Scanner über sie führte. Die Frau stöhnte vor Schmerzen, weitere Schweißperlen benetzten ihre Stirn.

„Sieht aus, als hätte sie eine anaphylaktische Reaktion", sagte ich und warf einen Blick auf die Scan-Ergebnisse, die auf den holografischen Bildschirm meines Armschutzes projiziert wurden. „Wir müssen sie sofort in die Krankenstation bringen."

Noch während ich diese Worte sprach, blickte ich zu den etwa fünfzig Meter entfernten Aufzügen. „Ich werde hochfliegen. Das wird viel schneller gehen, als auf den Aufzug zu warten", sagte Kayog.

„Gute Idee. Ich treffe Sie dort", antwortete ich mit einem Nicken.

Mit einem kräftigen Flügelschlag erhob sich der Temern und flog schnell auf den obersten Balkon, vier Stockwerke höher. Als ich zu den Aufzügen eilte, konnte ich nicht umhin, seine Kraft und die Anmut seiner Bewegungen zu bewundern. Soweit ich wusste, war Kayog Anfang sechzig. Und doch sah er nicht älter aus als jemand, der Anfang bis Mitte vierzig war. Das lag nicht zuletzt an seinem unglaublichen Fitnesslevel.

Dieser Mann war muskulös, wenn auch eher mit dem schlanken Körper eines Schwimmers als mit dem massigen eines Bodybuilders. Das sollte mich nicht überraschen, da er in seiner Jugend ein Sportler gewesen war.

Wie erwartet, dauerte es viel zu lange, bis der Aufzug ankam und mich an mein Ziel brachte. Man sollte meinen, dass ein solches Luxuskreuzfahrtschiff viel schnellere Aufzüge haben sollte. Es war jedoch eine bewusste Entscheidung, sie langsamer zu machen, damit man die Aussicht auf die Promenade und die entspannende Orchestermusik im Inneren genießen konnte. Von den Besuchern dieser Schiffe wurde erwartet, dass sie sich entspannen und nicht wie in einem Einkaufszentrum hetzen. Aber das führte auch zu einer frustrierenden Erfahrung, wenn man es eilig hatte.

Zum Glück hatten die Personalaufzüge keine solchen Geschwindigkeitsbegrenzungen.

Obwohl es nur ein paar Minuten gedauert hatte, erreichte ich nach einer gefühlten Ewigkeit endlich das oberste Stockwerk. Ich rannte zur Krankenstation und fand Kayog allein im Wartebereich am Empfang stehen.

„Sie ist drinnen bei Dr. Alicent", antwortete Kayog auf meine unausgesprochene Frage.

„Oh, ausgezeichnet!", sagte ich erleichtert. „Alicent ist eine ausgezeichnete Ärztin. Die arme Frau ist in guten Händen. Danke, dass Sie so schnell waren. Es muss erstaunlich sein, die Dinge so zu spüren, wie Sie es tun. Als Arzt wäre das das größte Geschenk."

Er gluckste und schenkte mir ein nachsichtiges Lächeln. „Es ist in der Tat sehr praktisch. Die Leute reden sich oft ein, dass es ihnen gut geht, obwohl es das nicht tut. Aber während ich diese Gabe habe, fehlt es Ihnen auch nicht an ihr. Sie waren auch sehr sensibel für die Situation."

Ich winkte abweisend mit der Hand. „Ich bin nur ein aufmerksamer Beobachter. Und selbst dann, wenn Sie mich nicht auf sie aufmerksam gemacht hätten, wäre sie mir wahrscheinlich nicht aufgefallen."

„Das stimmt", räumte er ein. „Aber viele andere haben meine Reaktion bemerkt, aber nur Sie und meine Partnerin wollten helfen. Das sagt viel über Ihren Charakter aus. Sie sind fürsorglich, was in Ihrem Beruf eine wunderbare Eigenschaft ist. Aber es überrascht mich nicht. Ihre Seele ist sehr schön."

Meine Wangen wurden heiß, als seine Worte mich tief bewegten. Obwohl sie Meister in der Kunst der Diplomatie waren, waren die Temerns nicht dafür bekannt, dass sie schmeicheln konnten. Er würde nie etwas so Freundliches sagen, wenn er es nicht wirklich meinte, was es noch besonderer machte.

Ich rang gerade um eine angemessene Antwort, ohne mich lächerlich zu machen, als sich die Tür zu den Untersuchungsräumen öffnete.

„Ciara! Was für eine angenehme Überraschung!", sagte Alicent, und ihre blauen Augen funkelten, während sich Lachfalten um ihre Ecken bildeten. „Verstehe ich das richtig, dass du die Ärztin bist, die eine mögliche allergische Reaktion schnell erkannt hat?"

Ich nickte.

„Nun, du hattest Recht. Die fremden Meeresfrüchte in der Vorspeise haben ihr nicht bekommen", sagte die ältere Dame mit einem übertriebenen Ausdruck der Entmutigung.

Ich schnaubte. „Ein Klassiker. Brauchst du Hilfe?"

Alicent schüttelte den Kopf, ihre lockigen, schwarzen, grau melierten Locken hüpften um ihr schrumpeliges Gesicht.

„Mir geht es gut. Geh und hab Spaß. Und danke, dass du sie so schnell hergebracht hast. Alleine hätte sie es sehr schwer gehabt, hierher zu kommen", sagte Alicent und lächelte abwechselnd den Temern und mir zu.

„War mir ein Vergnügen", antwortete Kayog.

Wir winkten zum Abschied und verließen die Krankenstation mit einem Nicken zu der Krankenschwester, die auch als Empfangsdame fungierte.

„Das Intergalaktische Medizin-Symposium scheint ein ziemlicher Tapetenwechsel für Sie zu sein", sagte ich neckisch, als wir zu den Aufzügen gingen.

Er hob eine gefiederte Augenbraue und warf mir einen amüsierten Seitenblick zu. „Wie kommen Sie denn darauf?"

„Sind Sie nicht der berühmte Kayog Voln, der Verkupplungsgott der Galaxis?"

Er warf den Kopf zurück und brach in Gelächter aus. Es war voll, kehlig und kraftvoll, auf eine Art und Weise, die unglaublich ansteckend war. Ich ertappte mich dabei, dass ich ebenfalls kicherte.

„Verkupplungsgott... Das hört sich sehr schön an. Meine geliebte Linsea wird es nicht gutheißen, wenn Sie mein beträchtliches Ego in dieser Angelegenheit streicheln", erwiderte er neckisch. „Aber Sie haben einen unfairen Vorteil mir gegenüber."

„Oh? Und was ist das?", fragte ich, als er den Knopf für den Aufzug drückte, der uns zurück in das Hauptgeschoss brachte, wo das Symposium stattfand.

„Sie wissen, wer ich bin, aber ich habe Ihren Namen nur gehört, als der Arzt Sie begrüßte", sagte er mit der dramatischen Miene eines Verletzten.

Ich konnte mir ein weiteres Kichern nicht verkneifen, während ich den Kopf über ihn schüttelte. Ich hatte schon von seiner verspielten und schelmischen Persönlichkeit gehört, aber ich hätte nie erwartet, dass er persönlich so reizend sein würde.

„Entschuldigung", erwiderte ich auf dieselbe übertrieben dramatische Weise, während ich eine Handfläche auf meine Brust presste. „Verzeihen Sie meine epische Unhöflichkeit, Meister Voln. Mein Name ist Ciara Stark, Ärztin mit Spezialisierung auf Epidemiologie und seit vierzehn Jahren stolzes Mitglied der Interstellaren Medizinischen Organisation."

„Fantastisch! Ich bin beeindruckt. Nun, Dr. Stark, wäre es zu dreist von mir, Sie mit Ihrem Vornamen anzusprechen?"

Ich grinste. „Ganz und gar nicht, Kayog. Diese Veranstaltungen sind vielleicht ein bisschen spießig, aber ich bin viel entspannter."

„Dem Schöpfer sei Dank!", antwortete er mit einer übertriebenen Erleichterung, die mich noch mehr zum Lächeln brachte. „Meine Linsea rollt ständig mit den Augen, weil ich mich in solchen Situationen nicht benehmen kann."

Ich warf ihm einen mitfühlenden Blick zu, obwohl ich wusste, dass er sein schlechtes Benehmen überzogen grob darstellte. Die Zeit, in der ich ihn zusammen mit seiner Gefährtin beobachtete, war zwar nur kurz, aber sie zeigte, dass er sich in dieser hochnäsigen Umgebung perfekt benahm.

„Das kann ich mir nur zu gut vorstellen. Was ich mir schwerer vorstellen kann, ist, wie ein Heiratsvermittler und eine Botschafterin heiraten konnten. Ich hätte nie gedacht, dass eine solche Verbindung funktionieren würde, und doch seht ihr beide absolut perfekt zusammen aus", überlegte ich laut.

Sein Gesicht schmolz mit derselben Zärtlichkeit, die er bei den wenigen Gelegenheiten zeigte, bei denen ich ihn dabei erwischte, wie er seine Frau anschaute.

„Wir sind wirklich perfekt füreinander. Sie ist meine Seelenverwandte. Und diese Paarung ist ziemlich nützlich. Jedes Mal, wenn ich meine Liebste zu solchen Veranstaltungen begleite, lerne ich unzählige Menschen kennen, was mir weiterhilft, den richtigen Partner zu finden. Und das geschieht meist an den unerwartetsten Orten."

Ich nickte, als der Aufzug zum Stillstand kam. „Das ergibt Sinn", sagte ich, während ich aus der Kabine trat.

„Und was ist mit dir, Ciara?", fragte er, als wir gemächlich in Richtung der Versammlungshalle zurückgingen. „Ich sehe keinen Ring an deinem Finger. Aber du kannst mir ruhig sagen, dass ich mich um meine eigenen Angelegenheiten kümmern soll."

Ich zuckte mit den Schultern. „Ist schon okay. Mein Leben ist nicht so wie die Geschichten, die du wahrscheinlich schon eine Milliarde Mal gehört hast. Es gibt keinen Ring, weil ich ihn ihm ins Gesicht geworfen habe, bevor ich ihn rausgeschmissen habe, als ich herausfand, dass er meine Forschung stiehlt."

„Oh nein!", rief Kayog mit echter Anteilnahme aus.

Aus irgendeinem dummen Grund berührte mich das. Ich schenkte ihm ein resigniertes Lächeln.

„Leider ja. Collin arbeitete auch für die Interstellare Medizinische Organisation. Wie ich war er auf Epidemiologie spezialisiert. Wir arbeiteten an ein paar Projekten zusammen und fingen an, uns zu verabreden. Ich bin stolz darauf, eine kluge Frau zu sein, aber ich war so verdammt blind. Er hat mich nie geliebt. Die ganze Zeit über benutzte er mich, um die Art von Artikel vorzubereiten, die *ihm* viele Türen öffnen würde."

„Ehrgeiz kann in vielen Beziehungen ein Krebsgeschwür sein", antwortete Kayog mit entschuldigender Miene.

„Stimmt, nur war das in unserem Fall völlig dumm, denn ich war noch nie der ehrgeizige Typ. Der Idiot hätte mich nur um Hilfe bitten müssen, und ich hätte sie ihm freiwillig gegeben. Ich brauchte den Ruhm nicht. Er wäre mir sehr willkommen gewesen", sagte ich, und die alte Wut kam wieder zum Vorschein.

„Es tut mir leid. Du hättest sicher etwas Besseres verdient. War das kürzlich?", fragte er sanft, fast väterlich.

Ich lächelte beschwichtigend und schüttelte den Kopf. „Nein. Das ist alles schon ein paar Jahre her."

Er zögerte und schien seine Worte sorgfältig zu wählen, als er am Geländer am Rande der Promenade stehen blieb und auf die unteren Stockwerke hinunterblickte. Ich blieb ebenfalls stehen und musterte ihn neugierig.

„Hast du noch Gefühle für ihn?"

Ich schnaubte und sah ihn an, als ob er den Verstand verloren hätte. „Großer Gott, nein! Ich habe definitiv kein Verlangen nach diesem Arschloch. Die Gefühle, die ich noch für ihn habe, sind ein starker Drang, ihm an die Gurgel zu gehen. Aber nein, ich bin über ihn hinweg. Ich war am Boden zerstört, als es passierte, aber ich bin froh, dass es passiert ist. Ich bin einer großen Kugel ausgewichen. Nächstes Mal halte ich mich von jedem fern, der auch im medizinischen Bereich tätig ist und große Ambitionen hat."

Er legte den Kopf auf diese seltsame Art und Weise schief, wie es Vögel oft tun, während er mich mit großer Intensität musterte. „Kein medizinischer Bereich ... Hmm. Und was würdest du sonst noch an einem potenziellen Partner mögen oder nicht mögen?"

Ich kicherte, als mir plötzlich klar wurde, dass er jede Person, die er traf, als potenziellen Partnerschaftskandidaten einstufte. Obwohl ich schon eine Weile Single war, war ich nicht aktiv auf dem Markt, um einen Partner zu finden. Aber jetzt, wo ich die volle Aufmerksamkeit des Verkupplungsgottes hatte, war ich plötzlich in das Spiel vertieft und fragte mich, ob er tatsächlich meinen Seelenverwandten finden könnte.

„Nun, da du fragst, würde ich mir jemanden wünschen, der das Gegenteil von Collin ist, wenn es um Werte geht. Er müsste ehrlich sein, mit einer soliden Moral, großzügig, selbstlos, und in dieser Beziehung für mich, nicht was er von mir bekommen kann."

Der Temern nickte, und sein Schnabel spannte sich zu einem breiten Lächeln, so weit es seine Steifheit zuließ. „Jemand, der vertrauenswürdig ist und hohe Prinzipien hat, wie ein Obosianer?"

„Oh, Gott!", antwortete ich und fächelte mir auf übertrieben dramatische Weise Luft zu. „Du solltest es besser wissen, als eine Frau mit der Aussicht auf eine Heirat mit einem dieser Prachtexemplare zu verführen", fügte ich hinzu und warf einen nicht ganz so subtilen Blick auf eine der beiden obosianischen Wachen, die auf der Promenade patrouillierten. „Zu schade, dass sie uns nicht die Hand reichen."

Jetzt war er an der Reihe zu grinsen. „Ich bekomme wahnsinnig viele Anfragen von menschlichen Frauen, die mit einem dieser beeindruckenden Männer gepaart werden wollen. Heißt das, du würdest gerne mit einem Obosianer zusammengebracht werden?"

„Natürlich! Was für eine dumme Frage", sagte ich und warf ihm einen spielerischen, strafenden Blick zu.

„Ausgezeichnet! Denn dein Seelenverwandter ist zufällig einer!", rief Kayog enthusiastisch aus.

Mein Gehirn fror ein, und ich starrte ihn an und fragte mich, ob er mich auf den Arm nehmen wollte.

„Ist das dein Ernst?!"

Er nickte. „Als du mir mit der armen Frau geholfen hast, habe ich gemerkt, dass mir deine Seele bekannt vorkam. Ich wollte mit dir sprechen, um meinen Verdacht zu bestätigen. Und ich habe keinen Zweifel daran, dass du die Seelenverwandte von Lord Amreth Vahna bist. Er ist ein Aufseher auf Molvi und ein ganz wunderbarer Mann."

„Ist das dein Ernst?!", beharrte ich, während mir bei dieser Aussicht der Kopf schwirrte.

„Ja, Ciara. Dies ist real. Ich kann ein ziemlich schelmischer Kerl sein, wenn ich es mir in den Kopf gesetzt habe. Aber wenn es darum geht, Seelenverwandte zu paaren, spiele ich nie, und ich liege nie falsch. Du und Lord Amreth seid füreinander geschaffen. Dessen bin ich mir sicher."

„Oh, mein Gott!", flüsterte ich und presste meine Handflächen an meine Wangen.

Ein Obosianer... Mein Seelenverwandter war einer dieser verdammt heißen Höllenfürsten!

Kayog grinste. „Spüre ich, dass du das gut findest?"

„Na und?!", erwiderte ich, als ob er etwas Dummes gesagt hätte.

Er brach in Gelächter aus. „Ich bin froh, das zu hören. Leider ist jetzt nicht der richtige Zeitpunkt, um darüber zu sprechen. Meine Gefährtin wartet bereits. Aber morgen früh, bevor wir abreisen, sollten wir uns weiter unterhalten."

Ich nickte enthusiastisch. „Auf jeden Fall!"

„Gut. Warum kommst du nicht mit mir? Ich werde dir meine Linsea vorstellen."

„Ich würde gerne", antwortete ich, als wir zurück zu den großen Türen der Versammlungshalle gingen.

Ich konnte nicht anders, als meinen Hals zu recken, um einen weiteren Blick auf eine der obosianischen Wachen zu erhaschen, und meine fruchtbare Fantasie spielte verrückt, als ich mich fragte, wie meiner wohl aussah. Ich war besonders neugierig auf die Piercings, die ihr Volk so gerne trug. Ich unterdrückte diese unanständigen Gedanken sofort, weil ich befürchtete, dass die empathischen Fähigkeiten des Temern mich verraten würden.

„Übrigens solltest du wissen, dass die Match Maker Agentur sich nicht um deine Paarung kümmern wird", erklärte er vorsichtig. „Da ihr beide keiner primitiven Spezies angehören, können wir uns nicht in offizieller Funktion einmischen. Ich werde euch jedoch als Freund miteinander bekannt machen."

„Danke", erwiderte ich mit aufrichtiger Dankbarkeit, als wir uns auf den Weg zu seiner schönen Gefährtin machten.

„Da bist du ja!", sagte Linsea mit einem leicht missbilligenden Ton, obwohl mir die unterschwellige Verspieltheit nicht entgangen war. „Ich fühlte mich langsam verlassen."

„Niemals, meine Liebe. Niemals!", entgegnete Kayog, zog sie in seine Umarmung und rieb seinen Schnabel sanft an ihrem.

Die Liebe, die zwischen ihnen herrschte, fühlte sich wie ein lebendiges Wesen an. Diesmal wurde die Welle des Neides, die in mir aufsteigen wollte, schnell von einem überwältigenden Gefühl der Vorfreude unterdrückt. Würde ich auch so etwas Mächtiges mit meinem Amreth haben?

„Meine Linsea, ich bringe eine neue Freundin mit. Darf ich vorstellen: Ciara Stark", sagte Kayog, nachdem er seine Gefährtin losgelassen hatte. „Ciara, bitte lerne die Liebe meines Lebens kennen, Linsea Voln."

„Es ist mir ein Vergnügen, dich kennenzulernen, Ciara", begrüßte mich Linsea mit einer freundlichen Stimme, die sich anfühlte, als wäre sie in eine warme Decke gehüllt.

„Das Vergnügen ist ganz meinerseits, in mehrfacher Hinsicht", erwiderte ich in ähnlichem Ton.

„Sollte mich das beruhigen, dass mein Partner keinen Unfug treibt?", fragte sie neckisch.

Kayog spottete, als hätte sie etwas Beleidigendes gesagt. „Ich bin *immer* für Unfug zu haben ... *und* für Eheschließungen ..."

„Für Eheschließungen?", erwiderte Linsea, während sich ihre Augen weiteten.

Er nickte mit selbstgefälliger Miene, als ich ihr ein zaghaftes Lächeln schenkte, weil ich mich plötzlich grundlos unsicher fühlte.

„Ganz genau. Ich vergaß hinzuzufügen, dass Ciara zufällig auch die Seelenverwandte von Lord Amreth ist."

„Nein!", rief Linsea aus und presste ihre beiden Handflächen ungläubig an ihre Brust. „Das ist eine wunderbare Nachricht! Amreth ist ein so erstaunlicher und selbstloser Mann. Ganz zu schweigen davon, dass er sehr hübsch anzusehen ist!"

„Hey!", rief Kayog mit gespielter Empörung aus.

Linsea und ich brachen in Gelächter aus. Sie stieß ihn spielerisch mit dem Ellbogen und warf ihm einen abschätzigen Blick zu. „Oh, sei still, Ehemann. Jeder, der Augen hat, kann sehen, wie gut er aussieht. Sogar du hast das gesagt."

„Richtig, aber ich bin ein Mann, und ein erbärmlich unsicherer noch dazu", erwiderte er mit einem Schmollmund.

Sie schnaubte. „Dein Ego ist zu groß, als dass du auch nur ansatzweise verstehen könntest, wie es ist, unsicher zu sein. Und trotzdem liebe ich dich."

„Weil ich kuschelig, anschmiegsam und wahnsinnig liebenswert bin", sagte er süffisant und legte einen Flügel um sie, um sie näher zu sich zu ziehen.

Seine Gefährtin verzog das Gesicht, während ich lachte. Sie waren beide unglaublich liebenswert. Ich öffnete den Mund, um einiges zu erwidern, als eine laute Explosion das Schiff erschütterte.

Angstschreie erfüllten den Raum, als der Alarm losging und gelbe Lichter an den Rändern der hohen Decke aufblinkten.

„Das Schiff wird angegriffen", sagte die beruhigende Stimme der künstlichen Intelligenz des Schiffes über die Com. „Notfallabriegelung aktiviert. Alle Zivilisten, bitte in Sicherheit bringen."

KAPITEL 2

CIARA

Zwei der fünf obosianischen Wachen im Raum eilten zu Elias Jacobs. Zwei weitere gingen nach draußen, während der letzte ein verstecktes Fach in der Wand öffnete und ein beeindruckendes Waffenarsenal zum Vorschein brachte – hauptsächlich Schilde, Schwerter und Stäbe. Ich verstand zwar ihre Abneigung gegen Waffen mit entsprechender Reichweite, aber es beunruhigte mich, dass sie nur eine Handvoll Blaster besaßen, die allesamt einfache Betäubungspistolen zu sein schienen.

Zu meinem Erstaunen begleiteten die ersten beiden Wachen Dr. Jacobs durch einen Geheimgang aus dem Raum. Seinem Gesichtsausdruck nach zu urteilen, war dies keine Überraschung für ihn.

„Jacobs hat das erwartet", stellte Kayog mit eisiger Stimme fest, als hätte er meine Gedanken gelesen.

Das harte Funkeln in seinen Augen verblüffte mich. Vorbei war es mit dem jovialen und schelmischen älteren Mann, als den er sich oft darstellte.

„Bleib bei meiner Linsea", befahl er.

Ich nickte ihm starr zu, während ich versuchte, die Panik zu unterdrücken, die sich tief in mir ausbreiten wollte. Er streichelte die Wange seiner Frau und ging dann zügig auf das versteckte Fach mit den Waffen zu. Linsea drückte mich beruhigend an der Schulter, obwohl sie ihren Blick auf ihren Mann gerichtet hielt und ihr Rücken angespannt war.

Ich warf einen Blick zurück in die Richtung, in die Jacobs geflohen war. Die verzierte Wandverkleidung, die sich geöffnet hatte, um ihn durchzulassen, war nun wieder geschlossen. Hätte ich nicht gesehen, wie sie sich öffnete, um ihm die Flucht zu ermöglichen, hätte ich ihre Existenz nie vermutet. Er hatte diese Wahrscheinlichkeit eingeplant.

Was zum Teufel ist hier los?

Kayog schnappte sich einen beeindruckenden Kampfstab, bevor er sich auf den Weg zurück zu uns machte. Kurz bevor er unsere Seite erreichen konnte, erschütterte eine weitere Serie von Explosionen das Schiff. Diesmal verfielen die Anwesenden Panik. Die gelben Lichter, die sich orange färbten, trugen nicht zur Beruhigung der Lage bei. Ein paar Leute, die zu den Türen stürmten, genügten, um eine Massenpanik auszulösen.

Der einzige Obosianer, der sich noch in der Halle befand, flog auf den Eingang zu, seine silberblauen Augen leuchteten. Ich brauchte einen Moment, um zu begreifen, was er tat, als er anfing, über den Massen der Anwesenden zu kreisen. Das hektische Gedränge, das die Besucher vor den versiegelten Türen zu zerquetschen drohte, ließ nach. Er setzte seine beruhigende Aura, *Bakaan* genannt, auf die Gäste ein. Aber es waren zu viele. Bei den anhaltenden Explosionen wäre es nur eine Frage der Zeit, bis ihre Angst seine Fähigkeit, sie zu beruhigen, überstieg.

Kayog legte schützend einen Arm um meine Schultern und erschreckte mich. Linsea hielt sich an seinem anderen Arm fest, in dem er den Stab fest in der Hand hielt. Mit einem entschlossenen Gesichtsausdruck führte er uns vorsichtig näher an die Türen heran, aber aus dem Hauptgedränge heraus.

Das Geräusch des Alarms wurde noch schriller, bevor die Stimme der KI wieder erklang.

„Das Schiff wurde aufgebrochen. Alle Passagiere bleiben bitte ruhig und begeben sich in geordneter Weise zu den nächstgelegenen Rettungsschiffen. Ich wiederhole, das Schiff ist beschädigt. Alle Passagiere bewahren bitte Ruhe und begeben sich in geordneter Weise zu den nächstgelegenen Rettungsschiffen."

Ihre Worte öffneten die Schleusen, die auch die beschwichtigenden Kräfte des Obosianers nicht aufhalten konnten. Einen schrecklichen Moment lang befürchtete ich, dass die Personen, die den Türen am nächsten standen, gegen sie gepresst werden würden. Zum Glück öffneten sich die automatischen Schlösser, und die massiven Türen glitten auf, so dass die Menschen hinausstürmen konnten. Das verhinderte jedoch nicht, dass einige der vorderen Personen zu Boden gestoßen wurden.

Bevor sie niedergetrampelt werden konnten, drängte der Obosianer mit Hilfe seiner beruhigenden Aura und der Betäubungsfähigkeit seines Lumiaks die fliehende Menge von den Gefallenen weg, bevor er sich auf sie stürzte, um sie aufzuheben und wieder auf die Beine zu bringen, damit sie entkommen konnten. Unter anderen Umständen hätte ich mich gefreut, aus erster Hand zu sehen, wie ein Obosianer seine Kräfte auf nichttödliche Weise einsetzte.

Unter anderem konnten sie ihr Lumiak beschwören, das im Grunde ein Blitz war. Seine leuchtenden Ranken schlängelten sich um seine Hände und schossen aus seinen Fingerspitzen heraus. Auf einer niedrigen Stufe würden sie einfach einen kleinen Ruck verursachen. Auf mittlerer Stufe wirkten sie wie ein Taser. Aber bei maximaler Intensität konnten sie ihr Ziel buchstäblich in Asche verwandeln.

Ich stieß einen erschrocken Schrei aus, als Kayogs Arm um meine Taille glitt und er mich mühelos hochhob. Ich hatte kaum Zeit, mich an seine Schultern zu klammern, bevor er mit den Flügeln schlug und über die panische Menge hinwegflog, die sich auf die Promenade drängte. Über seine Schulter beobachtete ich, wie Linsea eine gebrechliche ältere Frau auf ähnliche Weise aufhob und mit ihr flog, um uns zu folgen. Wir tauchten auf der Promenade auf, wo uns ein totales Chaos erwartete.

Ein Meer von Besuchern drang in den Raum ein. Sie drängten und schubsten sich rücksichtslos gegenseitig. Die meisten versuchten, die Aufzüge zu erreichen, während andere die Treppen hinauf und hinunter eilten. Leider erschwerten die Leute, die sich in entgegengesetzte Richtungen bewegten, den Verkehr. Die einzigen einigermaßen kontrollierten Bereiche waren die oberen Stockwerke, da sich die meisten Gäste mit uns im Hauptgeschoss aufhielten.

Obwohl auf jeder Etage Fluchtkapseln zur Verfügung standen, versuchten alle, die größeren zu erreichen, was zu Engpässen führte, die die Panik weiter anheizten. Da die Aufzüge nur langsam fuhren, drängten sich die Massen jedes Mal, wenn die Aufzüge zurückkehrten, mit den Ellbogen aneinander, um hineinzukommen. Die künstliche Intelligenz hätte wahrscheinlich ihren Zugang sperren sollen.

Ein halbes Dutzend Obosianer flogen in der riesigen Lücke zwischen den Promenaden, versprühten ihre beschwichtigende Aura und griffen dort ein, wo die Gäste kurz davor zu sein schienen, gegen das Geländer zu stoßen oder umzufallen.

In den Sekunden, die Kayog brauchte, um mich in die oberste Etage zu fliegen, wo sich die kleinste Besuchermenge versammelt hatte, um eines der Fluchtschiffe zu erreichen, nahm ich diese apokalyptische Szene auf. Er setzte mich mit angespannter Miene ab, als seine Partnerin kurz darauf mit der älteren Frau landete.

„Besteig das Schiff und fahr sofort los", befahl Kayog.

„Was ist mit euch?", fragte ich mit hörbarer Sorge in der Stimme, während ich abwechselnd zu ihm und seiner Frau blickte.

„Wir müssen helfen, die Schwächsten aus diesem Wahnsinn

herauszuholen. Wir werden in Kürze folgen. Geh", sagte er in einem Ton, der keinen Widerspruch duldete.

Mit verengter Kehle nickte ich ihm steif zu. „Danke!"

Er lächelte, drehte sich um und flog mit seiner Gefährtin zurück. Ein Teil von mir fühlte sich schuldig, weil ich geflohen war, anstatt zu bleiben und zu helfen. Aber aus Erfahrung wusste ich, dass Personen mit guten Absichten den Ersthelfern oft nur noch mehr Probleme bereiten, indem sie sich in den Weg stellen, anstatt der Aufforderung zur Evakuierung zu folgen. Ich würde nicht zu diesen Leuten gehören.

Die ältere Dame, die Linsea mitgebracht hatte, stand bereits in der Menge, die sich ihren Weg durch die Gewölbetüren zum nordöstlichen Fluchtschiff im vierten Stock bahnte. Ich schloss mich ihnen an und war dankbar, dass die Anwesenden hier noch weitgehend zivilisiert waren, nicht zuletzt dank der sich stetig vorwärts bewegenden Schlange.

Etwa fünf Meter, bevor ich den Gang zum Rettungsschiff betreten konnte, erschütterte eine weitere heftige Explosion das Schiff. Ich fand es etwas seltsam, dass auf der Promenade kein Rauch zu sehen war und es auch keine Anzeichen für Brände gab.

Mir fiel die Kinnlade herunter, als die Obosianer plötzlich ihre Bemühungen zur Kontrolle der Teinehmermenge einstellten und sich alle auf die nordwestliche Ecke der Promenade auf der Hauptebene konzentrierten, drei Ebenen unter der, auf der ich stand. Wo sie zuvor schwaches Lumiak auf die in Panik geratenen Passagiere geworfen hatten, um sie aus ihrem problematischen Verhalten zu reißen, feuerten sie jetzt etwas, das tödlich zu sein schien, auf Ziele, die ich von meinem Standort aus nicht sehen konnte.

Das konnte nur bedeuten, dass die Piraten uns geentert hatten.

Wie war das überhaupt möglich, wenn dieses Schiff über die

fortschrittlichste Verteidigungstechnologie in diesem Sektor der Galaxis verfügte?

Doch was dann folgte, raubte mir den Atem. Innerhalb von Sekunden, nachdem die Obosianer in die Offensive gegangen waren, hörten sie plötzlich auf, ihre Blitze zu schleudern. Die Hälfte von ihnen blinzelte, während die anderen sich mit beiden Händen den Kopf hielten, als ob sie auf massive Kopfschmerzen reagierten oder ihren Kopf schüttelten, um ihn freizubekommen. Ihr Flugverhalten wurde unberechenbar und zwang die meisten von ihnen zu einer Notlandung auf der nächstgelegenen Ebene der Promenade.

Die Eindringlinge mussten eine Art psionischen Angriff auf sie ausgeübt haben.

Zu meinem Entsetzen stürzte Kayog plötzlich heran und hob seine rechte Handfläche in die Richtung, aus der die Obosianer ihre Blitze geworfen hatten, während seine silbernen Augen glühten. Innerhalb von Sekunden schienen sich die Obosianer, die ihm am nächsten standen, von dem zu erholen, was auch immer sie beeinflusst hatte, und sie stürmten wieder nach vorne, um die Eindringlinge zurückzuschlagen. Zu viele Fragen schossen mir durch den Kopf. Benutzte er eine Art kinetische Fähigkeit oder verfügte er über eine Art psychische Unterbrechungsfähigkeit?

Ich wusste, dass Kayog besondere Kräfte besaß, die für sein Volk äußerst selten waren, aber dies widersprach allem, was ich jemals über die Fähigkeiten eines Temern gehört hatte.

Ein weiterer Passagier, der mich mit etwas zu viel Kraft anrempelte, erinnerte mich daran, mich zu beeilen. Ich zwang meinen Blick von dem sich entfaltenden Spektakel weg und ging noch ein paar Schritte vorwärts, bis ich einen schrillen Schrei zu meiner Rechten hörte, kurz bevor ich den Gang zum Schiff betreten sollte.

Mein Blut wurde zu Eis, als ich eine Darwandirianerin am Geländer baumeln sah. Jemand muss in seiner Eile, zum

Ausgang zu kommen, versehentlich mit ihr zusammengestoßen sein und sie über das Geländer gestoßen haben. Zu meinem Entsetzen rannten ein halbes Dutzend Besucher an ihr vorbei und ignorierten ihre Hilfeschreie, während sie um Halt rang.

Fluchend drängte ich mich an den Leuten hinter mir vorbei, von denen viele mich anstarrten oder anschrien, weil ich ihnen den Weg nach draußen versperrte. Ich ignorierte sie und bahnte mir einen Weg nach draußen, bis ich zu der Frau laufen konnte. Ich griff nach ihren übermäßig langen und dünnen Armen. Sobald ich meine Hände um ihre Handgelenke schloss und zu ziehen begann, schien etwas in der älteren Frau zu zerbrechen. Sie kreischte wie eine Todesfee, das Geräusch schmerzte in meinen Ohren, während sie verzweifelt versuchte, auf mich zu klettern.

In einem Moment reinen Schreckens wurde mir klar, dass sie zu viel Angst hatte, dass ihr Überlebensinstinkt in ihrem verzweifelten Bemühen, sich zu retten, jeden rationalen Gedanken überschattete. Ich schrie auf, als sie ihre Krallen in mir versenkte.

„STOPP!", rief ich. „Ich will dir doch nur helfen. Du tust mir weh!"

Aber sie war zu weit weggetreten. Sie kreischte weiter und krallte sich an mir fest, während mir das Blut die Arme hinunterlief. Ich versuchte, mich vom Geländer loszureißen, in der Hoffnung, dass ich sie mitreißen würde, wenn ich nach hinten fiel. Sobald sie in Sicherheit war, würde sie aufhören, mich zu zerfleischen. Aber meine Bewegung machte sie nur noch wütender. Sie versuchte zu springen, stieß sich mit den Füßen an der Unterkante des Geländers nach oben und grub ihre Krallen in meine Schultern.

Da sie sich nicht stark genug geschwungen hatte, fiel sie zurück und riss mich dabei mit solcher Wucht nach vorn, dass ich mich mit dem Oberkörper über dem Geländer gelehnt fand. Ich schrie vor Schmerz und Angst, während ich blindlings nach dem Geländer griff, um mich daran festzuhalten und mich vor dem Sturz in den Tod zu bewahren – und in den ihren. Aber noch verängstigter als zuvor versuchte die Darwandir-Frau verzweifelt, mich als Leiter in Sicherheit zu benutzen. Mein Kopf drehte sich, als der Druck auf meine Brust es meinen Lungen erschwerte, sich auszudehnen und mir das Atmen zu ermöglichen. Meine Schreie, als sie mich weiter in Stücke riss, halfen nicht. Ich spürte, wie meine Hände kribbelten und taub wurden, als sich ihre Krallen auf beiden Seiten meiner Wirbelsäule in mein Fleisch gruben. Ein erstickter Laut entwich mir, als sie ihr Knie auf meinen Hinterkopf stützte, während sie weiter über mich kletterte.

Ich erinnerte mich vage daran, dass ich dachte, ich würde wahrscheinlich jeden Moment an einem gebrochenen Genick oder einer gebrochenen Wirbelsäule sterben. Dann schlug etwas – wahrscheinlich jemand, der an uns vorbeirannte – gewaltsam gegen meine linke Hüfte. Das brachte die verrückte Frau aus dem Gleichgewicht, so dass sie rückwärtsfiel. Sie kreischte vor Angst und grub sich weiter in die Rückseite meiner Oberschenkel, um sich vorwärtszustoßen, was aber nur dazu führte, dass wir beide über die Kante fielen.

Mein Schrei vermischte sich mit ihrem, als wir in den Tod stürzten.

In den kurzen Sekunden, die es dauerte, schossen mir eine Million Gedanken und Bedauern durch den Kopf. Ich hätte einfach in das Rettungsschiff steigen sollen. Oder zumindest hätte ich die Sicherheitsmaßnahmen bei der Rettung einer in Panik geratenen Person beachten sollen. Ich hätte um Hilfe bitten sollen. Ich hätte...

Ich hätte die Gelegenheit haben sollen, Amreth kennenzulernen.

In dem Moment, als mir dieser Gedanke in den Sinn kam, bemerkte ich trotz des Dunstes der Qualen, die meine unzähligen Schnitte und Risswunden verursachten, dass sich mein Abstieg verlangsamt hatte, als würde er durch ein Kraftfeld gebremst. Ich kam mitten in der Luft zum Stehen und begann dann, seitwärts zu gleiten, in die Sicherheit eines der unteren Stockwerke der Promenade. Ich konnte nicht sagen, welches, da ich darum kämpfte, bei Bewusstsein zu bleiben.

„Still", sagte eine Frau, ihre Stimme war sanft, aber von einer seltsamen Vibration beeinflusst.

Für den Bruchteil einer Sekunde dachte ich, sie würde mit mir sprechen. Ich glaubte nicht, dass ich irgendeinen Laut von mir gab, außer vielleicht ein Stöhnen vor Schmerz. Aber das schreckliche Geräusch, das meine Ohren überfiel und plötzlich aufhörte, machte mir klar, dass es das Darwandir-Weibchen war, das immer noch kreischte.

Mit verschwommener Sicht starrte ich auf ein Männchen einer Art, die ich noch nie zuvor gesehen hatte. Er hatte weiches braunes Fell und affenähnliche Züge, obwohl er aufrecht wie ein Mensch zu stehen schien. Neben ihm beobachtete mich ein Weibchen – ebenfalls von einer mir unbekannten Spezies, aber anders als er – mit einem unleserlichen Blick. Ihre blasse, weißlich-graue Haut war mit dunklen Äderchen durchzogen.

Trotz der unerträglichen Schmerzen, die mich zu überwältigen drohten, war es die Angst, die mir ein Wimmern entlockte, als sich der Mann nach vorne beugte und ein seltsames Gerät über mein Gesicht führte. Plötzlich wurde mir klar, dass es eine Art Scanner war.

„Sie ist eine von ihnen", sagte er zu dem Weibchen.

„Aber nicht Elias. Der Feigling ist geflohen", antwortete sie in einem knappen Ton.

„Das haben wir erwartet", entgegnete der Mann abweisend, obwohl der Zorn in seiner Stimme nachklang. „Das macht nichts. Dieses Weibchen wird genügen."

„Ich... ich werde was tun?", stotterte ich, und eine weitere Welle der Angst durchfuhr mich.

Er fletschte seine Reißzähne und zischte wütend. Gleichzeitig ging ein mächtiger Energiestoß von ihm aus. Er traf mich nicht körperlich, und doch fühlte es sich an, als hätte man mir einen Schlag ins Hirn versetzt. Ein Schleier der Dunkelheit senkte sich vor meinen Augen, und das Vergessen holte mich ein.

KAPITEL 3

AMRETH

Ich genoss das intensive Gefühl der Macht, das mir mein Lumiak immer verschaffte. Meine Finger kribbelten, als reine Elektrizität aus meinen Händen floss, während ich die Kristalle meines Lichtquadranten auffüllte. Die Kristalle versorgten die Häftlinge, die ihre Strafe in den weniger wilden Bereichen der vier Quadranten meines Sektors verbüßten, mit Energie. Diese Quadranten waren von Hell nach Dunkel eingeteilt, wobei der erste die am wenigsten gefährlichen Kriminellen beherbergte, der graue Quadrant Q2 und Q3 zunehmend üblere Individuen, und der letzte die schlimmsten von allen, hauptsächlich Unverbesserliche.

Die Überlebenschancen der Gefangenen sanken exponentiell mit dem Quadranten, in dem sie eingekerkert waren, ebenso wie ihre Lebensqualität. Gemäß dem Gesetz musste ich als Aufseher meines Sektors meinen Gefangenen die Mindestanforderungen für ihr Überleben zur Verfügung stellen. Das bedeutete eine gewisse Menge an Lebensmitteln, Energie für ihre Grundbedürfnisse, einen Ort, an dem sie untergebracht waren, und die Möglichkeit, ihr Los zu verbessern.

Die Gefangenen erhielten jeden Monat einen Pauschalbetrag

an Nahrungsmitteln und energetischen Ressourcen. Wenn sie es wünschten, konnten die Gefangenen jedoch bei der Ernte und Umwandlung einiger der natürlichen Ressourcen in ihrem Quadranten mitarbeiten. Dies geschah ausschließlich auf freiwilliger Basis. Aber ich würde alles, was sie produzierten, zum Marktpreis kaufen. Im Gegenzug konnten sie mit diesen Credits entweder ihre Lebensbedingungen verbessern, zusätzliche Kristalle für größere Energiereserven erwerben, die sie im Laufe des Monats ausgeben konnten, oder sie konnten sie auf ein Sparkonto einzahlen, das ihnen nach ihrer Entlassung einen komfortablen Vorsprung verschaffen würde.

Wie in den meisten Sektoren, die von anderen Aufsehern verwaltet wurden, lief es auch in meinem hellen Quadranten viel besser. Die Häftlinge bemühten sich koordiniert, produktiv zu sein, anstatt ihre ganze Zeit damit zu verbringen, sich vor den anderen Gefangenen zu schützen – oder sich gegen sie zu verschwören -, was in den Quadranten Q2 bis Q4 die Norm war.

Doch zum ersten Mal seit neun Jahren wurden die zusätzlichen Kristalle, die die Insassen in meinem Lichtquadranten erworben hatten, nicht aufgefüllt, und es gab auch keine Reste, die ihnen zustanden. Dank Gaelec konnten sie diesen zusätzlichen Komfort eine Zeit lang genießen. Während seiner zwölfjährigen Haftstrafe leistete er beeindruckende Wartungs- und Optimierungsarbeiten. Er verbrachte die meiste Zeit damit, sich neue Fähigkeiten anzueignen, die es ihm ermöglichten, ihr aller Leben zu verbessern.

Die ersten Anzeichen einer Verschlechterung zeigten sich nach dem siebten Monat. Die Narren jammerten ständig über die Verschlechterung ihrer Lebensbedingungen. Aber das war allein ihre Schuld. Sie hatten die ganze Zeit gewusst, dass Gaelecs Zeit unter uns bald zu Ende ging. Jemand anderes hätte einspringen und von ihm lernen sollen, damit sie seine Arbeit nach seinem Weggang fortsetzen konnten. Aber sie waren zu faul gewesen.

Ihr Verlust.

Dennoch erwärmte es mein Herz zu wissen, dass es Gaelec neun Monate nach seiner Befreiung nicht nur gut ging, sondern dass er mit seiner Seelenverwandten zusammengebracht worden war, die nun ihr erstes Kind erwartete. Trotz der zahlreichen Rehabilitationsprogramme, die ich meinen Insassen zur Verfügung gestellt habe, haben viel zu wenige Gefangene davon Gebrauch gemacht, vor allem diejenigen, die zu seiner Spezies gehören. Ich konnte nur hoffen, dass seine Erfolgsgeschichte eine Inspiration für andere Nazhrals wie ihn sein würde.

Auf eine dumme Art und Weise fühlte ich mich bei dem Gedanken an Gaelec wie ein stolzer Vater. Nun, okay, eher wie ein stolzer großer Bruder. Schließlich war ich noch nicht *so* alt.

Aber ich werde älter und fühle mich einsam.

Das Gesicht von Malaya, das vor meinem geistigen Auge aufblitzte, erfüllte mich sofort mit Scham. Zu oft war in den letzten Jahren der flüchtige Gedanke aufgetaucht, dass sie meine Partnerin hätte sein können. Es beschämte mich umso mehr, dass sie die Seelenverwandte meines besten Freundes war. Zugegeben, ich war nicht *in* Malaya verliebt, aber ich war in sie verknallt. Obwohl mein Herz von echtem Glück für meinen Freund Kronos erfüllt war, konnte ich den Neid nicht unterdrücken, den ihr Anblick immer tief in mir weckte.

Ich sehnte mich nach der gleichen wunderbaren Verbindung, die sie hatten. Ihre Liebe fühlte sich an wie ein lebendiges Wesen, das man einfach nur festhalten und für immer umarmen wollte.

Das bedeutet, dass dein dummes Ich mehr soziale Kontakte knüpfen muss, um dein Ein und Alles zu finden.

Leider war das leichter gesagt als getan. Es gab nicht allzu viele Frauen, die sich unbedingt auf einem Gefängnisplaneten niederlassen wollten. Das Schlimmste daran war, dass Kayog mir bei diesem Unterfangen nicht einmal helfen konnte. Wir Obosianer waren viel zu fortschrittlich, um unter den Schirm der Match Maker Agentur zu fallen. Und die Chancen, dass eine andere zu Unrecht beschuldigte Gefährtin auf Molvi landete und den Schutz eines Höllenfürsten brauchte, wie es bei Malaya der Fall gewesen war, waren gering.

Gerade als ich begann, die Kristalle von Q2 zu füllen, ging mein Funkgerät an. Mir fiel die Kinnlade runter, als ich den Namen des Absenders sah. Kayog bat um ein Gespräch mit mir in fünfundvierzig Minuten.

„Was in Tharmoks Namen hat das zu bedeuten?", flüsterte ich vor mich hin.

Meine Gedanken überschlugen sich sofort vor Spekulationen. Waren es Neuigkeiten von Gaelec? Hatten die Temern eine Übereinstimmung mit einem weiteren Gefangenen gefunden? Könnte der höchst unwahrscheinliche, zu Unrecht beschuldigte Gefährte, an den ich kurz zuvor noch gedacht hatte, tatsächlich aufgetaucht sein?

Ich zwang mich, mich auf meine Aufgaben zu konzentrieren, anstatt mich in sinnlosen Mutmaßungen zu verlieren. Ich füllte rasch die Kristalle meiner anderen Quadranten. Ich war zwar ein starker Befürworter der Einhaltung der Gesetze und der gerechten, aber strengen Bestrafung derjenigen, die sie brachen, aber ich war nicht herzlos. Wenn ich mir ansah, wie wenig die Gefangenen aus Q4 im letzten Monat produziert hatten, war ich entmutigt. Ihr Verdienst reichte kaum aus, um ihre Grundreserven an Energie zu decken. Da sie es völlig versäumt hatten, ihren Verbrauch zu rationieren, würden sie diesen Monat vorzeitig zur Neige gehen und leiden... wieder einmal.

Aber das lag an ihnen. Nachdem ich meine Aufgabe erfüllt hatte, flüchtete ich von der kleinen Insel, auf der die Kristalle lagen. Sie war von einem kleinen Gewässer umgeben, in dem sich teuflische Kreaturen tummelten, die jeden vernichten würden, der dumm genug war, es zu überqueren, um sich am Stromnetz des Sektors zu schaffen zu machen.

Ich flog über den Wald, der meinen Sektor in die vier Quadranten teilte. Es waren keine Wachen nötig, um die Gefan-

genen an der Flucht zu hindern, denn die noch schrecklicheren
Kreaturen, die den Wald bewohnten, sorgten dafür, dass jeder,
der töricht genug war, sich zu tief hineinzuwagen, einen grau-
samen Tod fand. Ich verfolgte geistesabwesend die Faernych, die
meinen Wald bevölkerten. Diese riesigen, fünfköpfigen, drakoni-
schen Kreaturen waren die wichtigsten Wächter des Waldes. Ihre
Säure und ihr tödliches Gift konnten innerhalb von Minuten
töten. Ihre wahnsinnige Fluggeschwindigkeit machte es
außerdem fast unmöglich, ihnen zu entkommen.

Als ich alles in Ordnung fand, flog ich den Berg hinauf, der
an meinen Sektor grenzte und in dessen Gipfel meine Behausung eingemeißelt war. Noch bevor ich auf einer der zahllosen
Terrassen landete und den atemberaubenden Blick auf die
Landschaft genoss, übermittelte ich meinen Nundars telepa-
thisch meine Gefühle. Da sie meine Ankunft bemerkten,
würden sie sofort mit der Zubereitung des Abendessens beginnen. Aber ich wollte warten, bis mein Gespräch mit Kayog
beendet war.

Wie jeder Obosianer beherbergte auch ich einen Clan von
Nundars, die wir gewöhnlich unsere Vertrauten nannten. Diese
hochintelligente Spezies lebte als Einsiedler und ernährte sich
von der Energie, die wir ausstrahlten. Im Gegenzug kümmerten
sie sich um alle anfallenden Arbeiten im Haus, einschließlich
Putzen, Kochen und sogar Reparaturen oder Bauarbeiten. Das
Beste daran war, dass sie auch eine beeindruckende eigene
Magie besaßen, die es ihnen ermöglichte, unsere Häuser in
unserer Abwesenheit gegen potenzielle Eindringlinge zu verteidigen, und dass sie über enorme Heilkräfte verfügten. Diese
Talente hatten es Kronos' eigenen Nundars ermöglicht, Malaya
zu retten, als abtrünnige Faernychs ihre Heimat angriffen.

Als ich mein Büro betrat und meinen Brustpanzer ablegte,
kam mir plötzlich ein Gedanke. Malaya erwartete ihr erstes
Kind. Könnte das der Grund sein, warum Kayog sich an mich
wandte? Er hatte ihr gegenüber eine fast väterliche Zuneigung

entwickelt. Planten er und Linsea eine Art Babygeschenk für sie und wollten meinen Beitrag dazu?

Einige Minuten später meldete sich meine Com erneut mit einem eingehenden Anruf. Ich ließ mich vor meinem Computer nieder, um ihn anzunehmen, und projizierte ihn auf den Bildschirm. Mein warmes Lächeln, als ich sein Gesicht sah, verfestigte sich sofort. Obwohl ich mit Hilfe der Technologie keine Auren lesen konnte, fehlte in seinem Gesicht die übliche freudige Begeisterung, die ich immer mit den Temern verband.

„Sei gegrüßt, Kayog", sagte ich vorsichtig. „Es ist eine Freude, dich zu sehen, wie immer."

„So wie es ist, dich zu sehen", antwortete Kayog mit einer seltsam müden Stimme.

„Was ist los?", fragte ich, und diesmal war meine Sorge in meiner Stimme zu hören.

Er stieß einen Seufzer aus und rieb sich die Seite seines Schnabels mit einem unruhigen Gesichtsausdruck, der alle meine Sinne in höchste Alarmbereitschaft versetzte. So hatte ich ihn noch nie gesehen.

„Die letzten zwei Tage waren ziemlich stressig und beunruhigend", sagte Kayog, als ob er seine Worte bewusst wählte.

„Wie das?", beharrte ich, überrascht von seiner etwas ausweichenden Antwort.

Nach meiner Erfahrung mit ihm bevorzugte Kayog in der Regel den direkten Weg. Was könnte ihn dazu bringen, sich so seltsam zu verhalten?

„Du weißt es vielleicht nicht, aber meine Gefährtin und ich waren an Bord der Gladius", antwortete er mit niedergeschlagener Miene.

Meine Augen weiteten sich vor Schreck. „Für die Fachtagung?!", rief ich aus.

Er nickte grimmig. „Ja."

„Tharmok soll mich holen! Geht es dir gut? Ist Linsea in Ordnung?!"

Er nickte wieder und schenkte mir ein trauriges, aber beruhigendes Lächeln. „Ja. Es geht uns beiden gut. Danke für deine Besorgnis."

Ich seufzte vor Erleichterung. „Ich bin froh, das zu hören. Nach dem, was ich in den Nachrichten gesehen habe, wurden viele Teilnehmer verletzt, aber zum Glück gab es keine Todesfälle."

„Das ist richtig. Einige haben schwere Verletzungen erlitten, von denen sie sich glücklicherweise vollständig erholen werden. Aber sie stammen alle von dem Ansturm der in Panik geratenen Massen und nicht von dem Angriff selbst. Was die Behörden nicht bekannt gegeben haben, ist die Tatsache, dass zwölf Personen bei dem Angriff entführt wurden."

„Was?! Wer? Und warum?", rief ich verblüfft aus, dass sie so etwas nach mehr als achtundvierzig Stunden noch geheim halten würden.

„Jede einzelne entführte Person arbeitete für die Interstellare Ärzteorganisation", antwortete er ruhig.

„Dr. Jacobs?!", fragte ich, als mir die Enthüllung durch den Kopf ging.

Der Temern schüttelte den Kopf. „Jacobs wurde sofort nach Beginn des Angriffs weggeschafft. Er hat es sicher raus geschafft."

Ich kniff die Augen zusammen und wurde sofort misstrauisch. „Das ist seltsam. Warum sollten sie das Bedürfnis haben, *ihn* in Sicherheit zu bringen? Viele hochrangige Beamte nahmen an dem Symposium teil. Wurden sie auch frühzeitig hinausbegleitet?"

Kayog schüttelte abermals den Kopf. Das harte Funkeln in seinen Augen – etwas, das ich noch nie zuvor gesehen hatte – ließ die Saat des Misstrauens weiter aufgehen.

„Die vermissten Ärzte hatten alle unterschiedliche Fachrichtungen. Gestern wurden jedoch neun dieser Ärzte zurückgebracht", fuhr er fort.

„Zurückgebracht?!", echote ich völlig verblüfft. „Im Austausch für was?"

„Im Austausch für nichts. Sie wurden in Rettungskapseln gesteckt, die auf dem Mond Delta 5 ausgesetzt wurden. Eine Stunde nach ihrer Landung wurde ein Funkfeuer aktiviert, das uns über ihren Standort informierte, damit wir sie retten konnten."

„Die Entführer wollten genug Zeit haben, um zu verschwinden", sagte ich und verstand sofort, als Kayog nickte. „Das ist eine sehr gute Nachricht, wenn auch eine seltsame. Man würde erwarten, dass die Entführer entweder ein Lösegeld verlangen oder Gefangene töten, die sie für nutzlos halten. Aber warum erzählst du mir das?"

„Denn von den drei noch vermissten Personen ist eine von großer Bedeutung für dich", antwortete der Temern, wobei er einen seltsamen Ausdruck von Schuld, Trauer und Mitgefühl auf seinem Gesicht zeigte, der mich aus dem Konzept brachte.

„Für mich?", wiederholte ich verwirrt. „Auf welche Weise? Wer ist es?"

„Ihr Name ist Ciara Stark. Sie ist ein einundvierzigjähriger Mensch. Wie die anderen arbeitet sie für die Interstellare Medizinische Organisation und ist auf Epidemiologie spezialisiert. Sie ist seit über vierzehn Jahren dabei", erklärte Kayog, bevor er mir ein Bild von ihr zeigte.

Mein Herz setzte einen Schlag aus, als ich die atemberaubende Frau sah. Eine halbe Sekunde lang dachte ich fast, sie sei eine Obosianerin. Sie hatte dunkelbraune Haut und reinweißes Haar. Ein organischer V-förmiger weißer Fleck auf ihrer Stirn sah fast wie ein silberner Ring aus. Ich vermutete jedoch, dass es sich um die Folge von Scheckung handelte, was die ungewöhnliche Haarfarbe für jemanden ihrer Ethnie erklären würde. Natürlich fehlten ihr die Hörner, die spitzen Ohren und Fledermausflügel meines Volkes, aber das änderte nichts daran, wie atemberaubend sie war.

„Sie ist umwerfend", platzte ich heraus.

„Es überrascht mich nicht, dass du das sagst", antwortete er mit demselben mitfühlenden Blick, der mich die Stirn runzeln ließ.

„Was soll das bedeuten? Und warum das traurige Gesicht?", fragte ich, und mein Magen verkrampfte sich vor Anspannung, als mir ein weiterer, noch stärkerer Verdacht aufkam.

„Du weißt warum, Amreth", sagte er niedergeschlagen.

Ich starrte ihn an, während seine Worte in mich eindrangen, und die Erkenntnis, die ich nicht wahrhaben wollte, drängte sich mir auf.

„Auf keinen Fall. Du kannst nicht das meinen, was ich denke", sagte ich und schüttelte unbewusst den Kopf.

„Doch, Amreth. Ich deute tatsächlich an, was du denkst. Ciara *ist* deine Seelenverwandte."

„Das ist unmöglich!", rief ich aus.

„Es ist unbestreitbar. Ich traf sie in der Nacht des Angriffs auf die Gladius. Ich habe sofort erkannt, dass ihre Seele zu dir gehört. Sie und ich hatten sogar ein langes Gespräch, in dem ich ihr von dir erzählte. Wir wollten dieses Gespräch am Morgen fortsetzen, damit ich euch beide in Kontakt bringen konnte. Aber dann kam der Überfall."

„Das war vor zwei verdammten Tagen!", schnauzte ich, plötzlich wütend, und meine Brust zog sich bei dem Gedanken zusammen, dass ich meine Seelenverwandte verloren haben könnte, bevor ich überhaupt die Chance hatte, sie kennenzulernen. „Warum sagst du mir das erst jetzt?"

Obwohl er sichtlich verärgert über meine Reaktion war, zwang er sich zu einem stoischen Gesichtsausdruck und antwortete mit einer kontrollierten und vernünftigen Stimme.

„Denn es waren mehr als hundertsechsundzwanzig Passagiere und Besatzungsmitglieder an Bord. Es dauerte seine Zeit, all diese Personen in Sicherheit zu bringen und für sie alle Rechenschaft abzulegen. Ich wollte dir keine schreckliche Nachricht überbringen, bevor ich nicht mit Sicherheit wusste, was aus ihr geworden ist."

„Wo war sie, als der Angriff stattfand?", verlangte ich zu wissen, immer noch in Gedanken versunken.

„Ciara war bei meiner Frau und mir."

„Und du hast sie zurückgelassen?!", rief ich mit schockierter, wütender und ungläubiger Stimme.

Diesmal presste der Temern seinen Kiefer zusammen, seine silbernen Augen verdunkelten sich vor Empörung, obwohl ihr Rand leicht zu glühen schien, als ob er eine Art psionische Kräfte unterdrückte. Besaß er welche?

„Auf keinen Fall!", schnauzte er. „Sobald die Türen der Versammlungshalle geöffnet wurden, habe ich sie zum sichersten Ausgang geflogen, damit sie an Bord eines der Rettungsschiffe gehen konnte. Sie hätte in Sicherheit sein sollen, während ich mich aufmachte, um zu kämpfen und anderen Passagieren in Not zu helfen. Doch während ich kämpfte, ging sie los, um jemanden zu retten, der sich an einem der Balkongeländer festhielt und um sein Leben kämpfte. Und unglücklicherweise sind beide heruntergefallen."

„SIE IST TOT!", rief ich und sprang auf, das Entsetzen pochte in meinem Herzen.

„Nein!", rief Kayog aus und hob beschwichtigend die Handflächen. „Sie ist nicht durch den Sturz gestorben. Die Angreifer fingen sie und die Darwandir-Frau, die sie retten wollte. Sie ließen den Darwandir frei, behielten aber Ciara."

Ich fuhr mir mit einer zittrigen, nervösen Hand durch mein langes, silberweißes Haar und ließ mich wieder auf meinen Stuhl fallen. Erleichterung und Sorge mischten sich in meinem Inneren.

„Aber warum? Was wollen sie von ihr?"

„Ich weiß es nicht, Amreth", sagte Kayog entmutigt. „Die Überwachungsvideos zeigen, dass sie weggetragen wurde, wie die anderen neun, die geborgen wurden."

„Es besteht also die Möglichkeit, dass sie sie auch zurückbringen?", fragte ich mit einem Funken Hoffnung, der jedoch sofort von seiner niedergeschlagenen Miene zunichte gemacht wurde.

„Alles ist möglich, mein Freund, aber es ist höchst zweifelhaft. Wenn sie die Absicht hatten, sie freizulassen, warum dann nicht gleichzeitig mit den anderen neun?"

Offensichtlich war mir dieser Gedanke auch durch den Kopf gegangen. Ich wollte mich einfach an jede Möglichkeit klammern, dass sie mir sicher zurückgegeben werden konnte. Ich betrachtete den Temern verwirrt, während ich versuchte, meine widersprüchlichen Gefühle in Bezug auf diese ganze Situation zu ordnen.

„Warum bringst du das zu mir und nicht zu den Vollstreckern? Bereiten sie nicht eine Rettungsmission vor?", fragte ich.

Seine Schultern hingen schlaff herab und er bewegte unruhig seine massiven kastanienbraunen Flügel. „Weil es derzeit keine Pläne für die Vollstrecker gibt, diese Mission zu übernehmen. Sie kümmern sich nicht um Fälle, in denen 'nur' drei Zivilisten beteiligt sind. Eine solche Angelegenheit wird den örtlichen Friedenswächtern überlassen."

„Wir beide wissen, dass sie in dieser Angelegenheit nutzlos sind!", sagte ich wütend. „Was ist denn mit den neuen, strengen Regeln der IPO gegen Piraterie? Diese Entführer haben ein Spitzenschiff überfallen, an dessen Bord sich unzählige hochrangige Beamte befunden haben. Und die kommen einfach so davon?"

„Sie lassen den ganzen Vorfall nicht auf sich beruhen", ergänzte Kayog mit beruhigender Stimme. „Aber sie konzentrieren sich darauf, die Piraten zu identifizieren und herauszufinden, mit welcher Art von Technologie das Schiff außer Gefecht gesetzt wurde, ohne es zu beschädigen. Sie wollen auch wissen, warum sie verschwunden sind, nachdem Elias abgehauen ist."

„Du meinst also, dass die Vermissten nicht wichtig genug sind, um die Zeit der Vollstrecker wert zu sein", zischte ich.

Ich war ungerecht gegenüber den Temern, indem ich meine Wut auf ihn richtete. Nichts von dem, was er sagte, überraschte mich. Das waren nicht nur die Standardverfahren, sondern sie machten auch Sinn. Es wäre unlogisch, die Eliteeinheit der Strafverfolgungsbehörden zu schicken, um jeden kleinen Fall von Vermissten zu untersuchen. Ihre Fähigkeiten wären nützlicher, wenn sie sich speziell mit den Problemen befassen würden, denen sie gerade nachgingen. Es machte es nicht einfacher zu wissen, dass die Leute, die mit der Rettung meiner Seelenverwandten betraut waren, über weit weniger Ressourcen und Talent verfügten.

Glücklicherweise schien Kayog in meinem Gesichtsausdruck meine Reue darüber zu lesen, dass ich ihn angeschnauzt hatte. Er schenkte mir ein weiteres entschuldigendes Lächeln, das von Verständnis geprägt war.

„Was ist mit Maeve?", fragte ich, plötzlich von einem Gedanken ergriffen. „Sie und Helio haben sich wirklich für Malaya und Kronos eingesetzt. Technisch gesehen, sind sie keine Vollstrecker mehr."

Das zustimmende Lächeln, das seinen Schnabel streckte, deutete darauf hin, dass er von Anfang an wollte, dass wir zu diesem Punkt kommen. Beinahe hätte ich ihn gefragt, warum er das nicht gleich zu Beginn gesagt hatte, aber ich vermutete, dass er sich auf einem schmalen Grat bewegte, was er sagen oder was er vorschlagen konnte.

Obwohl er eigentlich nur ein Heiratsvermittler war, besaß Kayog Voln eine extrem hohe Sicherheitsfreigabe. Theoretisch lag das daran, dass er mit einem der ranghöchsten Botschafter der Internationalen Planetarischen Organisation verheiratet war. Aber wie Maeve und Helio – die offiziell Kopfgeldjäger, aber inoffiziell Geheimagenten für die Enforcer waren – hegte ich zunehmend den Verdacht, dass die Temern auch verdeckte Missionen für die IPO durchführten.

„Technisch gesehen hast du recht", antwortete er unverbindlich. „Der Hauptgrund, warum Maeve ihre Position bei den Vollstreckern aufgegeben hat, war, dass sie die Art von Fällen übernehmen konnte, die von ihnen als zu klein angesehen wurden. Ich bezweifle zwar nicht, dass sie dir gerne helfen würde, aber sie und ihr Partner arbeiten bereits an einer wichtigen Mission. Aber das sollte dich nicht davon abhalten, dich bei ihnen zu melden. Was immer sie tun können, werden sie tun."

Er brauchte nicht weiter ins Detail zu gehen, damit ich verstand, was er damit meinte.

„Ich werde mich sofort mit ihnen in Verbindung setzen", brummte ich. „Ich muss alle verfügbaren Dateien über den Angriff sehen, vor allem die Aufzeichnung. Wissen wir überhaupt, wer die Angreifer waren?"

Ein seltsamer Ausdruck überzog seine Züge. Er zögerte eine Sekunde lang, bevor er sich auf die Antwort zu einigen schien, die er mir geben wollte.

„Ich habe die Akten nicht. Schließlich bin ich nur ein Heiratsvermittler. Du hingegen bist ein Höllenfürst. Sicherlich hast du Zugang zu weitaus mehr Dingen als ich?"

Ich schnaubte und lächelte. „Richtig", räumte ich ein.

Als hochrangiger Aufseher hatte ich tatsächlich Zugang zu vielen Dingen. Aber in diesem speziellen Fall musste ich die Grenzen meiner Befugnisse ausweiten und kreativ werden, um die gesuchten Antworten zu erhalten.

„Finde sie, Amreth. Ciara war wirklich begierig, dich zu treffen. Sie hat eine schöne Seele."

„Ich *werde* sie finden und nach Hause bringen. Danke, Kayog."

Er lächelte, dann beendete er das Gespräch. Ich nahm sofort Kontakt zu Maeve auf. Dank der fantastischen Arbeit, die sie geleistet hat, um Malayas Unschuld zu beweisen, habe ich auch mit ihr zusammengearbeitet und meine eigene Aussage und

Informationen über die unrechtmäßige Verurteilung des korrupten Richters weitergegeben.

Die Schnelligkeit, mit der Maeve antwortete, deutete darauf hin, dass sie auf meinen Anruf gewartet hatte.

„Hallo, Amreth", sagte Maeve mit sanfter Stimme. „Es ist bedauerlich, dass wir uns unter solchen Umständen wiedersehen."

„Sei gegrüßt, Maeve. Es ist schön zu sehen, dass es dir gut geht. Die Umstände sind in der Tat unglücklich, aber ich wage zu hoffen, dass du uns helfen kannst."

Sie schürzte die Lippen in einer Weise, die darauf hindeutete, dass sie ihre Worte sorgfältig auswählte, bevor sie antwortete. „Wie du vielleicht weißt, arbeiten mein Gefährte und ich derzeit an einem sehr heiklen Auftrag, von dem wir nicht abweichen können. Aber ich werde dich unterstützen, so gut ich kann."

„Ich nehme alles, was ich bekommen kann. Im Moment habe ich nichts, nicht einmal die Spezies der Angreifer."

Sie nickte, wobei sie die Stirn leicht runzelte. „Dies ist eine sehr ungewöhnliche Situation. Unser größter Vorteil ist die Tatsache, dass alle Mitglieder der Interstellaren Ärzteorganisation, die auf Außenmissionen gehen, ein organisches Peilsenderimplantat erhalten müssen. Es hilft bei den Rettungsbemühungen, falls ihnen auf irgendeinem gottverlassenen Planeten etwas zustößt."

Ich wurde sofort hellhörig, mein Herz schlug vor Hoffnung. Doch ein einziger Blick in ihr Gesicht dämpfte meine aufkeimende Begeisterung. Natürlich würde es nicht so einfach sein.

„Die gute Nachricht ist, dass wir ihr bis an den Rand des Nördlichen Quadranten folgen konnten, bevor wir das Signal verloren haben", erklärte sie entschuldigend.

„Hast du das Signal verloren?", echauffierte ich mich. „Haben sie den Tracker entdeckt und blockiert?"

Sie schüttelte den Kopf. „Wir haben keine Kommunikationssatelliten oder Relais in diesem Gebiet. Es ist die tote Zone vor dem Eintritt in den östlichen Quadranten."

Meine Augen weiteten sich vor Schreck und Unglauben. „Willst du damit sagen, dass die Piraten Sektarianer sind?!", rief ich aus.

Ihr Stirnrunzeln vertiefte sich, und sie zuckte mit den Schultern, um ihre Unsicherheit auszudrücken. „Ehrlich gesagt, wir wissen es nicht. Einige Fakten scheinen in diese Richtung zu deuten, aber wir haben nicht genug konkrete Beweise, um es zu bestätigen. Und deshalb sind die Vollstrecker so hartnäckig dabei, ihre Identität herauszufinden."

„Genau!", sagte ich, als wäre es eine Selbstverständlichkeit. „Gibt es einen besseren Weg, sie zu identifizieren, als sie zu finden?"

„Bedauerlicherweise ist der Ort, an dem sie sie abgesetzt haben, nicht der, zu dem sie danach geflogen sind", erklärte Maeve. „Weißt du, das Schiff, das wir mit den Überwachungskameras der Gladius erfassen konnten, gehört keiner Spezies aus unserem Quadranten an, zumindest keiner, von der wir wissen. Die Kameras an Bord hatten auch immer wieder Störungen, die uns daran hinderten, irgendeine Art von Gesichts- oder Spezieserkennung durchzuführen. Sogar die Bioscanner haben versagt."

„Sie haben also absichtlich unsere Technologie sabotiert", antwortete ich.

Sie nickte. „Aber sie haben nichts beschädigt. Sie haben sie nur für die Dauer des Überfalls gestört, was bestätigt, dass sie ihre Identität verbergen wollten."

„Aber was ist mit den Wachen? Soweit ich weiß, haben sie gegen die Piraten gekämpft. Sicherlich haben sie sie gesehen und können eine Beschreibung abgeben", forderte ich zu erfahren.

„Alle Wachen waren Obosianer. Jeder einzelne von ihnen berichtete, dass sie eine Art psychischen Angriff erlitten haben, der ihre Köpfe und sogar ihre Fähigkeit zu fliegen völlig durcheinandergebracht hat", antwortete Maeve. „Die Feinde, die sie sehen konnten, trugen eine Art holographische Verkleidung, die sie verschwommen und unzusammenhängend erscheinen ließ. Es war unmöglich zu sagen, was sie waren, außer dass sie humanoid zu sein schienen. Wenn Kayog nicht gewesen wäre, hätten sie sich gar nicht wehren können."

„Kayog? Was hat er getan?", fragte ich verblüfft.

„Er ist ein Edal. Das verleiht ihm ein breites Spektrum einzigartiger Kräfte, die andere Mitglieder seiner Spezies nicht haben. Seine Fähigkeit, Seelenverwandte zu erkennen, ist nur die, die er öffentlich macht. In den Temern steckt mehr, als man auf den ersten Blick sieht", fügte sie in einem geheimnisvollen Tonfall hinzu. „Er kann psychische Angriffe unterbrechen, was es den Wächtern ermöglichte, die Feinde zurückzudrängen. Aber ihre Technologie war viel zu mächtig, und ich vermute, dass noch mehr dahintersteckt. Wir haben ehrlich gesagt keine Ahnung, womit wir es zu tun haben."

„Reden wir über eine mögliche Invasion?", fragte ich, während mir diese Enthüllungen durch den Kopf gingen.

Erleichterung durchströmte mich, als Maeve mit Überzeugung den Kopf schüttelte. „Das war eine gezielte Aktion. Sie wollten etwas, obwohl wir glaubten, es sei eher jemand."

„Ciara?", fragte ich verwirrt.

Sie schüttelte erneut den Kopf. „Wir glauben, dass sie hinter Elias Jacobs her waren."

„Warum?", fragte ich, und der Verdacht, der sich während des Gesprächs mit Kayog aufgestaut hatte, kehrte zurück.

„Wir sind uns nicht sicher. Er behauptet, er wisse es auch nicht, aber er lügt. Seine vorzeitige Flucht scheint ein wenig zu vorhersehbar. Er ahnte, dass ein Anschlag bevorstand und plante entsprechend. Sei versichert, dass wir ermitteln."

„Aber warum Ciara und die beiden anderen Ärzte mitnehmen? Was könnten sie haben, was die Entführer wollen könnten?", beharrte ich.

„Das ist die wichtigste Frage. Ciara ist Epidemiologin. Mehreen ist Immunologin, und Ernst ist Molekularbiologe", sagte sie nachdenklich. „Die drei zusammen sind ein ideales Team, um eine Epidemie zu untersuchen."

„Glaubst du, die sind krank? Oder versuchen sie, eine Art von biologischer Kriegsführung zu entwickeln?", fragte ich, und mein Unbehagen nahm weiter zu.

„Wir neigen zu der ersten Hypothese", antwortete Maeve. „Ihr Angriff war chirurgisch. Alle Verletzungen, die die Passagiere erlitten haben, sind auf ihre eigene Panik zurückzuführen, nicht auf die Aktionen der Entführer. Wie bei dem Darwandir-Weibchen, das mit deiner Gefährtin gestürzt ist, haben die Angreifer alle Personen geschützt, die gestürzt sind oder sich schwere Verletzungen zugezogen hätten. Was auch immer sie wollen, wir halten sie nicht für böse. Aber ihre Technologie macht sie zu einer unbestreitbaren Bedrohung, die wir einschätzen müssen."

„Wie dem auch sei, sie haben immer noch drei Wissenschaftler entführt, nachdem sie ein Schiff angegriffen haben, das Verletzungen verursacht hat, obwohl sie alles getan haben, um diese zu begrenzen. Wenn sie nur Hilfe gebraucht hätten, hätten sie fragen können. Warum das? Warum kommen sie dafür aus dem östlichen Quadranten? Wo haben sie sie hingebracht?"

„Um die Wahrheit zu sagen, haben wir den Verdacht, dass die Entführer von einer dritten Partei angeheuert wurden", gab Maeve vorsichtig preis. „Wie ich bereits erwähnt habe, haben wir Ciaras Signal am Rande der Toten Zone verloren. Aber nachdem das Schiff die neun freigelassenen Personen abgesetzt hatte, verließ es unseren Quadranten in eine andere Richtung. Dieses Schiff ist wieder im östlichen Quadranten, aber Ciaras Implantat hat die Tote Zone nie verlassen."

„Was ist da drüben?", fragte ich verblüfft.

„Nur eine Handvoll extrem primitiver Planeten, die den strengsten Richtlinien der Obersten Direktive unterliegen. Die einzige Spezies dort, mit der streng kontrollierte Interaktionen erlaubt sind, sind die Sangoths. Sie besaßen ein gewisses technologisches Niveau, und wir interagieren mit ihnen in ähnlichem Maße wie mit den Ordosianern."

„Glaubst du, sie haben sie?"

„Das ist weit hergeholt und reine Spekulation", gab sie mit entschuldigendem Blick zu. „Die Sangoths haben nicht die Kapazität für interstellare Reisen. Wir müssen zu ihnen fliegen. Aber sie haben Möglichkeiten, uns über sehr langsame Relais zu kontaktieren."

„Selbst wenn ein Sektarianer in unseren Quadranten käme, um ihnen Hilfe anzubieten, warum sollten sie nicht einfach unsere Ärzte anfordern, wenn wir bereits eine Beziehung zu ihnen haben?", forderte ich heraus.

„Ich weiß es nicht, Amreth. Aber vielleicht liegt es daran, dass das Vertrauen gebrochen wurde. Das Serum, das Elias berühmt machte, wurde aus einem zufälligen Ereignis auf Kestria, der Heimatwelt der Sangoths, gewonnen."

„Warum in Tharmoks Namen hast du das nicht früher erwähnt?", rief ich aus. „Das ist doch die offensichtliche Verbindung!"

„Vielleicht, aber vielleicht auch nicht. Wir müssen bei dieser Sache äußerst vorsichtig vorgehen. Wenn Jacobs ihnen in irgendeiner Weise Unrecht getan hat, könnten wir das Wohl der Gefangenen gefährden, wenn wir zu früh die Hand aufhalten. Hinzu kommen die extrem strengen Beschränkungen für den Zugang zu diesem Planeten. Selbst die Friedenstruppen dürfen nicht landen, wenn es keinen hinreichenden Verdacht gibt."

„Sie haben die Implantate der drei Ärzte!", bekräftigte ich in einem deutlichen Ton.

„Ja, aber die Friedenstruppen verfügen nicht über eine ausreichend leistungsfähige Technologie, um sie aufzuspüren, ohne in die Atmosphäre von Kestria einzudringen, was sie nicht ohne Grund tun können."

„Dann gib ihnen die verdammte Technologie!"

„Das können wir nicht. Es ist zu mächtig und könnte in den falschen Händen missbraucht werden. Deshalb kontrollieren die Vollstrecker streng, wer Zugang dazu hat."

„Wir sollen uns also zurücklehnen und nichts tun?", rief ich aus, und Wut schwang in meiner Stimme mit.

„Nein, Amreth. Ich erkläre nur, dass die Vollstrecker anderswo gebunden sind. Und die Friedenswächter haben nicht die nötigen Mittel, um Kestria ohne Grund zu betreten. Aber wenn ein ziviles Schiff, das durch diese Region fliegt, eine unerwartete Fehlfunktion hätte, könnte ihm niemand vorwerfen, dass es eine Notlandung macht."

Ich starrte sie an. Sie lächelte schamlos.

„Die Friedentruppen – und die Enforcer im Übrigen auch – brauchen nur den geringsten Beweis für einen möglichen Angriff. Ein Bild oder ein Video von einer der drei vermissten Personen würde ausreichen, um ihr Eindringen in die Atmosphäre von Kestria zu rechtfertigen."

Ich bewegte mich unruhig auf meinem Sitz.

„Das wäre ein vorsätzlicher Verstoß gegen die Gesetze", erklärte ich.

Der „Willst du mich verarschen?"-Blick, den Maeve mir zuwarf, ließ meine Wangen vor Peinlichkeit glühen.

„Im Ernst, Amreth... Ich weiß, dass deine Spezies mit der Wichtigkeit der Einhaltung des Gesetzes indoktriniert wurde. Aber bei allem Respekt, du musst diesen selbstgerechten Stock aus deinem Hintern ziehen und dich auf das konzentrieren, was zählt. Was ist für dich wichtiger? Die Rettung deiner Seelenverwandten oder die rechtschaffene Einhaltung eines Gesetzes?"

„Das ist eine unfaire Frage! Wie gut die eigenen Absichten auch sein mögen, wenn man gegen das Gesetz verstößt, es wurde aus einem bestimmten Grund geschaffen. Habt ihr Menschen nicht ein Sprichwort, wonach der Weg zur Hölle mit guten Absichten gepflastert ist? Was ist, wenn ich durch einen günstigen Zeitpunkt für einen Unfall dorthin fahre und noch mehr diplomatische Probleme verursache?"

Sie zuckte mit den Schultern. „Dann geh nicht und hoffe auf das Beste."

Ich fletschte meine Zähne und ihr unbeeindruckter Blick stach noch mehr. Natürlich würde ich mich nie einfach zurücklehnen und nichts tun, während meine andere Hälfte möglicherweise irgendwo in Gefahr war und gegen ihren Willen festgehalten wurde. Aber das Gesetz brechen...?

„Du erwähntest, dass wir gelegentlich mit den Sangoths zu tun haben. Ich meine mich zu erinnern, dass sie Verträge für saisonale Handelsarbeiter anbieten. Wenn ich mich einem dieser Teams anschließe, würde ich ihren Luftraum legal betreten", bot ich an.

Maeve nickte langsam. „Du hast richtig gehört. Leider wird es in den nächsten fünf Monaten keine solchen Handelsmissionen geben. Bist du bereit, so lange zu warten?"

Ich brauchte nicht zu antworten. Mein Gesicht sagte alles. Sie schenkte mir wieder einmal ein mitfühlendes Lächeln, obwohl ihre dunkelbraunen Augen schelmisch funkelten.

„Ich weiß, wie schwer es für dich sein muss, dies überhaupt in Erwägung zu ziehen. Manchmal ist es notwendig, die Regeln zu brechen. Was glaubst du, warum ich dir das alles mitteile? Meistens haben die Vollstrecker – und ihr größeres Netzwerk, zu dem ich gehöre – keine andere Wahl, als sich an die Regeln zu halten und sie manchmal sogar mit Füßen zu treten. Was glaubst du, was mit Malaya und Kronos passiert wäre, wenn wir diese Regeln nicht gebogen hätten? Wie viele unschuldige Leben hätten Richter Wuras und sein Vater noch vernichtet?"

Ich nickte ihr steif zu.

„Ich erzähle dir das alles, weil wir dir bedingungslos vertrauen. Du bist ein hoch angesehener Aufseher und ein Elitekrieger. Sowohl Kayog als auch Linsea haben sich für deinen herausragenden moralischen Kompass und dein diplomatisches

Geschick verbürgt. Du bist der beste Kandidat, den sich die Vollstrecker hätten wünschen können, um die Situation in diesem Gebiet zu untersuchen, ohne Wellen zu schlagen."

Mir fiel die Kinnlade herunter, als ich plötzlich verstand. Die Vollstrecker wuschen ihre Hände nicht in Unschuld, was das Schicksal dieser drei Vermissten betraf. Sie rekrutierten mich als ihren stillen Agenten, um ihre plausible Bestreitbarkeit zu schützen.

„Ich verstehe, was du andeutest", erklärte ich schließlich.

Sie lächelte zustimmend. „Ich werde alle Informationen, die du brauchst, auf deinen Computer übertragen. Geh unauffällig rein. Vermeide so weit wie möglich den Kontakt mit den Einheimischen, wenn es nicht unbedingt notwendig ist. Besorge die Beweise, die wir brauchen, und verschwinde dann. Versuche nicht, den Helden zu spielen. Die Kommunikation wird langsam sein, da jede Nachricht, die du sendest, erst zum nächstgelegenen Relais gelangen muss, bevor sie abgeholt wird. Halte uns aber so gut wie möglich über alle Entwicklungen auf dem Laufenden. Wir werden dich auf jede erdenkliche Weise unterstützen."

„Danke, das werde ich."

„Viel Glück, Amreth. Und bring dein Mädchen nach Hause. Du verdienst jedes Glück."

Sobald wir das Gespräch beendet hatten, begann ich mit den Vorbereitungen für meine sofortige Abreise.

KAPITEL 4

CIARA

Ich wachte mit einem Schreck auf. Die hellen Lichter des Raumes ließen mich ein paar Mal blinzeln, bevor sich meine Sicht wieder einstellte. Ein Blick auf meine Umgebung verriet mir, dass es sich um die prächtigste Krankenstation handelte, die ich je betreten hatte. In all meinen Jahren hatte ich die Krankenstationen und Labors unzähliger Schiffe und Spezies besucht. Keines von ihnen konnte mit dieser mithalten.

Ich fragte mich flüchtig, ob dies zu den Xurgen gehörte. Immerhin waren sie die fortschrittlichste Spezies in unserem Sektor der Galaxie. Aber da ich schon öfter von ihrer Technologie schwärmte, konnte ich mit großer Sicherheit sagen, dass dies nicht zu ihrer Produktpalette gehörte.

Ich versuchte, mich aus meiner liegenden Position aufzusetzen, musste aber feststellen, dass eine Art Energiefeld mich unbeweglich hielt. Meine anfängliche Verwirrung wich schnell einem Anflug von Panik, als die Erinnerungen an die jüngsten Ereignisse wieder hochkamen. Der Schmerz, als ich von der verängstigten Darwandir-Frau in Stücke gerissen wurde, schoss mir durch den Kopf. Eine schnelle Selbsteinschätzung ergab jedoch, dass ich außer ein wenig Steifheit und Schmerzen keine wirklichen Beschwerden hatte. In Anbetracht der schweren Wunden, die sie mir zugefügt hatte, müsste ich ohne starke Beruhigungsmittel in völliger Agonie sein. Da mein Verstand klar war, bedeutete dies, dass derjenige, der das Schiff angegriffen und meinen tödlichen Sturz verhindert hatte, mich offenbar auch geheilt hatte.

Ich wollte glauben, dass dies ein gutes Zeichen dafür war, dass ihre Absichten vielleicht doch nicht so böse waren, wie meine fruchtbare Fantasie vermuten ließ. Mein Herz machte einen Sprung, als ich meinen Kopf zur Seite drehte. Durch eine Glaswand starrte ich schockiert auf eine fremde Frau mit dem affenartigen Mann, den ich vage vom Schiff her kannte. Sie unterhielten sich mit Brett Dunham, einem weiteren meiner Bekannten bei der Interstellaren Ärzteorganisation.

Was wollen sie von uns?

Welche Fragen sie ihm auch stellte, seine Antworten lösten bei ihr eine eher unbeeindruckte Reaktion aus. Ihr männlicher Begleiter stand stoisch da und sprach gelegentlich. Ich hätte alles dafür gegeben, ihr Gespräch mitzubekommen. Zumindest war es ein kleiner Trost für mich, dass Brett nicht verängstigt, sondern nur verwirrt wirkte.

Ein Blick auf die gegenüberliegende Seite meines Zimmers zeigte, dass mich eine zweite Glaswand von einem anderen Mitarbeiter der IMO trennte. Die Entdeckung einer bewusstlosen Mehreen Aziz ließ mich beinahe ausrasten. Sicher, viele Ärzte und medizinische Fachkräfte waren an Bord der Gladius gewesen. Aber es waren auch zahllose Politiker, Investoren, Unternehmensmagnaten, Sozial- und Ethikbeauftragte und Personen aus verschiedenen anderen Bereichen anwesend gewesen. Warum hatte ich das Gefühl, dass nur Mitglieder der Interstellaren Medizinischen Organisation angegriffen worden waren?

Sie erwähnten etwas über Elias Jacobs...

Die Tatsache, dass er eine der prominentesten Persönlichkeiten unserer Organisation war, schien zu bestätigen, dass sie tatsächlich hinter unseren Mitgliedern her waren.

Mein Magen zog sich zusammen, als ich zu Brett und unseren Entführern zurückblickte. Er schien sich mit der Frau zu streiten, die plötzlich verärgert mit der Hand winkte. Ich schnappte nach Luft, als Bretts Kopf zurück auf sein Kissen fiel und er das Bewusstsein zu verlieren schien.

Besitzt sie psionische Kräfte?

Gerade als mir dieser Gedanke in den Sinn kam, erinnerte ich mich daran, wie der Affe mich auf dem Schiff niedergeschlagen zu haben schien. Aber er hatte sich nicht bewegt und schien nicht einmal zu reagieren, als das Weibchen diese Geste machte.

Die Matratze, die nach oben gekippt worden war, um Brett in eine halbsitzende Position zu bringen, senkte sich wieder in eine horizontale Position. Dabei begannen die beiden Außerirdischen auf die Glaswand zuzugehen, die mein Zimmer von Bretts Zimmer trennte.

Die gesamte Glasscheibe glitt mit einem leisen Zischen auf. Mit klopfendem Herzen beobachtete ich, wie sie schweigend auf mich zukamen und mich mit ihren Blicken musterten. Obwohl keiner von ihnen aggressiv wirkte, machte sich Angst in mir breit.

Als sie sich näherten, und nun ohne die lähmenden Schmerzen, die meine Sicht auf dem Schiff getrübt hatten, konnte ich die beiden besser sehen. Es stand außer Frage, dass ich beide Arten noch nie zuvor gesehen hatte. Die seltsamsten schwarzen Muster zierten die grauweiße Haut des Weibchens. Für einen kurzen Moment erinnerte es mich an die Krankheit, die früher die Xelixianer, eine Spezies im westlichen Quadranten, befallen hatte. Aber abgesehen von der Tatsache, dass ihre Krankheit vor über einem Jahrzehnt geheilt worden war, waren ihre Markierungen viel geordneter, wirkten nicht wie das zufällige Chaos der Krankheit, die schwarze, geäderte Ranken über die Körper der Xelixianer verbreitet hatte. Es fühlte sich eher wie die Muster eines Tigers an, aber auf bestimmte Bereiche ihres Körpers beschränkt.

Sie hatte langes, pechschwarzes Haar und sehr blasse Augen, ansonsten aber ein sehr menschliches Aussehen. Ihr Begleiter besaß ebenfalls den Körper eines Menschen, war aber mit dem gleichen braunen Fell eines Affen bedeckt. Sein Gesicht wies unbestreitbar affenartige Züge auf, insbesondere die Nase und die Augen. Aber sein Mund hätte auch zu einem von uns gehören können. Das dickere Fell um seinen Kopf wirkte wie eine flauschige und glänzende Mähne. Auch er beobachtete mich mit gelbbraunen Augen, die vor Intelligenz nur so strotzten. Zum Glück waren sie frei von der Wut, die er auf dem Schiff gezeigt hatte, bevor er mich niederschlug.

Noch während sie sich näherten, kippte die obere Hälfte meiner Matratze nach oben und brachte mich in dieselbe halbsitzende Position, in der Brett sich zu Beginn befand. Ich habe nicht gesehen, dass einer von ihnen den Schalter betätigt oder irgendeinen Befehl gegeben hat, der mein Bett in Bewegung gesetzt hätte.

„Sei gegrüßt, Ciara Stark. Ich bin Svira, und das ist Kald Aku Ebaki", sagte die Frau mit geschliffener Stimme, während sie ihrem Begleiter zuwinkte. „Wir haben ein paar Fragen an dich."

Aus irgendeinem dummen Grund blieb mein Gehirn an ihrem undefinierbaren Akzent hängen. Ich konnte nicht sagen, warum mir Südafrikanisch in den Sinn kam. Obwohl sie in Universal sprach – was eine große Erleichterung war -, schaltete sich mein Übersetzer ein, als sie das Wort *Kald* aussprach. Zunächst nahm ich an, dass es Teil seines Namens sei, aber das Wort Häuptling wollte sich immer wieder einschleusen. Ich konnte nur vermuten, dass mein Implantat versuchte, das zu übersetzen, was es als eine fremde Sprache wahrnahm.

Ich wollte ihren Gruß erwidern, aber mein Mund hatte andere Vorstellungen.

„Wo bin ich? Warum hast du mich mitgenommen? Was bist

du? Und was hast du mit Brett gemacht?", platzte es aus mir heraus, wie aus einem Gewehr.

Svira schnaubte, während Aku nur eine Augenbraue hochzog.

„Langsam, Mensch", antwortete Svira mit einem Anflug von Belustigung. „Falls du nicht aufgepasst hast, sagte ich, dass *wir* Fragen an *dich* haben. Aber nun gut. Ich werde bei dir dieses eine Mal nachsichtig sein, damit wir mit den wichtigen Dingen fortfahren können. Brett geht es gut. Er schläft nur, weil er uns nicht von Nutzen ist."

„Wer ist *uns*?", fragte ich und ließ meinen Blick zwischen den beiden hin und her schweifen.

„Ich bin ein Besucher in diesem Quadranten und ein Freund der Kreelar, Akus Spezies. Sie brauchen Hilfe, um das Unrecht wiedergutzumachen, das ihnen von den Menschen angetan wurde", antwortete sie, wobei ihre Stimme einen etwas härteren Klang annahm.

„Was? Wie konnten wir ihnen Unrecht tun? Ich habe ihre Spezies noch nie gesehen oder von ihr gehört!", rief ich aus, wobei mir nicht entging, dass sie es bequemerweise vermied, ihre eigene Art zu nennen.

„Und ohne Elias Jacobs' Vergehen hättest du das zu deinen Lebzeiten nie getan."

Mein Blut wurde zu Eis. Ihre Worte erinnerten mich daran, wie seltsam es mir erschien, dass Jacobs in dem Moment, als der Angriff begann, so schnell vom Schiff eskortiert wurde. Was hatte er getan? Wann und wo hat er sich in das Leben von Bewohnern aus dem östlichen Quadranten eingemischt?

Die IPO und die Galaktische Allianz kontrollierten verschiedene Gebiete der bekannten Galaxie. Wir blieben im nördlichen Quadranten. Die Galaktische Allianz kontrollierte den westlichen und den östlichen Quadranten. Der südliche Quadrant war immer noch ein stark umstrittenes Niemandsland. Die Bewohner der einzelnen Quadranten hielten sich an strenge Regeln, die es ihnen untersagten, das Gebiet des anderen zu betreten.

Die Erde war einer der ganz wenigen Planeten, die sowohl Mitglied der IPO als auch der Galaktischen Allianz waren. Dieses Privileg ergab sich aus der Tatsache, dass sich unser Sonnensystem in der toten Zone zwischen dem westlichen und dem nördlichen Quadranten befand. Nachdem wir die Warp-Reise erreicht hatten, versuchten sowohl die IPO als auch die Galaktische Allianz, uns auf ihre Seite zu ziehen. Wir waren gierig genug, um zu verlangen, zu beiden zu gehören, und waren damit tatsächlich durchgekommen.

Das kam unserer Heimatwelt zwar sehr zugute, aber es befreite uns nicht von den strengen Regeln, die für alle anderen galten. Jeder Mensch, der die Erde verließ, konnte nicht zwischen den in Sektoren aufgeteilten Gebieten der Galaktischen Allianz und den alliierten Gebieten der IPO hin- und herpendeln. Die Menschen aus den östlichen und westlichen Quadranten hassten es, als Sektorianer bezeichnet zu werden. Aber es war eine treffende Bezeichnung, denn die Planeten dort waren extrem gespalten und fest dazu indoktriniert, ihre eigenen Regeln zu befolgen und ihren eigenen Weg zu gehen. Außerdem waren die Planeten des westlichen Quadranten noch stark von organisierten Religionen geprägt, vor allem von der Anbetung der Göttin, während der östliche Quadrant sich von allen Formen des Glaubens losgesagt hatte und ziemlich interessante Regeln über die Schuldknechtschaft und die Möglichkeit, sich durch einen verbindlichen Vertrag so ziemlich alles zu unterwerfen, hatte.

Die Anwesenheit von Svira verstieß also gegen genug Regeln, um möglicherweise einen großen diplomatischen Zwischenfall zwischen den Alliierten und den Sektorianern auszulösen. Sie hatten ein Schiff angegriffen, auf dem sich zahlreiche hochrangige Beamte von verschiedenen Planeten unseres Quadranten befanden. Welches Unrecht könnten die Menschen verursacht haben, das so gravierend war, dass Svira ein solches Risiko eingehen musste?

„Was hat Jacobs getan?!", fragte ich, während mir der Kopf schwirrte.

„Was weißt du über die SS12?", wollte Svira wissen, anstatt auf meine Frage zu antworten.

Ich spürte, wie ich blass wurde. Hatte er etwas Unmoralisches getan, um an das Serum zu gelangen, das ihn an die Spitze der medizinischen Exzellenz dieser Generation katapultierte?

„Es ist ein revolutionäres Heilmittel, das Dr. Jacobs vor einem Jahrzehnt bei seinen Studien über die Sangoths entdeckt hat", antwortete ich vorsichtig. „Soweit ich weiß, wurde eines seiner Teammitglieder von einer tollwütigen Bestie angegriffen und erkrankte. Es gelang ihnen, die Bestie aufzuspüren und daraus die wundersame Behandlung abzuleiten."

„Eine Bestie, ja?", meldete sich Aku zum ersten Mal zu Wort, und in seiner Stimme schwang Wut mit. „Ist das die Beschreibung, die er gegeben hat?"

Es war tief und ein wenig gehaucht. Unter anderen Umständen hätte ich ihn attraktiv gefunden. Aber unter der Oberfläche brodelte eine tiefe Wut. Was auch immer Jacobs getan hatte, es musste schrecklich sein.

Ich leckte mir nervös über die Lippen und nickte. „Offensichtlich hatte jeder in der medizinischen Gemeinschaft unzählige Fragen über die Quelle des Heilmittels. Aber Jacob und sein ganzes Team meinten, es sei eine Art wildes Tier, das sie nicht identifizieren konnten. Es zerfiel zu schnell durch die Krankheit, die es von innen heraus zerfraß. Außerdem war es viel zu stark mutiert, als dass sie die ursprüngliche Spezies, zu der es gehörte, hätten identifizieren können."

„Und das glaubst du?!", fragte Svira mit offensichtlichem Unglauben.

Ich zögerte und zuckte dann mit den Schultern. „Es war in der Tat ein ziemlich beunruhigender Bericht", räumte ich ein.

„Nicht wenige Leute haben sich darüber beunruhigt geäußert, dass sie nicht einmal Skizzen oder erhaltene Proben hatten, die es fortschrittlicheren Computern als denen vor Ort erlaubt hätten, zu versuchen, die ursprüngliche Kreatur anhand der DNA zu rekonstruieren. Aber man kann nicht ein ganzes Team von hoch angesehenen Wissenschaftlern herausfordern, ohne handfeste Beweise oder zumindest einen triftigen Grund zu haben."

„Und niemand hat daran gedacht, zurückzukommen?", forderte Aku heraus.

„Viele von uns wollten das. Aber die Heimatwelt der Sangoths unterliegt den strengen Richtlinien der Obersten Direktive. Diese *Bestie* kam in den von den Sangoths bewohnten Gebieten nicht natürlich vor. Der Versuch, eine Kreatur aufzuspüren, von der man nicht einmal wusste, wie sie wirklich aussah, hätte das Ökosystem empfindlich gestört. Das schien unter den gegebenen Umständen nicht gerechtfertigt. Außerdem war der gesamte Quadrant zu sehr damit beschäftigt, sich weiter mit SS12 zu beschäftigen."

„Nun, sie haben euch alle angelogen", knirschte Aku zwischen den Zähnen. „Diese wilde Bestie war meine ältere Schwester. Sie trainierte mit ihrem Sohn das Baumhüpfen, als sie auf zwei Menschen stieß. Sie vergnügten sich am Fluss, wo sie gegessen hatten. Wir hatten noch nie Menschen gesehen. Aber mein Neffe, der zu diesem Zeitpunkt erst fünf Jahre alt war, konzentrierte sich auf das dargebotene Essen. Er rannte von seiner Mutter weg, um etwas davon zu verzehren."

„Oh, nein!", hauchte ich aus.

Wäre das Paar auf einer romantischen Eskapade gewesen, hätten sie auf keinen Fall die sterilen Rationen mitgebracht, die beim Essen in geschützten Umgebungen erlaubt waren. Gott allein wusste, wie negativ die örtliche Bevölkerung darauf reagieren würde. Als hätte er gehört, was mir durch den Kopf ging, bestätigte Aku meine Befürchtungen.

„Das Menschenmännchen bemerkte, wie mein Neffe nach

dem Essen griff. Er jagte ihm hinterher. Natürlich griff meine Schwester ein, um ihren Sohn zu schützen. Der Mensch schoss auf sie", knurrte Aku.

„Oh, mein Gott!", flüsterte ich erschrocken. Ich hätte mir die Hand vor das Gesicht gehalten, aber das Energiefeld hielt mich zurück.

„Sie schaffte es trotzdem, ihn zu bekämpfen. Sie hat ihn gebissen und gekratzt. Die Menschenfrau schoss auch auf meine Schwester. Dadurch wurde sie betäubt. Beide flohen und ließen meine Schwester und meinen Neffen zurück, der über den Zustand seiner Mutter verzweifelt war."

„Ist sie gestorben?", fragte ich mit verkrampfter Stimme.

„Nein. Sie haben ihr ein Beruhigungsmittel gegeben", antwortete er.

Ich zuckte zusammen, als ich seine Worte hörte. Man injiziert neuen Spezies niemals irgendwelche Drogen, bevor man nicht ausgiebig getestet hat, wie sie reagieren würden. In diesem speziellen Fall hätten sie, abgesehen von der Tatsache, dass sie nie dort hätten sein dürfen, ein Betäubungsgewehr benutzen sollen, um ihr Ziel außer Gefecht zu setzen. Wie zum Teufel konnten sie so viele Fehler auf einmal machen?

„Du musst wissen, dass der Fluss, an dem dies geschah, mehr als einen Tagesmarsch vom nächsten Sangoth-Dorf entfernt ist", fügte Aku wütend hinzu.

„Das bedeutet mindestens eine Stunde Flug in einem persönlichen Shuttle", präzisierte Svira. „Diese Menschen waren nicht zufällig dorthin gestolpert. Es war eine bewusste Entscheidung, denn sie wussten, dass sie die Oberste Direktive verletzten, nur um eine schöne Umgebung für ihre Unzucht zu haben."

„Es tut mir leid, dass das passiert ist. Die Art und Weise, wie sie damit umgegangen sind, war mehr als schlecht. Sie sind sicherlich in Panik geraten und haben deshalb irrational gehandelt", erklärte ich in einem entschuldigenden Ton.

„Und das macht es akzeptabel?", zischte Aku.

„Natürlich nicht", antwortete ich in einem beruhigenden Ton. „Sie hätten gar nicht erst dort sein dürfen. Aber was ist danach passiert? Wenn ich hier bin, nehme ich an, dass deine Schwester in irgendeiner Weise negativ reagiert hat?"

„Zunächst schien sie sich vollständig zu erholen, als die Beruhigungsmittel abklangen. Aber dann wurde sie etwa eine Woche später wieder krank. Da sie eine Amme war, hat sie viele unserer Kinder gestillt, auch meinen Neffen."

„Oh, Himmel!", flüsterte ich und meine Brust zog sich zusammen.

„Die Kleinen wurden krank, ebenso wie diejenigen, die sie nicht mehr stillten, sondern mit ihnen spielten. Und dann ging es auf die Geschwister über, auf die Eltern und auf das ganze Dorf. Unsere Jungen werden bis zum Alter von sechs oder sieben Jahren gestillt. Die meisten unserer Frauen bekommen nur zwei oder höchstens drei Babys in ihrem Leben. In den zwei Monaten nach dem Vorfall starben vier von fünf unserer Säuglinge. Nur noch ein Drittel der Weibchen ist übrig. Bei einigen zeigen sich schon wieder erste Anzeichen. Wir sind dabei, auszusterben!"

Trotz des Schreckens, den seine Worte in mir auslösten, schaltete sich mein wissenschaftlicher Verstand ein, da ich mich seit Jahren mit solchen Situationen auseinandersetze.

„Nur die Weibchen, nicht die Männchen?", fragte ich.

„Beide Geschlechter sind betroffen und haben eine ähnliche Sterblichkeitsrate, nur dass es für die Frauen noch tödlicher wird, wenn sie sich nach der Pubertät infizieren", erklärt Aku.

Könnte es durch den Östrogenspiegel beeinflusst werden?

Wenn ihre hormonelle Entwicklung einem ähnlichen Muster wie beim Menschen folgen würde, hätten Männchen und Weibchen in ihrer Kindheit ähnliche Testosteronwerte, aber bei den Weibchen würde der Östrogenspiegel mit Beginn der Pubertät deutlich ansteigen.

„Was sagen eure Ärzte dazu?", frage ich vorsichtig.

„Unsere Heiler verfügen nicht über eine ausreichend fort-

schrittliche Technologie, um zu verstehen, was vor sich geht",
gab Aku zähneknirschend zu.

„Die Kreelar fallen nicht ohne Grund unter die strengsten
Richtlinien der Obersten Direktive. Sie haben erst vor kurzem
eine grundlegende Elektrizität entwickelt. Sie besitzen noch
nicht einmal eine Konnektivität", erklärte Svira.

„Aber *du* schon!", forderte ich, bevor ich einen bedeutungsvollen Blick auf die hochtechnisierte Krankenstation um uns
herumwarf.

Sie schüttelte den Kopf, ihr Gesicht verschloss sich. „Wir
haben die Grenze erreicht, wie weit wir uns in diese Angelegenheit einmischen können."

„Was zum Teufel soll das bedeuten?", fragte ich verblüfft.

„Die Orakel haben die Wege gesehen. Wenn wir uns weiter
einmischen, wird es für die Kreelar und viele andere sehr
schlimm enden. Unser Beitrag zur Rettung ihres Volkes neigt
sich dem Ende zu."

„Orakel?", echote ich verwirrt, bevor sich meine Augen vor
Schreck und plötzlichem Verständnis weiteten. „Moment! Willst
du damit sagen, dass ihr Korletheaner seid?!"

Ich schreckte zurück, und mein Herz setzte einen Schlag aus,
als sie die Zähne fletschte und sich ein Hauch von purem Hass
auf ihre Züge legte.

„Wir sind *keine* Korletheaner! Wir *hassen* diese Söhne von
Krilliks! Sie haben uns angetan, was ihr den Kreelarern angetan
habt. Aber sie taten es aus Bosheit!"

„Halt mal den Ball flach!", rief ich empört aus. „*Ich* habe den
Kreelarern nichts getan. *Die Menschheit* hat ihnen nichts getan.
Nach dem, was du mir erzählst, scheint es so, als hätte Elias'
Team das getan. Ich kann nur versprechen, alles in meiner Macht
Stehende zu tun, um den Schaden zu beheben und zu verhindern,
dass sich diese Tragödie fortsetzt. Aber ... Aber du siehst auch
nicht wie ein Xelixianer aus."

Soweit ich mich an die Geschichte der Sekte erinnerte, hatten die Korletheaner mit ihren rücksichtslosen Experimenten einer ganzen Reihe von Spezies Schaden zugefügt. Die einzige Spezies, an die ich mich in diesen Quadranten erinnern konnte, die eine gräuliche Haut mit dunklen Flecken hatte, waren die Xelixianer. Aber sie hatten übergroße Iriden ohne Pupillen, chevronförmige Knochengrate auf der Stirn und ungewöhnlich geriffelte Ohren, die nicht zu Sviras Aussehen passten.

Sie schnaubte und schüttelte den Kopf. „Wir sind auch keine Xelixianer."

„Was dann...?

Sie winkte abweisend mit der Hand und unterbrach mich. „Das ist unwichtig. Das Einzige, worauf du dich konzentrieren solltest, ist die Beseitigung des Schadens bei den Kreelarern. Du hast einen epidemiologischen Hintergrund, der für die bevorstehende Herausforderung von großem Nutzen sein wird."

„Auf jeden Fall. Ich kann und will helfen. Aber sollte Elias nicht..."

„Man wird sich um ihn kümmern", unterbrach Svira erneut. „Es gibt einen Grund, warum er geflohen ist, als unser Schiff das eure angegriffen hat. Er wusste, was ihn erwartete."

Obwohl ich es nicht ausgesprochen hatte, hatte ich es vermutet. Nichtsdestotrotz sah ich sie aus verengten Augen an, da ich immer noch nicht verstand, warum sie die Dinge auf diese Weise handhabten.

„Na gut, aber warum die Gladius angreifen? Wenn das, was du sagst, wahr ist – und ich habe keinen Grund, daran zu zweifeln – warum stellst du ihn nicht einfach bloß? Die IPO und die galaktische Gemeinschaft würden ihn zur Rechenschaft ziehen und alles in ihrer Macht Stehende tun, um den Kreelarern Recht zu verschaffen. Dieser Angriff könnte einen großen politischen Konflikt zwischen deinem und unserem Quadranten auslösen."

Sie nickte. „Glaub mir, Ciara, das war der ursprüngliche Plan gewesen. Leider führen alle diese Wege in die Tragödie. Aber du..."

Zu meiner Überraschung verstummte ihre Stimme, und ihre Augen wurden unscharf. Ich warf Aku einen verwirrten Blick zu, der einfach nur schweigend zusah. Augenblicke später blinzelte Svira und richtete ihre volle Aufmerksamkeit wieder auf mich. Ein triumphierendes Lächeln umspielte ihre Lippen.

„Du kannst der Schlüssel sein", bekräftigte sie schließlich. „Solange du mit deinem Partner zusammenarbeitest, wirst du die Lösung finden."

Ich wich erneut zurück, diesmal wirklich verwirrt. „Meinen Partner?! Ich habe keinen!"

Sie schenkte mir ein geheimnisvolles Lächeln. „Noch nicht, aber bald."

Oh, mein Gott! Redet sie von Amreth?!

Ihr Lächeln wurde breiter, als hätte sie den Gedanken gelesen, der mir durch den Kopf schoss.

„Was bist du?", flüsterte ich mehr zu mir selbst als wirklich zu ihr. „Du bist weder ein Xelixianer noch ein Korletheaner, und du zeigst die Art von Kräften, die die Veredianer besitzen. Und doch bist du eindeutig keiner. Was bist du dann?"

„Wir sind der schlimmste Albtraum der Korletheaner", sagte sie mit einem Anflug von Grausamkeit in ihren blassen Augen. Dann wandte sie sich mit einer Art triumphierendem Lächeln an Aku. „Sie ist die Richtige."

Ein Hauch von Erleichterung durchströmte ihn.

„Wofür bin ich die Richtige?", fragte ich und war sofort wieder besorgt.

Sie ignorierte meine Frage, und der äußere Rand ihrer Augen begann zu glühen, als sie mich mit großer Intensität anstarrte. „Ciara, gehorche meinem Befehl. Sobald ich diesen Raum verlasse, wirst du einschlafen und vergessen, dass du mich jemals gesehen hast, ebenso wie alle Diskussionen und Anspielungen, die während dieser Unterhaltung über mein Volk, die Korletheaner, die Veredianer und die Xelixianer gemacht wurden."

„Aber warum? Warte!", rief ich, als die beiden sich einfach umdrehten und auf die Glaswand zugingen, die mein Zimmer von dem trennte, in dem Mehreen lag.

Bevor sie sich entfernte, blieb sie ein letztes Mal stehen und schaute mich über ihre Schulter an. Zuerst dachte ich, sie würde meine Frage beantworten, aber ihre Augen waren wieder leicht unscharf.

„Es sollten niemals rote Steine im Fluss sein. Merke dir das gut."

„Was?!"

Sie antwortete nicht und schaute wieder in Richtung von Mehreens Zimmer. Die obere Hälfte meines Bettes begann sich wieder zu senken, als ich noch einmal nach Svira rief. Aber sobald sie durch die offene Glastür trat, spürte ich, wie mein Bewusstsein von einer dunklen Leere verschluckt wurde, und ich wusste nichts mehr.

KAPITEL 5

CIARA

Anders als beim letzten Mal wachte ich nicht mit einem plötzlichen Panikschock auf. Stattdessen erwachte ich bequem aus dem besten und erholsamsten Schlaf, den ich seit langem hatte. Das hinderte mich jedoch nicht daran, eine brutale Welle der Verwirrung über mich hereinbrechen zu lassen, als ich meine neue Umgebung wahrnahm. Trotz des Nebels, der jetzt meine Erinnerung an die jüngsten Ereignisse einhüllte, wusste ich ohne jeden Zweifel, dass ich in einer völlig anderen Umgebung eingeschlafen war. Ich erinnerte mich vage an ein Schiff, aber nicht daran, welches es gewesen war.

Ich lag jetzt auf einem wahnsinnig bequemen Bett in etwas, das wie ein anständig großes Lehmhaus aussah. Hölzerne Fensterläden bedeckten eine Reihe großer Fenster. Ich zog die Bettdecke ab, die mich bedeckte, und stieg vorsichtig aus dem Bett. Diese Bewegung erinnerte mich an die Tatsache, dass ich zuvor bewegungsunfähig gewesen war. Es war merkwürdig, dass ich mich an dieses Detail erinnerte, aber nicht an den Ort, an dem ich festgehalten worden war. Ich machte mich auf den Weg zum Fenster, um die Fensterläden zu öffnen. Sofort durchflutete

Tageslicht den Raum. Auf den ersten Blick schien es Vormittag zu sein.

Freigelegte Holzbalken und Lehmwände verliehen dem Raum eine warme Ausstrahlung. Die Möbel, darunter ein Doppelbett, eine Kommode und zwei Nachttische, waren alle aus demselben hellen Holz geschnitzt. Obwohl es beige war, hatte es einen leicht grünlichen Schimmer, wie trockener Bambus.

Leider blickte das Fenster auf einen, wie ich annahm, privaten Garten und verhinderte, dass ich mir ein besseres Bild von dem machen konnte, was draußen geschah. Obwohl ich immer noch leicht besorgt war, hatte ich keine Angst. Ein seltsames Gefühl der Entschlossenheit erfüllte mich.

Plötzlich fiel mir auf, dass ich eine Art leichtes, aber zurückhaltendes Nachthemd trug. Der Stoff fühlte sich für mich ungewohnt an, ebenso wie sein Design. In der Ecke des spärlich, aber geschmackvoll eingerichteten Zimmers stand ein Stuhl in der Nähe des Fensters, auf dem eine Reihe von Kleidungsstücken ordentlich gefaltet lag. Am Fußende des Stuhls wartete ein Paar bequeme Schuhe, die genau die richtige Größe für mich hatten. Meine Wangen erhitzten sich, als ich merkte, dass sie dem Stapel frische Unterwäsche hinzufügten.

Ich wollte glauben, dass eine der Kreelar-Frauen diese für mich besorgt hatte. Es kam mir unangenehm vor, dass Aku sie besorgt haben könnte.

Doch selbst als mir dieser Gedanke durch den Kopf ging, glaubte ich mit einer unerklärlichen Gewissheit, dass jemand anderes, der nicht zu ihrer Spezies gehörte, sie für mich besorgt hatte. Einen Moment lang erwog ich, diese Kleidungsstücke sofort anzuziehen, entschied mich dann aber, den Rest der Wohnung zu erkunden, bevor ich etwas unternahm.

Als ich das Schlafzimmer verließ, wurde ich von einem recht schönen Wohnbereich begrüßt. Eine große Couch und ein Sessel, beide aus Holz mit sehr bequem aussehenden beigen Kissen, standen direkt vor der Schlafzimmertür. Auf der linken Seite befand sich ein Tisch mit sechs Stühlen vor einem weiteren großen Fenster auf der einen Seite und einem kleinen Tresen mit einem Waschbecken und Schränken auf der anderen Seite. Obwohl dies eindeutig als Essbereich diente, konnte ich nichts sehen, was auch nur im Entferntesten an einen Herd oder ein Kühlgerät erinnerte. Aber ich konnte mich auch nicht daran erinnern, Nachtlampen oder irgendetwas gesehen zu haben, das darauf hindeutete, dass sie über Elektrizität verfügten.

Und doch glaubte ein Teil von mir, dass jemand erwähnt hatte, dass die Kreelar so weit fortgeschritten waren, dass sie sich elektrische Energie zunutze machen konnten. Plötzlich wurde mir klar, dass es eine große Herausforderung sein würde, ihnen ohne den Komfort der fortschrittlichen Technologie, die mir immer zur Verfügung stand, zu helfen, wenn sie das nicht konnten.

Trotzdem schlenderte ich zu dem Tisch hinüber, auf dem sie ein paar abgedeckte Teller abgestellt hatten. Ich hob den Deckel des ersten Tellers an und fand trockenes Brot, Marmelade, etwas, das ich für Käse hielt, Wurstwaren, Obst und eine Art klaren Saft. Zu meinem Erstaunen entdeckte ich direkt neben dem Teller mit den Früchten meinen Armcomputer.

Mein Herz machte einen Sprung, als ich gierig nach ihm griff. Obwohl ich es erwartet hatte, konnte ich eine gewisse Enttäuschung über das Fehlen jeglicher Konnektivität nicht unterdrücken. Aber das machte ihn nicht unbrauchbar. Als Mitglied der Interstellaren Ärzteorganisation war ich gegen so ziemlich alles und jedes unter der Sonne geimpft worden. Außerdem hatte ich eine Reihe intelligenter Nanoroboter erhalten, die die meisten Gifte aufspüren und ihnen den Garaus machen konnten, falls ich irgendwo ohne Zugang zu Medikamenten gestrandet war.

Trotzdem untersuchte ich die Lebensmittel auf mögliche Risiken. Es war unklug zu denken, dass ich mich unnötigen Bakterien aussetzen sollte, nur weil ich einen Schutz hatte.

Selbst wenn mein Körper gegen fast alles ankämpfen konnte, hatte es keinen Sinn, mich den Unannehmlichkeiten – und vielleicht sogar den Qualen – einer zufälligen Krankheit auszusetzen.

Das grüne Licht an der Schnittstelle meiner Armschiene signalisierte Entwarnung. Ich nahm einen Bissen von dem gepökelten Fleisch. Es schmeckte wie eine milde Version von Chorizo. Die gelblich-weißen Scheiben entpuppten sich tatsächlich als eine Art Käse, der stark nach Schweizer Käse schmeckte – meinem Lieblingskäse. Er passte perfekt zu etwas Marmelade auf dem Brot, das ein Mehrkorncracker gewesen sein könnte. Obwohl ich leicht hungrig war, ließ ich mich nicht zum Essen nieder, sondern beschloss, zuerst die Tour zu beenden.

Die Tür in der Nähe des Essbereichs war verschlossen. Ich nahm an, dass dies der Haupteingang war. Zu sagen, dass es mir nichts ausmachte, eingeschlossen zu sein, wäre eine Lüge. Aber unter den gegebenen Umständen konnte ich verstehen, dass Aku nicht wollte, dass ein beliebiger Mensch in seinem Dorf herumspazierte. Soweit ich wusste, hasste sein Volk meine Art für das, was ihnen widerfahren war.

Ich ging zurück zu der Tür auf der anderen Seite des Wohnbereichs. Es stellte sich heraus, dass es ein zweites Schlafzimmer war. Das Bett war ein wenig kleiner als das, in dem ich geschlafen hatte. Die Kommode war ebenfalls kleiner und ließ viel Platz für einen großen Schreibtisch, den ich perfekt als Büro nutzen konnte. Die Tür an der Rückwand des Wohnbereichs führte in den Hinterhof. Er war klein und gemütlich und hatte einen hohen Zaun als Sichtschutz. Es dauerte nur eine Sekunde, bis ich den Grund dafür erkannte. Sie hatten kein herkömmliches Badezimmer, sondern eine Außendusche neben einem Plumpsklo.

Zu meiner Freude war das Plumpsklo nicht so rudimentär, wie ich erwartet hatte. Als Feldärztin hatte ich auf meinem Weg schon viele Latrinen und chemische Toiletten gesehen. Diese

hier schien tatsächlich an eine Art Abwassersystem angeschlossen zu sein, was mir sehr entgegenkam. Sie war sauber,
mit dem seltsamsten Toilettenpapier, das fast wie Servietten
aussah, und einem kleinen Waschbecken, das wahrscheinlich an
ein Brunnensystem angeschlossen war. Ich entleerte schnell
meine Blase und nahm dann eine Dusche. In einer Ablage
befand sich ein Satz Handtücher. Ich schnappte mir eines, trocknete mich ab und wickelte es um meinen Körper, bevor ich ins
Haus zurückkehrte. Ich zog die Kleidung an, die man mir dage-
lassen hatte. Es beunruhigte mich, dass sie perfekt passte. Sie
war bequem, die Art von strapazierfähiger Kleidung, die wir oft
auf solchen Missionen trugen.

Ich kehrte in den Speisesaal zurück und aß, während ich
meine aktuelle Situation bewertete. Die klaffenden Löcher in
meinem Gedächtnis machten mich ernsthaft wütend. Eigentlich
sollte ich mir darüber Sorgen machen, aber ein Teil von mir hatte
das Gefühl, dass dieser Verlust erwartet worden war. Es war, als
hätte man mich vorher gewarnt, auch wenn es nicht wirklich
Sinn ergab.

Die wichtigste Frage war, wer noch hierhergebracht worden
war. Ich erinnerte mich deutlich an Brett Dunham und wusste
ohne jeden Zweifel, dass er nicht hier sein würde. Ich erinnerte
mich auch daran, Mehreen gesehen zu haben. Sie hier zu haben,
wäre wunderbar. Ich wünschte nur, ich könnte jemanden von
diesem Planeten kontaktieren, um mitzuteilen, dass es mir gut
ging. Meine Eltern würden ausflippen, da sie zweifellos bereits
vor meiner Entführung gewarnt worden waren.

Da ich nicht wusste, was ich tun sollte, packte ich die Reste
fein säuberlich auf einen einzigen Teller, den ich abdeckte, und
brachte die leeren Teller zum Waschbecken. Gerade als ich mit
dem Abwasch beginnen wollte, erschreckte mich ein Klopfen an
der Tür zu Tode.

„Komm rein", rief ich, die Handfläche auf die Brust gepresst.

Das Schloss klickte, und dann öffnete sich die Tür. Ich

verschränkte die Hände vor mir und wurde plötzlich nervös, als Akus breite Gestalt die Türöffnung füllte. Seine Augen glitten schnell über mich, bevor sie zum Tisch wanderten.

„Gut, du bist bereit", sagte er in einem anerkennenden Ton. „Kümmere dich nicht um das Geschirr. Jemand wird sich um das Aufräumen kümmern. Komm."

Er gab mir ein Zeichen, ihm zu folgen, und verließ sofort das Haus, ohne auf meine Antwort zu warten. Ich eilte ihm nach, fasziniert von der langsamen Bewegung seines langen, flauschigen Schwanzes. Es überraschte mich, dass er einen hatte. Höher entwickelte Primaten wie Menschen und Affen hatten im Gegensatz zu Affen keine Schwänze. Und dieser Kreelar besaß eindeutig ein Intelligenz- und Empfindungsniveau, das dem eines Menschen gleichkam.

Ich trat aus dem Haus heraus und betrat einen recht charmanten Innenhof. In diesem Innenhof reihten sich acht weitere Häuser aneinander, die dem meinen ähnlich waren. Zu meiner großen Freude befand sich neben dem letzten Haus, das meinem eigenen gegenüber lag, ein mobiles Feldlabor mit Sonnenkollektoren. Als Bodenbelag diente gepackte Erde, obwohl eine Reihe von Blumen und kleinen Sträuchern die vorderen Kanten jedes kleinen Hauses schmückten. Zu unserer Rechten versperrte ein hohes Tor den Zugang zum Rest des Dorfes. Ein einzelner Wächter hielt davor Wache.

Wie Aku trug er eine weite, lange Hose, einen verzierten Gürtel und darüber einen dekorativen Lendenschurz. Seine nackte Brust verbarg nichts von seinen gut ausgeprägten Bauchmuskeln. Die Lederarmbänder um seine Handgelenke hatten denselben dunkelgrünen Farbton wie die seines Anführers. Der Hauptunterschied zwischen ihnen war der kunstvoll geschnitzte Ring auf Akus Stirn, von dem ich annahm, dass er der Häuptling war, oder *Kald*, wenn ich meinen Übersetzer richtig verstanden hatte.

Als wir uns dem Labor näherten, erkannte ich, dass es sich

um das offizielle Eigentum der Interstellaren Medizinischen Organisation handelte. Hatten sie es gestohlen?

„Wie bist du an dieses Labor gekommen?" Ich ertappte mich dabei, wie ich damit herausplatzte.

„Wir sind kreativ geworden", antwortete Aku unverbindlich.

„Wie kreativ?", bestand ich auf eine Antwort.

Ein einziger Blick von ihm genügte, um mir klarzumachen, dass ich das Thema fallen lassen sollte. Obwohl es unter den gegebenen Umständen nicht wirklich wichtig war, hasste ich es, im Dunkeln zu arbeiten und so viele unbeantwortete Fragen zu haben. Es beunruhigte mich auch insofern, als eine erstklassige und zuverlässige Ausrüstung in meinem Beruf unerlässlich war. Fehlerhafte Geräte bedeuteten Ergebnisse, denen man nicht trauen konnte. Was wiederum zu Heilmitteln führte, die sogar noch schädlicher sein konnten als die Krankheit, die man ursprünglich bekämpfen wollte.

Aber all diese Gedanken verschwanden aus meinem Kopf, als sich die Tür öffnete und zwei bekannte Gesichter zum Vorschein kamen.

„Mehreen! Ernsthaft!", rief ich aus und mein Gesicht erhellte sich, als die beiden Wissenschaftler von ihren Arbeitsplätzen aufstanden, an denen sie jeweils saßen.

„Da ist sie!", begrüßte mich Mehreen.

Wir verstanden uns zwar gut, aber ich würde keinen der beiden als engen Freund bezeichnen. Dennoch eilte ich sofort zu ihr und umarmte sie herzlich, was sie freudig erwiderte. Mit ihren achtundvierzig Jahren sah die zierliche Frau libanesischer Abstammung kaum älter als dreißig aus. Sie hatte eine perfekte, strahlende Haut, langes, dunkelbraunes Haar, blassbraune Augen und obszön lange natürliche Wimpern, die mich vor Neid erblassen ließen. Mit ihrer beeindruckenden Arbeit in der Immunologie hatte sie sich den Respekt der wissenschaftlichen Gemeinschaft erworben.

Nachdem ich Mehreen losgelassen hatte, wandte ich mich an Ernst Wagner. Groß und schlaksig, überragte er mich um einen guten Kopf. Die Wärme seiner Umarmung verblüffte mich ein wenig. Ich kannte ihn noch weniger als Mehreen. Aus meinen wenigen Begegnungen mit ihm würde ich ihn zwar nicht als kalt und distanziert bezeichnen, aber er schien nie der demonstrative Typ zu sein. Als würde er es merken, ließ er seinen Arm fallen, richtete sich auf und fuhr sich mit den Fingern durch sein kurzes, hellbraunes Haar. Das Aufblitzen von Verlegenheit in seinen blauen Augen wäre liebenswert, wenn es nicht so seltsam für einen normalerweise sehr stoischen vierundfünfzigjährigen Mann wäre.

Als Zell- und Molekularbiologe war er Experte für die Erforschung der physiologischen Auswirkungen chemischer Wechselwirkungen zwischen Pflanzen und lebenden Geweben bei Tierarten mit Spezialisierung auf Xenobiologie.

„Es freut mich, dass ihr euch bereits kennt", sagte Aku und lenkte unsere Aufmerksamkeit auf sich. „Das macht die Sache für alle einfacher. Bitte", fügte er hinzu und deutete auf den Besprechungstisch in der Mitte des Vorderzimmers.

Der Raum war mit vier Arbeitsplätzen auf der linken und rechten Seite ausgestattet. Durch eine große Tür an der Rückseite gelangte man in das eigentliche Labor, das in drei Bereiche unterteilt war. Ein Bereich war nur nach Durchschreiten eines Dekontaminationsraums zugänglich. In einem anderen Bereich befanden sich zwei Isolierräume für Patienten, und der letzte bot eine Reihe von Käfigen und Zellen, in denen wir Tiere halten konnten.

Wir setzten uns um den Tisch, Mehreen und ich links, Ernst uns gegenüber und Aku am Kopfende.

„Ihr drei wurdet ausgewählt, weil ihr die Fähigkeiten und den richtigen moralischen Kompass habt, um die Tragödie, die Elias verursacht hat, wieder in Ordnung zu bringen", sagte er mit ruhiger Stimme, bevor er sich mir zuwandte. „Wie Mehreen und

Ernst dir bestätigen werden, enthalten diese Geräte alle Informationen, die du benötigst."

Er deutete auf die Computer an den einzelnen Arbeitsplätzen. Ohne Konnektivität wären wir bei einigen Aufgaben und Informationen, auf die wir zugreifen könnten, immer noch eingeschränkt. Diese Labore waren jedoch speziell für den Einsatz in abgelegenen Gebieten konzipiert worden, oft für primitive Spezies, die ebenfalls nicht über diese Art von Technologie verfügten. Daher besaßen die lokalen Laufwerke eine umfangreiche Datenbank mit fast allem, was wir für Quervergleiche und Analysen benötigen könnten.

„Wenn du irgendwelche Fragen hast, werden meine Leute und ich sie gerne beantworten. Du kannst Yekka untersuchen, das jüngste Mitglied unseres Stammes, das Symptome zeigt", fuhr er fort. „Wir haben sie im ersten Haus direkt neben dem Labor untergebracht."

„Wir haben eine Datei über sie im System gefunden", sagte Ernst mit einem leichten Stirnrunzeln. „Hast du diese Daten dort eingegeben?"

Aku schüttelte den Kopf. „Unsere Freunde waren es."

„Sind deine Freunde auch diejenigen, die dir Universal beigebracht haben?", fragte ich.

Er warf mir einen seltsamen Blick zu, bevor er nickte. „Ja, das haben sie. Aber genug von ihnen", fügte er hinzu, als ich meinen Mund öffnete, um weiter nach ihnen zu fragen. „Sie sind nicht der Grund für deine Anwesenheit hier."

„Du sagtest, du würdest unsere Fragen beantworten", forderte Ernst.

„Ich sagte, ich würde Fragen zu der Krankheit beantworten, die uns plagt, sonst nichts", erwiderte er, und sein Ton wurde härter.

Mehreen warf Ernst einen Blick zu, der andeutete, dass er es sein lassen sollte. Ich wollte das Thema auch ansprechen, aber mir wurde klar, dass sie schon eine Weile in diesem Labor waren. Nur Gott wusste, was in der Zwischenzeit passiert war. Solange ich nicht wusste, was vor sich ging, schien es mir nicht klug zu sein, Wellen zu schlagen.

Sie wandte sich an Aku. „In Anbetracht der Probleme, mit denen dein Volk konfrontiert ist, wenn wir mehr Hilfe hätten...“

„Niemand sonst kommt“, unterbrach er sie scharf. „Ihr drei seid schon zu viel, von ihrem Gefährten ganz zu schweigen. Außenweltler sind eine Geißel für diese Welt. Wir haben euch nur hierhergebracht, weil wir keine andere Wahl hatten. Seid versichert, dass wir euch genauso gern wieder loswerden wollen, wie ihr uns verlassen wollt.“

„Ihr Gefährte?“, wiederholte Ernst verwirrt.

Aku winkte abweisend mit der Hand, offensichtlich nicht daran interessiert, das Thema zu vertiefen. Ein Teil von mir wünschte sich, er hätte geantwortet, während ein anderer Teil wirklich keine Lust hatte, mit den anderen über den unwahrscheinlichen Zustand meines Privatlebens zu diskutieren.

„Ihr könnt euch in diesem Hof frei bewegen“, fuhr er fort. „Wir haben ihn ursprünglich gebaut, um die Kranken vom Rest des Stammes zu isolieren. Versucht nicht zu fliehen. Wir wollen euch nichts Böses, aber wir erwarten, dass ihr alles in eurer Macht Stehende tut, um das, was euer Volk angerichtet hat, wieder in Ordnung zu bringen. Wenn ihr den Hof verlassen wollt, fragt eine der Wachen. Beachtet, dass der Wald dahinter nicht sicher ist. Solltet ihr euch ohne Begleitung dorthin wagen, werdet ihr nicht überleben. Versteht, dass dies kein Spiel und keine leeren Drohungen sind. Noch Fragen?“

Ich hatte eine Million davon. Den Gesichtsausdrücken meiner Begleiter nach zu urteilen, hatten auch sie viele Fragen, die sie ihm stellen wollten. Dennoch fand zwischen uns eine stille Kommunikation statt, als wir Blicke austauschten. Wir mussten ein paar Dinge untereinander besprechen, bevor wir ihn ausgiebig befragen konnten.

„Gut!“, sagte er und stand auf, als wir alle nickten. „Die

Mahlzeiten werden um 13:00 Uhr und dann um 18:00 Uhr serviert. Wenn ihr früher etwas essen wollt, sagt einfach dem Wächter Bescheid. Sein Name ist Enre. In der gleichen Behausung wird es immer etwas zu essen geben. Möge euer Tag produktiv sein."

Mit diesen Worten stand er auf und verließ das Gebäude.

„Was zum Teufel war das?!", flüsterte ich, als ich sah, wie sich die Tür hinter ihm schloss.

„Das war unser mürrischer Gastgeber, Kald Aku Ebaki", sagte Mehreen mit einem leidgeprüften Seufzer. „Aber es war an der Zeit, dass du nicht mehr schläfst, sondern dich amüsierst."

„Wie lange war ich weg? Und wie lange seid ihr schon hier?", fragte ich.

„Wir sind alle vor zwei Tagen hier angekommen", antwortete Ernst. „Mehreen und ich haben gestern angefangen, die Akten durchzugehen. Die ganze Sache ist ein riesiges Durcheinander."

„Gestern?! Warum wurde ich nicht geweckt?", rief ich aus.

„Du hast dir auf der Gladius schwere Verletzungen zugezogen", erklärte Mehreen. „Deine Nanobots haben Überstunden gemacht, um dich wieder auf 100 % zu bringen."

„Aber es ging mir gut, als ich aufgewacht bin, bevor ich hierherkam", argumentierte ich.

Sie schüttelte den Kopf. „Du warst nur zum Teil genesen und littst unter der Wirkung einiger ziemlich unglaublicher Schmerzmittel. Du hättest es gehasst, gestern schon wieder auf den Beinen zu sein."

„Ich verstehe. Aber was ist mit euch beiden? Geht es euch gut?"

Sie nickten beide.

„Wir sind sehr gut behandelt worden", führte Ernst aus. „Niemand hat uns bedroht oder versucht, uns etwas anzutun. Unsere Unterkünfte sind sauber und komfortabel, und wir bekommen reichlich zu essen."

„Das ist gut zu hören. Aber leidet ihr unter irgendeiner Art von Gedächtnisverlust?", fragte ich.

Erneut nickten sie beide.

„Sie haben unsere Erinnerungen gelöscht", bekräftigte Mehreen entschieden. „Es war jemand mit Aku auf dem Schiff, aber ich kann mich nicht daran erinnern, wer sie waren, wie sie aussahen oder mit welchem Schiff wir gereist sind."

„Dasselbe bei mir", antwortete ich mit einem Anflug von Frustration.

„Aber warum?", fragte Ernst.

„Aus demselben Grund, aus dem sie uns nicht sagen wollen, woher sie dieses Labor haben. Wer auch immer ihnen hilft, würde in große Schwierigkeiten geraten", erklärte ich nachdenklich. „So sehr ich mir auch wünsche, dass er sich über sie auslässt, Aku hat Recht, dass dies für unser aktuelles Ziel nicht relevant ist. Aber diese Anschuldigungen gegen Elias sind wild."

„Wild, aber wahr", erwiderte Ernst mit einem Anflug von Abscheu.

„Was?!", fragte ich, verblüfft von der tiefen Verachtung, die ich in seinen Zügen lesen konnte.

„Ich habe mit Jacobs zusammengearbeitet. Dieser Mann ist ebenso unflätig wie rücksichtslos. Aufgrund meiner Erfahrungen mit Elias klingt alles, was Aku gesagt hat, sehr wahrscheinlich. Deshalb habe ich sein Team verlassen. Dieser Schuft ist ein Blutsauger. Er gibt die Arbeit seiner Praktikanten als seine eigene aus. Was die meisten Leute nicht wissen, ist, dass SS12 seine Karriere gerettet hat. Er war kurz davor, seine Finanzierung zu verlieren. Und da sich so viele Leute weigerten, mit ihm zu arbeiten, war er verzweifelt."

„Was willst du damit sagen? Glaubst du, dass diese ganze Tragödie absichtlich herbeigeführt wurde? Beschuldigst du ihn eines Verbrechens?"

Als er zögerte, verkrampfte sich mein Magen. Es traf mich

hart, zu sehen, dass jemand, den ich so sehr schätzte, nicht dem Idealbild entsprach, das ich mir in meinem Kopf aufgebaut hatte.

„Nein", antwortete er schließlich. „Ich bezweifle, dass er so etwas absichtlich provoziert hat. Trotz all seiner Fehler ist Jacobs ein Opportunist und kein böses Genie. Er ist nur zunehmend nachlässig mit den Protokollen geworden, und das hat sich auf die Mitglieder seines Teams übertragen. Wenn wir diesen Planeten verlassen, nachdem wir diese Krise gelöst haben, ist euch klar, dass wir in einen großen Scheißhaufen reinlaufen werden, oder?"

„*Wenn* wir gehen, oder *falls* wir gehen?", entgegnete Mehreen.

Ich runzelte die Stirn, als ich ihr Gesicht betrachtete. „Warum sagst du das? Glaubst du, sie werden uns etwas antun, wenn sie erst einmal haben, was sie wollten?"

Sie schüttelte den Kopf. „Ich habe keine Böswilligkeit von diesen Leuten gespürt. Daher glaube ich nicht, dass sie uns etwas antun wollen, aber ich glaube, dass sie uns behalten wollen."

„Wozu? Du hast doch gehört, wie er deutlich gesagt hat, dass er nicht abwarten kann, bis wir weg sind", argumentierte ich.

„Das hat er", räumte sie ein. „Aber sie haben auch gesehen, wie die Krankheit ein Jahr, nachdem Jacobs sie ursprünglich geheilt hatte, wieder auftrat. Ihr Volk steht am Rande der Ausrottung. An ihrer Stelle würde ich nicht so schnell zulassen, dass die einzigen Leute, die es heilen können, das Land verlassen, zumal sie keine direkte Möglichkeit haben, mit uns zu kommunizieren, falls noch etwas passiert."

Ich winkte abweisend mit der Hand. „Die Oberste Direktive wurde in Bezug auf sie bereits verletzt. Nach diesem Vorfall sind wir gezwungen, sie regelmäßig zu untersuchen."

„Wir drei wissen das. Aber *sie* wissen es nicht. Und selbst wenn wir ihnen sagen, dass wir zurückkommen werden, um uns zu vergewissern, dass alles noch in Ordnung ist, haben sie keinen Grund, uns zu vertrauen."

„Ich höre, was du sagst, aber ich bin überzeugt, dass sie uns loswerden wollen, damit sie vergessen können, dass wir je existiert haben. Die Zeit wird es zeigen. Im Moment müssen wir uns wieder an die Arbeit machen. Ich wäre euch dankbar, wenn ihr mich auf dem Laufenden halten könntet, was ihr bisher herausgefunden habt."

Und damit begann unser Wettlauf mit der Zeit.

KAPITEL 6

AMRETH

Nach einer achtzehnstündigen Reise an den Rand unseres Sektors der Galaxie und vier Tage nach Ciaras Entführung begann ich schließlich meinen Abstieg in die Atmosphäre von Kestria. Trotz des inoffiziellen Mandats, das mir von den Vollstreckern erteilt worden war, hielt sich die tief verwurzelte obosianische Seite in mir, die verlangte, dass ich mich an die Gesetze hielt, immer noch davor zurück, die Oberste Direktive zu verletzen. Eigentlich hatte ich erwartet, dass ich mich bei dieser Aussicht körperlich krank fühlen würde. Aber das Bedürfnis, meine Gefährtin zu retten – eine Frau, die ich noch nie getroffen hatte -, verdrängte alles andere.

Mein Herz schlug höher, als nur wenige Minuten, nachdem ich die Atmosphäre durchstoßen hatte, mein Peilsender aufleuchtete und anzeigte, dass er endlich das Signal von Ciaras Implantat empfing. Zwei weitere Signale bestätigten, dass auch Mehreen und Ernst bei ihr waren. Das war eine große Erleichterung. Wären sie getrennt gewesen, hätte das jede Rettungsaktion erheblich erschwert.

Zu meiner Überraschung kam das Signal nicht aus der Nähe der Sangoth-Dörfer, sondern von der anderen Seite des Gebirgszugs, in dem sie wohnten. Es befand sich im Tal, fast zwei Flugstunden von dort entfernt. Das verwirrte mich zwar, brachte mir aber auch ein gewisses Maß an Erleichterung. Die Sangoths lebten in den gefrorenen Gipfeln der Berge. Ohne geeignete Winterausrüstung hätten die Menschen bei diesen eisigen Temperaturen Schwierigkeiten.

Auf der ganzen Reise hierher habe ich alles, was ich konnte, über meine Ciara ausgegraben. Alles, was ich las, verstärkte den Stolz, den ich fühlte, weil ich wusste, dass sie mir gehörte. Abgesehen von ihrem hervorragenden Zeugnis und der einwandfreien Überprüfung ihres Hintergrunds war sie in der Schule ein Wunderkind gewesen und hatte ihren ersten Doktortitel im Alter von dreiundzwanzig Jahren erworben. Im Laufe der Jahre hatte sie zahllose Preise und Auszeichnungen erhalten, von denen viele die Art von Türen öffneten, um die Menschen betteln würden, um Zugang zu erhalten.

Trotz der zahlreichen Angebote, die sie erhielt, lehnte Ciara sie alle ab, um selbstlose Missionen auf primitiven Planeten in großer Not zu verfolgen. Sie konzentrierte sich auch auf Forschungen, die einen enormen Einfluss auf die medizinische Welt haben könnten, die ihr aber nicht den Glamour und die Aufmerksamkeit verschaffen würden, die viele ihrer Kollegen wie Elias Jacobs suchten.

Aber wird sie sich auf Molvi einlassen wollen?

Diese Frage quälte mich unablässig. Als Aufseher meines Sektors konnte ich natürlich nicht gehen. Sektoren gehörten zu einer Blutlinie. Meine Familie hatte unseren seit vielen Generationen verwaltet. Es war eine ungeheure Ehre, der Krieger zu sein, der diese Verantwortung übernehmen sollte. Trotz aller Herausforderungen liebte ich meine Arbeit. Selbst jetzt fühlte ich mich schuldig, weil ich abwesend war und meine Pflichten auf meinen besten Freund Kronos und meinen Cousin Silas abwälzte.

Umso mehr beschämte es mich, dass Kronos bereits alle

Hände voll zu tun hatte, sich um seinen eigenen Sektor zu kümmern und sich auf die Ankunft seines ersten Kindes vorzubereiten. Ich konnte nur hoffen, dass es uns gelingen würde, die Probleme hier schnell zu lösen. Immerhin tröstete ich mich mit der Tatsache, dass ich meinen Sektor in Ordnung gehalten hatte, und wenn nicht etwas völlig Unerwartetes die Dinge entgleisen ließ, sollte der Umgang mit meinen Gefangenen in meiner Abwesenheit keine allzu große Last sein.

Während ich über den dichten Wald flog, der von einem breiten Fluss umrahmt wurde, hielt ich geistesabwesend Ausschau nach den einheimischen Wildtieren. Die meisten von ihnen schienen recht klein zu sein, aber ein paar größere, die sich mit hoher Geschwindigkeit bewegten, wiesen darauf hin, dass es in einigen Gebieten nicht sicher war, sich dort aufzuhalten. Diese Kreaturen sahen definitiv wie bösartige Raubtiere aus.

Meine Verwirrung wurde immer größer, je näher ich an den Ort der Implantate kam. Sie stammten eindeutig aus einem ausgedehnten Dorf weiter vorne. Obwohl es ein angenehmes Aussehen und eine robuste Bauweise hatte, war es unbestreitbar primitiv. Abgesehen von der Tatsache, dass sie eindeutig noch keine Raumfahrt betrieben, bezweifelte ich, dass sie überhaupt Elektrizität besaßen.

Auf meiner Reise hierher habe ich viel darüber spekuliert, was vor sich gehen könnte. Meine Haupttheorie war, dass eine fortgeschrittene Spezies hier heimlich eine Basis errichtet hat und diese Wissenschaftler entführt hat, um das Projekt, das sie illegal mit Jacobs begonnen hat, zu vollenden.

Aber das war es definitiv nicht.

Ich flog im Stealth-Modus über das Dorf, um mir einen ersten Überblick über die Lage zu verschaffen. Die unglaublich hohe Zahl der Männchen im Verhältnis zu den viel weniger weiblichen Tieren beunruhigte mich. Die drastisch niedrige Zahl der Jungtiere ließ mich noch mehr aufhorchen. Auf meinem Weg hierher hatte ich keine von ihnen in der umliegenden Wildnis entdeckt, was ein solches Ungleichgewicht erklären könnte, wenn sie auf einem Ausflug oder auf der Jagd gewesen wären.

Auch die Tatsache, dass alle im Dorf geblieben waren – zumindest dem Anschein nach -, erschien merkwürdig. Etwa dreißig Männer und eine Handvoll Frauen arbeiteten vor den Haupttoren des Dorfes und pflügten die Felder, die sich zu beiden Seiten der Hauptstraße zum Eingang hin erstreckten. Ich verstellte meinen Blick, um einen Blick auf ihre Seelen zu werfen. Zu meiner Erleichterung hatten sie die friedlichen Schattierungen gewöhnlicher, anständiger Menschen. Keiner von ihnen hatte die orangefarbene oder rötliche Färbung böser oder gewalttätiger Absichten.

Aber wie sieht das Böse für sie aus?

Im Laufe der Jahre bin ich einigen seltenen Spezies begegnet, die sich niemals für eine Mitgliedschaft in der Internationalen Planetarischen Organisation qualifizieren würden. Ihre moralischen Werte kollidierten zu radikal mit den unseren. Dinge, die wir als skrupellos und grausam ansehen würden, wurden als normal und als Teil des Überlebens des Stärkeren betrachtet. Sie begangen diese Taten nicht aus Grausamkeit. Unser Schock und unsere Empörung haben sie wirklich verwirrt. Wie wollte man Wesen verfolgen, die die Welt durch eine völlig andere Brille sahen als man selbst?

Ich zoomte an die Männchen heran, um sie besser sehen zu können. Ihr affenartiges Aussehen machte mich stutzig. Der Bioscan bestätigte, dass es in unserer Datenbank keine Aufzeichnungen über eine solche Art gab.

„Was in Tharmoks Namen ist hier los?", flüsterte ich vor mich hin.

Der Scan zeigte ein einzelnes High-Tech-Gebäude an, das sich als ein vermisstes mobiles Labor der Interstellaren Ärzteorganisation herausstellte. Wie um alles in der Welt war eine so primitive Spezies in den Besitz dieses Gebäudes gekommen? Warum arbeiteten die drei Wissenschaftler darin? Der Gedanke, dass sektorianische Invasoren dieses Dorf als Aufmarschgebiet nutzten, ließ mich nicht los. Und doch konnte ich keine Hirnimplantate oder Kontrollhalsbänder entdecken, die darauf hindeuten könnten, dass diese Affenart im Dienste mächtiger Außenweltler versklavt worden war.

Nach kurzem Zögern kehrte ich in den Innenhof zurück, wo sich das Labor befand. Ich führte einen weiteren Scan durch, um mich zu vergewissern, dass es keine Technologie gab, die das Signal, das ich an die Implantate der drei Ärzte senden wollte, aufspüren konnte. Das organische Gerät war so konstruiert, dass die meisten Scanner es für ein Muttermal auf der Haut hielten.

Sobald das Signal ertönte, spürte der Wirt ein leichtes Pulsieren, das anzeigte, dass man versuchte, ihn zu kontaktieren. Wenn die Zielperson in der Lage war, sich zu bewegen, wurde von ihr laut Protokoll erwartet, dass sie sich ins Freie begab, um eine Gesichtserkennung zu ermöglichen. Wenn er nicht nach draußen gehen konnte, musste er eine von vier möglichen Antworten geben.

Die erste gab an, dass er nicht nach draußen kommen konnte, was im Allgemeinen bedeutete, dass er physisch gefesselt war, sei es durch Einsperren in einen Raum oder durch Fesseln. Die zweite machte deutlich, dass der Betroffene eine gewisse Zeit brauchen würde, bevor er nach draußen kommen könnte. In diesem Fall sollte er versuchen, eine Zeitspanne für die Wartezeit zu nennen. Das dritte Signal teilte uns mit, dass er verletzt war und daher entweder nicht herauskommen könnte oder sofortige Hilfe benötigte. Das letzte Signal wies auf eine Gefahr hin, die uns dazu zwang, sofort zu verschwinden, bevor wir gefangen oder angegriffen wurden.

Die Zielperson konnte mit einer Mischung aus all diesen Möglichkeiten reagieren. Die Herausforderung bestand darin, dass sie in einem bestimmten Muster Druck auf das subdermale Implantat ausüben musste. Wenn sie gefesselt oder verletzt ware, war diese Aufgabe fast unmöglich.

Mein Herz machte einen Sprung, als sich weniger als eine Minute später die Türen des Labors öffneten. Ich hielt den Atem an und zoomte die Kamera, als drei Menschen das Gebäude verließen. Tharmoks Zähne! Meine Gefährtin war in natura sogar noch schöner!

Sie hatte das Gesicht einer Göttin, mit hohen Wangenknochen, einer zarten Nase, vollen und sinnlichen Lippen und atemberaubenden Augen, deren Farbe ich nicht genau definieren konnte. Ihre Akte bezeichnete sie als grau, aber sie waren zu dunkel, um wirklich als solche bezeichnet zu werden, aber zu blass, um schwarz zu sein. Ihre braune Haut sah so gut aus, dass man sie ablecken konnte, und bildete einen wundersamen Kontrast zu den seidigen Strähnen ihres silberweißen Haares. Im Licht der frühen Nachmittagssonne leuchteten sie wie ein Meer von Diamanten. Obwohl ihre Felduniform sehr allgemein gehalten war, schmiegte sie sich perfekt an die Kurven ihres Körpers. Es kostete mich all meine Willenskraft, nicht sofort mit meinem Schiff zu landen und zu ihr zu laufen.

Als ich sah, wie Ciara ihre rechte Hand hob und ihre rechte Wange streichelte, bevor sie mit der Handfläche an ihrem Hals hinunterglitt, riss mich meine Faszination aus dem Staunen. Das war das Zeichen dafür, dass sie unverletzt und nicht in Gefahr waren. Ich sandte ein Signal zurück, um ihre Reaktion zu bestätigen, während sie weiterhin so taten, als würden sie sich zwanglos unterhalten und sich die Beine vertreten.

Sie verweilten noch ein paar Sekunden, bevor sie wieder hinein gingen. Ein letzter Scan bestätigte, dass sich niemand sonst mit ihnen im Labor befand. Ich habe nur zwei weibliche Affen in der Wohnung neben ihnen entdeckt. Die oberflächlichen Messwerte schienen darauf hinzuweisen, dass sie schliefen. Eine einzelne Wache stand lässig an den Toren, die den Innenhof, in dem die Ärzte festgehalten wurden, abschlossen.

Nach einem letzten Überflug, bei dem ich mir überlegte, wie ich sie am besten befreien konnte, flog ich in relativ kurzer

Entfernung – ich brauchte etwa zehn Minuten mit dem Flugzeug – zu einer hohen Felsformation mit einem stabilen Überhang, auf dem ich mein Schiff im Tarnmodus landete. Ich konnte es nicht riskieren, es im Wald oder in einem anderen offenen Gebiet zurückzulassen, wo die Einheimischen oder ein Tier darauf stoßen könnten. Wie auch immer, ich würde die Gefangenen noch nicht befreien.

Zunächst wollte ich in das Dorf eindringen, möglicherweise ein paar Ablenkungsmanöver starten, um ihnen bei der Flucht zu helfen, und idealerweise mit einem von ihnen sprechen, um ein besseres Bild von den Geschehnissen zu bekommen. Bevor ich das Schiff verließ, schickte ich eine Nachricht an Maeve mit den Koordinaten des Dorfes sowie den Daten und Fotos, die ich bisher bei meinen Scans gesammelt hatte. Da es in der Nähe keine Relais gab, würde die Nachricht eine Weile unterwegs sein, bevor sie schließlich aufgefangen wurde.

Und doch ahnte ein Teil von mir, dass jemand in der Nähe von Kestria lauerte und bereit war, einzugreifen, wenn die Lage wirklich ernst wurde. Obwohl ich im Alltag nur wenig mit den Vollstreckern zu tun hatte, hatte ich genug Berichte über einige der übelsten Sträflinge in meinem Sektor gesehen, um zu wissen, mit welch kreativen Methoden sie gefangen genommen wurden. Die Enforcer überließen selten etwas dem Zufall. Sie waren einfach hervorragend darin, Umgehungen zu finden, um eine plausible Bestreitbarkeit aufrechtzuerhalten. So wie sie es mir ermöglichten, hierher zu kommen, zweifelte ich nicht daran, dass sie jemanden hatten, der bereit war, jede Spur aufzunehmen, die sie zur Identität der Sektorianer führen konnte, die die Souveränität unserer Grenzen bedrohten.

Auch wenn es keine Beweise für diese Spekulationen gab, so war es doch ein gewisser Trost für mich. Wenn die Dinge für mich schiefgingen, wüsste wenigstens jemand mit Gewissheit, wo meine Gefährtin war, so dass man sie in Sicherheit bringen könnte.

Ich öffnete die Luke meines Schiffes, aktivierte meinen persönlichen Tarnschild und flog los. Wieder einmal staunte ich über die Schönheit der Landschaft. Sie erinnerte mich an zu Hause, mit den üppigen Wäldern, der farbenfrohen Flora, dem klaren Himmel und der frischen Luft, die sanft mit dem süßen Aroma duftender Blumen durchzogen war. Die Sonne umschmeichelte meine Flügel mit ihren warmen Strahlen, das Wetter war perfekt für einen längeren Aufenthalt im Freien, ohne die erdrückende Feuchtigkeit, die Orte wie diesen ruinieren könnte.

So sehr ich auch direkt in den Hof fliegen wollte, konnte ich nicht riskieren, dass das Geräusch meiner Flügelschläge mich verriet. Obwohl mein Tarnschild auch eine starke Schalldämpfungsfunktion besaß, konnte er sie nicht vollständig ausschalten. Ich wusste nicht genug über diese Spezies, um die Möglichkeit auszuschließen, dass sie ein hochempfindliches Gehör hatten. Die Position der Wache am Tor würde es fast unmöglich machen, unbemerkt zu landen.

Jedenfalls bestand das Ziel der heutigen Infiltration hauptsächlich darin, herauszufinden, wie ich sie sicher herausführen oder Pläne machen konnte, um sie zum günstigsten Zeitpunkt einzeln auszufliegen. Ich landete im Wald vor dem Dorf, wo die Baumgrenze etwa hundert Meter vor der letzten Reihe ihres Feldes begann.

Ich ging vorsichtig auf das Dorf zu. Mindestens dreiundzwanzig Männer und vier Frauen bearbeiteten die Felder auf beiden Seiten des breiten Weges, der zu den Toren führte. Ich freute mich über den Lärm, den sie machten und der das sehr diskrete Geräusch meiner eigenen Schritte noch mehr übertönte. Auch ohne dieses Geräusch hätten sie mich aus dieser Entfernung und dank der dämpfenden Wirkung meines Schildes nicht hören können. Aber man konnte nicht genügend Vorsichtsmaßnahmen ergreifen. Sie ernteten etwas, das eine Art von Maiskolben zu sein schien, obwohl die Form und die Farbe leicht abwichen. Andere schienen Unkraut zu jäten und den Boden zu bearbeiten.

Es war jedoch die Farbe ihrer Aura, die meine Aufmerksamkeit erregte. Während meines Fluges hatte sie einen bläulichweißen Farbton, der ziemlich sicher war. In Anbetracht der Entfernung und der abschirmenden Wirkung des Schiffes selbst war es nicht ungewöhnlich, dass unsere Messwerte beeinträchtigt oder verzerrt wurden. Jetzt, ungestört in ihrer Nähe, hatten sie alle einen blassen, gelben Schimmer, der mich beunruhigte. Da das Schiff weit von allem entfernt war, was auch nur im Entferntesten als Gefahr bezeichnet werden konnte, setzte ich meinen Weg fort und beobachtete sie sorgfältig, um nach Anzeichen für mögliche Probleme Ausschau zu halten.

Dass sie sich alle auf ihre Arbeit konzentrierten, abgesehen von den gelegentlichen Gesprächen, nahm mir etwas von meiner Anspannung. Auf der halben Strecke bemerkte ich die erste Veränderung in der Farbe ihrer Auren. Die gelbe Färbung verstärkte sich merklich. Sie war nicht orange oder rot geworden – was im letzteren Fall schrecklich gewesen wäre. Trotzdem erwog ich, die Mission abzubrechen. Ich hasste es, keinen Anhaltspunkt für die Farbpalette des emotionalen Spektrums dieser Personen zu haben.

Sie schenkten mir trotzdem keine Beachtung. Ein paar der Männer und eine Frau hoben die schweren Gemüsekisten auf und brachten sie zu einem Wagen am Dorfeingang, bevor sie zurückkehrten. Die mühelose Art, mit der sie sie trugen, zeugte von ihrer enormen Kraft. Es sagte mir auch, dass ihre Weibchen – zumindest dieses – genauso stark wie die Männchen waren. Obwohl sie schlanker waren und schmalere Schultern hatten, waren die Frauen auf gleicher Höhe mit den Männern, und die Muskeln in ihren Armen waren so ausgeprägt wie die eines Fitnessmodels.

Gerade als ich die letzten fünf Meter bis zum Eingang des Dorfes zurücklegte, wo die Tore weit offenstanden, veränderte sich die Farbe ihrer Aura erneut, diesmal mit einem Hauch von Orange. Mir wurde flau im Magen, und ich blieb stehen. Das war auf keinen Fall ein Zufall. Während das ursprüngliche Gelb mir nur sagte, dass ich auf der Hut sein sollte, deutete die zunehmende Intensität darauf hin, dass sie vielleicht etwas planten. Das war die Farbe, die meine Sträflinge normalerweise anzeigten, wenn sie auf den richtigen Moment warteten, um ihr ahnungsloses Ziel in die Falle zu locken.

Ich wusste nicht, ob diese Farben für diese Leute eine andere Bedeutung hatten, aber mein ganzer Instinkt schrie mir zu, dass ich von hier verschwinden sollte. Ich unterdrückte meinen Drang, mich vorwärtszubewegen und Kontakt mit meiner Gefährtin aufzunehmen, und wich langsam zurück, wobei meine Augen in alle Richtungen nach Anzeichen dafür suchten, dass sie mir auf der Spur waren.

Und es kam auch.

Ich war erst drei Schritte rückwärtsgegangen, als jeder einzelne Affe den Kopf in meine Richtung schüttelte. Mein Blut wurde zu Eis, als sie alle direkten Augenkontakt mit mir aufnahmen. Instinktiv warf ich einen Blick auf meinen Schild, um mich zu vergewissern, dass er noch aktiv war. Und das war er. Irgendwie konnten sie durch ihn hindurchsehen. Wie auf ein Kommando ließen sie ihre Gartengeräte fallen und rannten auf mich zu.

Ich schlug mit den Flügeln und stürzte mich auf den Wald. Zu meinem Entsetzen rannten sie mit unvorstellbarer Geschwindigkeit und kamen mir immer näher. Ihre perfekte Koordination und die unheimliche Stille – abgesehen von dem dumpfen Geräusch ihrer Füße – machten es noch beängstigender. Mein Herz setzte einen Schlag aus, als ein Mann mit einem Ring mindestens vier Meter hochsprang und seine Fingerspitzen meine linke Ferse berührten. Nur ein paar Zentimeter weiter, und er hätte mich am Knöchel gepackt, um mich wieder nach unten zu ziehen.

Ich flog noch schneller, als sich ein seltsames Kribbeln hinter meinen Augen bemerkbar machte. Mein anfänglicher Plan, sie im Wald abzuhängen, wurde schnell durchkreuzt, als sie alle in irrsinniger Höhe sprangen, sich an den ersten unteren Ästen der umliegenden Bäume festhielten und sich mit unglaublicher Kraft ein paar Meter weiter auf den nächsten Baum schwangen. Viele kletterten zur gleichen Zeit. Ein paar von ihnen stießen einen hohen Schrei aus, der an die Schreie von Affen erinnerte. Sie klangen nicht willkürlich, sondern schienen eine Art taktische Anweisung zu sein, die ihnen half, ihren Angriff besser zu koordinieren.

Mit dem wachsenden Unbehagen in meinen Augen dauerte es zu lange, bis ich erkannte, dass sie versuchten, so hochzukommen, dass sie auf mich springen und mich zu Boden werfen konnten.

Ich stieg sofort in die Höhe, in der Hoffnung, genug vertikalen Abstand zu gewinnen, damit die oberen Äste ihr Gewicht nicht mehr tragen konnten und ich eine Chance hatte, zu entkommen. Doch kaum hatte ich meinen Aufstieg begonnen, explodierte ein lautes Geräusch in meinem Kopf. Meine Sicht verschwamm, und ich hatte plötzlich Mühe, meine Bewegungen zu kontrollieren. Es klang wie ein unnatürliches weißes Rauschen, das meine Synapsen verwirrte und mein motorisches System durcheinanderbrachte.

Ich begann zu fallen und schaffte es gerade noch, mich zu erholen, um in einen Gleitflug überzugehen, damit ich nicht auf den Boden stürzte. Das Geräusch wurde leiser, und ich konnte meine Flügel und meine Sinne teilweise wieder kontrollieren. Aber sobald ich versuchte, ihnen wieder zu entkommen, kam das Geräusch mit voller Wucht zurück und ließ mich noch mehr straucheln.

Da ich keine andere Wahl hatte, als zu landen, um nicht schwere Verletzungen zu riskieren, flog ich auf den Boden zu, prallte aber brutal ab, wobei ich aufgrund meiner verschwommenen Sicht die Entfernung falsch einschätzte. Meine Zähne klapperten in meinem Kopf, aber ich rollte mich mit dem Schwung ab und sprang wieder auf die Füße. Der unablässige Lärm ließ meine Augen tränen und meine Muskeln zittern. Ich versuchte, mich auf die Silhouetten zu konzentrieren, die auf mich zukamen, während ich mein Lumiak beschwor. Meine Fingerspitzen kribbelten von der elektrischen Energie, eine halbe Sekunde bevor sie verpuffte. Meine Knie gaben nach, und ich fiel hin. Eine Welle von Schwindelgefühl überkam mich. Auf den Knien, die Handflächen auf den Waldboden gestützt, kämpfte ich darum, bei Bewusstsein zu bleiben.

In einem letzten verzweifelten Versuch habe ich mein *Bakaan* gesprengt. Zumindest könnte es sie davon abhalten, mich zu töten. Ich konnte nicht sagen, ob es erfolgreich war, aber nach mehreren dumpfen Geräuschen meiner Verfolger, die von den Bäumen heruntersprangen und um mich herum landeten, wurde das Geräusch in meinem Kopf leiser, als sie alle still-standen.

„Eine beruhigende Aura?", sagte eine männliche Stimme mit einem Hauch von Belustigung. „Das muss ein nützliches Talent sein, wenn man turbulente Kinder hat. Aber es gibt keinen Grund, uns zu beschwichtigen. Wir sind nicht deine Feinde, Obosianer. Du kannst dich beruhigen und deinen Schild fallen lassen. Wir haben dich erwartet."

Woher, in Tharmoks Namen, wussten sie, was ich war, wenn ich noch nie von ihrer Spezies gehört hatte? Wie konnten sie mich überhaupt erwarten? Wie konnten sie so fließend Universal sprechen? Und vor allem, wie zum Teufel konnten sie mich sehen?

In gewisser Weise war diese letzte Frage dumm. Offensichtlich besaßen sie irgendeine Form von psionischen Kräften. Ich als Obosianer hatte die Fähigkeit, Seelen zu sehen, sogar durch Tarnung. Sie hatten offenbar ähnliche Fähigkeiten.

Noch immer in Gedanken versunken, deaktivierte ich meinen Schild. Ich blickte zu dem großen, muskulösen Mann auf, der ihr Anführer zu sein schien, wenn ich nur nach dem Stirnreif urteilte, den keiner der anderen besaß.

„Ihr habt mich erwartet?", fragte ich und hasste es, mich in einer so verletzlichen Lage zu befinden.

Er nickte. „Gib uns keinen Grund, dich zu verletzen, und alles wird gut."

„Wer bist du?", fragte ich, während der Druck auf mein Gehirn weiter nachließ. Zu meiner Erleichterung wurde ihre Aura immer blauer, die Standardfarbe für die Abwesenheit einer Bedrohung.

„Mein Name ist Aku. Ich bin der Kald von Bryst, dem Dorf, das du heimlich betreten wolltest. Und dies sind meine Stammesgenossen. Unser Volk wird Kreelar genannt. Aber steh auf. Du solltest jetzt stabil genug sein."

Er brauchte es nicht zweimal zu sagen.

Ich erhob mich und wischte mir den Schmutz von der Stirn, bevor ich meinen Brustharnisch wieder zurechtrückte. Keine Worte könnten das Ausmaß der Demütigung beschreiben, die ich in diesem Augenblick empfand. Als obosianischer Elitekrieger, der als der Beste meiner Blutlinie galt – was mir die Leitung unseres Sektors auf Molvi eingebracht hatte – hätte ich niemals so leicht besiegt werden dürfen. Zugegeben, ich war ernsthaft in der Unterzahl. Aber sie waren primitive, landgebundene Außenweltler ohne Waffen. Ich hatte meine eigenen psionischen Kräfte. Außerdem besaß ich einen Blaster und ein Schwert, die ich beide nicht benutzte.

In Anbetracht des derzeitigen Ergebnisses – zumindest vorläufig – war ich froh, dass ich es nicht getan hatte. Diese Leute anzugreifen oder zu töten war das Letzte, was wir brauchten, wenn die Gefangenen eine Chance haben sollten, unversehrt nach Hause zurückzukehren.

Ich habe die ganze Sache einfach schlecht gehandhabt. Die Warnzeichen waren laut und deutlich gewesen. Aber meine Arroganz und mein übermäßiges Vertrauen in meine Fähigkeit, dank meiner Flügel zu entkommen, wurden mir zum Verhängnis. *Wenn Vater das herausfindet, werde ich nie das Ende der Geschichte erzählen können.*

Ich bezweifelte zwar, dass er Gedanken lesen konnte, aber der Kreelar namens Aku schenkte mir ein neckisches Lächeln, das anzudeuten schien, dass er ahnte, welche selbstironischen Gedanken in meinem Kopf herumschwirrten.

„Wir werden dir deine Waffen vorerst abnehmen", sagte Aku und streckte mir die Hand entgegen. „Du bekommst sie später zurück, wenn wir uns sicher sind, dass wir uns verstanden haben. Keine Angst, wir werden sie nicht manipulieren."

Ich unterdrückte meinen instinktiven Drang, zu widersprechen. Der unnachgiebige Glanz in seinen Augen täuschte über die höfliche Sanftheit seiner Stimme hinweg. Die Aura der Autorität, die von ihm ausging, schrie laut, was für ein furchterregender Gegner er werden konnte, wenn es nötig war. Ein Blick auf seine Aura bestätigte mir zum Glück einmal mehr, dass er mir gegenüber keine bösen Absichten hegte. Nicht, dass es einen Unterschied gemacht hätte. Wenn ich versucht hätte, mich zu wehren, hätten sie kein Problem damit gehabt, mich in die Unterwerfung zu prügeln und mir trotzdem meine Waffen abzunehmen, wie die Leichtigkeit, mit der sie mich gefangen genommen hatten, zeigte.

Mit zusammengekniffenen Lippen willigte ich ein, was das Grinsen des Kreelar nur noch breiter werden ließ. Er übergab sie einem anderen Männchen, das von der Größe und Muskulatur her vergleichbar war, aber ein grau-beiges Fell hatte. Zumindest die Sorgfalt, mit der das zweite Männchen mit ihnen umging, beruhigte mich. Es zeugte nicht von Angst vor dem Unbekannten, sondern eher von Respekt vor Wertgegenständen.

„Komm mit mir, Obosianer", sagte Aku und deutete in Richtung des Dorfes.

„Mein Name ist Amreth", erwiderte ich mürrisch.

„Dann also Amreth", antwortete er in einem versöhnlichen Ton, als wir weitergingen.

„Aber du hast meine erste Frage nicht beantwortet. Wie kommt es, dass du mich erwartet hast?", fragte ich.

Er warf mir einen Seitenblick zu und hob eine Augenbraue, die mir deutlich zu verstehen gab, dass ich ein wenig übermütig war. Offensichtlich war ich nicht in einer Position der Macht. Meine Leute hatten jedoch die Tendenz, alles unverblümt und direkt auf den Punkt zu bringen. Gelegentlich wirkte das unhöflich, überheblich oder arrogant, was eigentlich nicht beabsichtigt war.

Zu meiner Überraschung war er nachsichtig mit mir.

„Unsere Freunde haben uns gewarnt, dass du kommen würdest, um deine Gefährtin zu retten. Aber sie muss nicht gerettet werden. Allerdings braucht sie deine Hilfe", sagte Aku sachlich.

„Hilfe bei was?", fragte ich verwirrt.

„Bei der Erledigung ihrer Aufgabe. Sobald das erledigt ist, könnt ihr alle nach Hause zurückkehren", antwortete er in demselben neutralen Ton.

„Und welche Aufgabe wäre das?", beharrte ich auf eine Erklärung und fühlte mich langsam genervt von dem langsamen Austausch an Informationen.

„Den extremen Schaden, den die Menschen uns zugefügt haben, wieder gutmachen", antwortete er, wobei sich seine Augen und seine Stimme verhärteten.

„Menschen?!", rief ich verblüfft aus. „Wann? Und wie? Dein Planet unterliegt sehr strengen Beschränkungen der Obersten Direktive."

„Und die Menschen haben dagegen verstoßen, indem sie sich in verbotene Gebiete jenseits des Sangoth-Gebietes begeben haben", knurrte Aku. „Wegen ihrer Unachtsamkeit haben die Menschen uns mit einer tödlichen Krankheit infiziert, die mein Volk nun an den Rand der Ausrottung bringt."

„Tharmoks Blut!", atmete ich aus, und mein Schock wich dem Verständnis. „Deshalb habt ihr also die Gefangenen mitgenommen. Du willst, dass sie ein Heilmittel finden!"

Er nickte mit grimmiger Miene, als wir die Baumgrenze hinter uns ließen und auf den breiten Pfad traten, der zum Dorf führte. Mit einer steifen Kopfbewegung signalisierte Aku seinen Stammesmitgliedern, dass sie zu ihren Aufgaben bei der Feldarbeit zurückkehren konnten. Alle gehorchten, bis auf zwei Männer, die bei uns blieben, als wir den breiten Pfad zum Dorf hinuntergingen.

„Aber wenn du einen Weg gefunden hast, diese Wissenschaftler aus der Welt zu entführen, warum hast du dann nicht einfach öffentlich gemacht, dass die Menschen dir Unrecht getan haben?", fragte ich verblüfft. „Die IPO und alle verbündeten Planeten hätten dir alle Mittel zur Verfügung gestellt, um die Dinge wieder in Ordnung zu bringen und die Schuldigen für ihr Verbrechen zur Rechenschaft zu ziehen."

Aku schüttelte den Kopf mit einer Überzeugung, die mich verblüffte. „Wir haben alle diese Szenarien untersucht. Jedes einzelne von ihnen endet mit einem viel schlimmeren Schicksal für uns. Einige mächtige Leute in deiner Welt haben viel zu verlieren, wenn das so aufgedeckt wird, wie es eigentlich sein sollte. Eine primitive Spezies auszulöschen, von der noch nie jemand etwas gehört hat, um ihr Geheimnis zu bewahren, kann für diejenigen, die die Mittel dazu haben, verlockend sein."

Mein Rücken versteifte sich, mein Beschützerinstinkt feuerte aus allen Rohren, während mein tiefes Bedürfnis nach Gerechtigkeit verlangte, dass ich die Schuldigen jagte und sie der gerechten Strafe zuführte, die sie verdienten.

„Woher weißt du, dass dich ein schlimmeres Schicksal ereilen wird, wenn du sie vor Gericht bringst? Wenn es wahr ist, darf man ihnen nicht erlauben, mit so etwas Schrecklichem davonzukommen. Abgesehen davon, dass sie sich für ihre Verbrechen verantworten müssen, wenn sie damit durchkommen, was hindert sie daran, jemand anderem ähnliches oder vielleicht sogar noch größeres Leid zuzufügen?", forderte ich vehement.

Er schenkte mir das nachsichtige Lächeln, das man einem übermäßig aufgeregten Kind schenken würde. „Sorge dich nicht, Amreth. Die Verantwortlichen werden dafür bezahlen."

„Wir brauchen Gerechtigkeit, keine Selbstjustiz", entgegnete ich stirnrunzelnd und mit strenger Stimme.

Er schnaubte, und seine Belustigung steigerte sich noch weiter. „Es wird keine Selbstjustiz geben. *Du*, Amreth, wirst für ihre Bestrafung sorgen."

Ich schreckte zurück und war nicht nur von seinen Worten verblüfft, sondern auch von der Gewissheit, mit der er sie sprach.

„Ich?", echote ich.

„Ja, *Aufseher*", sagte er, und seine Betonung meines Titels machte mich noch neugieriger.

„Wer in Tharmoks Namen sind deine Freunde?"

„Nur gute Freunde", antwortete Aku in einem Ton, der deutlich machte, dass er nicht weiter darauf eingehen würde.

„Wie können sie dir diese Voraussicht geben?", beharrte ich auf eine Antwort.

„Sie tun es einfach", sagte er achselzuckend, und sein Gesichtsausdruck verriet mir, dass ich das Thema vergessen sollte.

Verärgert sortierte ich die Milliarden Fragen, die ich ihm stellen wollte, vor allem, als es um die Identität der mächtigen Leute ging, auf die er angespielt hatte. Aber er gab mir keine Gelegenheit dazu.

„Das ist unser Dorf, Bryst", sagte Aku, als wir endlich durch das offene Haupttor traten.

Obwohl das Dorf für galaktische Verhältnisse primitiv war, war es doch recht schön. Ein großer Platz begrüßte uns, der mit buntem Pflaster bedeckt war, das ein abstraktes Motiv bildete. Ich zweifelte nicht daran, dass er normalerweise für Massenversammlungen und möglicherweise für einen offenen Markt genutzt wurde. Rundherum bildeten verschiedene einstöckige Gebäude aus Holz und Lehm kleine Gruppen, die an Straßenblöcke erinnerten. Sie hatten eine Handvoll viel größerer Gebäude aus Stein und Ziegeln errichtet. Alle waren in hellen Farben wie Beige, Braun und Khaki gehalten und hatten ordentliche Glasfenster. Die Straßen bestanden alle aus gepackter Erde, die durch eine dekorative Stein- oder Pflastereinfassung abgegrenzt war. Viele Pflanzen, Bäume und bunte Blumen gaben dem Ort ein einladendes Aussehen.

Ich entdeckte keine eindeutigen Anzeichen für elektrische Energie oder irgendeine Art von Transporttechnik wie Fahrzeuge. Nur wenige Bewohner hielten sich in den Straßen auf, meist Frauen und eine Handvoll Kinder, die mich mit unverhohlener Neugierde beäugten. Zu meiner Erleichterung drückte keine ihrer Auren Feindseligkeit aus. Wer auch immer ihre Freunde waren – zweifellos Sektorianer -, sie hatten diese Wesen davon überzeugt, dass ich eine Art Verbündeter sein würde. Das diente zwar meinem Zweck und verhinderte, dass mein anfänglicher Fehler einen unglücklichen Ausgang nahm, aber es machte mich umso neugieriger, ihre Identität herauszufinden und zu erfahren, wie sie überhaupt dazu gekommen waren.

Wir bogen sofort nach rechts zum anderen Tor ab, das den Zugang zum Innenhof kontrollierte, in dem meine Gefährtin und ihre Kollegen festgehalten wurden. Mein Puls beschleunigte sich bei der Aussicht, meine Ciara persönlich zu treffen. Es schien ihr gut zu gehen, als sie vorhin aus dem Labor trat. Nach meinen bisherigen Interaktionen mit Aku zu urteilen, hatte ich keinen Grund zur Sorge, dass sie in irgendeiner Weise misshandelt worden war.

Aber was wird sie von meiner Anwesenheit halten?

Hatte Aku ihr gesagt, dass ihre Freunde meine Ankunft vorausgesehen hatten? Hatte sie sich darauf gefreut? Kayog zufolge hatte sie sich sehr darauf gefreut, mich zu treffen. Aber sie hatte sicher nicht erwartet, dass es unter solchen Umständen geschehen würde.

Zu meiner Überraschung führte mich Aku nicht zum Labor, sondern zu einer Behausung auf der gegenüberliegenden Seite des Innenhofs, direkt gegenüber dem Labor. Ich warf einen Blick über die Schulter auf das entfaltbare Gebäude, nur um zu sehen, wie einer der beiden Männer, die uns begleiteten, darauf zusteuerte. Derjenige, der bei uns blieb, hielt meine Waffen.

Der Anführer der Kreelar öffnete die Tür zur Wohnung und winkte mich herein.

„Du wirst diese Wohnung mit deiner Gefährtin teilen", sagte er, als wir den bescheidenen, aber gemütlichen Wohnbereich betraten.

„Was?!", rief ich aus und starrte ihn schockiert an.

„Bleib ruhig, Amreth", sagte Aku in diesem unausstehlichen, spöttischen Ton, der mir langsam vertraut wurde. „Ich weiß, dass ihr euch noch nie getroffen habt. Es gibt zwei Schlafzimmer. Sie wird ihre Privatsphäre haben. Aber wenn das Teilen einer Wohnung für einen von euch beiden wirklich problematisch ist, werden wir Vorkehrungen treffen, um dich woanders unterzubringen."

„Ich verstehe", erwiderte ich, und die Anspannung löste sich aus meinen Schultern.

Natürlich zog ich es vor, ein Haus mit Ciara zu teilen, und sei es nur, um sie in jeder Hinsicht beschützen zu können. Aber ich wollte, dass sie sich bei mir wohlfühlte und nicht das Gefühl hatte, dass meine Anwesenheit ihr aufgezwungen wurde, nur weil ein Temern uns zu Seelenverwandten erklärt hatte.

„Wir werden dich nicht fesseln oder ausspionieren", sagte Aku, und sein Gesicht nahm einen ernsten Ausdruck mit einem

Hauch von Warnung an. „Ich vertraue darauf, dass du mein Volk ehrenhaft behandeln wirst, bevor du abreist, und dass du nicht zu fliehen versuchst, bevor die Situation geklärt ist."

„Vertrauen? Du kennst mich doch gar nicht. Das scheint mir ein leichtsinniger Vertrauensvorschuss zu sein", forderte ich, wobei mein erbärmlich ehrlicher Obosianer-Mund meine Meinung sagte, obwohl ich mich darüber freuen sollte.

„Ich kann dich fesseln, wenn du darauf bestehst", erwiderte er, wobei sein Tonfall nur teilweise scherzhaft war. „Aber nein, Herr Aufseher, wenn es um diese spezielle Angelegenheit geht, ist keine Entscheidung, die ich treffe, leichtsinnig. Aber ein Vertrauensvorschuss? Ja, das muss ich zugeben. Ich habe volles Vertrauen in meine Freunde. Sie sagen, dass man dir vertrauen kann und dass du bleiben wirst, bis diese Angelegenheit gelöst ist, so wie sie vorausgesehen haben, dass du hierherkommen würdest. Also ja, ich vertraue auf deine Ehre."

Ich neigte den Kopf zur Seite, unfähig, dem Bedürfnis zu widerstehen, seine Logik zu hinterfragen, aber auch, um ein besseres Gefühl dafür zu bekommen, mit wem ich es zu tun hatte.

„Ich kenne deine Freunde nicht und weiß nicht, wie ihre Voraussicht funktioniert. Aber was ist, wenn ich deinem Volk nicht helfen will? Was, wenn ich mich entschließe, ihre Behauptung, ich würde dir helfen, in Frage zu stellen? Schließlich hast du, wie gut deine Absichten auch sein mögen, ein Verbrechen begangen, um dein Ziel zu erreichen."

Zu meiner Überraschung zuckte er mit den Schultern, scheinbar unbeeindruckt von meinen Worten. „Es wird mich traurig stimmen und die Lösung dieser Tragödie verzögern. Im Gegenzug wird es wahrscheinlich weitere unnötige Todesfälle verursachen. Aber ich kann dich nicht dazu zwingen, bei der Lösung einer Situation zu helfen, die du nicht verursacht hast. Solltest du dich also weigern zu helfen, wirst du einfach hierbleiben müssen, bis wir euch alle freilassen können."

Ich starrte ihn schockiert an. Ein Blick auf seine Aura verriet keine Täuschung. Er würde mir wirklich nicht in den Hintern treten oder meine Gefährtin als Druckmittel benutzen, um mich zu zwingen, seinen Forderungen zu gehorchen. Zu meiner Schande kam er mir als ein viel besseres Wesen vor, als ich mich selbst glauben machen wollte.

Ich öffnete den Mund, um zu antworten, aber ein helles Licht am Rande meines Blickfeldes lenkte meine Aufmerksamkeit auf sich.

„Deine Gefährtin kommt", sagte Aku mit sanfter Stimme.

Mein Mund wurde augenblicklich trocken, als das schönste Licht, das ich je gesehen hatte – obwohl es durch die geschlossene Tür zwischen uns gedämpft wurde – mich in seinen Bann zog. Das Glühen der Aura ihres Begleiters störte mich ungemein, da es sich aufgrund seiner Nähe mit ihrer Aura vermischte.

Wenige Augenblicke später öffnete sich die Tür, und mein Gehirn setzte aus.

Tharmok lächelt mich an, sie ist die pure Perfektion!

„Ich lass dich bei deiner Gefährtin", sagte Aku.

Die leicht spöttische Note in seiner Stimme registrierte ich kaum. Ich war zu sehr von meiner Frau gefesselt. Sie keuchte und ihre Augen weiteten sich, als sie mich anstarrte, bevor sie Aku einen verwirrten Blick zuwarf.

„Mein Gefährte?!", rief sie aus, Sekunden bevor sie von einem Gedanken ergriffen zu sein schien. Sie riss ihren Kopf zu mir zurück und musterte mich schockiert und ungläubig. „Ein ... Amreth?", fragte Ciara mit zögerlicher Stimme.

„Ja, Ciara. Ich bin es", sagte ich und war fassungslos, dass ich es überhaupt geschafft hatte, irgendwelche Worte zu bilden.

Akus leises Glucksen riss mich aus meiner benommenen Trance. Ich blickte den Kreelar an, nur um festzustellen, dass er abwechselnd meine Gefährtin und mich mit einem zufriedenen Grinsen ansah. In einem Anflug plötzlichen Verstehens wurde mir klar, dass er irgendwie gewusst hatte, dass sich genau diese

Szene abspielen würde. Irgendetwas an der Art, wie sie sich abspielte, gefiel ihm.

Ohne ein weiteres Wort nickte er jedem von uns zum Abschied zu und ging dann mit seinem Stammesgenossen aus dem Haus.

KAPITEL 7

CIARA

In meinem Gehirn schossen zu viele Gedanken gleichzeitig hoch, als dass es richtig hätte funktionieren können. Amreths atemberaubende Schönheit machte es meinem Verstand noch schwerer, vernünftig zu handeln. Von dem Moment an, als Kayog mir von meiner Seelenverwandten erzählte, begann meine fruchtbare Fantasie alle möglichen Szenarien zu entwerfen, wie unser erstes Treffen aussehen würde. Dann stürzte meine ganze Welt während dieses Angriffs ein.

„Was machst du hier?", platzte ich heraus und zuckte sofort zusammen, dass dies die ersten Worte waren, die aus meinem Mund kamen, nachdem er seine Identität bestätigt hatte.

Die Art und Weise, wie er blinzelte, und die Unsicherheit, die über seine atemberaubenden Züge huschte, zeigten, dass dies nicht die Reaktion war, die er erwartet oder möglicherweise erhofft hatte.

„Ich bin gekommen, um dich zu retten", sagte er vorsichtig.

„Um *mich* zu retten?", wiederholte ich, wobei meine Verwirrung in meiner Stimme hörbar war. „Wie bist du hierhergekommen? Wie hast du uns gefunden? Bist du nicht ein Aufseher?"

Ich presste meine Handflächen an die Wangen und schüttelte

den Kopf, weil mir dieser plötzliche Anfall von verbalem Durchfall peinlich war. Ich wollte ihn nicht mit so vielen Fragen bombardieren, aber die ganze Situation erschien mir surreal.

„Ja, Ciara. Ich bin ein Aufseher auf Molvi, und ich bin sofort gekommen, als ich hörte, was für ein Schicksal dir widerfahren ist", antwortete er mit vorsichtiger Miene.

„Aber ... hat Kayog dir von ...?" Ich gestikulierte zwischen uns beiden, als meine Stimme abbrach.

Er nickte. „Sobald bestätigt wurde, dass du vermisst wirst, hat Kayog mich wegen dir kontaktiert."

„Und du bist meinetwegen gekommen?", flüsterte ich, meine Stimme war voller Unglauben.

„Natürlich", erwiderte er, als wäre es eine Selbstverständlichkeit. „Welcher Mann würde seiner Seelenverwandten nicht zu Hilfe kommen?"

Ich starrte ihn an, sprachlos. Ein Teil von mir wollte von innen heraus schmelzen, dass er nicht gezögert hatte, zu mir zu kommen, obwohl wir uns noch nie getroffen, geschweige denn miteinander gesprochen hatten. Ein anderer Teil war einfach zu überwältigt, um meine widersprüchlichen Gefühle zu verstehen. Aku erwähnte, dass mein Gefährte kommen würde, aber ich tat es immer wieder als viel zu weit hergeholt ab. Und doch war er hier und sah zum Anbeißen gut aus.

„Wow", antwortete ich schließlich mit einer Mischung aus Verwunderung und Verblüffung. „Wer ist noch mit dir hier? Die Vollstrecker?"

Meine Stirn legte sich noch mehr in Falten, als er mit entschuldigender Miene den Kopf schüttelte.

„Ich fürchte, ich bin allein. Die Situation ist ein wenig verzwickt", antwortete Amreth und wählte seine Worte sorgfältig.

„Lass mich raten", erwiderte ich unbeeindruckt. „Drei Interstellare Mediziner sind nicht wichtig genug, um die großen Geschütze aufzufahren."

Er nickte erneut. „Die Vollstrecker konnten es nicht rechtfertigen, diese Mission für drei Zivilisten zu übernehmen, da dies eine Angelegenheit der Friedenswächter sein sollte. Es hilft auch nicht, dass dieser Planet in der Toten Zone liegt. Es gibt keine einfache Möglichkeit, euch hier aufzuspüren."

„Aber du hast es getan", forderte ich und runzelte noch mehr die Stirn.

„Ich musste ... hmmm ... gewisse Regeln umgehen, um hierher zu kommen", bestätigte er widerwillig.

Unter anderen Umständen wäre der beschämte Ausdruck auf seinem wunderschönen Gesicht bezaubernd gewesen. Dieser Mann war wirklich umwerfend.

Er musste mindestens 1,98 m groß sein, hatte breite Schultern und einen kräftigen Bizeps, der durch den ärmellosen, verzierten ledernen Brustpanzer, den er trug, frei lag. Seine Haut war für einen Obosianer eher dunkel. Wie die Dunkelelfen neigten sie dazu, eine sehr düstere Haut zu haben, die meist einen mitternachtsblauen Schimmer oder ein sehr dunkles Grau hatte. Seine hatte viel mehr graubraune Anteile, die ich als Holzkohle bezeichnen würde. Seine schwarze Sklera ließ seine silberweißen Augen stark hervortreten und zog mich auf fast unwiderstehliche Weise an. Er hatte eine edle Nase und die sinnlichsten, vollen Lippen, die zum Küssen gemacht waren.

Wie bei allen in seinem Volk zierte eine Reihe von dunklen Schuppen seine Stirn, die in die schwarzen Haupthörner auf seinem Kopf übergingen, mit einem kleineren, gebogenen Satz hinter den Ohren. Auch sie standen in scharfem Kontrast zu seinem langen, silberweißen Haar, das die gleiche Farbe wie meines hatte. Während dieser Farbton bei Obosianern üblich war, lag es bei mir daran, dass ich die seltene menschliche Scheckung hatte. Selbst zusammengefaltet sahen seine schwarzen, ledernen Fledermausflügel gewaltig aus, um nicht zu sagen tödlich mit den scharfen Krallen an den Spitzen und an den unteren Rändern.

Natürlich konnte ich meinen Blick nicht von seinen vielen sichtbaren Piercings im Gesicht abwenden. Für die Obosianer war das eine kulturelle Besonderheit und eine große Quelle des Stolzes. Ihr Volk konnte sich nicht einfach ein Piercing stechen lassen. Sie mussten sich dieses Privileg durch eine Vielzahl von möglichen Leistungen verdienen, für die sie eine unterschiedliche Menge eines seltenen Metalls namens Algarium erhielten. Daraus konnten sie das Piercing in einer Form schmieden, die ihnen gefiel, für die Stelle an ihrem Körper, die sie am meisten reizte.

Amreth hatte einen kleinen Ring an der Seite jedes seiner Nasenlöcher, eine kleine Spitze in seiner Lippe – die Stelle direkt unter der Unterlippe, aber oberhalb des Kinns -, zwei Ringe in seiner linken Augenbraue und ein paar weitere an den Seiten seiner Ohren. An seinen Armen konnte ich keine Piercings sehen, aber ich zweifelte nicht eine Minute daran, dass sich unter seinem Brustpanzer noch ein paar weitere verbargen.

Den Gedanken, ob er auch etwas an seinen unanständigen Stellen hatte, schob ich sofort beiseite. Nach allem, was man so hörte, hatten sowohl männliche als auch weibliche Obosianer welche in ihrem Intimbereich, um zusätzliche Empfindungen zu haben. Wenn man bedachte, dass sie erotische Kräfte besaßen, die sie oft als Incubi und Succubi bezeichneten, war das nicht allzu überraschend.

„Wow", sagte ich schließlich, aufrichtig gerührt. „Ich weiß, wie wichtig die Einhaltung der Regeln für dein Volk ist. Deshalb bedeutet es mir wirklich viel, dass du sie ein wenig übertreten würdest, um mich zu retten."

„Immer, Ciara", sagte er mit einem sanften Lächeln, das sein Gesicht auf wundersame Weise erweichte.

„Und was hast du gemacht? Bist du einfach ins Dorf gelaufen?", fragte ich mit aufrichtiger Neugierde.

Der plötzliche verlegene Gesichtsausdruck und die Art und Weise, wie er unruhig auf seinen Füßen hin und her zappelte, verblüfften mich nicht nur, sondern weckten auch meine Neugierde.

Er rieb sich eine Stelle hinter seinem rechten unteren Horn, direkt über seinem Nacken, während er nach einer angemessenen Antwort suchte.

„Nicht ganz. Ich habe versucht, die Gegend zu erkunden, um zu sehen, wie ich euch drei am besten befreien kann, als ich gefangen genommen wurde", erwiderte er verlegen.

Ich blinzelte.

„Sie setzten psionische Kräfte gegen mich ein, gegen die ich nichts ausrichten konnte. Das hat mich fast gelähmt", fügte er schnell hinzu und klang dabei ein wenig defensiv.

„Richtig", antwortete ich nachdenklich. „Ich erinnere mich, dass die obosianischen Wachen auf der Gladius fast eine Bruchlandung auf der Promenade gemacht hätten, als sie von ähnlichen Angriffen betroffen waren. Tatsächlich hat Kayog etwas getan, das ihnen half, sich dagegen zu wehren. Ich bin überrascht, dass er es dir gegenüber nicht erwähnt hat."

Amreth rollte mit den Schultern und reckte den Nacken, um die Spannung zu lösen, die sich dort aufgebaut hatte, während seine Verlegenheit noch größer zu werden schien.

„Kayog hat ihre psionischen Fähigkeiten erwähnt", räumte er ein.

„Und darauf warst du unvorbereitet?", platzte ich heraus, meine Stimme klang ungläubig, um dann sofort wieder innerlich zusammenzuzucken.

Scheiß auf mein Mundwerk! Könnte ich noch wertender und undankbarer klingen? Mein elender Mund neigte dazu, einfach seine Meinung zu sagen, was manchmal unwillkürlich gemein oder verletzend klingen konnte.

„Ich bin nicht einfach leichtsinnig hineingegangen", sagte er und klang noch defensiver. „Ich hatte meinen Tarnschild aktiviert. Wenn man bedenkt, dass meine Scans außer dem mobilen Labor, in dem ihr gearbeitet habt, keine andere Art von Technologie aufgedeckt haben, hatte ich keinen Grund anzunehmen, dass sie über Kräfte verfügten, die ihn durchschauen konnten. Schließlich verfügt mein Volk über einige der fortschrittlichsten Technologien da draußen. Ich hatte nur vor, schnell rein und rauszugehen und vielleicht ein paar Ablenkungen einzubauen, um euch die Flucht zu erleichtern.

„Das sehe ich", entgegnete ich in einem versöhnlichen Tonfall und fühlte mich dem armen Mann gegenüber wie eine totale Zicke. „An deiner Stelle hätte ich das Gleiche angenommen. Niemand würde sie verdächtigen, die Art von psionischen Kräften zu haben, die sie zur Schau stellen. In Wahrheit hatten sie das früher auch nicht. Das ist keine normale Eigenschaft der Kreelar. Was auch immer ihnen vor einem Jahrzehnt zugestoßen ist, hat diese Mutation verursacht."

„Was?!", rief Amreth fassungslos aus.

Ich nickte, meine Stirn in Falten gelegt. „Aber bitte, setz dich. Ich bin eine ziemlich schlechte Gastgeberin", fügte ich mit einem nervösen Lachen hinzu.

Er lächelte. „Ist schon okay. Diese ganze Situation ist irgendwie surreal. Man kann von keinem von uns erwarten, dass wir uns wie gewohnt verhalten."

Nach einem kurzen Zögern führte ich ihn in den Essbereich und nicht in das Wohnzimmer. Auf der einen Seite des Tisches stand eine breite Bank, während auf der anderen Seite sich Stühle befanden. Ich dachte mir, dass das Fehlen einer Rückenlehne bequemer wäre, um seine Flügel unterzubringen. Er schien diesen Gedanken zu teilen, denn er machte sich auf den Weg zur Bank. Dennoch blieb er stehen, bis ich mich ihm gegenüber an den Tisch setzte. Es war seltsam, dass er sich an einige der menschlichen Höflichkeiten der alten Schule hielt.

Als ich mich setzte, fiel mir plötzlich ein, dass ich ihm weder etwas zu trinken noch zu essen angeboten hatte.

„Nein, Ciara. Mir geht es gut", sagte er mit einem amüsierten Gesichtsausdruck, als ich wieder einmal damit herausplatzte, dass er eine Erfrischung brauche. „Mach dir nicht so viele Sorgen. Ich werde dir Bescheid geben, wenn ich etwas brauche."

„Okay", sagte ich und fühlte mich wahnsinnig unbeholfen. Das war nicht der erste Eindruck, den ich bei meinem Seelenverwandten hinterlassen wollte.

„Du wolltest mir also von der Mutation der Kreelars erzählen. Aber zuerst möchte ich wissen, wie es dir geht", fragte er und seine silberweißen Augen mustern mich aufmerksam. „Nach den Aufzeichnungen der Gladius zu urteilen, wurdest du schwer verletzt."

Die Art und Weise, wie sein Blick leicht unscharf wurde, ließ mich vermuten, dass er in meine Seele oder Aura blickte, um zusätzliche Informationen über meinen derzeitigen emotionalen Zustand zu erhalten.

„Mir geht es gut, uns allen dreien geht es gut. Danke der Nachfrage", antwortete ich mit einem Lächeln. „Die Kreelar und ihre Freunde haben mich komplett zusammengeflickt. Ich weiß nicht, was für eine Technologie ihre Freunde haben, aber sie könnte es mit den Xurgens aufnehmen. Und seit unserer Ankunft hier haben sie uns wie geschätzte Gäste behandelt. Sie brauchen uns... dringend."

„Ich bin dankbar, dass sie dich wiederherstellen konnten. Das alles ergibt nicht viel Sinn. Was hast du seit deiner Ankunft herausgefunden?", fragte er. „Aku behauptet, die Menschen hätten ihnen etwas angetan."

Ich nickte grimmig. „Was passiert ist, ist eine echte Schweinerei und der Grund, warum es strenge Richtlinien der Obersten Direktive gibt. Umso ärgerlicher ist es, dass diese ganze Tragödie von genau den Leuten verursacht wurde, die es besser wissen müssten."

„Was meinst du?"

„Dieser ganze Schlamassel begann vor etwas mehr als zehn Jahren. Du hast wahrscheinlich von dem Vorfall gehört, der dazu führte, dass die IPO zum ersten Mal Kontakt mit den Sangoth aufnahm, nicht wahr?"

Er nickte. „Schmuggler stahlen einige der seltenen Metalle in ihren Bergen. Der Wettbewerb um diese seltenen Ressourcen führte dazu, dass sich einige kriminelle Gruppierungen um diesen Reichtum stritten. Wenn ich mich recht erinnere, hat die Verliererfraktion den Gewinner verraten."

„Das ist richtig. Das Timmons-Kartell mochte es nicht, zu verlieren. Sie dachten sich, wenn sie sich diesen Reichtum nicht zunutze machen könnten, würde es niemand anderes tun. Hätten sie die IPO nicht gewarnt, hätten wir nie von der Existenz der Sangoths erfahren. Allerdings hatte ihre Bevölkerung bereits großen Schaden erlitten. Die IPO nahm einige diplomatische Gespräche auf, und die Sangoths willigten ein, dass einige unserer Wissenschaftler unaufdringliche Studien über ihr Volk durchführten."

„Und da kommt Elias Jacobs ins Spiel", sagte er mit plötzlichem Verständnis.

Ich nickte. „Sein Team war für eine einjährige Studie dort. Die Sangoths haben extrem starke Knochen, fast unzerbrechlich. Das liegt an den mineralischen Rückständen in dem Wasser, das durch ihren Berg fließt. Jacobs hoffte, einen Weg zu finden, diese Eigenschaft auf andere Spezies zu übertragen und damit Probleme wie Glasknochenkrankheit und Osteoporose zu lösen. Doch diese Forschung verlief im Sande. Die Sangoths besitzen einzigartige genetische Merkmale, die es ihnen ermöglichen, diese Mineralien wie keine andere Spezies zu assimilieren."

„Aber dadurch konnte er das SS12-Serum entdecken. Oder war das eine Erfindung?", fragte er.

„Die Sangoths haben nichts mit diesem Serum zu tun", sagte ich verärgert. „Während dieser Zeit beschlossen zwei Ärzte aus seinem Team, einen romantischen Ausflug in das Tal am Fluss zu machen. Das lag weit außerhalb des genehmigten Bereichs.

Sie hatten Sex am Wasser, nachdem sie ein Picknick gemacht hatten. Eine Kreelar-Mutter und ihr Kind stolperten über sie."

„Verdammt! Ich nehme an, das ist nicht gut gelaufen?", fragte Amreth mit einem Stirnrunzeln.

„Das ist eine ziemliche Untertreibung. Sie hatten noch nie einen Menschen gesehen, aber das wäre auch nicht das Problem gewesen. Das fünfjährige Kind stürzte sich auf das Essen und begann es zu verzehren. Der Mann bemerkte das und ging hin, um das Kind aufzuhalten."

Amreth zuckte zusammen, wohl ahnend, was folgte.

„In dem Glauben, dass er ihrem Kind etwas antun wollte, griff die Mutter ihn an und biss ihn. Dem Paar gelang es zu entkommen, indem es sie mit einem Beruhigungsmittel anschoss."

Amreth fluchte leise vor sich hin. „Ich bin nicht einmal ein Arzt und ich weiß es besser, als primitiven Spezies Chemikalien zu injizieren, ohne zu wissen, wie sie reagieren könnten."

„Ganz genau. Sie war ein paar Stunden lang betäubt. Die Betäubung ließ schließlich nach und sie konnte ihr Kind zurück ins Dorf bringen. Zunächst war alles in Ordnung. Aber in der darauffolgenden Woche zeigte sie erste Anzeichen von Krankheit. Das Problem war, dass sie eine Amme für ihr Volk war."

„Tharmoks Blut! Hat sie andere infiziert?", fragte Amreth grimmig.

Ich nickte. „Das Traurige ist, dass sie aufgehört hat zu stillen, sobald die ersten Symptome auftraten. Aber der Schaden war bereits angerichtet. Einige Tage nachdem sie erkrankt war, starben auch viele der Kinder, die sie gestillt hatte. Die Kreelars stillen ihre Kinder, bis sie sechs oder sieben Jahre alt sind."

„Und Jacobs' Team hat nichts getan? Haben sie überhaupt die möglichen Folgen dessen untersucht, was sie verursacht haben?", fragte er empört.

„Doch, das haben sie", räumte ich ein. „Sie merkten schnell, dass etwas nicht stimmte und griffen ein. Für acht der Kinder, die starben, war es leider zu spät. Die Mutter, Sora, konnte gerettet werden, aber sie wünschte, sie hätte nicht überlebt."

„Was?! Warum?", rief Amreth aus.

„Sora gibt sich selbst die Schuld für das, was damals geschah, was seitdem passiert ist und was jetzt geschieht", sagte ich frustriert.

„Aber das ist nicht ihre Schuld! Sie hat nur ihr Kind verteidigt. Sie konnte nicht wissen, dass der Fremde eine Krankheit auf sie übertragen würde", argumentierte er.

„Ich stimme dir voll und ganz zu, aber die Dinge haben sich zu etwas viel Größerem entwickelt, als irgendjemand erwartet hat. Wir sind erst seit drei Tagen dabei, aber alles, was wir bisher entdeckt haben, macht mich nur noch wütender."

„Was meinst du damit?", fragte er und neigte den Kopf zur Seite.

„Wir haben einige Tests an Sora durchgeführt. Und weißt du was? Elias' große Entdeckung, SS12, stammt tatsächlich von ihr. Er hat das Serum aus den Antikörpern gewonnen, die sie entwickelt hat, nachdem sie die Krankheit überlebt hat, die der menschliche Arzt an sie weitergegeben hat."

„Es war also nicht das Beruhigungsmittel, auf das sie negativ reagiert hat?", fragte Amreth erstaunt.

Ich schüttelte den Kopf. „Nein. Es kam von dem Biss, durch den sie etwas von seinem Blut geschluckt hat. Aber das Problem ist, dass das, woran sie gelitten hat, nicht dieselbe Krankheit ist wie die, die die anderen tötet. Wäre das der Fall, hätten wir schnell ein Heilmittel für sie alle finden können. Aber es ist etwas anderes passiert."

„Glaubst du, Elias hat ihrem Volk etwas angetan?", fragte Amreth, und seine Miene verdüsterte sich, während seine Stimme von Misstrauen erfüllt war. „Könnte er sie absichtlich krank gemacht haben, um sein Serum zu verstärken?"

Ich zögerte. „Ehrlich gesagt, nein. Ich glaube nicht, dass er sie mit Absicht krank gemacht hat. Nach unserer Analyse und ihrer Schilderung der Ereignisse war es nur ein unglücklicher Umstand, dass sie ihn gebissen und sich mit dieser Krankheit infiziert hat. Das Problem ist, dass er, sobald er sie geheilt hatte, fortging und nie wieder zurückkehrte. Dies ist ein schwerwiegender Verstoß gegen die Oberste Direktive. Die schrecklichen Folgen hätten unbedingt gemeldet werden müssen. Die Kreelars hätten mindestens fünf Jahre lang unter diskreter Beobachtung stehen müssen, um sicherzustellen, dass nichts wieder auftaucht."

„Warum hat er es nicht getan? Es war ja nicht so, dass er schuld daran war, dass diese beiden törichten Ärzte das Protokoll verletzt haben. *Sie* hätten die Konsequenzen zu tragen gehabt. Schlimmstenfalls wäre es ein kleiner Makel für seinen Ruf gewesen, aber es wäre kein verheerender Schlag gewesen", argumentierte Amreth.

„Und das ist der Teil, der mich wirklich beunruhigt. Die Konsequenzen, die er jetzt zu tragen hat, werden seine Karriere zerstören. Warum sollte er das riskieren? Die unglaubliche Entdeckung von SS12 hätte die Schande dieser Situation im Handumdrehen verblassen lassen. Das war ein ideales Timing für ihn, so tragisch es auch für die Opfer gewesen sein mag. Es gibt noch etwas, das wir übersehen."

„Aku erwähnte, dass sie die Sache geheim halten mussten, weil extrem mächtige Leute die Angelegenheit zu einer noch größeren Tragödie gemacht hätten, wenn sie damit an die Öffentlichkeit gegangen wären, anstatt dich zu entführen", sagte Amreth nachdenklich.

„Das hat er auch angedeutet", bestätigte ich stirnrunzelnd. „Wenn wir sein Volk gerettet haben, müssen wir der Sache auf den Grund gehen."

„Einverstanden", sagte Amreth mit einer Entschlossenheit, die mich fast zum Lächeln brachte.

Er war wirklich die Verkörperung des extrem gesetzestreuen Obosianers.

„Es ist einfach frustrierend, dass niemand wirklich auf einige seiner Ungereimtheiten aufmerksam gemacht hat. Erstens bezeichnete er seine Entdeckung als SS12, was für Simian Serum steht. Obwohl die Sangoths einige sehr entfernte Verbindungen zu Affen haben, vergleichen wir sie meist mit Yetis. Die Kreelar hingegen weisen eindeutig affenartige Züge auf. Auf die Frage, von welcher Spezies das Serum stammte, gab Elias die willkürliche Erklärung ab, dass die Krankheit, an der die Kreatur litt, wie ein bösartiges, fleischfressendes Bakterium wirkte, das das Fleisch nicht nur beschleunigt verzehrte, sondern es auch viel zu schnell zersetzte, als dass man ein lebensfähiges Gewebe hätte, mit dem man die Spezies identifizieren könnte."

„Das ist lächerlich!", erwiderte Amreth ungläubig.

Ich schnaubte. „Mir brauchst du es nicht erzählen. Aber die Leute waren zu sehr damit beschäftigt, von dem Serum und seinen Anwendungen zu schwärmen, als dass sie sich wirklich mit seinen Ursprüngen beschäftigt hätten. Und hier unten war nach ihrer Abreise fast ein Jahr lang alles in Ordnung. Und dann kam diese Krankheit zurück. Aber sie war anders. Niemand wurde gebissen, und sie beschränkte sich nicht auf eine bestimmte Untergruppe, wie es bei Sora und den Jungen, die sie gestillt hatte, der Fall gewesen war. Zufällige Mitglieder des Stammes jeden Alters und Geschlechts wurden krank."

„Eine Art Virus?", fragte er.

Ich schüttelte den Kopf. „Was auch immer es ist, es wird nicht durch die Luft übertragen, ist kein blutübertragbarer Krankheitserreger und kann auch nicht durch Berührung übertragen werden. Es verursacht starke Kopfschmerzen und Schwellungen im Gehirn. Die Kopfschmerzen, das Fieber, die Müdigkeit, die Gelenkschmerzen und schließlich die Verwirrtheit und die Halluzinationen ähneln einer Enzephalitis. Beide Geschlechter erkranken daran, aber Frauen, die sich nach der Pubertät anstecken, überleben selten. Das größte Problem ist, dass es bei allen anderen Stämmen auftrat, nicht nur bei den Bewohnern hier in Bryst."

„Das ergibt keinen Sinn. Als Sora das erste Mal krank wurde, hat sie da ein Kind eines anderen Stammes angesteckt?"

„Nein. Die Krankheit hat ausschließlich hier zugeschlagen. Es ist also etwas anderes passiert, das sich jetzt auf andere Kreelar ausbreitet, aber nicht auf die Sangoths. Aber diese beiden Spezies interagieren ja auch nicht miteinander. In den letzten neun Jahren, seit die Krankheit zurückgekehrt ist – oder besser gesagt, sich diese Version von ihr manifestiert hat – sind die Kreelar-Weibchen dezimiert worden. Sie machen jetzt weniger als ein Drittel ihrer Bevölkerung aus. Wenn wir nicht bald ein Heilmittel finden, werden sie aussterben. Wie du dir denken kannst, können wir nicht einfach weg. Wir *müssen* das in Ordnung bringen."

Er nickte langsam und legte die Stirn in Falten. „Aku sagte, du kannst es lösen, aber mit meiner Hilfe geht es noch schneller."

Ich wurde hellhörig. „Das hat er. Sie haben eine Art Seher, der sagte, dass du kommen würdest und dass du helfen würdest. Der erste Teil war eindeutig zutreffend."

„Das war es. Das heißt, ich muss helfen. Was immer du brauchst, es gehört dir."

Obwohl mir seine Worte gefielen, hatte ich aus einem mir unerklärlichen Grund das Bedürfnis, seine Motivation in Frage zu stellen.

„Würdest du deine Hilfe auch anbieten, wenn ich nicht involviert wäre?", fragte ich.

Er zuckte leicht zurück und sah ein wenig beleidigt aus.

„Ja, Ciara. Ich würde sie trotzdem anbieten. Ich mag speziell für dich hierhergekommen sein, und als dein Seelenverwandter ist es in der Tat meine Pflicht, dir in jeder erdenklichen Weise zu helfen. Aber ich habe auch die Gewissenspflicht, denen, die in Not sind, zu helfen. Obosianer mögen manchmal kalt und starr wirken, aber wir sind nicht herzlos. Wir sind nur... hochnäsig, wenn es darum geht, das Gesetz einzuhalten und Regeln zu befolgen."

„Dann könnte es für dich problematisch sein, mich als Partner zu haben. Ich bin der rebellische Typ", forderte ich ihn heraus.

Obwohl er mir in die Augen schaute, verzogen sich seine Lippen zu einem subtilen Lächeln, das einen Hauch von Provokation enthielt.

„Bist du das?", fragte er anzweifelnd. „Das klingt ein bisschen widersprüchlich für einen Epidemiologen."

Ich zuckte mit den Schultern. „Diese Regeln befolge ich. Aber andere..." Ich winkte abweisend mit der Hand, als meine Stimme verstummte.

„Nun, dann musst du eben diszipliniert werden."

Ich schnaubte und warf ihm einen ungläubigen Blick zu, da ich nicht wusste, wie ich seinen Gesichtsausdruck deuten sollte, der die perfekte Mischung aus Ernsthaftigkeit und einem Hauch von Schelmerei war.

„Viel Glück dabei!", sagte ich herausfordernd.

„In dieser Hinsicht brauche ich kein Glück, Ciara", erwiderte er, und seine Stimme senkte sich um eine Oktave in einer Weise, die sowohl bedrohlich als auch verheißungsvoll klang.

Mein Magen machte einen Rückwärtssalto, und plötzlich bewunderte ich wieder sein wahnsinnig attraktives Aussehen. Ich wusste nicht, was ich für ihn empfand. Körperlich war er eine Milliarde von zehn. Was seine Persönlichkeit anging, würde ich einige Zeit brauchen, um mich an ihn zu gewöhnen. Ich tröstete mich einfach mit diesem Einblick in seine verspielte Seite.

Ein Teil von mir wünschte sich, ich wüsste nicht, dass er mein Seelenverwandter war, denn dann hätte unsere Beziehung die Chance gehabt, sich organisch zu entwickeln. Stattdessen fühlte ich mich gezwungen, mich einfach mitreißen zu lassen, weil ich wusste, dass wir füreinander bestimmt waren. Das wäre auch in Ordnung gewesen, wenn nicht mein dummer, übermäßig analytischer Verstand gewesen wäre, der immer nach möglichen Fehlern suchen musste, die sich später negativ auswirken könnten. Ich musste mich entspannen und die Dinge einfach geschehen lassen. Immerhin war er durch die halbe Galaxis gereist, um mich auf gut Glück zu retten.

Und Kayog irrte sich nie.

„Aber jetzt mal im Ernst: Wie kann ich helfen? Ich bin vieles, aber definitiv kein Wissenschaftler", sagte er mit einem entschuldigenden Blick.

Ich lächelte. „Eigentlich hätte deine Ankunft nicht perfekter sein können. Diese Spezies besitzt noch keine modernen Transport- oder Kommunikationssysteme. Sie haben das Äquivalent von CBs für die Funkkommunikation. Aber wie du dir denken kannst, ist das für unsere Bedürfnisse viel zu wenig. Wir müssen die anderen Dörfer besuchen, um herauszufinden, was die Ursache für die Ausbreitung der Krankheit auf andere Stämme sein könnte."

„Natürlich fliege ich dich gerne. Irgendwie bezweifle ich, dass Aku es gerne sehen würde, wenn ich dich in meinem Shuttle mitnehme", fügte er nachdenklich hinzu.

„Sehe ich auch so. Zumindest nicht im Moment. Die Bewohner hier in Bryst waren nett zu uns, aber die anderen Dörfer haben noch nie einen Menschen persönlich getroffen. Da sie von uns nur wissen, dass unsere Taten der Grund für die Zerstörung ihres Volkes sein könnten, bezweifle ich, dass sie ein Shuttle willkommen heißen, bevor wir nicht die Möglichkeit hatten, eine Art von Beziehung aufzubauen. Ich wollte auf einem ihrer Reittiere reiten, aber es würde Stunden dauern, um unser Ziel zu erreichen. Es wäre also großartig, wenn du mich fliegen würdest, vorausgesetzt, ich bin nicht zu schwer?"

Ich zuckte zusammen, als ich diesen letzten Satz sprach. Die Obosianer waren für ihre Stärke bekannt. Ich hatte ein gesundes Gewicht, das ihn kaum belasten würde. Ich wollte nicht, dass er dachte, ich hätte das nur gesagt, um nach Komplimenten zu fischen.

In seinen silberweißen Augen blitzte die seltsamste Regung auf. „Nennst du mich etwa schwach, Frau?", fragte er mit gespielter Empörung.

Ich schnaubte und entspannte mich augenblicklich. „Nicht ganz, aber ich muss bedenken, dass groß und breitschultrig zu sein nicht unbedingt bedeutet, stark zu sein. Es wäre keine Schande, etwas schwächer zu sein", sagte ich neckisch.

„Du wirst bald entdecken, dass dein Seelenverwandter vieles ist, aber nicht schwach."

Er öffnete den Mund, um etwas anderes zu sagen, zögerte und beschloss dann, nicht weiterzumachen. Das ließ mich vor Neugierde brennen. Mit einer Gewissheit, die ich mir nicht erklären konnte, hätte er beinahe etwas Flirtendes gesagt. Es war ätzend, einander den Hof machen zu wollen, aber wegen der ernsten Umstände, unter denen wir uns trafen, auf Zehenspitzen gehen zu müssen, noch dazu, weil unsere Situation so ungewöhnlich war.

Und doch freute ich mich insgeheim, dass wir in eine solche Beziehung hineingeworfen wurden. Es gab keinen größeren Test für die Stärke eines Paares, als sich gemeinsam den Widrigkeiten zu stellen. Bisher mochte ich seine Reaktionen auf diese ganze Sache sehr.

„Du hast nichts dagegen, wenn ich das alles auf die Probe stelle", erwiderte ich spöttisch, bevor ich mich ernüchterte. „Aber du könntest auch an einer anderen Front eine große Hilfe sein. Soweit ich weiß, sind die Wächter großartige Jäger. Nach dem, was Aku mir erzählt hat , haben sie in den letzten neun Jahren vermehrt Fälle von wilden Bestien festgestellt, die tollwütig wurden."

„Etwa zur gleichen Zeit, als die zweite Krankheitswelle begann", sagte er. „War diese Art von Tollwut schon vorher aufgetreten?"

Ich schüttelte den Kopf, beeindruckt von seinen analytischen Fähigkeiten. „Nein. Und wir vermuten, dass es einen Zusammenhang gibt. Oder besser gesagt, Ernst hat ein paar Hypothesen aufgestellt, was die Ursache sein könnte. Aber wir brauchen noch mehr Daten, um sicher zu sein."

„Welche Hypothese?", beharrte Amreth auf einer Erklärung.

„Unsere vorläufigen Tests zeigen keine Anomalie bei ihren Leuten. Aber wir vermuten, dass es sich um ein fehlgefaltetes Prion handeln könnte", sagte ich nachdenklich.

Er hob eine Augenbraue und sein Gesicht nahm einen verwirrten Ausdruck an, der mir sofort die Schamesesröte ins Gesicht trieb. Da ich meine Arbeit nur selten mit Nicht-Wissenschaftlern besprach – sie schläferte Laien in der Regel ein – vergaß ich oft, einige der mir geläufigen Begriffe zu erklären.

„Oh, Entschuldigung. Prionen sind wie Proteine in organischen Dingen wie Menschen, Tieren, Pflanzen usw. Aber wenn etwas ein fehlgefaltetes Prion enthält – das heißt, es ist deformiert – und man es verzehrt, kann es eine katastrophale Krankheit auslösen."

„Es konsumiert? Du glaubst also, sie essen etwas, das sie vergiftet?", fragte Amreth und sah verblüfft aus.

Ich nickte. „Wie gesagt, wir spekulieren noch, aber es scheint die wahrscheinlichste Theorie zu sein."

„Wenn es in den Lebensmitteln ist, warum erkranken dann nur wenige Personen? Warum nicht alle? Von dem Wenigen, das ich gesehen habe, scheinen sie Nahrung für alle anzubauen. Ich nehme an, sie jagen auch als Stamm für das ganze Dorf. Oder habe ich die Dinge falsch interpretiert?"

„Du hast recht. Aber manche Stammmitglieder sind bereits immun, weil sie vorher krank waren und Antikörper dagegen entwickelt haben", erklärte ich. „Bei anderen ist es vielleicht so, dass sie von der sicheren Charge gegessen haben. Aber auch hier ist es zu früh, um das zu sagen. Wir könnten völlig daneben liegen."

„Hast du ihre Nahrungsmittellager getestet?", fragte er.

Ich lächelte und war dummerweise stolz auf das große Interesse, das er an den Tag legte, sowie auf die Leichtigkeit, mit der er mir folgte und aufschlussreiche Fragen stellte. Ich brauchte keinen Streber, aber ich wollte auf jeden Fall jemanden, der geistreich war und schnell denken konnte.

„Das ist genau das, was wir getan haben. Leider hatten wir bisher kein Glück. Aber das ist nicht überraschend. Wenn wir mit unserer Annahme richtig liegen, dass die Krankheit durch ein fehlgefaltetes Prion verursacht wird, kann es Tage oder Wochen dauern, bis Symptome auftreten. Wenn also eine kontaminierte Charge die Krankheit verursacht hätte, wäre sie schon lange verschwunden. Daher wird es schwierig sein, die Ursache einzugrenzen. Aber du könntest uns in den nächsten Tagen dabei helfen, die örtliche Tierwelt nach der möglichen Quelle zu durchsuchen."

„Das werde ich gerne tun. Es wird schwer sein, einen Obosianer zu finden, der nicht gerne fliegt, vor allem in einer so atemberaubenden und reinen Umgebung wie dieser", antwortete er mit einem Lächeln.

„Ich danke dir. Das bedeutet mir sehr viel. Die Quelle ausfindig zu machen, ist der schwierigste Teil der Ermittlungsarbeit. Bitte hab Nachsicht mit mir, wenn ich nerdig werde. Sobald ich anfange, über diese Dinge zu reden, neige ich dazu, mich zu verzetteln. Scheu dich also nicht, mich zum Schweigen zu bringen", sagte ich verlegen.

Die sanfte, fast zärtliche Art, mit der er lächelte, wirkte auf mich wie ein Wunder. „Entschuldige dich niemals dafür, dass du dich für etwas begeisterst, schon gar nicht für deine Arbeit. Und deine ist extrem wichtig. Du veränderst das Leben anderer Menschen zum Besseren. Ich fühle mich geehrt, dass ich dir dabei helfen kann."

Als ich seine Antwort hörte, hätten sich meine Zehen ein wenig krümmen können. Gerade als ich den Mund öffnen wollte, um zu sprechen, ertönten die Glocken. Amreth versteifte sich und war sofort alarmiert.

„Es ist okay!", sagte ich und hob beschwichtigend meine Hände. „Das ist nur die Glocke, die anzeigt, dass die Jäger mit Fleisch zurückgekehrt sind. Ich sollte es auf Anzeichen von Verunreinigungen untersuchen."

„Zeig mir den Weg, meine Gefährtin."

KAPITEL 8

AMRETH

Ich folgte Ciara aus dem Haus, während ich versuchte, meine widersprüchlichen Gefühle zu ordnen. Von dem Moment an, als Kayog mir ihre Existenz offenbarte, malte ich mir eine Million verschiedener Szenarien aus, wie unser erstes Treffen verlaufen würde. Obwohl ich mich rühmte, der rationale und stoische Typ zu sein, konnte ich nicht widerstehen, mir zahllose heldenhafte Szenen auszumalen, in denen ich sie rette, mit ihr in den Armen durch die Lüfte fliege, während ich von teuflischen Feinden verfolgt werde. Sie würde sich an mich klammern und darauf vertrauen, dass ich sie trotz der extremen Gefahr, in der wir uns befanden, in Sicherheit bringen würde.

Dass ich bei meinem ersten Ausflug erwischt wurde, lag nicht zuletzt daran, dass ich mich nicht richtig vorbereitet hatte, und ich hätte nicht weniger als diese grandiosen Erwartungen erfüllen können. Mir war es immer noch peinlich, dass sie mich darauf ansprach.

Obwohl sie sich unbestreitbar körperlich zu mir hingezogen fühlte, schien Ciara von mir als Person nicht besonders beeindruckt zu sein. Es schmerzte. Aber was hatte ich erwartet? Ich glaubte nicht an Liebe auf den ersten Blick, auch wenn sie mir den Atem raubte, als Kayog ihr Bild mit mir teilte. Dennoch hatte ich gehofft, dass die Chemie zwischen uns sofort stimmte und sich die Behauptung des Temern, wir seien füreinander bestimmt, bestätigen würde. In Wahrheit hätte ich sie ohne diese Behauptung angesichts ihrer lauwarmen Reaktion auf mich wahrscheinlich nicht weiterverfolgt.

Nichtsdestotrotz fand ich es ermutigend, dass sie in ein oder zwei Fällen ihren Schutz zu lockern schien und eine weniger distanzierte und zurückhaltende Seite ihrer Persönlichkeit zeigte. Für einen Obosianer war das eine Bereicherung. Wir standen im Ruf, ziemlich steif zu sein. Und auf mich hatte das schon immer zugetroffen.

Aber ich hatte mir wirklich eine Umarmung von ihr gewünscht.

Aus einem Grund, den ich nicht erklären konnte, spürte ich tief in meinen Knochen, dass körperlicher Kontakt zwischen uns erforderlich sein würde, um die Verbindung einzuleiten. Und ich meinte nicht sexuell. Selbst etwas so Einfaches wie Händchenhalten würde helfen, die unsichtbare Barriere zwischen uns zu durchbrechen.

Ein Teil von mir fragte sich, ob ich zu viel nachdachte. Aber ein anderer Teil hatte das starke Gefühl, dass die Kluft zwischen uns nur noch größer werden würde, wenn es uns nicht gelänge, sie frühzeitig zu schließen, und dass jeder von uns zunehmend darum kämpfen würde, einen Weg zu finden, diese Verbindung herzustellen. In gewisser Weise schuf das Wissen, dass wir füreinander bestimmt waren, diese seltsame Erwartung, dass die Dinge auf eine bestimmte Weise ablaufen sollten. Wäre unser erstes Treffen unter anderen Umständen ein von uns sorgfältig geplantes romantisches Rendezvous gewesen, wäre es meiner Meinung nach viel reibungsloser verlaufen als diese Unbeholfenheit.

Das hielt mich aber nicht davon ab, von meiner Ciara noch mehr beeindruckt zu sein. Abgesehen von ihrer körperlichen

Schönheit und dem bezaubernden Wunder, das ihre Seele war, war meine Frau klug, mutig und kein Schwächling. Ich mochte es, dass sie bei einigen Gelegenheiten unverblümt ihre Gedanken äußerte, auch wenn mich das in ein schlechtes Licht rückte. Das war sehr obosianisch von ihr. Ich hatte keine Verwendung für eine sanftmütige und schüchterne Frau, die nicht ihre Meinung sagen oder mich auf meine Fehler hinweisen konnte. Die Abwesenheit von Grausamkeit, die sie dabei an den Tag legte, und der Hauch von Schuld, der von ihr ausging, weil sie möglicherweise meine Gefühle verletzt hatte, bestärkten mich darin, dass sie ein freundlicher Mensch war.

Aber es war ihre Entschlossenheit, denen, denen Unrecht widerfahren war, Recht zu verschaffen und ihre im Laufe der Jahre erworbenen Fähigkeiten einzusetzen, um das Leben anderer Lebewesen zu verbessern, die mich wirklich von innen heraus erwärmte. Die anderen Spezies nahmen oft fälschlicherweise an, dass wir Obosianer eine sadistische Seite hatten, die uns das Leiden der Gefangenen genießen ließ. Sie könnten sich nicht mehr irren. Es hat mir jedes Mal das Herz gebrochen, wenn einer meiner Gefangenen sich nicht freikaufen konnte oder wegen seiner schlechten Entscheidungen ein schlimmes Ende fand.

Sie sahen nicht, wie sehr wir uns bemühten, die Insassen dazu zu bringen, ihre Zeit im Gefängnis zu nutzen, um sich selbst zu verbessern, damit sie dank der neu erworbenen Fähigkeiten und des erarbeiteten Reichtums bessere Entscheidungen für ihre Zukunft treffen könnten.

Obwohl ich nicht leugnen konnte, dass ich mit den Kriminellen in unseren dunklen Quadranten weit weniger Mitgefühl hatte, haben sich einige von ihnen tatsächlich Mühe gegeben, sich zu rehabilitieren. Wenn man bedachte, wie grausam die Verbrechen waren, wegen denen sie dort gelandet waren, war es wohl einer der größten Erfolge für uns, dass einer von ihnen seine Strafe abgesessen und sein Leben geändert hat.

Meine Gefährtin eilte auf die beiden Menschen zu, die ich als Mehreen Aziz und Ernst Wagner erkannte, und beendete meine abschweifenden Gedanken. Ihre beiden Kollegen hatten sich bereits um den Rollwagen versammelt, der von einem Tier gezogen wurde, das ich nicht erkannte. Ein großes Tier lag tot auf ihm. Ernst schaute auf die Schnittstelle eines Analysegeräts, wahrscheinlich hatte er dem Tier etwas Blut abgenommen. Mehreen fuhr mit einem Handscanner über jeden Zentimeter des Körpers.

Meine Partnerin holte sie ein und wechselte ein paar Worte mit Ernst, der ihr das Interface zeigte. Sie tippte ein paar Anweisungen darauf und zog dann etwas, das wie eine lange Nadel aussah, aus dem oberen Teil des Geräts heraus. Sie hielt sie hoch, während Ernst die Nadel durch eine neue ersetzte und an dem Gerät herumfummelte, während Ciara das Wesen erneut stach.

Da ich sie nicht bei ihrer Arbeit stören wollte, hielt ich mich zurück und beobachtete die Dorfbewohner. Einige von ihnen hatten den Innenhof betreten, blieben aber an den Toren stehen, als hätten sie Angst, sich unbefugt zu bewegen. Sie beobachteten die Wissenschaftler mit unbestreitbarer Vorsicht, aber ohne jegliche Aggression. Da wurde mir klar, dass die Sorge wohl eher der Sicherheit ihrer Lebensmittel galt als den Ärzten selbst.

Das brachte mich wieder einmal in eine Spirale der Spekulationen, wer in Tharmoks Namen die Freunde waren, die sie so gründlich davon überzeugt hatten, dass man uns vertrauen konnte, dass wir das Richtige für sie tun würden. Ich musste Maeve schreiben, um sie auf die Spur des mächtigen Wesens zu bringen, mit dem Elias möglicherweise unter einer Decke steckte.

Oder könnte sie dazu verpflichtet sein?

Ich schrieb mir die Dinge auf, die sie meiner Meinung nach untersuchen sollte. Als eine der besten Hackerinnen der Vollstrecker gab es nicht allzu viele Geheimnisse, die Maeve entgingen, wenn sie sich darauf konzentrierte, sie zu entdecken. Solange es eine Art digitalen Abdruck gab, würde sie es finden.

Der Gedanke, dass ich jetzt nicht einfach abhauen und zu meinem Schiff gehen konnte, gefiel mir nicht. Ich hasste es, ein Gefangener in diesem Hof zu sein. Wie ironisch für einen Aufseher. Meine Mitgefangenen würden mir das nicht durchgehen lassen, wenn sie von meiner derzeitigen Lage wüssten. Technisch gesehen könnte ich gehen. Sie gaben uns eindeutig genug Bewegungsfreiheit, damit ich Ciara ergreifen und zu meinem Schiff fliegen konnte, bevor sie nahe genug herankommen konnten, um mich mit ihren psionischen Kräften außer Gefecht zu setzen.

Aber ich würde es nie tun.

Abgesehen von der Tatsache, dass ich mich moralisch verpflichtet fühlte, ihnen zu helfen, war es meine Ehre, in der Nähe zu bleiben. Mit einer Gewissheit, die ich nicht erklären konnte, wusste ich, dass Aku nicht der Typ war, der sein Vertrauen leichtfertig vergab. Und er hatte mir seins geschenkt. Es spielte keine Rolle, dass die Vorhersage eines Sehers diese Überzeugung untermauerte. Ein Teil von mir glaubte, dass unsere Interaktionen ihn davon überzeugten, dass ich ein Mann war, der sein Wort hielt. Wäre er der Meinung gewesen, dass man mir nicht trauen konnte, ob Seher oder nicht, hätte er mich zweifellos gefesselt.

Wie dem auch sei, jetzt auszusteigen, wäre der sicherste Weg, jede Hoffnung auf eine reibungslose Beziehung zu meiner Frau zu torpedieren.

Ich konzentrierte mich wieder auf die Wissenschaftler, als sie gerade ihre Tests beendet hatten. Ihrer Körpersprache nach zu urteilen, hatten sie nichts Verdächtiges gefunden oder etwas, das für ihre Forschung hilfreich sein könnte. Ciara gab den Kreelar-Jägern mit einer Geste zu verstehen, dass sie das Fleisch mitnehmen konnten. Dann wandte sie sich mir zu, während ihre

Begleiter sich dem Labor zuwandten, um dann stehen zu bleiben, als sie mich bemerkten.

„Ein Obosianer!", flüsterte Ernst schockiert, was aber schnell durch Aufregung ersetzt wurde.

Er kam schnell auf mich zu, gefolgt von den beiden Frauen. Ich blieb still, als er den Abstand zwischen uns verringerte.

„Mein Herr, wir sind so froh, Sie zu sehen. Wo sind die anderen?", fragte er und schaute mir über die Schulter.

„Ich bin allein hierhergekommen. Es gibt niemanden sonst, nur mich", antwortete ich mit ruhiger Stimme. „Und du kannst mich einfach Amreth nennen."

Theoretisch sollte er mich tatsächlich als Lord Amreth ansprechen, da ich von adliger Abstammung war. Viele meiner Kollegen legten großen Wert auf die Hierarchie. Mich interessierte das nicht besonders. Und unter den gegebenen Umständen erschienen mir diese steifen Protokolle nicht angemessen. Das anerkennende Schimmern in den Augen meiner Gefährtin hatte etwas Erfreuliches für mich. Ich hatte es nicht getan, um sie zu beeindrucken, aber ich begrüßte alles, was dazu beitragen konnte, sie für mich zu begeistern.

Er blinzelte verwirrt. „Alleine? Wozu denn?"

Völlig automatisch flackerten meine Augen zu Ciara. Kurz bevor ich ihm sagen wollte, dass ich gekommen war, um meine Gefährtin zu retten, hielt ich mich zurück. Auch wenn das stimmte, hielt ich es nicht für angemessen, die Natur unserer Verbindung, ohne ihre Zustimmung zu enthüllen. Sie hatte zwar zugegeben, dass sie von unserer Verbindung wusste, aber sie hatte noch keinen Wunsch geäußert, sie zu vollziehen.

„Er kam wegen mir", antwortete Ciara an meiner Stelle und verblüffte uns alle.

„Deinetwegen?" Ernst und Mehreen antworteten gleichzeitig.

Der bewundernswert ängstliche Gesichtsausdruck meiner Frau blitzte auf, auch wenn sie versuchte, lässig zu wirken.

„Leute, ich möchte euch Amreth Vahna vorstellen, einen

Aufseher auf Molvi, der zufällig auch mein Seelenverwandter ist. Kayog brachte uns zusammen, kurz bevor die Gladius angegriffen wurde."

Die Art und Weise, wie die Münder ihrer Begleiter herunterfielen und ihnen fast die Augen aus dem Kopf traten, wäre urkomisch gewesen, wenn ich nicht zu sehr damit beschäftigt gewesen wäre, mich wegen der öffentlichen Inanspruchnahme zu brüsten. Ciara schien mir nicht der Typ zu sein, der gerne prahlte. Die Tatsache, dass sie den anderen offen davon erzählte, zeigte mir, dass sie sich so sehr für unsere Beziehung engagierte, dass sie keine Skrupel hatte, sie zu teilen.

„Kayog? Der Heiratsvermittler von Temern?!", rief Mehreen aus.

Ciara nickte.

„Heiliger Strohsack! Ich wusste nicht, dass du seine Dienste in Anspruch genommen hast", fügte sie hinzu.

Meine Partnerin schnaubte und schüttelte den Kopf. „Das habe ich nicht. Wir lernten uns auf dem Schiff kennen und kamen ins Gespräch, nachdem wir einer Frau geholfen hatten, der es nicht so gut ging. Und als Nächstes hat er mir gesagt, dass er meinen Seelenverwandten kennt."

„Aber ... aber wann habt ihr euch denn unterhalten, bevor wir entführt wurden?", forderte Ernst heraus.

„Das haben wir nicht", antwortete ich sachlich. „Als bestätigt wurde, dass Ciara unter den Vermissten ist, hat Kayog mich kontaktiert."

„Und da hast du beschlossen, sie zu retten?!", fragte Mehreen, und ein Hauch purer Ehrfurcht legte sich auf ihre Züge.

„Natürlich. Was wäre ich für ein Mann, wenn ich es nicht täte?"

Meine Gefährtin brach in Gelächter aus, während Ernst in gespielter Verzweiflung mit den Augen rollte, als Mehreen ihre beiden Handflächen auf die Brust presste und mich verwundert anstarrte.

„Sei still, mein Herz! Das ist so verdammt romantisch. Bitte sag mir, dass du einen ledigen Bruder hast!"

Jetzt war ich an der Reihe, in Gelächter auszubrechen. „Ich schon", antwortete ich mit einem Nicken.

„Ich verlange eine offizielle Vorstellung", sagte Mehreen, bevor sie schamlos mit den Wimpern klimperte.

„Frau, zügeln Sie sich und hören Sie auf, mit meinem Mann zu flirten", sagte Ciara mit gespielter Strenge.

Auch das machte mir Spaß. Es war albern, wie viel Vergnügen ich aus ihrer besitzergreifenden Zurschaustellung von mir zog, so spielerisch diese Situation auch war.

„Spielverderberin", antwortete Mehreen mit einem übertriebenen Schmollmund. „Jedenfalls heiße ich Mehreen, und er heißt Ernst."

„Er weiß es bereits und hat auf seinem Weg hierher alle unsere Akten gelesen. Jetzt lass uns essen gehen. Wir können ihn über die Teile aufklären, zu denen ich noch nicht gekommen bin."

Wir folgten ihr alle im Gleichschritt. Langsam wurde mir klar, dass die beiden Wissenschaftler die Autorität meiner Frau respektierten. Sie führte uns in eines der Häuser, die an das Labor angrenzten. Zu meiner Überraschung war das Innere als Besprechungsraum neben einem Essbereich eingerichtet worden. Der Tisch war bereits mit reichlich Essen gedeckt. Als wir Platz nahmen, stellte ich zu meinem Entsetzen fest, dass es einen hohen Anteil an Obst und Gemüse und nur eine kleine Portion Fleisch und einige trockene Brote gab.

Ciara kicherte, als sie meinen Gesichtsausdruck sah, und ihr eigenes Gesicht nahm einen Hauch von Mitleid an, der mit einem Hauch von Spott verbunden war.

„Jemand ist nicht vegan?", fragte sie neckisch.

„Ganz bestimmt nicht", antwortete ich in mürrischem Ton.

„Unsere Nundars machen die köstlichsten gastronomischen Gerichte, von denen man nur träumen kann."

„Nundar? Was sind sie?", fragte sie neugierig.

„Wir nennen sie unsere Vertrauten. Sie sind eine spirituelle Spezies von Einsiedlern, die mit einem Obosianer zusammenleben müssen, um zu gedeihen. Sie sind hochintelligent und verfügen über extrem starke psionische Kräfte. Sie ernähren sich von Emotionen, sind aber auch extrem empfindlich für diese. Negative Emotionen beunruhigen sie sehr, was ihr Bedürfnis nach Isolation erklärt", berichtete ich.

„Warum gedeihen sie gerade in der Nähe deiner Spezies?", fragte Ciara.

„Wie mein Volk ernähren sie sich hauptsächlich von Emotionen. Obosianer strahlen von Natur aus ständig eine bestimmte energetische Aura aus, die wir bei Bedarf bewusst verstärken können. Deshalb werden wir, wenn wir ausgewachsen sind, von jungen Nundar umgeben sein, in der Hoffnung, dass einige von ihnen unsere Energie mögen. Diejenigen, die das tun, werden uns zu ihrem Schutzherren wählen und mit uns in den für sie reservierten Teil unserer Behausung ziehen."

Ich hielt es für klüger, den Teil zu überspringen, in dem diese Selektion während der wilden Wochen stattfand, als die jungen Obosianer ihre Reife im Alter von achtzehn Jahren erreichten. Davor waren wir im Grunde asexuell. Aber sobald dieser Moment eintrat, wurden wir praktisch tollwütig und stürzten uns in eine Orgie mit anderen Teenagern unseres Alters, während wir unsere ungezügelte Libido mit allem und jedem auslebten, was sich bewegte. Die jungen Nundars beaufsichtigten uns und sorgten dafür, dass wir in dieser Zeit, in der unser Geist völlig verwirrt war, genug zu trinken, zu essen und uns auszuruhen hatten. Wenn sie uns in unserem unkontrolliertesten und ursprünglichsten Zustand sahen, konnten sie besser einschätzen, ob sie sich vorstellen konnten, uns für den Rest ihres Lebens zu dienen.

„Ist das nicht ein bisschen invasiv? Es hört sich an, als könntest du eine Menge abbekommen?", fragte Ciara vorsichtig.

Ich schnaubte und schenkte ihr ein beruhigendes Lächeln. „Das sind sie wirklich nicht. Wie ich schon sagte, leben sie gerne in Isolation. Du kannst von Glück reden, wenn du sie auch nur einmal im Monat siehst. Normalerweise ist man sich ihrer Existenz nur bewusst, weil sie sich um alle Aufgaben im Haus kümmern, einschließlich Kochen, Putzen und Wäschewaschen. Aber da sie unsere Anwesenheit und unseren Gemütszustand spüren können, wissen sie genau, wie sie sich rarmachen können und tauchen nur auf, wenn sie spüren, dass wir mit ihnen sprechen oder interagieren wollen."

„Wow, unsichtbare und effiziente Helfer, die tolles Essen kochen und sich um alle Aufgaben im Haushalt kümmern? Meldet mich an!", sagte Mehreen, ihre Stimme triefte vor Neid, obwohl ihr Tonfall spielerisch blieb. „Was die Vorstellung bei deinem Bruder angeht ..."

Wir schnaubten alle, und meine Gefährtin schüttelte mit aufgesetzter Strenge den Kopf über ihre Kollegin, als sei sie ein hoffnungsloser Fall.

„Es stimmt also, dass Obosianer wie Incubi sind", sagte Ernst nachdenklich.

„In dem Maße, in dem wir uns von den Gefühlen unserer Partner ernähren, sind wir das auch. Wir brauchen es nicht, aber es sättigt uns weit mehr als normale Nahrung. Allerdings entziehen wir unseren Partnern dabei nicht die Lebenskraft. Sie werden in keiner Weise negativ beeinflusst", sagte ich neckisch.

„Na dann ist ja alles klar", sagte Mehreen mit übertriebener Begeisterung. „Du brauchst dich nicht mit dem ganzen Vogelfutter zu quälen", fügte sie hinzu und winkte mit dem größtenteils vegetarischen Essen auf dem Tisch, bevor sie Ciara einen bedeutungsvollen Blick zuwarf.

„Hey! Ich bin kein Essen!", rief Ciara mit gespielter Empörung aus.

„Technisch gesehen, ja, das bist du", sagte ich mit einem breiten Zahnpasta-Lächeln. „Oder besser gesagt, deine Gefühle sind es."

Ich verdrängte den Teil, dass ihr Vergnügen das saftigste Festmahl sein würde, dem ich mich jemals hingeben würde, wenn die Zeit gekommen war.

„Aber keine Angst, Ciara. Ich werde mich niemals ohne deine ausdrückliche Zustimmung ernähren", bekräftigte ich in einem beruhigenden Ton.

Offensichtlich entschlossen, so viel Unheil wie möglich anzurichten – wenn auch ohne böswillige Absicht -, stachelte Mehreen meine Gefährtin weiter spielerisch an, in dem eindeutigen Versuch, sie zum Erröten zu bringen.

„Da ihr zwei seelenverwandt seid – ganz zu schweigen davon, dass ihr alle Schattierungen von heiß seid – bin ich sicher, dass Ciara mehr als glücklich sein wird, dir diese Erlaubnis zu erteilen", sagte Mehreen mit einer abweisenden Handbewegung. „Übrigens, ist davon auszugehen, dass ihr euch Ciaras Haus teilen werdet?"

Ernst biss sich auf die Wangen, um sich das Lachen zu verkneifen, während meine Partnerin ungläubig nach Luft schnappte, immer noch bei der ersten Bemerkung hängen geblieben. Mehreen war mir ans Herz gewachsen. Es war seltsam, denn mein Volk war eher steif. Außerdem hatte ich fälschlicherweise angenommen, dass Wissenschaftler langweilig und spießig seien. Ein Teil von mir vermutete, dass ihr Humor auch ein Bewältigungsmechanismus für die stressige Situation war, in die sie hineingestoßen worden waren.

„Ähm... laut Aku sind wir tatsächlich dazu bestimmt, ihre Unterkunft zu teilen. Ich habe ihn zur Rede gestellt und gesagt, dass das höchst unpassend sei. Er teilte mir mit, dass es ein Gästezimmer gäbe, so dass es kein Problem sein sollte. Aber wenn es für einen von uns beiden wirklich problematisch wäre, dann würde er mir eine andere Unterkunft zur Verfügung stellen", erklärte ich sachlich.

„Wow!", flüsterte Ciara und sah mich mit einem verletzten Ausdruck an, der mich verblüffte. „Findest du es so furchtbar, mit mir ein Haus zu teilen?"

Ich schreckte zurück und starrte sie an. „Was?! Nein, ganz und gar nicht. Ich fand es nur extrem anmaßend von ihm, anzunehmen, dass du damit einverstanden wärst."

Ihre Schultern entspannten sich. „Hat er dir gesagt, warum er wollte, dass wir uns ein Haus teilen?"

„Er sagte, wir seien Seelenverwandte", antwortete ich ruhig.

„Das ist richtig", bekräftigte Mehreen mit einem deutlichen Ton.

„Ja, aber woher weiß er das?", fragte ich herausfordernd, bevor ich meine Gefährtin ansah. „Ich bezweifle, dass du oder Kayog es ihm gesagt haben."

„Sein Freund war es", sagte Ciara mit Bestimmtheit, bevor sie frustriert das Gesicht verzog. „Ich hasse es, dass unsere Erinnerungen ausgelöscht wurden. Ich weiß nur, dass sein Freund behauptet hat, dass wir alle eine wichtige Rolle spielen, die zum Erfolg unserer Bemühungen führen wird."

„Das klingt wie die Vision eines Sehers oder Orakels", erwiderte ich nachdenklich. „Könnten diese Freunde Korletheaner sein?"

Zu meinem Erstaunen antworteten alle drei Menschen unisono mit einem eindeutigen Nein. Das überraschte sie, und sie tauschten amüsierte Blicke über ihre instinktive Reaktion aus.

„Ich weiß nicht, warum ich das mit absoluter Sicherheit sagen kann, aber die Freunde der Kreelars hassen die Korletheaner abgrundtief", sagte Ciara vorsichtig, woraufhin ihre Kollegen nickten.

„Ja, ich spüre etwas sehr Ekliges, wenn ihr Name fällt. Es muss von diesen mysteriösen Freunden kommen", sagte Ernst mit einem Stirnrunzeln. „Ich frage mich, ob ihre Freunde Sarenianer sein könnten."

Ciara nickte. „Es ist plausibel, wenn man bedenkt, dass sie über Gedankenkontrollkräfte verfügen. Mit einem einzigen Befehl hätten sie unser Gedächtnis auslöschen können. Sie hassen auch die Korletheaner. Aber was sollten sie hier in der Toten Zone tun? Sie halten sich meist in ihrer eigenen Region am anderen Ende des östlichen Quadranten auf."

„Spielt das eine Rolle?", konterte Ernst.

„Auf jeden Fall!", rief ich mit strenger Stimme. „Im Gegensatz zu den Menschen, die auch Teil der Galaktischen Allianz des Östlichen und Westlichen Quadranten sind, wissen wir hier im Nördlichen Quadranten nur sehr wenig über die Sektorianer. Sie waren an einem Angriff auf eines der mächtigsten Schiffe unserer Verbündeten beteiligt. War dies ein Einzelfall oder haben sie etwas Ruchloseres vor?"

„Gute Frage", sagte Ciara in einem beschwichtigenden Ton. „Aber die Kreelar brauchen wirklich unsere Hilfe. Ohne das Eingreifen ihrer Freunde wären sie in den nächsten Jahren vielleicht völlig ausgerottet worden. Außerdem habe ich bis jetzt von Aku und seinen Stammesgenossen nichts Böses oder Täuschendes wahrgenommen. Sie wollen nur ihr Volk retten."

Ich nickte widerwillig. „Ich erkenne auch keinen Verrat bei ihnen. Aber warum sind ihre Freunde so geheimnisvoll?"

„Du weißt, warum", entgegnete Ciara in einem vorwurfsvollen Ton. „Sie haben das Gesetz gebrochen, um den Kreelars zu helfen. Auch wenn sie das aus guten Gründen getan haben, würdest du ihnen im Nacken sitzen, wenn du sie in die Finger kriegen könntest."

„Aus guten Gründen!", rief ich aus.

Sie warf mir einen harten Blick zu, ihr Gesicht verschloss sich auf unangenehme Weise. Es gefiel mir nicht, diese Art von Reaktion bei ihr hervorzurufen.

„Wenn ich das Gesetz brechen muss, um eine aussterbende Spezies zu retten, werde ich das, ohne zu zögern, tun", sagte sie in harschem Ton.

„Es gab noch andere Möglichkeiten, die sie nicht erforscht haben", argumentierte ich.

„Gab es welche?", fragte sie herausfordernd. „Sie glauben, dass wir die einzige Hoffnung mit dem besten Ausgang für alle sind. Bis jetzt war ihre Voraussicht richtig, auch dass du hierherkommst."

„Ein Verbrechen ist ein Verbrechen", beharrte ich hartnäckig. „Menschen wurden wegen ihres Angriffs verletzt."

„Und sie haben alles getan, um die Verletzungen zu lindern, einschließlich der Rettung meines Lebens und meiner vollständigen Heilung", erwiderte Ciara mit derselben strengen Stimme. „Du hast gegen die Oberste Direktive verstoßen, um mich zu retten. Solltest du zu Molvi verurteilt werden?"

Ich winkte abweisend ab. „Einige Ausnahmen werden gemacht, wenn man Verwandten hilft, und auch je nach den Absichten der Person, die die Übertretung begangen hat."

„Genau!", rief Ciara aus, als ob das für mich offensichtlich sein sollte. „Du weißt nicht, was ihre Absichten waren."

„Gut", räumte ich ein. „Aber was haben sie überhaupt hier auf Kestria gemacht?"

Ciara zuckte mit den Schultern. „Was haben wir Menschen hier auch noch gemacht? Was hatten Elias und sein Team hier zu suchen? Dies ist die Tote Zone. Die IPO ist für die Sektorianer, die auf diesen Planeten kommen, genauso wenig zuständig wie die Sektorianer für uns. Wer auch immer ihre Freunde sind, sie könnten legitime Gründe gehabt haben, hier zu sein. Und sie haben offensichtlich eine starke Bindung, die sich über viele Jahre erstreckt hat. Wenn es also Eindringlinge gibt, dann sind *wir* es, so scheint es mir."

Ich schürzte die Lippen, als ich über ihre Worte nachdachte, bevor ich langsam nickte.

„Du hast gute Argumente. Aber warum schützt du sie so sehr?", fragte ich mit echter Neugierde.

Sie schien von dieser Frage überrascht zu sein. Zu meiner

Freude leugnete Ciara nicht sofort oder ging in die Defensive, sondern nahm sich einen Moment Zeit, um ihre Gedanken und Gefühle zu prüfen, bevor sie antwortete. Das hat mich sehr gefreut.

„Als ich Ärztin wurde, habe ich geschworen, niemandem zu schaden und denen zu helfen, die in Not sind. Die Kreelars sind in verzweifelter Not. Ohne ihre Freunde würden sie garantiert sterben. Du sprachst von einem Angriff, aber nicht von einem Gemetzel. Aku hat geschworen, dass sie niemandem etwas zuleide getan haben, nicht einmal den Wachen, die sie ebenfalls psychisch gestört haben. Du hast das bestätigt. Ja, in der Panik wurden Menschen verletzt. Aber das war nicht die Schuld der Kreelar, oder zumindest nicht direkt. Die Art und Weise, wie sie mich gerettet haben, beweist, dass sie versucht haben, den Schaden für Unschuldige zu begrenzen."

Wieder einmal sah ich mich widerwillig gezwungen, zustimmend zu nicken. Das schien ihr zu gefallen und sie zu ermutigen.

„Ich glaube, die Kreelars sind gute Leute, und ihre Freunde haben es auch gesehen. Sie könnten uns für das, was sie durchgemacht haben, wie Scheiße behandeln, auch wenn Elias und sein Team dafür verantwortlich sind", fuhr sie fort.

„Sie waren sehr freundlich zu uns", stimmte Ernst zu, während Mehreen zustimmend nickte.

„Ciara sagt, du hast vielleicht eine Spur gefunden. Meinst du, du kannst helfen?", fragte ich.

Ernst nickte, sein Gesicht leuchtete hoffnungsvoll auf. „Wir haben die verantwortlichen Prionen gefunden – die infektiösen Erreger, die diese Variante der Prionenkrankheiten verursachen", fügte er schnell in einem entschuldigenden Tonfall hinzu, obwohl diese Erklärung für die meisten Personen nicht ganz klar sein würde.

Ich lächelte beschwichtigend. „Ciara hat mir schon sehr gut erklärt, was Prionen sind."

„Oh, ausgezeichnet!", rief er aus. „Wir haben also die

Prionen in den Gehirnzellen der vier aktuellen Patienten gefunden. Zwei von ihnen zeigen erst seit gestern Symptome. Wir wussten mit Sicherheit, dass es sich um eine Prionenkrankheit handelte, weil sich auf den Scans erste schwammige Ablagerungen in ihrem Hirngewebe zeigten. Wie Ciara dir wahrscheinlich gesagt hat, müssen Prionen mit der Nahrung aufgenommen werden. Wir haben alle Lebensmittel im Dorf gescannt, ebenso wie ihre Wasserquellen. Alles ist sauber. Wir müssen herausfinden, was sie essen, um die Krankheit auszulösen, und das ist ein totaler Hail Mary."

Ich kannte die formale Bedeutung dieses Ausdrucks nicht, aber in diesem Zusammenhang vermutete ich, dass er bedeutete, dass es eine äußerst schwierige Aufgabe sein würde, sie zu erfüllen.

„Da dies auch in anderen Dörfern vorkommt, wissen wir, dass das Problem nicht auf eine Herde oder einen Betrieb beschränkt ist. Irgendetwas ist da draußen und infiziert diese Spezies", sagte Ernst.

„Kannst du es heilen?", fragte ich.

Alle drei schüttelten den Kopf.

„Es gibt keine bekannten Heilmittel für Prionenkrankheiten. Normalerweise können wir es den menschlichen Patienten nur so angenehm wie möglich machen, während die Krankheit bis zu ihrem Tod fortschreitet", sagte Ciara mit besorgter Miene. „Aber bei den Kreelars verhält es sich anders."

„Wie das?", fragte ich mit echter Neugierde.

„Die Symptome treten schneller auf, während es bei den meisten anderen Arten viele Wochen bis Monate dauern kann, bis sie sich manifestieren. Aber noch wichtiger ist, dass einige Kreelar überleben, während Menschen innerhalb von zwei Jahren sterben. Sora war der erste Fall, und sie lebt noch immer. Sie ist die Schwester von Aku und die Amme, die die Ärzte am Fluss angegriffen hat. Sie hat nicht nur Antikörper, sondern ihr Hirngewebe ist auch mutiert und verleiht ihr psionische Kräfte.

„Haben die anderen, wie Aku, die gleichen Antikörper?"", fragte ich fasziniert.

Ciara zögerte und schien nicht zu wissen, wie sie antworten sollte.

„Die Antikörper sind ziemlich ähnlich, aber nicht identisch", antwortete stattdessen Mehreen. „Wir glauben, dass die Prionen denselben Ursprung haben, aber dass die Quelle der Kontamination eine andere war, und dass die Variante, die Sora durch das Blut des Arztes zu sich nahm, eine mutierte Version derjenigen war, die die anderen infiziert hat."

„Wir versuchen immer noch herauszufinden, warum Frauen eher sterben", sagte Ciara.

„Ich hätte angenommen, dass es ein hormoneller Faktor ist", sagte ich vorsichtig.

„Das vermuten wir auch, aber was genau? Wie interagiert es mit den Prionen, um die katastrophalen Ausfälle auszulösen, die sie getötet haben?", sagte sie nachdenklich.

„Zumindest können wir jetzt feststellen, wer infiziert ist, auch wenn er noch keine Symptome zeigt", sagte Ernst. „Wir müssen alle testen und mit Testkits ausstatten, um sicherzustellen, dass infizierte Mütter und Ammen nichts an ihre Kinder weitergeben."

„Ich nehme an, sie haben viele Dörfer, die über ein großes Gebiet verteilt sind. Haben sie schnelle Kommunikationssysteme?", fragte ich und versuchte abzuschätzen, wie viele Dörfer wir in der kürzest möglichen Zeit erreichen könnten.

„Ja und nein", antwortete Ciara. „Sie haben das Äquivalent zu den alten CB-Funkgeräten, die im Grunde nur eine Antenne und einen Empfänger benötigen, um die Funkfrequenzen zu empfangen. Sie können über sie sprechen, aber es gibt keine Vidcom. Wir können ihnen also nicht praktisch zeigen, was sie tun sollen. So kann Aku ihnen zumindest mitteilen, was los ist und dass wir sie ab morgen mit Testkits und Medikamenten besuchen werden."

„Medikamenten?", erwiderte ich strinrunzelnd. „Ich dachte, du sagtest, es gäbe kein Heilmittel?"

„Wir haben ein von Soras Antikörpern abgeleitetes Präparat mit synthetischen Immunglobulinen hergestellt, das verhindern wird, dass sich normale Prionen in abnormale verwandeln. Dies sollte das Fortschreiten der Krankheit deutlich verlangsamen und dem Körper des Patienten die Chance geben, sich zu wehren und zu mutieren, anstatt zu sterben. Bislang hat es bei unseren ersten beiden Patienten gut funktioniert."

Ein plötzlicher Gedanke kam mir in den Sinn. „Besteht die Möglichkeit, dass sie das, was auch immer das ist, tatsächlich absichtlich konsumieren? Besteht die Möglichkeit, dass die Kreelar sich dieser Mutation unterziehen *wollen*? Immerhin hat sie ihnen die Art von offensiven psionischen Kräften verliehen, die viele Jäger gerne hätten."

Zu meiner Überraschung schüttelten sie alle gleichzeitig den Kopf.

„Ganz bestimmt nicht", betonte Ciara mit Bestimmtheit. „Sie waren glücklich, so wie sie waren. Aber sie würden die Mutation dem Tod vorziehen. Sie fürchten sich nur vor weiteren Veränderungen in der Zukunft und hätten gerne die Bestätigung, dass diese Mutation das endgültige Ergebnis ihrer Prionenbelastung ist."

„Na gut. Wie lautet also der Plan?", fragte ich.

„Wir reisen morgens mit ein paar Kreelar-Begleitern in die nahe gelegenen Dörfer", sagte Ernst. „Mit deinen Flügeln könntest du Ciara in eines der weiter entfernten Dörfer bringen."

Ich nickte. „Wir haben das besprochen, bevor die Jäger mit ihrem Fang zurückkamen. Mein Shuttle wäre allerdings viel effizienter. Hoffentlich läuft es morgen so gut, dass sich ihre Leute mit unserer fortschrittlichen Technologie wohler fühlen. Es würde dir und Mehreen erlauben, weiter zu reisen, während ich meine Gefährtin fliege."

Ich zuckte innerlich zusammen, als ich mich dabei ertappte,

diesen Kosenamen zu benutzen. Es war das zweite Mal, dass ich es getan hatte. Ich warf nervös einen Blick auf Ciara, war aber erleichtert, als sie zustimmend lächelte. Ich bezweifelte, dass es daran lag, dass ich sie beansprucht hatte. Aber ich begrüßte die Tatsache, dass es sie nicht zu stören oder zu verärgern schien.

„Klingt nach einem Plan!", sagte Ciara.

Wir beendeten unsere „Vogel"-Mahlzeit in einer freundlichen Atmosphäre. Danach machten sich Ernst und Mehreen wieder an die Herstellung weiterer Medikamente, während Ciara mir beibrachte, wie man den Test durchführt, damit ich ihr am nächsten Morgen helfen konnte.

Auf eine Art und Weise, die ich nicht erklären konnte, fühlte es sich gut an.

KAPITEL 9

CIARA

Als wir endlich so weit waren, dass wir den morgigen Tag überstehen konnten, verabschiedeten wir uns alle voneinander, und ich machte mich in Begleitung meines Gefährten auf den Weg nach Hause. Ich kämpfte immer noch mit dem Gedanken, dass er mir gehörte. Es war nicht so, dass ich ein Problem damit hatte, sondern eher, dass ich nicht wirklich wusste, wie ich es anstellen sollte. Zum ersten Mal wurde mir klar, wie unbeholfen ich eigentlich in Sachen Romantik war.

Amreth hat seit seiner Ankunft einige Flirtversuche unternommen, aber er war auch vorsichtig. Es war schwierig, ein Gleichgewicht zu finden, um nicht zu früh zu dreist zu wirken. Seine frühere Bemerkung, mich zu disziplinieren, hatte diesen schmalen Grat umschifft. Ich konnte nicht schwören, dass er damit eine Anspielung auf intimes Spanking machen wollte. Bei seinen Leuten ging es üblicherweise nur um die Disziplinierung von Fehlverhalten. Daher konnten seine Worte völlig unschuldig gewesen sein.

Aber ich war schon immer der vergessliche Typ, wenn es um so etwas ging. Mein Verräter von einem Ex-Verlobten musste mir erst sagen, dass er interessiert war und dass ihm die subtilen

Möglichkeiten, dies auszudrücken, ausgingen, bevor ich merkte, dass er tatsächlich mit mir flirtete.

Und jetzt ging mein romantisch herausgefordertes Ich mit dem völlig Fremden, der angeblich meine andere Hälfte war, nach Hause.

Hätte er einer anderen Spezies angehört – außer vielleicht einem Temern wie Kayog -, könnte ich nicht schwören, dass ich so früh schon damit einverstanden gewesen wäre, dass er unter demselben Dach wie ich übernachtete. Getrennte Schlafzimmer bedeuteten nichts, wenn die Person ein Psycho war oder der Typ, der Grenzen nicht respektierte. Aber Amreth flößte mir mit einer Intensität Vertrauen ein, die sich jeder Logik entzog.

Zu meiner Überraschung bedeutete mir Amreth auf halbem Weg über den Hof in Richtung meines Hauses mit einer Geste, ich solle einen Moment warten, und ging auf das Tor zu, wobei er Enre, dem Kreelar-Wächter, der auf dem kleinen Turm am Rande des Tores saß, zuwinkte. Enre sprang die drei Meter hinunter und landete mühelos mit der Grazie einer Katze. Er näherte sich uns mit einer ruhigen, neugierigen Miene.

„Entschuldige die Störung, aber ich muss eine Besorgung aus meinem Schiff holen", sagte Amreth.

Ich starrte ihn an, bevor ich schnell meine Gesichtszüge zurechtrückte. Enre musterte ihn aus seinen dunkelbraunen Augen mit einem Anflug von Misstrauen.

„Warum?"

„Wenn ich hierbleiben soll, brauche ich saubere Kleidung und ein paar persönliche Dinge", antwortete Amreth sachlich.

Der Kreelar studierte seine Gesichtszüge schweigend mit einem unleserlichen Ausdruck. Seine Augen glühten leicht. Es erschreckte mich jedes Mal, wenn sie das taten. Als ich Aku nach ihren Kräften befragte, sagte er mir zu meinem großen Ärger, dass dieses Wissen für die Erfüllung meiner Aufgabe hier irrelevant sei. Als ich ihm widersprach und sagte, dass ein besseres Verständnis ihrer Kräfte mir helfen könnte, bestimmte

Assoziationen zu wecken, die mir ermöglichen könnten, das Problem schneller zu erkennen und zu lösen, schoss er mich einfach ab. Offenbar bestätigten diese unglückseligen Freunde von ihm, dass es ihrer Sache nicht dienlich wäre, mir dieses Wissen zu geben.

In Anbetracht der Gelegenheiten, bei denen sie diese Fähigkeit einsetzten, vermutete ich stark, dass sie damit die Gefühle oder Absichten ihres Ziels lesen konnten. Ich glaubte nicht, dass sie Gedanken lesen konnten. Mehr als einmal waren sie von etwas, das wir sagten oder preisgaben, wirklich überrascht worden. Wenn sie Gedanken lesen könnten, hätten sie im Voraus gewusst, was wir zu sagen oder zu tun gedachten.

„Das ist eine Entscheidung, die Aku treffen muss", sagte Enre schließlich.

„Natürlich", antwortete Amreth liebenswürdig.

Obwohl jetzt nicht die Zeit war, ihn mit Komplimenten zu überhäufen, schenkte ich ihm ein dankbares Lächeln, weil er so viel Rücksicht nahm und so kooperativ war. Da er offiziell kein Gefangener war, hätte er sich hinausschleichen und dann versuchen können, diskret zurückzukehren, sobald er mit dem fertig war, was ihn auf sein Schiff rief.

Ich hätte das gehasst. Ich konnte nicht sagen, ob er es hätte durchziehen können, aber nach dem Verrat meines Ex-Verlobten hatte ich einige Vertrauensprobleme. Jede Handlung von ihm, die auch nur im Entferntesten darauf hindeutete, dass er sein Wort nicht hielt, würde jede Beziehung, die wir haben könnten, erheblich untergraben.

Zu meinem Erstaunen trat Aku keine zehn Sekunden später durch das Tor in den Innenhof. An der Art und Weise, wie Amreth seine Augen verengte, erkannte ich, dass ihm dieselbe Frage durch den Kopf ging, ob Enre eine Art von Telepathie benutzte, um ihn zu rufen. Das könnte die leuchtenden Augen erklären.

„Enre sagt, du willst weggehen?", fragte Aku in einer nicht konfrontativen Art und Weise, die meinen Verdacht bestätigte. „Nicht *weggehen*", korrigierte Amreth. „Ich muss nur frische Kleidung und persönliche Dinge holen. Als ich hierherkam, dachte ich nicht, dass ich hierbleiben würde."

Aku schürzte die Lippen und warf ihm einen prüfenden Blick zu.

„Hör zu, ich werde morgen früh mit Ciara in ein nahe gelegenes Dorf fliegen. Wenn ich die Absicht haben sollte, zu fliehen, dann würde das auf jeden Fall zu diesem Zeitpunkt geschehen. Ihr 'Freund' sagt, dass man mir vertrauen kann, und ich habe mich verpflichtet, die Sache durchzuziehen. Wenn du mir also vertrauen willst, dann musst du jetzt damit anfangen. Ich bin nicht hierhergekommen, um Spielchen zu spielen."

„Unser Volk ist Fremden gegenüber misstrauisch. Wenn du so schnell kommst und wieder verschwindest, werden sich meine Leute nur noch unbehaglicher fühlen", argumentierte Aku.

„Amreth ist ein Obosianer", warf ich leise ein. „Sein Wort ist seine Verpflichtung. Wenn er sagt, dass er zurückkehren wird, dann kannst du dich darauf verlassen. Ihr Freund hat bisher mit allem Recht gehabt. Warum sollte er jetzt zweifeln?"

Zu meiner Überraschung warf er mir einen seltsamen Blick zu, bevor er einen noch seltsameren Amreth schenkte. Ich hätte viel dafür gegeben, einen Hinweis darauf zu bekommen, welche Gedanken ihm durch den Kopf gingen.

„*Mein* Vertrauen müsst ihr euch nicht verdienen. Ihr beide habt es bereits. Mein Volk liegt im Sterben. Sie brauchen jemanden, dem sie die Schuld geben können. Du bist zufällig derjenige, den sie am ehesten angreifen können. Bitte beeil dich und sei diskret."

Ich starrte ihn an, mir fehlten die Worte. Von all den Dingen, die er hätte erwidern können, hatte ich dies nicht erwartet.

„Das werde ich", entgegnete Amreth und erwachte aus der gleichen Benommenheit, die ich zuerst empfand.

Er blickte in Richtung Nordosten, wo am Horizont eine Reihe von Mittelgebirgen zu sehen war, und drehte sich dann wieder zu mir um.

„Soll ich dir etwas von meinem Schiff mitbringen?", fragte er.

Ich schüttelte den Kopf. „Wir haben alles, was wir brauchen. Das verlegbare Labor ist perfekt. Aber was auch immer du von da drüben holst, *bring kein* Essen mit!"

Ich musste lachen, als ich sah, wie er das Gesicht verzog. Ich bezweifelte, dass er tatsächlich daran gedacht hatte, es zu tun, aber diese Erinnerung daran, dass ihm das überwiegend vegetarische Essen hier nicht schmeckte, brachte mich zum Lachen. Er sah aus wie ein kleiner Junge, der schmollte, weil er seinen Brokkoli essen musste.

„Verstanden. Ich bin bald wieder da", antwortete er.

Dann, mit einem kräftigen Flügelschlag, erhob er sich in die Luft. Ich konnte nicht anders, als seine Anmut und Stärke zu bewundern. Amreth war großartig. Natürlich war sein Äußeres für meine Augen eine Wohltat. Aber das, was ich bisher von seiner Persönlichkeit gesehen hatte, war mir sehr ans Herz gewachsen. Es war noch sehr früh in unserer Beziehung, so dass wir uns noch nicht richtig kennen gelernt hatten. Aber ich mochte seine Intelligenz und seine Fähigkeit, Dinge schnell zu verstehen und sich auf Themen zu konzentrieren, bei denen die Augen anderer Leute normalerweise in Sekundenschnelle glasig wurden.

Meine größte Sorge war, wie starr er manchmal zu sein schien, wenn es um die Einhaltung des Gesetzes ging. Ich verstand, dass es seinem Volk fast von Geburt an indoktriniert wurde. Aber nichts war jemals völlig schwarz oder weiß. Immerhin war er offen für Argumente, hörte unvoreingenommen zu und schien zu Zugeständnissen bereit zu sein.

Ein starkes Gefühl, beobachtet zu werden, ließ mich plötzlich den Kopf in Richtung Aku drehen. Als ich sah, wie er und Enre mich mit einem leicht amüsierten Gesichtsausdruck anstarrten, brannten meine Wangen vor Verlegenheit.

„Er gefällt dir", sagte Aku sachlich.

Ich rutschte etwas unbeholfen auf meinen Füßen hin und her und zuckte abweisend mit den Schultern. „Das hoffe ich doch. Wir sind schließlich Seelenverwandte."

„Du kennst ihn noch nicht", forderte Aku mich heraus.

„Du hast Recht, aber das bedeutet nicht, dass es keine natürliche Chemie geben kann. Dein Freund hat gesagt, dass wir füreinander bestimmt sind, genauso wie mein eigener", entgegnete ich lässig. „Manchmal muss man jemanden nicht sehr lange kennen, um ein gutes Gefühl dafür zu bekommen, wer er ist und was sein wahres Wesen ist. Ich kenne dich nicht, und obwohl du uns entführt hast, vertraue ich darauf, dass du eine gute Person bist. Deine Taten und deine Hingabe an dein Volk verkünden das deutlich. Ich fühle dasselbe bei Amreth."

Ein seltsamer Ausdruck huschte über sein Gesicht und das von Enre.

Aku nickte langsam. „Deine Worte sind freundlich. Aber wie schon gesagt, das Gefühl beruht auf Gegenseitigkeit. Abgesehen davon ist es faszinierend, diese Anziehungskraft zwischen so unterschiedlichen Arten zu beobachten", fügte er nachdenklich hinzu, woraufhin Enre zustimmend nickte.

Ich lächelte. „Das ist außerhalb der Welt sehr verbreitet. Spezies von vielen Planeten unserer Allianz heiraten einander. Seelenverwandte sind nicht an die Arten gebunden. Ich meine, dein eigener Seelenverwandter könnte ein Mensch sein."

Aku schreckte zurück. „Igitt! Auf keinen Fall!", rief er mit demselben entsetzten Gesichtsausdruck wie Enre.

„Autsch!", sagte ich und presste eine Handfläche auf meine Brust, als ob ich tödlich verwundet worden wäre, mit einem übertrieben dramatischen Gesichtsausdruck.

„Entschuldigung", sagte Aku, dessen Ohren sich vor Verlegenheit verdunkelten, während ich in Gelächter ausbrach. „Ich wollte nicht respektlos sein. Du und dein Gefährte sind charmant genug, aber nein, dass ich bei einem Menschen lande, ist höchst unwahrscheinlich. In Wahrheit wäre ein Fremder hier nicht willkommen, nach all dem hier. Mein Volk wird eine ganze Weile brauchen, um sich zu erholen und Fremde nicht nur als Überbringer von Unheil zu sehen."

„Richtig", antwortete ich ernüchtert.

„Aber ich freue mich für dich", sagte Aku in einem sanfteren Ton. „Er scheint wirklich ehrenhaft zu sein. Wenn du mich fragst, war er nicht leicht zu fangen, auch wenn er das glaubt, und es verletzt seinen Stolz. Zehn von uns mussten ihre Kräfte auf Amreth anwenden, um ihn zu Fall zu bringen. Und selbst dann hat er sich noch gewehrt. Es ist schon eine Weile her, dass wir jemanden oder etwas so lange jagen mussten. Normalerweise schaffen sie es nicht bis zur Baumgrenze."

„Oh, wow! Das solltest du ihm sagen. Er fühlte sich in der Tat ziemlich gedemütigt, weil er gefangen genommen wurde", erklärte ich und eine alberne Welle von Stolz durchströmte mich.

„Das passiert nicht! Wir wollen doch nicht, dass ihm das zu Kopf steigt, oder?", erwiderte er spöttisch.

Ich schnaubte und schüttelte den Kopf über ihn. „Dann werde ich es vielleicht einfach selbst tun. Das bin ich ihm irgendwie schuldig. Er ist den ganzen Weg hierhergekommen, um mich zu retten, ohne dass wir uns je begegnet sind", fügte ich wehmütig hinzu, bevor ich ihm einen ernsten Blick zuwarf. „Ich verstehe, dass du uns nichts über deine Freunde sagen kannst. Aber sind sie eine Bedrohung für uns?"

Obwohl ich keinen Grund hatte, darauf zu vertrauen, dass er nicht lügen würde, um sie zu schützen, überzeugte mich die Schnelligkeit und Überzeugung, mit der er den Kopf schüttelte, zumindest davon, dass er wirklich glaubte, dass sie es nicht waren. Nicht, dass das etwas bewiesen hätte.

„Das sind sie nicht. Ihre Angelegenheiten liegen im östlichen und westlichen Quadranten. Dort brauen sich dunkle Dinge zusammen. Ich kann nur beten, dass sie am Ende auf der Gewinnerseite stehen werden", gab Aku in einem geheimnisvollen Ton preis, in dem ein Hauch von Sorge um seine Freunde mitschwang. „Aber jetzt sollten wir dich verlassen. Dein Gefährte und ich werden früh losreiten. Enre wird noch heute Nacht zum Dorf Jaln aufbrechen, bevor ihr dort ankommt. Ruht euch gut aus."

„Wird gemacht", sagte ich lächelnd.

Nach einem letzten steifen Nicken als Antwort drehte sich Aku um und ging hinaus, während Enre ihm folgte. Ich sah ihnen nach, bis sie aus dem Blickfeld verschwanden, und machte mich dann auf den Weg zu meinem Haus. Zu meiner Überraschung ertappte ich mich dabei, wie ich ins Haus eilte, um zu duschen und aus der ansehnlichen Auswahl, die mir zur Verfügung gestellt worden war, das passende Outfit auszuwählen. Es gab ein paar Nachthemden, die sexy genug waren, aber dennoch sittsam und respektabel – die Art von Nachtwäsche, die ich vor ihm tragen konnte, ohne dass es so aussah, als würde ich versuchen, verspielt zu wirken. Ich vermutete jedoch, dass derjenige, der diese Kleider für mich ausgesucht hatte, wusste, dass ich mit Amreth zusammen sein würde.

Den Kleidern der Kreelar nach zu urteilen, hatten sie diese Kleidung nicht angefertigt. Ihre Leute – sowohl Männer als auch Frauen – trugen zumeist Hosen, die mich an diese bauschigen Haremshosen mit bunten Gürteln oder Lendenschurz darüber erinnerten. Keines der beiden Geschlechter trug Oberteile, abgesehen von gelegentlichen Schärpen oder Waffengurten, aber häufiger eine Reihe von bunten Perlen und Halsketten um den Hals, die bis zur Mitte der Brust herabhingen.

Ihre Frauen hatten keine ausgeprägten Brüste wie wir, sondern nur ein paar zusätzliche Brustwarzen. Ich konnte nicht sagen, ob ihre Kleidung ihre Nacktheit verbergen sollte oder einfach ein modisches Statement war. Aber ich war froh, dass ich nicht auf ihre intimen Stellen starren musste. Der eine männliche

Patient, den wir untersuchten, schenkte uns mehr als nur einen Blick. Wären die Kreelars alle gleich gebaut, hätten sie vielleicht affenartige Züge, aber sie waren wie Pferde gebaut.

Nachdem ich mich für ein korallenrotes, ärmelloses Negligé entschieden hatte, das meinem dunklen Teint schmeichelte, putzte ich mir die Haare und die Zähne, wobei ich besonders darauf achtete, dass ich nichts Unangenehmes zwischen den Zähnen hatte. Ich war die Person, die andere wild angrinste, ohne zu bemerken, dass ich ein Stück Spinat zwischen den Vorderzähnen hatte.

Ein kurzer Blick auf meine Uhr zeigte mir, dass seit Amreths Abflug zu seinem Schiff einundzwanzig Minuten vergangen waren. Wenn man bedachte, dass er sagte, es sei ein fast zehnminütiger Flug in jede Richtung, würde er wahrscheinlich weitere zwanzig Minuten brauchen, bevor er zurückkehrte. Ich fühlte mich unruhig und ging zurück zu meinem Laptop, um zu versuchen, noch etwas zu arbeiten, aber meine Gedanken schweiften immer wieder ab.

Er war noch nicht einmal einen Tag hier, und doch fühlte sich mein ganzes Leben an, als wäre es auf den Kopf gestellt worden. Ich wünschte mir, wir wären nicht hier, dass diese ganze Sache bereits geklärt wäre und wir uns darauf konzentrieren könnten, einander kennenzulernen und unsere Beziehung zu erkunden.

Unter anderem musste ich mir überlegen, wie ich die Dinge zwischen uns in den kommenden Tagen handhaben wollte. Sollte ich sie einfach ihren normalen Lauf nehmen lassen und mit dem Strom schwimmen? Sollte ich vorschlagen, dass wir alles zwischen uns auf Eis legen, während wir diesen Schlamassel in Ordnung bringen, und dann in aller Ruhe neu anfangen, sobald wir fertig sind? Was erwartete er überhaupz?

„Oh, mein Gott! Hör auf damit!", flüsterte ich wütend vor mich hin.

Ich hatte die Tendenz, zu viel nachzudenken und die Dinge zu sehr zu analysieren. Manchmal mussten die Dinge nicht ordentlich in ein kleines Gefäß mit einem richtigen Etikett passen. Das Chaos hatte seine eigene Schönheit.

Ich fuhr fast aus der Haut, als ich ein Klopfen an der Haustür hörte. Mit klopfendem Herzen sprang ich auf und stürzte aus dem Gästezimmer, in dem ich gearbeitet – oder eher geträumt – hatte, und eilte zur Tür. Sie war nicht verschlossen. Mein Herz flatterte, als ich Amreth dahinter stehen sah, in den Händen zwei große Taschen.

„Komm herein", sagte ich und trat etwas unbeholfen aus dem Weg.

Er lächelte leicht amüsiert, da er zweifellos merkte, wie aufgeregt ich durch seine bloße Anwesenheit plötzlich war.

„Da du jetzt hier wohnst, musst du in Zukunft nicht mehr anklopfen", stellte ich mit einem nervösen Kichern fest.

„Ich danke dir. Ich fand es nur anmaßend, es zumindest dieses Mal nicht zu tun", antwortete er.

„Und ich weiß es zu schätzen, dass du so rücksichtsvoll bist", erwiderte ich und strich mir eine Strähne meines silberweißen Haares hinters Ohr. „Aber bitte, hier entlang. Deine Taschen sehen schwer aus", fügte ich hinzu und deutete in Richtung des Gästezimmers.

Er folgte mir in das Zimmer, bis mein dummes Hirn endlich begriff, dass ich es als Büro benutzt hatte. In der ganzen Zeit, in der ich auf ihn gewartet habe, ist mir nicht ein einziges Mal eingefallen, dass ich meine Sachen aus dem Zimmer bringen sollte. Zugegeben, es war nur ein Laptop und ein holografischer 3D-Bildschirm, aber ich hätte trotzdem daran denken sollen.

„Oh, Entschuldigung!", rief ich aus und beeilte mich, sie zu entfernen. „Ich hatte dieses Zimmer als mein Büro benutzt."

„Du kannst sie hierlassen", warf Amreth ein und legte eine der Taschen auf das Bett. „Ich werde dieses Zimmer nur zum Schlafen brauchen. Den Rest der Zeit kannst du hier arbeiten."

„Ich möchte dich nicht belästigen oder in deine Privatsphäre eindringen", entgegnete ich verlegen.

Er zuckte mit den Schultern und sah mich an, als hätte ich etwas Dummes gesagt. „Deine Anwesenheit kann mich nie stören. Aber meine könnte *dich* definitiv stören", fügte er neckisch hinzu.

„Das bezweifle ich. Ich habe deine Gesellschaft bisher wirklich genossen, und du bist viel angenehmer anzusehen als all diese medizinischen Daten", erwiderte ich spöttisch.

Er schnaubte. „Ich will nicht angeben, aber in diesem Punkt stimme ich dir voll und ganz zu. Ich schiele schon, wenn ich mir die Berichte ansehe, über denen du und deine Kollegen gebrütet haben. Da liebäugle ich lieber mit mir selbst", sagte er mit einem übertriebenen Schaudern.

Ich kicherte und mochte diese verspielte Seite an ihm sehr. Ich bezweifelte, dass er es merkte, aber während die Leute gelegentlich sagten, ich hätte ein ruhiges Zickengesicht, hatte er das typische entspannte, hochmütige Gesicht eines Obosianers. Jeder, der ihn nicht kannte, würde wahrscheinlich annehmen, dass er hochnäsig und selbstgefällig war.

„Aber du bist auch sehr hübsch anzusehen, Ciara. Ich liebe die Farbe dieses Nachthemds an dir. Es bringt deine Haut zum Strahlen."

Mein Magen flatterte mit einem höchst angenehmen Gefühl. Es waren nicht nur die Worte, sondern auch die sanfte Art, wie er sie sprach, und die Bewunderung in seinen Augen, die keinen reißerischen Unterton hatten. Das hätte in so viele verschiedene Richtungen gehen können. Mir gefiel einfach, dass er mich nicht nur als Sexspielzeug zu betrachten schien.

Mit einem zaghaften Lächeln blickte ich an mir herunter, während meine rechte Hand geistesabwesend die nicht vorhandenen Falten auf dem kurzen Rock meines Nachthemdes glättete.

„Danke. Derjenige, der die Kleider für mich ausgesucht hat, hatte einen wirklich guten Geschmack. Von Natur aus neige ich nicht zu farbenfroher Kleidung, aber die Auswahl hat mich dazu gebracht, diese Einstellung zu überdenken. Sobald ich hier weggehe, wird meine Garderobe ein bemerkenswertes Update bekommen. Ich wünschte nur, es gäbe hier ein Bad und nicht nur eine Dusche. Ich habe eine Schwäche für Schaumbäder, während ich ein gutes Buch lese."

„Ich habe eine Whirlpool-Badewanne auf meinem Schiff, die ich persönlich nie benutze. Wenn dir der Drang zu groß wird, muss ich Aku überreden, dir für eine Stunde oder so eine wohlverdiente Pause zu gönnen."

Ich lächelte. „Das ist lieb von dir, und ich werde das Angebot auf jeden Fall in Betracht ziehen. Ich werde es sogar als Belohnung einsetzen, wenn wir die Quelle der Krankheit, die sie plagt, ausfindig machen."

„Abgemacht! Jetzt habe ich einen zusätzlichen Ansporn, dafür zu sorgen, dass es eher früher als später passiert. Aber abgesehen davon könnte ich auch eine Dusche gebrauchen", sagte Amreth und sah sich im Raum um. „Ich habe den Hygieneraum nicht bemerkt, als Aku mich das erste Mal hierherbrachte."

„Dieser Ort ist ziemlich primitiv", erklärte ich entschuldigend, als ob ich befürchtete, dass dies mein Haus sei, das nicht den Anforderungen entsprach. „Sie haben eine Außendusche und ein Plumpsklo."

Sein niedergeschlagener Gesichtsausdruck ließ mich in Gelächter ausbrechen. Ich wollte mich nicht über ihn lustig machen, aber als edler Lord war er es wahrscheinlich nicht gewohnt, im Freien zu leben. Hinzu kam, dass seine Flügel ziemlich groß waren. Obwohl die Dusche nicht winzig war, wäre sie für ihn darin wahrscheinlich etwas eng.

„Ich hätte auf mich hören sollen", murmelte er vor sich hin.

„Wobei?", fragte ich neugierig.

„Dass ich vor meiner Rückkehr auf meinem Schiff duschen sollte. Aber ich war schon lange genug weg und wollte nicht, dass Aku denkt, ich hätte mein Wort gebrochen. Na ja, es wird eine gute Erinnerung daran sein, wie es während meiner Kriegerausbildung war. Sie haben dafür gesorgt, dass wir in diesen vier brutalen Jahren vergessen haben, was Komfort für Lebewesen bedeutet", sagte er resigniert.

Mein Herz schmolz dahin. „Vielen Dank. Du bist wirklich sehr rücksichtsvoll. Aku hat einen großen Vertrauensvorschuss in uns gesetzt. Ich hätte nicht erwartet, dass er so etwas sagt, bevor du gegangen bist. Es ist albern, aber das hat mich noch entschlossener gemacht, ihm zu beweisen, dass es richtig war, uns zu vertrauen."

„Ich empfinde das Gleiche, zumal er diese Worte aufrichtig gesprochen hat. Er hat eine ungewöhnlich angenehme Seele."

„Das wundert mich nicht. Aber ich gebe zu, dass ich wirklich neidisch auf deine Fähigkeit bin, Seelen zu sehen. Das hätte mich davor bewahrt, in der Vergangenheit von ein paar Idioten ausgenutzt zu werden", sagte ich mit einer gehörigen Portion Selbstironie.

Amreth schenkte mir ein geheimnisvolles Lächeln, als er begann, seinen Brustpanzer abzunehmen. „Sei nicht neidisch, Ciara. Du wirst es in nicht allzu ferner Zukunft auch können... hoffe ich."

Ich blinzelte verwirrt. „Wie meinst du das?"

„An dem Tag, an dem wir uns offiziell verbinden, werde ich einige meiner Fähigkeiten an dich übertragen. Insbesondere wirst du Nachtsicht und die Fähigkeit, Seelen zu sehen, erhalten. Sie wird nicht so stark sein wie meine, aber du wirst erkennen können, wer dir Böses wünscht und wer ehrlich ist. Du wirst auch schneller von Verletzungen heilen und allgemein widerstandsfähiger gegen Krankheiten sein."

Ich starrte ihn an, als er süffisant gluckste, tief und kehlig, auf die sexieste Art und Weise.

„Verdammt, ich melde mich hiermit an", flüsterte ich.

Er lachte, legte seinen Brustpanzer auf das Bett und drehte sich wieder zu mir um. Es kostete mich jedes Quäntchen Willenskraft, meinen gierigen Blick nicht über die Perfektion seines Körpers schweifen zu lassen. Das hielt mich aber nicht davon ab, das Piercing in seiner linken Brustwarze und das in seinem Bauchnabel zu bemerken. Ihr Vorhandensein bestärkte mich in meiner Überzeugung, dass ich irgendwann noch ein paar weitere weiter südlich an ihm entdecken würde.

„Würdest du mir diese primitive Dusche zeigen?", fragte er, wobei der schelmische Glanz in seinen Augen andeutete, dass ich mich nur mit Mühe davon abhalten konnte, ihn anzustarren.

Andererseits sagte mir mein Bauchgefühl, dass der Schuft sich absichtlich teilweise ausgezogen hatte, um mir das Wasser im Mund zusammenlaufen zu lassen.

„Hier entlang", sagte ich und entkam mit etwas zu viel Eifer, um meine Verlegenheit zu verbergen.

Ich führte ihn in den privaten Hinterhof, wo sich die Dusche befand. Wieder einmal musste ich über seinen niedergeschlagenen Gesichtsausdruck lachen, als er sah, womit er es zu tun hatte.

„Viel Spaß!", sagte ich neckisch im Singsang.

Er murmelte etwas vor sich hin, während ich mich auf den Weg zurück ins Haus machte. Ich war noch nie die sexhungrige, verrückte Frau gewesen, aber der brennende Drang, einen Blick auf meinen duschenden Mann zu werfen, war fast überwältigend.

Mein Seelenverwandter war soooo toll!

Allein der Gedanke an die Perfektion seines Körpers ließ mich sabbern, vor allem das unverschämte Piercing in seiner Brustwarze. Ich hatte mich noch nie wirklich für irgendeine Art von Körpermodifikation interessiert, egal ob Implantate, Piercings oder sogar Tattoos. Sicher, ich konnte sie bei jemandem bewundern, der sich wirklich schöne machen ließ, aber es war nie etwas, zu dem ich mich hingezogen fühlte.

Auf Amreths Körper war es jedoch die pure Perfektion.

Natürlich war ich sehr voreingenommen, wenn es um ihn ging, aber alles an ihm machte mich wirklich an. Zu meiner Schande begann mein verruchter Verstand, sich in jede Art von unanständiger Fantasie mit ihm zu vertiefen. Ich wollte Mehreen für all die Anspielungen von vorhin in den Hintern treten und vor allem dafür, dass sie das Thema seiner Inkubuskräfte angesprochen hatte. Gleichzeitig wünschte ich mir, sie hätte ihn dazu gebracht, noch weiter in die Tiefe zu gehen, um mir ein vollständigeres Bild von dem zu geben, was mich an dem Tag erwartete, an dem Amreth und ich zur Sache kamen.

Wann wird das tatsächlich geschehen?

Zu meinem Erstaunen überkam mich eine Welle der Enttäuschung, da ich wusste, dass es sich nicht um eine offizielle Verbindung der Match Maker Agentur handelte. Obwohl Kayog uns gepaart hatte, erhielten wir weder die Vorteile der MMA noch waren wir ihren Regeln und Verpflichtungen unterworfen. Da wir beide einer fortgeschrittenen Spezies angehörten, waren wir, was unsere Verbindung anging, auf uns selbst gestellt. Das bedeutete, dass wir nicht verpflichtet waren, unsere Verbindung heute Abend zu vollziehen. Zum Teufel, wir waren ja nicht einmal verheiratet.

Diese Gedanken verwirrten mich umso mehr, als ich nicht der Typ war, der gleich beim ersten Date Sex hatte. Zugegeben, Amreth war nicht irgendein Typ, den ich kennen lernen wollte, um zu sehen, ob sich daraus etwas Bedeutsameres entwickeln könnte. Die Frage war, wie viel von meiner Anziehungskraft und Ungeduld, die Beziehung mit ihm zu vertiefen, auf die natürliche Chemie zwischen uns zurückzuführen war oder auf die Voreingenommenheit, die durch das Wissen entstand, dass wir füreinander bestimmt waren?

Meine Gedanken wanderten zurück zu seinen Inkubuskräften. Ich hatte in der Vergangenheit das eine oder andere über sie gelesen. Aber da die Möglichkeit einer Beziehung mit einem Obosianer damals eher gering war, hatte ich mich nicht weiter damit beschäftigt. Wie sehr ich das heute bereute.

Ein Blick auf meine Uhr ließ mich die Stirn runzeln. Es waren bereits zwanzig Minuten vergangen, seit er unter die

Dusche gesprungen war. Da er mir nicht als der Typ erschien, der beim Waschen verweilte oder träumte, kam mir das übermäßig lang vor.

Ich wartete noch etwas länger, aber als es auf fünfunddreißig Minuten zuging, beschloss ich schließlich, nach ihm zu sehen, falls etwas passiert war oder er Hilfe brauchte. Ich hatte ihre Seife und ihr Wasser analysiert und festgestellt, dass sie weder für Menschen noch für Obosianer die geringste Gefahr darstellten.

Da ich mich nicht traute, einzudringen, falls er tatsächlich nur der Typ war, der ewig unter der Dusche stand, drückte ich mein Ohr an die Tür, um zu hören, ob das Wasser noch lief. Es schien nicht zu laufen, aber ein gedämpftes Rauschen drang durch die Tür. Neugierig klopfte ich, um mich anzukündigen, bevor ich die Tür aufschloss.

„Amreth? Geht es dir gut?", rief ich durch die schmale Öffnung.

„Mir geht es gut, du kannst rauskommen", antwortete er.

Ich schob die Tür einen Spalt breit auf und steckte meinen Kopf hinaus, um einen Blick auf das Geschehen zu werfen. Mir fiel die Kinnlade herunter, und ich öffnete die Tür vollständig, um nach draußen zu treten, während ich einen ziemlich verärgert aussehenden Amreth anstarrte. Er lehnte sich nach vorne, die Handflächen gegen die Außenwand der Dusche gepresst, ein Handtuch um seine Taille gewickelt, um seinen Intimbereich zu verbergen, und seine riesigen Flügel schlugen langsam hinter ihm.

„Was machst du da?", fragte ich verblüfft.

„Ich trockne meine Flügel", erwiderte er in mürrischem Ton. „Ich hatte vergessen, wie unangenehm es ist, wenn man nicht die richtigen Duschköpfe hat, um seine Flügel zu waschen, oder den Trockner, um das ganze Wasser zwischen den Falten wegzukriegen. Du hast keine Ahnung, wie sehr es juckt, wenn man versucht, mit feuchten Flügeln zu schlafen. Beim Herumfliegen wäre es viel schneller gegangen. Aber ich bezweifle, dass unsere Gastgeber begeistert wären, wenn ich nachts über ihrem Dorf kreisen würde wie ein Raubtier, das bereit ist, zuzuschlagen.

Ich schnaubte und schlug mir die Hand vor den Mund, um mir das Lachen zu verkneifen. „Du hast Recht, ich habe keine Ahnung, wie das ist. Ich schätze, sie zu waschen war auch ziemlich anstrengend. Ich habe Mühe, meinen Rücken ohne eine Rückenbürste zu waschen. Ich kann mir nicht vorstellen, wie ich diese riesigen Flügel reinigen sollte."

„Ich habe nach der Hälfte aufgegeben", erklärte er niedergeschlagen. „Mit extremen Verrenkungen kommt man bei diesen Dingern nicht sehr weit."

„Armes Baby", sagte ich neckisch. „Du weißt, du hättest um Hilfe bitten können."

„Ich wollte dich nicht stören", murmelte er.

„Das stört mich nicht, du dummes Männchen", erwiderte ich schroff, während ich zu den Regalfächern in der Nähe der Dusche ging, in denen die Handtücher lagen.

Zu meiner Überraschung wirkte er plötzlich fast schüchtern, als ich mich ihm mit dem großen Handtuch näherte. Das machte mich stutzig. Ich sah jetzt nicht viel mehr von ihm als damals, als er seinen Brustpanzer abgenommen hatte. Der einzige Unterschied war, dass er barfuß war und ein Handtuch um die Taille trug, statt der engen Lederhose, die er vorher anhatte.

Aber ich bin dabei, ihn zu berühren... eher zu streicheln mit dem Handtuch...

In dem Moment, in dem mir dieser unglückselige Gedanke in den Sinn kam, flatterte mein Magen sofort und meine Finger begannen vor Vorfreude zu zucken.

„Gibt es eine bestimmte Stelle, auf die ich mich konzentrieren sollte?", fragte ich und war stolz darauf, dass meine Stimme viel ruhiger klang, als ich es erwartet hatte.

„Die Basis meiner Flügel, wo sie mit meinem Rücken

verbunden sind, und die Falten entlang der Stacheln, bitte", erklärte Amreth.

„In Ordnung. Zögere nicht, mir zu sagen, wenn ich es falsch mache", sagte ich, als ich mich hinter ihm aufstellte.

Amreth breitete seine Flügel weit aus. Abgesehen davon, dass sie prächtig waren, konnte ich wirklich ihre beeindruckende Spannweite bewundern. Die Muskeln seines Rückens kräuselten und wölbten sich unter der Anstrengung, die diese Position erforderte. Trotzdem schien es für ihn mühelos zu sein.

Ich begann, mit dem Handtuch über seinen Rücken zu reiben, links von der Wirbelsäule und am Ansatz seines Flügels entlang. Ein Schauer durchlief ihn. Es war subtil, aber stark genug für mich, um es zu bemerken. Mein Magen machte einen Rückwärtssalto bei dem Gedanken, dass die Freude an meiner Berührung diese Reaktion hervorrief. Ich erwähnte es nicht und er auch nicht.

„Deine Flügel sind wirklich wunderschön", sagte ich wehmütig, während ich ihre obsidianfarbene, lederartige Struktur bewunderte. „Aber sie müssen furchtbar schwer sein."

Er warf mir einen Blick über die Schulter zu, ein amüsiertes Lächeln umspielte seine Lippen. „Technisch gesehen hast du recht. Aber für mich fühlen sie sich nicht anders an als alle anderen Gliedmaßen an meinem Körper. Ich hatte ein Leben lang Zeit, mich an sie zu gewöhnen."

„Trotzdem muss es anfangs eine Herausforderung gewesen sein", betonte ich.

Er zuckte mit den Schultern. „Wir werden mit ihnen geboren. Am Anfang stolpern wir herum, während wir uns an ihr Gewicht gewöhnen. Aber das ist nicht viel anders als bei Menschenbabys, die versuchen, ihr Gleichgewicht zu finden, wenn sie lernen, aufzustehen. Wir haben nur ein zusätzliches Paar Gliedmaßen, auf das wir Rücksicht nehmen müssen."

Ich strich mit dem Handtuch über die lederartige Oberfläche und nahm mir etwas mehr Zeit als nötig, um jedes bisschen

Feuchtigkeit in den Ecken, wo die Stacheln zusammenhingen, gründlich zu trocknen. Es juckte mich in den Fingern, einfach mit der Handfläche darüber zu streichen. Aber das fühlte sich ein wenig zu gewagt an.

„Und das erste Mal, als du fliegen musstest? War das nicht furchtbar?"

„Für mich nicht", sagte er entschieden. „Manche Obosianer werden deswegen sehr nervös. Es gibt sogar einen sehr kleinen Teil unseres Volkes, der es hasst, geflügelt zu sein. Das geht über den Wunsch, nicht zu fliegen, oder die Angst davor hinaus. Sie hassen es einfach, Flügel zu haben, was ich wirklich nur schwer nachvollziehen kann. Ich liebe meine Flügel. Ich könnte mir keine Welt vorstellen, in der ich für immer ans Land gebunden wäre."

„Oh, wow! Ich hätte nie gedacht, dass das ein Thema sein könnte", sagte ich mit echter Überraschung, während ich zu seinem anderen Flügel wechselte. „Was passiert mit diesen Obosianern? Kann eine Therapie helfen?"

„Bei manchen hilft eine Therapie, um das Problem zu überwinden. In diesen Fällen liegt es meist daran, dass die Person ein schweres Trauma im Zusammenhang mit dem Fliegen erlebt hat. Aber der sehr geringe Prozentsatz der Obosianer, die wirklich keine Flügel haben wollen, äußert diese Abneigung normalerweise schon in jungen Jahren. Die meisten von ihnen lassen sich schließlich die Flügel abnehmen."

„WAS?! Ist das dein Ernst?!", rief ich aus.

Er nickte grimmig. „Da der Eingriff nicht rückgängig zu machen ist, müssen sie warten, bis sie erwachsen sind. Wenn sie es dann immer noch tun wollen, müssen sie ein ganzes Jahr lang flügellos in einer Holodeck-Simulation leben. Erst dann, wenn sie es immer noch tun wollen, werden sie operiert. Obwohl 8 % unserer Bevölkerung ihre Flügel loswerden wollen, lassen sich glücklicherweise nur 2 % tatsächlich die Flügel stutzen. Die anderen behalten sie, fliegen aber einfach nicht."

„Verdammt. Auch wenn mir schon beim bloßen Stehen auf einem Stuhl schwindelig wird, bezweifle ich doch sehr, dass ich mir die Flügel abnehmen lassen würde. Aber ich könnte mir vorstellen, als landgebundene Person zu leben", erklärte ich verlegen.

Amreth keuchte und drehte sich um, um mich schockiert anzustarren. „Du hast Angst vorm Fliegen?"

„Ich habe Höhenangst", gab ich mit einem schuldbewussten Gesichtsausdruck zu.

„Du weißt schon, dass ich dich auf dem Arm tragen werde, wenn wir morgen in das Dorf fliegen, oder?", sagte er und sah ein wenig verwirrt aus.

Ich nickte. „Ja. Ich werde einfach mein Gesicht in deiner Brust vergraben und meine Augen fest geschlossen halten."

„Aber du wirst die Aussicht verpassen!", rief er empört aus. „Dieser Planet ist wunderschön! Es wäre ein Verbrechen, wenn du dir seine Schönheit entgehen lassen würdest."

„Glaube mir, Amreth, es ist besser, ich verpasse die Land-schaft, als dass ich dich vollkotze oder mich vor Angst volluri-niere", sagte ich neckisch, während ich die Vorderseite seiner Flügel bearbeitete, nicht dass diese es wirklich nötig gehabt hätten, denn er war eindeutig in der Lage gewesen, diesen Teil selbst zu erreichen.

„Es wird weder gekotzt noch gepinkelt", sagte er mit einer an Arroganz grenzenden Sicherheit.

„Ist das so?", fragte ich herausfordernd.

Er nickte. „Ich werde dich besänftigen, damit die Höhe für dich nicht so beängstigend ist."

„Mich besänftigen?", erwiderte ich. „Jetzt hast du mich neugierig gemacht. Wie willst du das anstellen?"

„Mit meinem *Bakaan* natürlich", antwortete er.

Kaum hatte er diese Worte gesprochen, überkam mich ein kribbelndes Gefühl, gefolgt von einer fantastischen Empfindung von Frieden und Wohlbefinden.

„Whoa! Okay, das ist verdammt geil!", sagte ich, meine Stimme leicht undeutlich, wie wenn man gerade die beste Körpermassage aller Zeiten hinter sich hat, die einen fast groggy macht, aber nicht ganz. „Ich wünschte, ich hätte diese Fähigkeit, wenn ich mit verzweifelten oder panischen Patienten zu tun habe. Ich nehme an, das gehört nicht zu den Fähigkeiten, die du an mich weitergeben wirst?"

Er schüttelte den Kopf und warf mir einen entschuldigenden Blick zu. „Das ist es nicht. Aber ich bin gerne bereit, es in deinem Namen bei deinen Patienten anzuwenden."

„Du bist zu freundlich", erwiderte ich neckisch. „Ich wusste, dass Obosianer das können, aber ich habe es nie direkt erlebt. Auf dem Schiff, während des Angriffs, hat eine der Wachen es auf die panische Menge angewandt, um den Ansturm zu stoppen, aber ich war außerhalb des Radius seines *Bakaans*. Abgesehen von diesem und deinem Lumiak, sind nicht alle deine anderen Kräfte sexueller Natur?"

Er zögerte. „Technisch gesehen ist meine Aura tatsächlich eine. Ich habe sie gerade auf ihrer niedrigsten Stufe bei dir eingesetzt. Aber je höher die Intensität ist, desto erogener ist ihre Wirkung. Bei maximaler Intensität kann ich dich sogar zum Höhepunkt bringen, ohne dich überhaupt zu berühren."

Ich starrte ihn an. „Dein *Bakaan* allein könnte mir einen Orgasmus bescheren?", fragte ich, um sicher zu gehen, dass ich ihn wirklich verstanden hatte.

Seine silberweißen Augen verdunkelten sich, und sein selbstgefälliges Lächeln nahm einen sinnlichen Zug an, der sofort einen kleinen Funken in meiner Magengrube entfachte.

„Mmhmm, das kann es. Aber ich habe auch Pheromone, die dich vor Lust völlig verrückt machen können. Und was meinen Lumiak betrifft, so ist er nicht nur eine offensive Kraft. Bei geringer Intensität und an sehr strategischen erogenen Punkten eingesetzt, kann ich dich mit sofortigem und starkem Vergnügen in den Wahnsinn treiben, das sogar noch größer ist, als wenn jemand genau auf deinen G-Punkt zielt."

Verdammt sei der Mann... oder vielmehr das Männchen. Die Art und Weise, wie sich seine Stimme mit jedem seiner Worte senkte, ganz zu schweigen von den Worten selbst, ließ mich in kürzester Zeit pochen und vor Sehnsucht schmerzen. Wie zum Teufel konnte er mich mit so vielen Versprechungen über eine gute Zeit necken, wenn er doch wusste, dass er sie nicht einhalten würde? Die unanständige Seite in mir wollte ihn bitten, mir eine Probe zu geben... für die Wissenschaft, versteht sich. Durch die spöttische Art, wie er mich anstarrte, wusste der Schuft genau, welche Gedanken mir durch den Kopf gingen.

„Das hört sich so an, als ob ich mich auf viele interessante Dinge freuen kann, wenn wir uns näherkommen. Sei dir nur bewusst, dass du die Messlatte für dich ziemlich hochgelegt hast. Ich habe jetzt alle möglichen Erwartungen."

Er schnaubte und blähte seine Brust mit einer Selbstsicherheit auf, die an Arroganz grenzte. „Dir mehr Freude zu bereiten, als du dir jemals vorstellen könntest, ist für mich keine Herausforderung. Ich bin ein Obosianer. Wir sind die Verkörperung von Sexualität und Sinnlichkeit."

Zu sagen, dass sich meine Zehen heftig krümmten, wäre die Untertreibung des Jahrhunderts.

„Da gibt jemand aber an", sagte ich neckisch, um zu verbergen, wie sehr mich seine Worte berührten.

„Nein, meine Ciara. Ich prahle *nie*, schon gar nicht mit so etwas. Du wirst es früh genug herausfinden."

Ich verzog das Gesicht. Ich brauchte keine Gedanken zu lesen oder Seelen zu sehen, um zu wissen, dass er keine Scherze machte. Zum zweiten Mal an diesem Abend ertappte ich mich dabei, dass ich mir wünschte, wir würden den MMA-Richtlinien unterliegen, damit ich das alles auf die Probe stellen könnte.

Stattdessen stieß ich einen Seufzer aus und bündelte das feuchte Handtuch, mit dem ich ihn abgetrocknet hatte.

„Nun, ich denke, wir sind fertig, es sei denn, du meinst, ich hätte einen Punkt übersehen", sagte ich lässig, obwohl mich der Funke Hoffnung, der bei diesem letzten Teil in mir aufkeimte, erschreckte.

„Danke, Ciara. Aber sei nicht so traurig. Du kannst mich jederzeit anfassen, nicht nur um mich abzutrocknen", betonte er neckisch.

Ich schnappte nach Luft und warf ihm einen verblüfften Blick zu.

„Wir sind Seelenverwandte", antwortete er auf meinen Gesichtsausdruck hin. „Alles von mir, alles, was ich bin, gehört dir."

Und schon explodierten meine Eierstöcke. Eine Milliarde Antworten brannten mir auf der Zunge. Stattdessen überraschte ich mich selbst, indem ich eine ganz andere Frage aussprach.

„Wie sehr hat es dich erschreckt zu erfahren, dass du mit einem Menschen gepaart bist? Mit mir?"

Sofort zuckte ich innerlich zusammen. Obwohl mich diese Frage von dem Moment an gequält hatte, als Kayog mir sagte, dass Amreth mein Ein und Alles sei, fragte ich mich, wie er darüber denken würde. Soweit ich wusste, war sein Volk nicht besonders beeindruckt von meiner Spezies allgemein. Die Menschen neigten zu sehr dazu, die Regeln zu brechen oder sie bis an ihre Grenzen auszudehnen. Unsere Moral konnte sehr fließend sein, vor allem, wenn es uns zum Vorteil gereichte, selbst zum Nachteil anderer.

„Es hat mich nicht im Geringsten erschreckt. Im Gegenteil, ich war begeistert", stellte er mit einer Überzeugung fest, die in meiner Magengrube einen Schwarm von Schmetterlingen aufsteigen ließ.

„Wirklich?", fragte ich und wollte wissen, woher dieses irrationale Bedürfnis kam, beruhigt zu werden.

Er nickte. „Ich habe mich schon lange nach einem Lebenspartner gesehnt. An dem Tag, an dem Kayog mich anrief, um mir von dir zu erzählen, habe ich mich darüber beklagt, dass ich die Dienste seiner Agentur nicht in Anspruch nehmen konnte, weil meine Heimatwelt zu fortschrittlich war. Keine Nachricht hätte mich glücklicher machen können, vor allem, wenn ich wüsste, dass wir, wer auch immer du bist, zusammen perfekte Harmonie erreichen und die Art von Liebe teilen würden, die mein bester Freund Kronos mit seiner Malaya gefunden hat."

Ich strich mir eine Haarsträhne hinters Ohr und lächelte ihn an. „Ich hatte gar nicht überlegt. Als Kayog die Bombe auf mich fallen ließ, hat mich das total überrascht."

„Keine schlechte Überraschung, hoffe ich?", fragte Amreth und neigte seinen Kopf zur Seite.

Die unterschwellige Verletzlichkeit und Unsicherheit in seiner Stimme – so subtil sie auch war – brachte mich aus dem Konzept. Wie konnte ein solches Prachtexemplar auch nur im Entferntesten daran zweifeln, dass eine heißblütige Frau sich ihm an den Hals werfen würde?

„Machst du Witze? Weißt du nicht, dass die menschlichen Frauen ständig nach deiner Spezies sabbern? Wir wissen, wie wählerisch ihr seid. Es war mir eine große Ehre, zu erfahren, dass mein Seelenverwandter ein Obosianer ist. Und bis jetzt übertriffst du alle meine Hoffnungen. Und ich spreche nicht nur von deinem heißen Aussehen – das bist du nämlich. Du scheinst auch ein gutes Herz zu haben, Mitgefühl, Integrität und die Fähigkeit, nicht nur mit meinem nerdigen Kauderwelsch mitzuhalten, sondern dich auch für das wissenschaftliche Zeug zu interessieren, das ich ausspucke. Du hast mir das Gefühl gegeben, gesehen und gehört zu werden, anstatt zu nerven, wie es Laien oft tun."

„Du bist vieles, aber nicht lästig, Ciara. Als Kayog mir das erste Mal ein Hologramm von dir zeigte, war ich von deiner Schönheit überwältigt. Ich weiß noch, dass ich dachte, du könntest eine von uns sein mit deiner dunklen Haut und deinem silberweißen Haar", gab er wehmütig preis.

Ich schnaubte, während sich mein Mundwerk selbstständig machte, um meine Verlegenheit zu verbergen. „Die meisten Leute finden mich seltsam, weil ich eine Scheckung habe. Das ist der Grund für meine weißen Haare und den verfärbten Fleck auf meiner Stirn", sagte ich nervös lachend.

„Du bist nicht seltsam. Nur ein Narr würde das denken. Abgesehen von der Tatsache, dass dein Haar zu den Farben meines Volkes passt, finde ich deinen verfärbten Fleck atemberaubend. Es ist wie dein eigener organischer Reif. Ich wünschte, du könntest dich durch meine Augen sehen. Deine Aura ist hypnotisierend und erhellt dich von innen. Sie bringt deine Krone zum Glühen."

Meine Kehle schnürte sich vor Rührung zu. Sicher, seine Worte berührten mich, aber es war der Blick in seinen Augen und die Aufrichtigkeit in seiner Stimme, die mich erschütterten.

„Du sprichst von meinem Mitgefühl und meiner Integrität, aber siehst du nicht deine eigene? Viele Menschen in deiner Lage hätten sich von den Kreelar abgewandt, weil sie sie entführt haben. Aku vertraut dir, weil deine Freundlichkeit und deine Entschlossenheit, seinem Volk zu helfen, mit der Kraft von tausend Sonnen aus dir strahlen. Ich weiß nicht, inwieweit ich klug bin, aber du hast ein Talent dafür, komplexe Konzepte so zu erklären, dass sie sowohl verständlich als auch faszinierend sind."

„Oh, Mann! Wenn du versuchst, mich dazu zu bringen, dich zu mögen, dann machst du das sehr gut", murmelte ich, und meine Wangen glühten vor Vergnügen.

„Großartig! Wenn wir damit fertig sind, diesen Leuten zu helfen, habe ich vor, dass du dich Hals über Kopf in mich verliebst", sagte er mit einer Stimme voller Versprechen. „Aber komm, lass uns wieder reingehen."

Ich nickte und hängte das Handtuch zum Trocknen auf den Ständer an der Innenwand der Dusche. Zu meiner Überraschung streckte Amreth eine Hand nach mir aus. Instinktiv ergriff ich sie. Sein dankbares Lächeln hatte eine seltsame Wirkung auf mich. Er streichelte sanft mit seinem Daumen über meinen Handrücken, bevor er mich wieder ins Haus führte. Mein Gefährte blieb mitten im Wohnbereich stehen, der zufällig direkt zwischen den beiden Schlafzimmern lag, und drehte sich zu mir um.

„Ich denke, wir sollten uns für die Nacht hinlegen, da wir morgen früh aufstehen müssen", erklärte er mit sanfter Stimme. „Trotz der schlimmen Umstände, die uns hierhergebracht haben, bin ich froh, dass wir endlich zusammen sind. Wäre es zu dreist von mir, um einen Gutenachtkuss zu bitten? Du kannst ruhig nein sagen."

Mein Magen schlug erneut Purzelbäume, und es kostete mich all meine Willenskraft, nicht überschwänglich zuzustimmen.

„Es ist nicht zu kühn", entgegnete ich mit viel mehr Selbstsicherheit, als ich mich fühlte. „Und ja, du darfst."

Die Sanftheit seines Lächelns und die Art, wie sich seine silberweißen Augen verdunkelten, als er mich vorsichtig in seine Umarmung zog, ließ meine Weiblichkeit aufhorchen. Ich drückte meine Handflächen auf seine nackte Brust und ein köstlicher Schauer lief mir über den Rücken, als sich seine starken Arme um mich schlossen. Ich wollte meine Hände überall an ihm reiben, nachdem mich das Handtuch zwischen uns darum gebracht hatte, als ich vorhin seine Flügel getrocknet hatte. Seine Haut war weich und warm. Es juckte mich in den Fingern, weiter hinauf zu seinen Schultern und der Seite seiner Arme zu wandern, die mit dunklen Schuppen bedeckt waren.

Ich zwang meine Hände, still zu halten, und hob mein Gesicht zu seinem. Er beugte sich vor, neigte den Kopf zur Seite und presste dann seine Lippen auf meine. Obwohl ich ohne den geringsten Zweifel wusste, dass er weder seine aphrodisierenden Pheromone noch *Bakaan* benutzt hatte, ließ mich der Blitz des Verlangens, der bei dieser bloßen Berührung in meiner Magengrube explodierte, zurück. Noch weniger Sinn machte es, dass der Kuss frei von jeglicher Lust war. Er war sanft, zärtlich und höchst respektvoll.

Zu früh brach er den Kuss ab. Ich wimmerte fast, denn ich war noch nicht bereit, mich von ihm zu trennen. Zu meiner großen Freude, gerade als ich dachte, er würde mich wegstoßen, zog Amreth seine Umarmung enger um mich und vergrub sein Gesicht in meinem Haar, während ich meins in seiner Halsbeuge platzierte. Diesmal glitten meine Hände mit einem eigenen Willen nach oben, streichelten die dunklen, winkelförmigen Schuppen, die die Kurve seiner Schultern bedeckten, und versanken dann in der Seidigkeit seines langen, silberweißen Haares in seinem Nacken. Ein weiterer Schauer durchlief mich, als sich seine Flügel um uns legten.

Ich habe mich immer gefragt, wie es wohl wäre, so umarmt zu werden. Es ging über das Gefühl von Geborgenheit und Schutz hinaus. Ich fühlte mich zu Hause.

Ich konnte nicht sagen, wie lange wir so verharrten, still in der Umarmung des anderen. Aber als er seine Flügel öffnete und seinen Griff um mich lockerte, überkam mich ein brutales Gefühl des Verlustes. Ich hätte für immer so bei ihm bleiben können. Die Zärtlichkeit in seinem Blick, als er mir in die Augen sah, ließ mich von innen heraus schmelzen. Ich kannte ihn noch nicht gut, aber ich wusste mit unerschütterlicher Gewissheit, dass dies nur ein erster Vorgeschmack auf die tiefe Liebe war, die schließlich zwischen uns entflammen würde.

Er umfasste mit seiner Hand meine rechte Wange, beugte sich wieder vor und strich ein letztes Mal mit seinen Lippen über meine.

„Süße Träume, meine Gefährtin", sagte er in einem tiefen Flüsterton.

Sein Daumen streichelte meine Lippen, dann ließ er seine Hand von meiner Wange fallen.

„Gute Nacht, Amreth", flüsterte ich zurück.

Er drehte sich um und ging in sein Zimmer. Ich starrte auf

seinen zurückweichenden Rücken, während zwei meiner Finger geistesabwesend den Weg zu meinen Lippen fanden, als wollte ich das Gefühl seines Kusses wieder aufleben lassen. Erst als sich die Tür hinter ihm schloss, wurde ich endlich aus meiner Trance gerissen.

Ich ging in mein eigenes Zimmer, immer noch hin- und hergerissen zwischen meiner Enttäuschung, dass wir nicht unter die MMA-Regeln fielen, und meiner Erleichterung, dass wir die Dinge zwischen uns in unserem eigenen Tempo regeln konnten. Aber der dominierende Gedanke, als ich ins Bett kletterte und meinen Kopf auf das Kissen legte, war, dass ich mich in den Mann verknallt hatte, mit dem ich den Rest meines Lebens verbringen würde.

Ich schloss meine Augen und lächelte.

KAPITEL 10
AMRETH

Diese erste Nacht in diesem Haus war viel erholsamer, als ich erwartet hatte. Gestern Abend kam es zu einer echten Verbindung. Anstatt mich hin und her zu wälzen und mich danach zu sehnen, sie wieder in den Arm zu nehmen, leistete mir die Erinnerung daran, wie perfekt sie sich in meinen Armen anfühlte, bis zum Morgen Gesellschaft.

Einem Teil von mir war es peinlich, ihre Erregung so deutlich zu spüren, während ihre Aura dies lautstark verkündete. Offensichtlich gefiel es mir sehr, dass sie sich zu mir hingezogen fühlte. Aber ich wollte eine emotionale und geistige Verbindung mit Ciara, bevor wir die Dinge weiter vorantrieben. Da der Sex mit einem von uns garantiert phänomenal sein würde, musste ich das Gefühl haben, dass wir mehr als nur Lust als Grundlage hatten.

Aber diese Umarmung...

Ich hatte noch nie eine süchtig machende Persönlichkeit gehabt, bis jetzt. Es stand außer Frage, dass meine Gefährtin meine neue Droge werden würde. Und ich begrüßte sie.

Wir wachten fast zur gleichen Zeit auf. Nachdem wir uns schnell angezogen hatten, trafen wir uns im Wohnbereich, wo ich ihr schamlos einen Kuss stahl, gefolgt von einer viel zu kurzen Umarmung ohne Flügel. Ich hätte versuchen können, sie noch ein wenig länger zu halten, aber die hellen Lichter der sich nähernden Seelen zwangen mich, das Ganze zu beenden.

Als Obosianer konnte ich Seelen in einem sehr weiten Radius erkennen, sogar durch Wände und andere Hindernisse hindurch, die den Menschen die normale Sicht versperrten. Selbst Tarnschilde konnten mich nicht täuschen.

Es stellte sich heraus, dass es Aku war, der uns einlud, mit den anderen ein schnelles Frühstück einzunehmen, bevor sich jeder in seine eigene Richtung aufmachte. Nach dem Essen waren wir von dem Anblick, der sich uns draußen bot, überwältigt. Eine Handvoll Reittiere wartete auf unsere Kollegen und ihre Begleiter.

„Das sind Saguls", erklärte Aku. „Mit ihnen können wir viel größere Entfernungen wesentlich schneller zurücklegen, als wenn wir laufen oder uns auf Bäumen schwingen. Die vorherigen Menschen, die hierherkamen, sagten, sie ähnelten Pferden und verhielten sich auch so."

Meine Partnerin nickte. „Sie haben sicherlich die gleiche Größe wie ein Pferd mit einem ähnlichen Kopf. Aber die Kurven und die Form ihres Körpers erinnern mich eher an einen Windhund mit den Streifen eines Zebras, der Mähne eines Löwen und dem Horn eines Einhorns, wenn auch in ihrem Fall mit drei Hörnern."

Aku und ein paar andere Kreelar, deren Namen ich nicht kannte, starrten sie mit einer gewissen Verwirrung an, die ich teilte. Ich kannte Pferde, Löwen und Einhörner, aber Windhunde und Zebras sagten mir nichts. Ich vermutete, dass unsere Gastgeber auch noch nie etwas von diesen anderen Kreaturen gehört hatten.

„Sie sind wunderschön!", rief Mehreen mit fast kindlicher Begeisterung aus. „Verstehe ich das richtig, dass jeder von uns auf einem reiten darf?"

Aku nickte. „Ja. Ich hoffe, das wird kein Problem sein?"

Ernst und Mehreen schüttelten gleichzeitig den Kopf. „Reiten ist eine Pflichtausbildung für einen interstellaren Arzt, der auf einigen der primitiven Planeten eingesetzt wird. Oft ist es uns nicht möglich oder von den Einheimischen nicht erlaubt, Shuttles zu benutzen. Wir müssen also in der Lage sein, uns an die örtlichen Transportmöglichkeiten anzupassen."

Ich schämte mich für die Eifersucht, die ich empfand, als Ciara ihre Kameraden neidisch beäugte, während die Kreelars ihnen das Reiten auf den Saguls beibrachten. Ich hatte die Stunden, Minuten und Sekunden gezählt, bis ich sie endlich in meinen Armen halten konnte, während wir durch die Lüfte zu unserem Ziel rasten. Auf keinen Fall würde ich zulassen, dass ein hübsches außerirdisches Wesen mir den Moment der Nähe zu meiner Gefährtin stahl.

Zum Glück war unser Ziel viel zu weit entfernt, als dass wir mit diesem Reittier es hätten erreichen können. Unsere Eskorte – Enre – war gestern Abend vorausgeritten, damit er es bis zum Morgen schaffen konnte. Zu meinem Erstaunen betrat, kurz bevor die beiden anderen Ärzte und ihre Begleiter sich auf den Weg machen wollten, eine Frau den Innenhof und trug ein kleines Paket. Sie übergab es ihrem Anführer, der daraufhin zu mir kam.

„Hier, für den Fall, dass du sie brauchst. Ich bezweifle es, aber ich würde es hassen, wenn du dich in einer prekären Situation wiederfindest, in der du dich oder deine Gefährtin nicht verteidigen kannst. Ich vertraue darauf, dass du klug genug bist, *um zu entscheiden, wann* oder *ob* sie überhaupt benutzt werden sollten."

Mir fiel die Kinnlade herunter, als ich sah, dass er mir meinen Blaster und mein Schwert zurückgegeben hatte.

„Dein Vertrauen ehrt mich", sagte ich in aller Aufrichtigkeit, als ich ihm die Waffen abnahm.

„So wie deine Integrität uns ehrt. Ich wünsche euch beiden

eine gute Reise. Möge sich eure Reise als fruchtbar erweisen",
antwortete Aku.

Mit einem letzten Nicken drehte er sich um und sprang mit
unglaublicher Anmut und Geschicklichkeit auf sein eigenes Reittier, das hinter seinem kontrollierten Äußeren ein tödliches
Raubtier verbarg. Endlich wurde mir klar, wie wichtig die Arbeit
war, die wir hier leisteten, und wie wichtig die Beziehung war,
die wir gerade zu seinem Volk aufbauten.

Mit ihren natürlichen körperlichen Fähigkeiten und ihren neu
entdeckten Kräften wären die Kreelar ein äußerst tödlicher
Gegner auf dem Schlachtfeld. Die Tatsache, dass sie nicht aus
eigener Kraft interstellar reisen konnten, bedeutete nichts, wenn
deutlich fortgeschrittenere Spezies in der Vergangenheit mehr-
fach mit ihnen interagiert haben. Sollte einer dieser Besucher –
oder schlimmer noch ihre Freunde – sie dazu bringen, sich gegen
uns zu wenden, könnte es schnell unschön werden. Die
Menschen haben ihnen bereits einen Grund gegeben, uns zu
hassen. Und ihr Überfall auf die Gladius hat bewiesen, dass sie
auch jenseits ihrer planetarischen Grenzen Schaden anrichten
können, wenn sie es wollen.

Ich schnallte meine Waffen um meine Hüfte, während wir
zusahen, wie ihre Reittiere abhoben. Als sie das Tor zum
Innenhof passiert hatten, drehte ich mich zu meiner Frau um und
sah, dass sie mich mit einem Stolz anschaute, der mich zutiefst
erwärmte. Ich hatte nichts Besonderes für unseren Gastgeber
getan, um dieses Maß an Vertrauen zu verdienen, aber es freute
mich, dass sie darüber so sehr glücklich schien. Ihr Stolz bestätigte, dass sie mich für sich beansprucht hatte und uns als eine
Erweiterung des anderen sah.

„Lass uns gehen", sagte ich mit sanfter Stimme.

Ciara nickte und legte sich den Riemen ihrer Tasche um den
Hals, so dass er seitlich über ihrer Brust baumelte. Zum Glück
hatte Enre die meisten der Ausrüstungsgegenstände und Medika-

mente, die meine Gefährtin benötigt hatte, letzte Nacht mitgenommen und auf sein Reittier geschnallt.

Eine Flamme loderte in meiner Magengrube auf, als sie sich mir näherte und ihren rechten Arm um meine Schultern legte, als ich sie wie eine Braut hochhob. Sie stellte ihre Tasche auf ihrem Bauch ab, bevor sie mich wieder anschaute. Ciaras Gesichtsausdruck war unlesbar, aber ein Teil von mir glaubte, dass auch sie diese Nähe genoss. Es war keine Lust, die tief in ihrem Inneren brodelte, sondern eine zärtliche Besitzergreifung, gemischt mit einem seltsamen Gefühl des Wohlbefindens, sie so nah in meinen Armen zu haben, wo sie hingehörte.

„Jetzt geht's los", sagte ich sanft, bevor ich mit den Flügeln schlug und abhob.

Als ich nach oben stieg, verkrampfte sich Ciara allmählich, ihre Hand legte sich um meine Schulter und drückte sie fester an mich. Sie schloss ihre Augen und vergrub ihr Gesicht in meiner Halsbeuge. Tharmok, nimm mich! Sie fühlte sich so wunderbar an mir an. Aber die Scham erdrückte dieses warme Gefühl sofort. So sehr ich die zunehmende Nähe zu meiner Gefährtin auch liebte, meine Beschützerinstinkte überlagerten meine egoistischen Bedürfnisse.

„Beruhige dich, meine Ciara", sagte ich in einem beruhigenden Ton, während ich etwas von meinem *Bakaan* abgab, um sie zu besänftigen.

Ein Schauer durchlief sie, und ihre Hand legte sich für den Bruchteil einer Sekunde etwas fester um meine Schulter, bevor sie mich verwundert ansah.

„Siehst du, es ist gar nicht so schlimm", erklärte ich sanft.

Sie verzog das Gesicht, schaute dann misstrauisch nach unten, bevor sie die Augen schloss und ihr Gesicht wieder in meinem Nacken vergrub. Ich grinste und umarmte sie noch fester, bevor ich ihren Kopf küsste. Ich liebte die weiche und federnde Beschaffenheit ihres Haares. Es war, als würde ich mein Gesicht an einer Wolke reiben.

Trotzdem warf meine Gefährtin während des Fluges noch ein paar Blicke auf unsere Umgebung, und ihre Angst ließ allmählich nach, während die Schönheit der Landschaft ihre Aufmerksamkeit immer mehr fesselte.

„Das Fliegen gehört zu den Dingen, die ich nur ungern verlieren würde", sagte ich wehmütig, während ich meine Flügel ausbreitete, um über einen Luftstrom zu gleiten. „Es ist das Gefühl der totalen Freiheit, in völliger Harmonie mit der Welt zu sein. Manchmal mache ich zum Spaß wilde Akrobatik in der Luft. Mein Bruder und ich haben uns immer gegenseitig gejagt und lächerlich gefährliche Wetten abgeschlossen, um zu sehen, wer zuerst abhebt, wenn wir gegen eine Felswand oder eine Klippe stürzen."

„Warum habe ich das Gefühl, dass es nicht immer gut ausgegangen ist?", fragte Ciara mit einem missbilligenden Tonfall.

„Weil es nicht so ist", bestätigte ich grinsend. „Gut, dass wir eine beschleunigte Regeneration und Zugang zu einigen der besten Medikamente haben. Ich habe mir durch mein rücksichtsloses Verhalten mehr als nur ein paar Knochen gebrochen. Es kann schwierig sein, die wilden Eskapaden der Jünglinge zu zügeln, wenn sie erst einmal auf den Geschmack der Geschwindigkeit gekommen sind."

„Wie lernt man denn fliegen?", fragte sie und betrachtete meine Flügel über den Schultern, als ich wieder mit ihnen schlug. „Wird man aus einem Shuttle geworfen oder von einer Klippe gestürzt?"

Ich schnaubte und schüttelte den Kopf. „Normalerweise sind es die Eltern, die versuchen, die Kleinen davon abzuhalten, zu früh zu fliegen. Manche widerstrebenden Kinder müssen ein wenig überredet werden, damit sie loslegen. Aber für die meisten von uns ist das Bedürfnis, unsere Eltern und Älteren nachzuahmen, einfach zu stark, ganz zu schweigen von dem instinktiven Drang, einfach mit den Flügeln zu schlagen. Das Einzige, was uns schon früh vom Fliegen abhält, ist die Schwäche unserer Muskeln."

„Das heißt, du versuchst abzuheben, kannst aber nicht hart genug aufschlagen?"

Ich nickte. „Wir steigen ein paar Zentimeter hoch und fallen gleich wieder runter. Unnötig zu erwähnen, dass unsere Umgebung dabei ziemlich aufgewühlt wird. Du wirst feststellen, dass die Behausungen von Jungtieren in der Regel sehr minimalistisch eingerichtet sind."

Sie gluckste. „Heißt das, dass wir jede Oberfläche im Haus abpolstern müssen, sobald wir Kinder haben?", fragte Ciara scherzhaft.

Bei diesem Gedanken explodierte ein starkes Verlangen in meiner Brust. Ich wollte unbedingt Kinder haben. Da wir uns gerade erst kennengelernt hatten, war das natürlich kein Thema zwischen uns gewesen, aber es freute mich über alle Maßen, dass sie der Idee nicht nur offen gegenüberstand, sondern es sogar für eine ausgemachte Sache hielt, dass wir es tun würden.

„Für bestimmte Dinge ist das vielleicht keine schlechte Idee. Wenn sie nur halb so wild sind, wie mein Bruder und ich es waren, wäre es eine kluge Maßnahme", gestand ich reuelos.

„Es fällt mir schwer, mir dich – oder überhaupt einen Obosianer – als Unruhestifter vorzustellen", sagte sie mit einem amüsierten Gesichtsausdruck. „Ihr wirkt alle immer so ordentlich und diszipliniert."

Ich musste lachen. „Es sind die Stillen, vor denen du dich am meisten in Acht nehmen solltest. Lass dich nicht von der spießigen Miene meiner Leute täuschen. Wir sind genau wie alle anderen, mit unserem Sinn für Humor, schelmischem Verhalten und enormen emotionalen Reaktionen, einschließlich Divenwutanfällen, wie die Menschen sie gerne beschreiben. Wir neigen nur dazu, dies hinter verschlossenen Türen zu tun."

„Okay, jetzt will ich unbedingt sehen, wie du als Drama-

Queen durchdrehst", sagte Ciara, und ihre Augen funkelten vor Schalk.

„Wenn du absichtlich gegen das Gesetz verstößt, könnte dein Wunsch in Erfüllung gehen", entgegnete ich neckisch.

Zu meiner Überraschung reagierte sie nicht, wie ich erwartet hatte, mit einem abweisenden Tonfall. Sie wurde ernüchtert und studierte meine Gesichtszüge mit überraschender Intensität.

„Nein, Amreth. Ich glaube nicht, dass dies der Fall sein wird. In Wahrheit glaube ich, dass nur tiefer und verheerender Schmerz dich jemals dazu bringen würde, die Kontrolle zu verlieren. Aber ich habe keinen Zweifel, dass du mich beschimpfen wirst, bis mir die Ohren abfallen."

„Das werde ich ganz sicher. Warum habe ich das Gefühl, dass du mich absichtlich auf die Palme bringen willst?", fragte ich und beäugte sie misstrauisch.

Das selbstgefällige und schamlose Grinsen, das sie mir schenkte, war die einzige Antwort, die ich brauchte. Ich konnte nicht widerstehen, beugte mich vor und küsste sie auf die Stirn. Sie lächelte und hob ihr Gesicht, um mir einen Kuss auf die Wange zu drücken. Mein Herz schmolz weiter, und ich drückte sie sanft an mich, bevor ich wieder auf unser Ziel hinunterblickte.

Ich deutete mit dem Kinn nach vorne. „Das ist es, Dorf Jaln. Wir sollten in den nächsten fünf Minuten landen."

Ciara nickte, obwohl mir die Anspannung nicht entging, die zurückkehrte und ihren Rücken steif werden ließ.

„Es wird gut gehen, und wir werden nicht allein sein", sagte ich beruhigend. „Enre ist schon da und wartet auf uns."

Sie lächelte, aber ihr steifes Lächeln verriet, dass sie immer noch Angst vor der Begrüßung hatte, die uns erwartete. Ich setzte etwas mehr von meinem *Bakaan* ein, um sie zu beruhigen. Allerdings musste ich vorsichtig sein, wie viel von meiner beruhigenden Aura ich ausstrahlte, denn das konnte sie entweder groggy oder sehr erregt machen. Unter den gegebenen Umständen wäre beides nicht ideal.

Als ich meinen Abstieg begann, schätzte ich das Dorf ein. Seine Größe war mit der von Bryst vergleichbar, vielleicht sogar etwas größer. Es schien auch älter zu sein, mit einer deutlichen Entwicklung von einigen der älteren Gebäude zu den neueren. Wie in Akus Dorf war eine Reihe von Häusern durch einen Innenhof vom Rest des Dorfes getrennt worden. Ich begann zu vermuten, dass alle Stämme gezwungen waren, diese Abtrennung zu errichten, um ihre Mitglieder zu isolieren, die krank wurden, sobald sich die Krankheit ausbreitete.

Ich bewegte mich auf die offene Fläche zu, die als Dorfplatz diente, und änderte meinen Blick, um die allgemeine Gemütsverfassung der Dorfbewohner zu beurteilen. Ich hätte mir viel mehr blaue Halos erhofft, aber der allgemeine Gelbton war blass genug, um Misstrauen und nicht Feindseligkeit auszudrücken. Zumindest, was die Mehrheit der Anwohner betraf. Eine nicht zu vernachlässigende Anzahl von ihnen strahlte zum Glück eine Aura aus, die normalerweise Erleichterung und sogar Vorfreude widerspiegelte. Nur bei einem Kreelar waren alle meine Sinne in höchster Alarmbereitschaft. Er war wütend. Leider konnte ich nicht sagen, ob diese Wut auf uns oder auf etwas völlig anderes gerichtet war.

Zu meiner eigenen Erleichterung entdeckte ich Enre in der Mitte des Platzes, der uns zur Begrüßung zuwinkte und sich vergewisserte, dass wir ihn gesehen hatten. Vor unserer Abreise aus Bryst bestätigte Aku über ihr Funksystem, dass alles in Ordnung sei und wir erwartet würden.

Es störte mich ungemein, dass Ciara immer noch nervös, wenn nicht sogar ein wenig ängstlich war, als ich vor Enre landete. Er stand neben einer Kreelar-Frau mit einer starken Aura der Autorität. Sie schien älter als Aku zu sein und näher an meinem eigenen Alter von sechsundvierzig. Wie die meisten weiblichen Kreelar war sie groß, ziemlich muskulös – aber nicht

auf eine maskuline Art -, mit hellgrau-beigem Fell und atemberaubenden blauen Augen. Wie Aku trug sie einen Ring auf der
Stirn, der sie als Anführerin des Stammes auswies.

„Da bist du ja", sagte Enre mit einem breiten Lächeln. „Ich
bin froh, dass du dich schnell zurechtgefunden hast."

Obwohl er diese Worte in einem heiteren Tonfall sprach,
entging mir die unterschwellige Erleichterung in seiner Stimme
nicht. In diesem Moment wurde mir klar, dass sein Volk zwar
Akus Autorität respektierte, aber nicht unbedingt seine
Ansichten über alles teilte. Sie hatten seinem Urteilsvermögen
vertraut, als sie mir erlaubten, meine Gefährtin allein hierher zu
fliegen, aber sie hatten nicht in gleichem Maße sein Vertrauen in
mich geteilt. Das verletzte nicht meine Gefühle, sondern steigerte meinen Respekt vor Aku als Anführer. In Anbetracht
dessen, was für sie auf dem Spiel stand, sagte es viel über die
Loyalität aus, die seine Leute ihm entgegenbrachten.

„Die Wegbeschreibung war perfekt", erklärte ich sanft,
während ich meine Gefährtin auf ihre Füße stellte.

Sie rückte den Riemen ihrer Tasche auf der Brust zurecht,
fuhr sich mit den Fingern durchs Haar, um es zu kämmen,
nachdem der Wind es stark zerzaust hatte, und lächelte Enre und
unsere Gastgeberin höflich an. Trotz ihrer anhaltenden Nervosität erfüllte die Gelassenheit und das ruhige Auftreten, das sie
an den Tag legte, mein Herz mit Stolz. Wäre ich nicht in der
Lage, eine begrenzte Bandbreite von Emotionen an der Aura
eines Menschen abzulesen, hätte ich mich von ihrem scheinbaren
Stoizismus täuschen lassen.

„Gut, gut! Amreth, Ciara, ich möchte euch Kald Vala vorstellen, die Anführerin des Dorfes Jaln. Vala, das sind die Außenweltler, von denen wir dir erzählt haben, Amreth und Ciara, die
fleißig an der Rettung unseres Volkes arbeiten", erklärte Enre
und gestikulierte abwechselnd zu meiner Gefährtin und mir.

„Es ist eine Freude euch kennenzulernen, Amreth und
Ciara", sagte Vala mit sanfter Stimme. „Das Volk von Jaln heißt

euch willkommen und dankt euch für jede Hilfe, die ihr in unserer Notlage leisten könnt. Wir..."

„*Samra telankay!*", rief plötzlich eine wütende Männerstimme und unterbrach sie.

Es überraschte nicht, dass mein Übersetzungsimplantat die Sprache nicht erkannte. Aber ich brauchte es nicht, um zu erraten, was er sagte. Er wiederholte es in einer Litanei, während er auf uns zustürmte.

Die anderen Dorfbewohner, die sich in geringem Abstand um den Platz versammelt hatten, um unsere Ankunft zu beobachten, bewegten sich auf den Mann zu, um ihn zurückzuhalten. Er war die wütende Aura, die ich während meines Abstiegs wahrgenommen hatte. Instinktiv schob ich Ciara hinter mich und breitete meine Flügel aus, um sie vor den Blicken zu verbergen. Sie packten seine Arme und versuchten, ihn zurückzuhalten, während er sich bemühte, sich zu befreien, und dabei immer wieder die gleichen Worte rief. Die Tiefe des Schmerzes und der Trauer in seiner Stimme und auf seinem Gesicht verrieten mir alles, was ich wissen musste.

Die Krankheit hatte einen geliebten Menschen dahingerafft.

Enre und Vala nahmen eine schützende Haltung vor uns ein. Damit waren alle Bedenken ausgeräumt, die ich hinsichtlich ihrer Absichten oder der Sicherheit meiner Gefährtin in diesem Dorf gehabt haben könnte.

„Muti, beruhige dich!", befahl Vala.

Ich legte meine Handfläche auf die Schultern von Enre und Vala und schob sie sanft zur Seite, damit sie mir nicht länger die Sicht auf den schreienden Mann versperrten. Sie warfen mir einen besorgten Blick zu, aber ich behielt meinen Blick auf Muti gerichtet. Ich machte keine Drohgebärde und ließ stattdessen einen konzentrierten Stoß meines *Bakaan* auf ihn los. Da er eine flächendeckende Wirkung hatte, spürten auch die Personen in seiner unmittelbaren Umgebung etwas von meiner beruhigenden Aura, die Anspannung wich aus ihnen, aber auch

ihr Griff um ihn lockerte sich, als sie versuchten, ihn zurückzuhalten.

Als er die größere Konzentration meiner Kraft empfing,
wurden seine Bemühungen, sich zu befreien, schwächer, seine
Augen wurden leicht glasig, und seine wütenden Schreie
verwandelten sich in unverständliche Worte, bevor sie zu erstick-
ten, tränenreichen Lauten wurden. Es brach mir das Herz, als er
auf die Knie sank und sein Körper von heftigen Schluchzern
geschüttelt wurde. Viele der Personen um ihn herum kauerten an
seiner Seite. Sie verschränkten ihre Schwänze mit seinen, streichelten seinen Kopf und Rücken und flüsterten beruhigende
Worte in ihrer Sprache.

Ciara drückte sich an meinen linken Flügel, weil sie unbedingt sehen wollte, was los war. Da die Bedrohung nun größtenteils unter Kontrolle war, faltete ich meinen Flügel und zog sie
an meine Seite. Vala ging auf Muti zu, kniete direkt vor ihm
nieder und zog ihn in ihre Umarmung. Sie flüsterte ihm in ihrer
Sprache auf fast mütterliche Weise etwas zu. Ich schickte
weiterhin beruhigende Wellen in seine Richtung, und sein
Schluchzen ließ allmählich nach. Vala zog sich zurück, umfasste
sein Gesicht mit beiden Händen und wischte seine Tränen mit
ihren Daumen ab.

Sie sprach noch ein paar Worte zu ihm. Er nickte, seine Züge
waren gequält von Trauer, Verzweiflung und so etwas wie
Schuldgefühlen. Vala küsste ihn auf die Stirn und half ihm dann
auf, während sie sich selbst aufrichtete. Sie deutete mit dem
Kopf auf ein paar Dorfbewohner. Diese kamen sofort herbei,
hielten jeweils einen von Mutis Armen fest und begleiteten ihn
behutsam.

Seine Stammesführerin starrte ihn weiterhin mit einem trau-
rigen, mitleidigen Blick an, bevor sie sich uns zuwandte. Wie auf
ihr Stichwort hin richteten auch die übrigen Dorfbewohner ihre
Aufmerksamkeit wieder auf uns. Ein kurzer Blick auf ihre
Emotionen versicherte mir, dass dieser Vorfall sie nicht noch

feindseliger gemacht hatte. Aber ein deutlicher Hauch von Verzweiflung machte sich in ihren Gefühlen breit.

„Wegen der Krankheit, die euer Volk zu uns gebracht hat, ist Muti im Begriff, seine Gefährtin zu verlieren. Sie befindet sich in einem kritischen Zustand, und seine beiden Kinder kämpfen um ihr Leben", sagte ein Weibchen zu unserer Rechten verbittert.

Trotz der Härte ihres Tons richtete sich ihre Wut nicht speziell gegen uns, sondern gegen Außenweltler im Allgemeinen und gegen die Situation, die ihr Volk zerstörte. Ein einziger strenger Blick von Vala brachte sie zur Ruhe.

„Keine Worte können die Trauer ausdrücken, die wir über die Tragödie empfinden, die eurem Volk widerfahren ist", sagte Ciara mit sanfter, mitfühlender Stimme zu der Frau. „Die wenigen von uns hier sind nicht eure Feinde. Ihr habt jedes Recht, wütend zu sein. Nichts von alledem hätte jemals passieren dürfen. Wir persönlich haben das nicht verursacht, aber wir werden alles in unserer Macht Stehende tun, es zu verhindern. Es wird diejenigen, die bereits verloren gegangen sind, nicht zurückbringen. Wir können uns nur dafür einsetzen, dass so etwas nie wieder geschieht."

„Kannst du das?", warf Vala mit einem Hauch von Trotz in ihrer Stimme ein. „Die Krankheit kam zurück, nachdem die ersten Menschen sagten, sie sei geheilt. In den letzten zehn Jahren kam sie immer wieder zurück. Sie *kommt immer* zurück. Und dieses Mal trifft sie meinen Stamm härter als je zuvor. Dreiundzwanzig meiner Leute zeigten erst vor drei Tagen erste Anzeichen."

„Am selben Tag, an dem du angekommen bist", sagte dieselbe Frau, und diesmal war der unterschwellige Vorwurf in ihrer Stimme zu hören.

Ein paar Köpfe nickten, während einige andere Anwesende in ihrer Sprache zustimmend murmelten. Ein weiterer kurzer Blick auf ihre Auren versicherte mir, dass sie immer noch nicht feindselig wurden, obwohl ihre Wut aufblühte. Noch war nichts auch nur im Entferntesten besorgniserregend, aber ich bereitete mich mental darauf vor, schnell zu handeln, um meine Gefährtin in Sicherheit zu bringen, falls die Dinge sich verschlechtern sollten.

Da ich meine Lektion gelernt hatte, als sie mich das erste Mal gefangen genommen hatten, brachte ich einen psychischen Disruptor mit, damit sie mich nicht noch einmal verwirren konnten. Ich glaubte nicht, dass sie sich gegen uns wenden würden. Aber wenn es um die Sicherheit meiner Frau ging, ging ich kein Risiko ein.

„Unsere Ankunft an diesem Tag ist reiner Zufall und steht in keinem Zusammenhang", betonte Ciara in einem Ton, der keinen Widerspruch duldete. „Die Art von Krankheit, die euch befällt, wird nur durch etwas, das ihr esst, übertragen. Außerdem dauert es eine bestimmte Anzahl von Tagen, bis die ersten Symptome auftreten. Was auch immer also diese neue Welle verursacht hat, die kranken Stammesmitglieder haben es lange vor unserer Ankunft auf Kestria gegessen."

„Aber welches Essen?", fragte Vala. „Und warum nur sie und nicht auch der Rest von uns?"

„Ich hoffe, dass du uns helfen kannst, das herauszufinden", sagte Ciara. „Ich habe viele Fragen dazu, die uns hoffentlich auf die Spur der Quelle bringen werden. Aber Enre hat auch Testkits mitgebracht, mit denen wir herausfinden können, ob einer eurer Lebensmittelvorräte verseucht ist und ob sich noch jemand von euch infiziert hat, der noch keine Anzeichen zeigt."

„Die Tests wurden gemäß deinen Anweisungen in einer kühlen Umgebung aufbewahrt", bestätigte Enre schnell. „Soll ich sie holen gehen?"

„In einer Minute", entgegnete Ciara. „Zuerst müssen wir alles so einrichten, dass wir dies in einer geordneten Art und Weise tun können und sicherstellen, dass wir die Übersicht über jeden behalten, der getestet wurde. Es gibt auch einen kleinen Fragebogen, den sie ausfüllen müssen."

„Ja", sagte Enre. „Ernst hat mir den Ablauf erklärt. Wir werden die Tische und Stühle aufstellen und die Formulare bereithalten."

„Danke", antwortete Ciara mit einem dankbaren Lächeln, bevor sie sich wieder an Vala wandte. „Natürlich muss ich die Patienten untersuchen. Aber ich würde auch gerne wissen, ob es irgendetwas Besonderes oder Ungewöhnliches gibt, das mit ihnen allen in der letzten Woche oder so passiert ist."

Sie runzelte die Stirn, als sie über die Angelegenheit nachdachte. „Es gibt eigentlich nichts, was wir uns vorstellen können. Zuerst dachten wir, es könnte an ihrer Pilgerfahrt zum Svast-Tempel liegen. Wir alle gehen einmal im Jahr dorthin, um zu beten und uns zu reinigen. Die Rituale dauern eine Woche, bevor man zurückkehrt."

„Es klingt, als hätten sie alle etwas gegessen, das sie krank gemacht hat", erwiderte ich nachdenklich.

Vala schüttelte den Kopf. „Wir haben zunächst angenommen, dass etwas im Tempel sie krank gemacht hat. Das wäre eine Tragödie gewesen, wenn man bedenkt, dass es sich um den heiligsten aller Orte handelt. Warum sollten die Götter uns bestrafen, wenn wir sie ehren wollten? Im Durchschnitt nehmen sieben oder acht verschiedene Stämme gemeinsam teil. Diesmal waren es neun Stämme. Sobald die erste Person erkrankte, kontaktierten wir die anderen Dörfer, deren Mitglieder anwesend waren, aber nur in einem waren Stammesmitglieder erkrankt."

„Nur einer?", erwiderte Ciara nachdenklich. „Wie lange dauert die Reise von hier zum Tempel?"

„Es ist eine zweitägige Reise zu Fuß durch den Wald in beide Richtungen", antwortete Vala in sachlicher Weise. „Wir könnten es schneller schaffen, aber die Pilger halten unterwegs an, um Segensgebete über das Land zu sprechen, zu essen und zu rasten. Auf halber Strecke schlagen sie ihr Nachtlager auf."

„Wie lange ist es her, dass sie aus dem Tempel zurückgekehrt sind?", fragte Ciara mit intensiver Stimme.

Aufregung wäre kein geeigneter Begriff gewesen, um ihre Gefühle zu beschreiben, aber sie schien eindeutig das Gefühl zu haben, dass sie etwas auf der Spur war.

„Sie kehrten vor acht Tagen zurück, zeigten aber erst fünf Tage später erste Symptome", antwortete Vala.

„Das ist eine wichtige Information", stellte Ciara fest, während sie geistesabwesend zu Enre blickte, der in einiger Entfernung mit Hilfe anderer Dorfbewohner die Tische aufstellte. „Das gibt uns ein viel engeres Zeitfenster, wann die Infektion aufgetreten ist. Wie weit ist das andere Dorf mit den Infizierten von hier entfernt?"

„Ganz und gar nicht", widersprach Vala entmutigt. „Das ist ein weiterer Grund, warum wir die Möglichkeit ausschließen, dass die Reise zum Tempel die Ursache sein könnte. Zwischen dem Dorf Baki und uns gibt es einen breiten Fluss, den sie mit einem Boot überqueren müssen. Und wenn sie auf der anderen Seite angekommen sind, müssen sie einen langen Weg zu Fuß zurücklegen. Sie sind auf völlig unterschiedlichen Wegen aufgebrochen."

„Aber sie haben unterwegs nach Nahrung gesucht, oder?", argumentierte Ciara.

Vala nickte. „Wir jagen und ernähren uns auf dem Weg."

Plötzlich wurde mir etwas klar.

„Irgendetwas, das sie im Wald gesammelt oder auf ihren jeweiligen Wegen gejagt haben, war also infiziert", sagte ich nachdenklich. „Besteht die Möglichkeit, dass die Tiere immer noch infiziert sind, oder wären sie dann schon alle tot?"

„Es hängt wirklich davon ab, ob das Prion, das die Kreelars verletzt hat, normal für das Tier, die Frucht oder das Gemüse ist, das sie verzehrt haben. Wenn es für sie normal ist, dann gedeihen sie in diesem Gebiet noch. Wenn nicht, dann müssen wir eins finden, das noch am Leben ist."

„Wir bräuchten etwas mehr als einen halben Tag – etwa zwölf Stunden – um zu Fuß zum Tempel zu laufen, und vielleicht sieben bis acht Stunden auf einem Sagul", antwortete Vala.

„Das bedeutet, dass ich für jede Strecke knapp zwei bis drei Stunden brauchen würde", resümierte ich.

„Ich sollte etwa sechs Stunden brauchen, um alle zu testen und auch das Essen. Das würde also perfekt funktionieren", sagte Ciara mit einem begeisterten Funkeln in ihren schönen Augen.

Aber noch während ich diese Worte sprach, durchfuhr mich eine Welle des Unbehagens. Ich wollte meine Gefährtin hier nicht allein lassen. Zugegeben, Enre würde sie beschützen, und ich zweifelte nicht daran, dass Vala das auch tun würde. Die Aura der Leute um uns herum hatte allmählich etwas von ihrer Vorsicht verloren, immer mehr hatten blaue Streifen, die anzeigten, dass sie sich um uns herum entspannten. Aber es beunruhigte mich immer noch. Gleichzeitig konnte ich dies viel schneller ausführen als sie.

Unbeeindruckt von meiner inneren Unruhe begann Ciara, ein paar Anweisungen auf ihrem Armband zu tippen, Sekunden bevor mein eigenes aufgrund einer eingehenden Nachricht piepte.

„Ich habe Daten über die Prionen, nach denen wir suchen, geschickt", informierte mich Ciara. „Ich möchte, dass du einen Luftscan der Flora und Fauna zwischen hier und dort durchführst. Es besteht eine gute Chance, dass deine Armschiene die Prionen nicht aufspüren kann, ohne eine Probe zu testen. Aber sie wird in der Lage sein, Anomalien zwischen Pflanzen und Tieren der gleichen Spezies aufzuspüren."

„Sie markiert also jedes Tier oder jede Pflanzengruppe, die im Vergleich zu anderen derselben Art abnormal ist", sagte ich, um mich zu vergewissern, dass ich ihre Bedeutung richtig verstanden hatte, während ich die neuen Daten auf meinen Scanner lud.

„Genau", bestätigte Ciara und strahlte mich mit demselben

Ausdruck von Stolz in ihren Augen an, der mir so viel Freude bereitete.

Ich hatte mich nie für dumm gehalten, sondern einfach für jemanden mit normaler Intelligenz. Doch im Laufe des letzten Tages hatte meine Gefährtin mir zunehmend das Gefühl gegeben, fast ein Genie zu sein. Ich entdeckte eine neue Leidenschaft für die Lösung dieser kleinen Rätsel.

Ich lächelte, bevor ich einen misstrauischen Blick in die Menge warf. Zu meiner Überraschung bemerkte Ciara sofort mein Unbehagen.

„Mir wird es in deiner Abwesenheit gut gehen", sagte sie in einem beruhigenden Ton. „Enre und Kald Vala werden dafür sorgen, dass ich in Sicherheit bin."

„Deiner Gefährtin wird kein Leid geschehen", bestätigte Vala mit einer Entschlossenheit, die einige meiner Bedenken zerstreuen konnte. „Es gibt keine größere Schande für einen Gastgeber, als zuzulassen, dass seine Gäste in seinem Haus misshandelt werden. Bei meiner Ehre und mit meinem Leben verspreche ich, deine Gefährtin zu beschützen, solange sie sich auf unserem Gebiet befindet und bis sie nach Bryst zurückkehrt."

„Danke, Vala", sagte ich mit aufrichtiger Dankbarkeit.

Ich drehte mich zu Ciara um und streichelte sanft ihre Wange. Zu meiner Freude drückte sie ihre Handfläche an meinen Handrücken und lehnte sich in meine Berührung. Unfähig zu widerstehen, beugte ich mich vor und küsste sie. Sie erwiderte den Kuss mit einer Zärtlichkeit, die mir den Kopf verdrehte. Gegen den Drang ankämpfend, sie in meine Umarmung zu ziehen und den Kuss zu vertiefen, richtete ich mich auf und ließ meine Hand zögernd fallen.

„Ich werde bald zurückkehren."

„Sei vorsichtig da draußen", antwortete sie mit einem aufmunternden Lächeln.

Ich nickte, warf einen letzten bedeutungsvollen Blick auf Vala und stieg dann in die Luft.

Die erste Stunde verlief völlig ereignislos. Mein Scanner sammelte Daten über die Flora und Fauna des Planeten, ohne etwas Ungewöhnliches zu entdecken. Dank früherer genehmigter Besuche von Elias Jacobs' Teams auf Kestria, um mit den Sangoth zu arbeiten, verfügte die IPO bereits über eine ziemlich umfangreiche Datenbank über die Pflanzen und Lebewesen dieses Planeten. Da bisher alles in Ordnung war, konnte ich mich an der unverfälschten Schönheit dieser neuen Welt erfreuen.

So sehr ich es auch hasste, wie diese törichten Ärzte durch ihr unvorsichtiges Handeln das Leben dieser Stämme auf tragische Weise zum Scheitern brachten, so sehr konnte ich die Versuchung verstehen, die dazu führte. Dieser Ort war wirklich ein Paradies mit unzähligen perfekten Orten für romantische Ausflüge. Unterwegs sah ich so viele Orte, an die ich Ciara gerne mitnehmen würde, um ihr den Hof zu machen. Zu meiner Schande ertappte ich mich dabei, dass ich mich fragte, ob es akzeptabel wäre, vor unserer Abreise eine solche Eskapade zu veranstalten: Da wir nichts Fremdes in ihr Ökosystem einführen würden, wäre das doch sicher in Ordnung?

Aber all diese abschweifenden Gedanken verschwanden sofort aus meinem Kopf, als mein Scanner piepte. Ein Blick auf die Schnittstelle zeigte eine Reihe von sich bewegenden orangefarbenen Punkten unterschiedlicher Größe, die zu Tieren gehörten. Ich blickte auf und veränderte meine Sicht, um die Aura dieser Kreaturen zu betrachten. Eine Mischung aus Schock und Erregung durchströmte mich, als ich die graubraune Farbe ihrer Auren sah. Dies entsprach einem Zustand der geistlosen Wut. Diese Kreaturen waren tollwütig.

Wer oder was hat sie infiziert?

Ich umkreiste das Gebiet, markierte die Koordinaten auf der Karte meines Scanners und versuchte festzustellen, wie weit sich die infizierten Kreaturen ausgebreitet hatten. Mir fiel auch auf, dass nicht jedes Tier als tollwütig registriert wurde. Tatsächlich waren es nur eine Handvoll. Obwohl ich die Ergebnisse nur kurz überprüfte, kam es mir merkwürdig vor, dass nicht alle Tiere derselben Art die Symptome aufwiesen. Ich konnte nicht sagen, ob es daran lag, dass sie sich noch im Frühstadium der Krankheit befanden, ob sie noch nicht infiziert waren oder ob sie irgendwie immun waren.

Aber das müssten kompetentere Leute als ich beurteilen.

Zu meiner Überraschung tauchte, als ich mich weiter westlich des Pfades, dem ich bisher gefolgt war, bewegte, ein dichter roter Fleck am Rande meines Scan-Radius auf. Er befand sich auf der anderen Seite des Flusses, was mich zunächst zögern ließ. Neugierig geworden und um nichts unversucht lassend, überquerte ich das große Gewässer. Am Westufer angekommen, tippte ich eine Anfrage in den Scanner. Meine Kinnlade klappte herunter, als eine kleine holografische Anzeige auf meiner Armschiene erschien, die zusätzliche Informationen über eine aufdringliche Pflanze enthielt.

„Wie kann diese Pflanze aufdringlich sein?", fragte ich mein Gerät.

„Diese Pflanze gehört nicht zum Ökosystem von Kestria", antwortete die künstliche Intelligenz. „Sie stimmt zu 94% mit zwei verschiedenen Beerenarten von der Erde überein: Erdbeeren und Himbeeren."

Ich murmelte einen Fluch vor mich hin, obwohl mich ein Kribbeln durchfuhr. Zugegeben, die Beeren waren ziemlich weit von dem Ort entfernt, an dem sich die infizierten Kreaturen aufhielten. Aber wenn es auch eine Weile dauerte, bis sich die Symptome manifestierten, würden die Tiere in den Tagen nach dem Verzehr der Beeren abgewandert sein.

Auf der anderen Seite des Flusses?

Das ergab keinen Sinn. Ich flog weiter nach Westen, bis der Scanner keine Beeren mehr aufspürte. Aber es wurden einige kranke Tiere entdeckt, wenn auch in weitaus geringerer Zahl als die, die ich am Ostufer gefunden hatte. Ich kehrte um und flog fast einen Kilometer weiter nach Osten, um zu sehen, ob ich noch mehr Beeren finden konnte, aber das gelang mir nicht.

Einen Moment lang überlegte ich, ob ich ein paar Proben mitnehmen sollte, entschied mich dann aber dagegen. Ich war kein Wissenschaftler und wusste nicht, welche Folgen mein Handeln für die Kreelars haben könnte. Es spielte keine Rolle, dass Ciara sagte, dass die Infektion nur durch den Verzehr erfolgte. Dieses Volk litt schon genug, ohne dass ich sein Leben weiter aufs Spiel setzte, indem ich Risiken einging. Wenigstens wusste ich genau, wo sie unter angemessenen Sicherheits- und Eindämmungsmaßnahmen geerntet werden konnten. Stattdessen flog ich zu einigen der größten Beete und machte Fotos aus nächster Nähe.

Während die Zeit verging, kehrte ich auf den Hauptweg zurück, den die Pilger genommen hatten, und setzte die Reise zum Svast-Tempel fort. Eine eindringliche Melodie erreichte mich, lange bevor sich der Wald vor mir öffnete und seine ganze Pracht offenbarte. Ich brauchte nicht zu wissen, dass dies tatsächlich ein heiliger Ort war. Er strahlte göttliche Energie aus. Ich vermutete, dass ein Teil davon durch die Physik erklärt werden konnte, aber ein Teil von mir glaubte, dass die Leute ein Gebiet mit positiver oder negativer Energie erfüllen konnten, wenn sie über einen langen Zeitraum immer wieder genug davon ausstrahlten.

Der Tempel selbst war direkt in eine Bergwand gemeißelt worden, die von einem Wasserfall eingerahmt wurde. Die hohen Säulen und massiven Türen waren kunstvoll mit eingeritzten Symbolen in einer fremden Sprache verziert, die mein Über-setzer nicht kannte. Es schien keinen direkten Zugang zum Vordereingang auf dem Landweg zu geben. Man musste durch das Wasser gehen, um die Treppe zu erreichen. Ich nahm an, dass es sich dabei um eine Art Reinigungsritual handelte, bevor man hineingelassen wurde.

Und genau das schien jetzt gerade zu passieren. Mindestens

hundert Pilger jeden Alters hatten sich im Wasser versammelt. Die Jüngsten standen am dichtesten an der Treppe, die den seichtesten Teil darstellte. Die Älteren stellten sich in den tieferen Teil, wo ihnen das Wasser bis zur Mitte der Hüfte reichte. Sie bildeten eine ununterbrochene Kette, wobei sich alle in derselben Reihe an den Händen hielten. Die Personen, die am Ende jeder Reihe standen, verbanden sich mit der Reihe vor oder hinter ihnen, indem sie den Schwanz der Person vor ihnen festhielten.

Sie sangen und tanzten nicht gerade, aber sie schritten von einer Seite zur anderen, von vorne nach hinten und neigten gelegentlich ihre Köpfe in verschiedenen Winkeln in einer synchronen Weise. Vor ihnen, am oberen Ende der vier Stufen zum Eingang, sangen drei Kreelars ebenfalls, während sie mit ihren Armen und Händen größere Gesten vollführten. Sie trugen ärmellose Gewänder mit gesichtslosen Masken, die es unmöglich machten, ihr Geschlecht mit Sicherheit zu bestimmen.

Ich wollte näher heranfliegen, um einen besseren Blick zu erhaschen und die faszinierenden Vorgänge weiter zu genießen, drehte mich aber stattdessen um. Vala hatte mir zwar nicht gesagt, ich solle mich vom Tempel fernhalten, aber es kam mir frevelhaft vor, ihre Andacht auszuspionieren und in ihr Heiligtum einzudringen. Außerdem war ich nur hier, um festzustellen, ob es in der Gegend weitere infizierte Pflanzen oder Tiere gab. Die Tatsache, dass ich keine fand, schien zu bestätigen, warum nur eine kleine Anzahl der früheren Pilger infiziert worden war und nicht alle.

Obwohl ich mich auf dem Rückweg beeilte, erreichte ich das Dorf Jaln nach einer Abwesenheit von fast acht Stunden. Obwohl ich mich müde und ausgehungert fühlte, war ich erleichtert, als ich Ciara mit einem breiten Lächeln in die Mitte des Platzes eilen sah.

Auch von den anderen Dorfbewohnern, insbesondere von Enre und Vala, ging Erleichterung aus. Ich konnte mir nur vorstellen, wie sehr das Vertrauen, das die Stammesmitglieder in sie hatten, untergraben worden wäre, wenn ich nicht zurückgekehrt wäre.

Ciara warf sich in meine Arme, sobald ich gelandet war, was für mich das größte Wunder war. An diese Art der herzlichen Begrüßung könnte ich mich für den Rest meines Lebens jeden Tag gewöhnen. Es berührte mich umso mehr, dass es nicht aus Angst und Schutzbedürfnis geschah, sondern aus echter Freude darüber, dass ich wieder da war.

„Willkommen zurück, Amreth. Wir hatten schon befürchtet, du hättest dich verirrt", sagte Vala in einem scherzhaften Ton, obwohl mir die unterschwellige Sorge, die sie wirklich empfunden hatte, nicht entging.

„Nein, aber ich habe mich viel weiter entfernt, als ich ursprünglich vorhatte, um einige Anomalien zu untersuchen", antwortete ich, bevor ich mich an meine Gefährtin wandte. „Ich glaube, das wird dir gefallen."

Mit ein paar Fingertipps auf der Oberfläche meiner Armschiene rief ich die Bilder auf, die ich aufgenommen hatte, und zeigte sie auf dem holografischen Bildschirm an, der sich darüber befand. Ciara keuchte und ihre Augen leuchteten vor Aufregung. Ich erzählte ihr schnell, was ich zwischen den tollwütigen Tieren und den Beerenfeldern entdeckt hatte.

„Es war klug von dir, keine Proben mitzubringen", sagte Ciara geistesabwesend, während sie die Scanberichte durchblätterte, bevor sie Vala ansah. „Bist du mit diesen Früchten vertraut? Gehören sie zu deiner Ernährung?"

Sie schüttelte den Kopf und sah die beiden mit dem gleichen verwirrten Blick an wie Enre.

„Ich habe diese Beeren noch nie gesehen. Sie sind sicher nicht in der Nähe der Gebiete, in denen wir jagen oder nach Nahrung suchen."

„Das ist nicht wirklich überraschend", entgegnete ich nachdenklich. „Ohne den Scanner hätte ich ihre Existenz wahrscheinlich nicht bemerkt. Von oben waren sie nicht zu sehen, und selbst nach der Landung musste ich ein paar Blätter anheben, um sie freizulegen."

Ciara schürzte ihre Lippen und nickte langsam, als sie über meine Worte nachdachte. „Das ist ziemlich normal für Walderdbeeren. Das erklärt ein paar Dinge. Am besten wäre es, wenn wir ein Feldlabor direkt in diesem Gebiet hätten. Vielleicht könnten wir mit deinem Shuttle etwas einrichten?"

Ich unterdrückte meinen instinktiven Wunsch, Ja zu sagen, und schaute Vala fragend an. Mein Herz sank, als sie uns mit einem verschlossenen Blick anstarrte.

„Ich werde die Angelegenheit mit den anderen Kalds besprechen", antwortete sie unverbindlich. „Jedenfalls ist es schon zu spät für dich, um nach Bryst zurückzukehren. Du musst müde und hungrig sein. Kommt, ruht euch aus und esst. Ihr werdet heute Nacht alle hier schlafen. Am Morgen werden wir eine Entscheidung treffen."

KAPITEL 11

AMRETH

So sehr ich ihr Zögern auch verstand, so sehr hasste ich es, mich gefesselt zu fühlen. Inzwischen hatte ich das Gefühl, dass wir uns genug bewährt hatten, um noch mehr Bewegungsfreiheit zu bekommen und das zu tun, was zur Lösung dieser Krise notwendig war. Da ich keinen Grund sah, Wellen zu schlagen, fügte ich mich.

Sie führten uns zu einem kleinen Haus. Überraschenderweise lag es nicht im Innenhof, sondern im Dorf selbst. Alle Häuser im Innenhof waren bereits mit den infizierten Pilgern belegt. Zwei männliche Personen kamen heraus, als wir uns näherten. Erst drinnen bemerkte ich, dass sie Essen für mich mitgebracht hatten. Zu meiner großen Verlegenheit meldete sich mein Magen lautstark zu Wort, was alle zum Lachen brachte.

„Genießt euer Essen. Wir sehen uns dann morgen früh", sagte Vala.

Wir bedankten uns bei ihr und sahen ihr beim Gehen zu. Sobald sich die Tür hinter ihr geschlossen hatte, zog ich die Waffen aus meinem Gürtel, die ich heute zum Glück nicht benutzen musste, und warf einen Blick auf die rechte Wand, an der sich in Bryst die Tür zum Gästezimmer befunden hatte. Da ich keine fand, ruckte ich mit dem Kopf herum und sah die gegenüberliegende Wand an. Erst dann bemerkte ich, dass es in dieser Wohnung kein Gästezimmer gab.

„Tharmoks Blut. Es scheint nur ein Schlafzimmer zu geben. Ich kann ja mal fragen, ob sie eine größere Wohnung haben", sagte ich und kratzte mich im Nacken. „Oder ich schlafe auf der Couch."

„Auf keinen Fall!", widersprach Ciara und sah mich an, als ob ich einmal zu viel auf den Kopf bekommen hätte. „Hast du dir mal angesehen, wie groß du im Vergleich zu dieser Couch bist? Juckt es dich, mit den Knien an die Stirn gepresst zu schlafen?"

Ich schnaubte und schüttelte den Kopf, fast wie ein Kind, das von seiner Mutter gescholten wurde.

„Wir sind erwachsen und keine tollwütigen Tiere. Ich bin sicher, wir können uns ein Bett teilen und uns wie zivilisierte Menschen benehmen. Aber wenn du dich dabei unwohl fühlst, überlasse ich dir das Bett und schlafe auf der Couch."

„Auf keinen Fall!", sagte ich und wiederholte ihre vorherigen Worte, aber mit totaler Empörung. „Ich werde nicht bequem in einem Bett schlafen, während meine Partnerin auf einer Couch zusammengepfercht ist."

„Genau", bekräftigte sie mit einer übertriebenen Erleichterung darüber, dass mir endlich ein Licht aufgegangen war. „Siehst du, wie unverschämt sich das für dich angefühlt hat? Wie kommst du darauf, dass ich das mit dir machen würde?"

Ich verzog das Gesicht, ohne eine passende Antwort zu finden.

„Wir brauchen beide eine gute Erholung. Diese Angelegenheit ist also geklärt. Jetzt lass uns dich füttern", sagte Ciara in einem Ton, der keinen Widerspruch duldete, während sie mir zuwinkte, am Tisch Platz zu nehmen.

Als edler Lord und Aufseher meines eigenen Sektors konnte ich mich nicht erinnern, wann mich das letzte Mal jemand herumkommandiert hatte. Die einzige Person, die mich mit einem einzigen Wort aufhorchen ließ, war mein Vater. Andererseits hatte Kronos' Vater die Angewohnheit, einem mit einem Blick das Blut in den Adern gefrieren zu lassen. Und doch war Lord Aramon hinter seinem strengen und einschüchternden Äußeren der süßeste aller Männer mit dem trockensten Sinn für Humor. Man wusste nie, ob er einen maßregelte oder neckte, bis man sein sehr diskretes, süffisantes Grinsen sah.

Ich lächelte, amüsiert über ihre selbstbewusste Haltung, und setzte mich an den Tisch. Sie setzte sich nicht, sondern kramte sofort in den drei Serviertabletts, die man uns gebracht hatte, und schüttete alles Fleisch, das sie finden konnte, auf einen Teller, den sie dann vor mir abstellte.

„Ich habe ihnen gesagt, dass du kein Vogelfutter magst", informierte mich Ciara neckisch.

Ich brach in Gelächter aus, und in meiner Brust wurde es warm vor Zuneigung, als sie sich nur ein paar Gemüsesorten und ein Stück gebratenes weißes Fleisch schnappte und sich mir gegenüber an den Tisch setzte.

„Das ist alles, was du isst?", fragte ich und betrachtete stirnrunzelnd die winzige Menge auf ihrem Teller.

Sie zuckte mit den Schultern. „Ich habe schon gegessen. Ich leiste dir nur Gesellschaft, weil es ätzend ist, allein zu essen, während dein Begleiter dich anstarrt. Jetzt hau rein. Du wirst nicht verhungern, solange ich hier bin."

Ich nickte erneut, dankbar für eine weitere aufmerksame Geste von ihr, und kam ihr nach. Zu sagen, ich sei ausgehungert, beschrieb nicht annähernd die Leere in meinem Magen. Fliegen erforderte viel Energie. So dankbar ich auch für das Essen war – es war wirklich köstlich -, so sehr sehnte ich mich nach einer ganz anderen Art von Nahrung. Mir lief das Wasser im Mund zusammen bei dem Gedanken, wie ihre Gefühle wohl schmecken würden. Sie konnte sich nicht vorstellen, wie viel erfüllender und befriedigender es sein würde, sich von ihr zu ernähren.

Ciara war aufmerksam wie immer und begann nicht sofort ein Gespräch, so dass ich ein paar Bissen zu mir nehmen konnte, um die schlimmsten Schmerzen zu stillen. Ich inhalierte die ersten Fleischbrocken geradezu. Obwohl sie versuchte, es zu verbergen, entging mir nicht das Amüsement in ihren Augen, als sie mich diskret anschaute.

„Ich habe mir Sorgen um dich gemacht", sagte ich schließlich, nachdem ich einen weiteren Bissen heruntergeschluckt hatte. „Ist während meiner Abwesenheit alles gut gegangen?"

Sie nickte. „Danke für die Sorge, aber das war nicht nötig. Alle waren sehr nett zu mir. Jedenfalls haben Enre und Vala mich wie Mama Bär beschützt. Sich um mich zu kümmern, war für sie eine Frage des Stolzes und der Ehre."

„Ich bin froh zu hören, dass es keine Zwischenfälle gab", sagte ich, während ich ein Stück Fleisch schnitt.

„Eigentlich gab es eine halbwegs gute Nachricht und einen kleinen Zwischenfall", ergänzte Ciara. „Die halbwegs gute Nachricht ist, dass es mir gelungen ist, Mutis Frau in eine Halbstase zu versetzen. Das hält die Krankheit vom Fortschreiten ab. Ich habe ihr einige Nanobots injiziert, die auf die Prionen abzielen, die sie töten und sie ausrotten. Es ist ein sehr langsamer Prozess. Aber es scheint zu funktionieren."

„Wird es sie heilen?", fragte ich und wurde hellhörig.

Sie schüttelte den Kopf. „Nein. Es wird sie nur in einen weniger kritischen Zustand versetzen, in dem ihr Körper hoffentlich in der Lage sein wird, die Prionen zu bekämpfen, während er sich auf die Veränderungen in seiner Entwicklung einstellt. Ihre beiden Kinder haben das Medikament sehr gut vertragen, also drücke ich ihnen die Daumen."

„Das ist eine wunderbare Nachricht. Ich kann mir kein größeres Geschenk für diesen armen Mann vorstellen. Sein Schmerz war so lebendig, dass ich ihn fast berühren konnte. Was du und dein Team leisten, ist phänomenal", sagte ich mit tiefer Bewunderung und Respekt.

Sie lächelte schüchtern. „Ich danke dir. Aber vergiss nicht, dass du jetzt auch zu diesem Team gehörst. Und mit deiner Entdeckung heute könnten wir dem Erfolg noch näherkommen."

„Wie du sagtest, ich drücke die Daumen", antwortete ich sanft. „Aber du hast einen Vorfall erwähnt?"

Ciara nickte. „Nachdem wir alle getestet hatten – und glücklicherweise keine weiteren Fälle gefunden hatten – begannen wir damit, allen Personen, die noch nicht infiziert waren, den Impfstoff zu verabreichen. Zwei von ihnen bestanden darauf, nicht geimpft zu werden."

Ich schürzte meine Lippen und nickte nachdenklich. „Das ist nicht überraschend. Ehrlich gesagt hatte ich mit weitaus mehr Widerstand von einer größeren Anzahl von Stammesmitgliedern gerechnet. Aber man kann niemanden zu einer solchen Behandlung zwingen."

„Ich weiß. Ich kann ihnen nur die Vorteile erklären, aber letztlich bleibt es ihre Entscheidung. Hoffentlich ändert sich ihre Meinung, wenn sie sehen, dass es den anderen gut geht und sie keine negativen Auswirkungen haben. Wie auch immer, ich bete, dass wir tatsächlich eine Behandlung finden oder die Quelle ausrotten können."

„Glaubst du, dass die Beeren die Quelle sind?", fragte ich.

„Da sie aus dem Ausland stammen, ist das sehr wahrscheinlich. Auf Kestria sollte es keine Erdbeeren geben. Nach den Ereignissen, die Sora und Aku uns erzählt haben, haben die Ärzte am Fluss gegessen. Nachdem Sora den Mann gebissen hatte, haben sie sie betäubt und sind dann weggelaufen. Sie kamen nie zurück, um das Essen zu holen, das sie zurückgelassen hatten. Und die Kreelars auch nicht."

„Die einheimische Fauna hat sich also daran gütlich getan", sagte ich mit plötzlichem Verständnis.

„Genau. Beeren sind dafür ein Albtraum, weil sie eine sehr

hohe Konzentration an Samen haben. Diese Samen passieren den Verdauungstrakt und kommen oft unversehrt im Stuhl wieder heraus", erklärte Ciara. „Von allen Früchten, die sie sich hätten ausdenken können, musste es diejenige sein, die sehr leicht zu verbreiten und anzubauen ist. Erdbeeren brauchen nur feuchte Erde, etwas Dünger und viel Sonne."

„Alle Bedingungen wurden erfüllt", antwortete ich nachdenklich.

„Ja. Ob die Tiere, die sie gefressen haben, krank wurden und die Samen wieder erbrochen haben oder ob sie sie einfach mit dem Kot ausgeschieden haben, sie haben sie verbreitet. Ich weiß nicht, wie viele Beeren es waren oder wie viele verschiedene Tiere sie gefressen haben, aber der Ort, den du mir gezeigt hast, ist sehr weit von dem Gebiet entfernt, in dem der erste Vorfall stattfand."

„Es breitet sich also aus. Aber wie ist es auf der anderen Seite des Flusses entstanden?"

„Morgen früh müssen wir die Nahrungskette ihrer Wildtiere gründlich aufschlüsseln. Die kleinen Nagetiere und Säugetiere, die die Beeren gefressen haben, würden mit ihnen nur so weit reisen. Wir müssen davon ausgehen, dass auch einige Vögel diese Früchte gefressen haben, und die legen viel größere Entfernungen zurück. Und dann gibt es noch die größeren Raubtiere, die sich sowohl von den Vögeln als auch von den kleinen Säugetieren ernähren. Wenn eines dieser Tiere dazu neigt, umherzuziehen oder zu wandern, würden sie mit ihnen mitziehen."

„Es ist aber schon fast zehn Jahre her", sagte ich mit einem Stirnrunzeln. „Müsste es sich nicht viel weiter ausgebreitet haben?"

Meine Gefährtin schüttelte den Kopf. „Nicht unbedingt. Diese Art von Dingen neigen dazu, exponentiell zu verlaufen. Es fängt klein an, mit einem kleinen Fleck hier und dann noch einem dort. Aber je mehr Flecken man hat, desto mehr Lebewesen ernähren sich davon und desto mehr verbreiten sie es.

Nicht jeder Samen, der in die Natur entlassen wird, schlägt Wurzeln. Die Wahrscheinlichkeit nimmt einfach mit der Anzahl der Vorkommen zu."

„Können wir all diese Beerenbeete auslöschen?", fragte ich, während ich schamlos meinen Teller auffüllte, dieses Mal mit einer Mischung aus Beilagen und Gemüse.

Sie runzelte die Stirn und legte ihre Gabel auf den Rand ihres leeren Tellers. „Es ist extrem schwierig und oft unmöglich, eine invasive Pflanze vollständig auszurotten. Wenn sie sich erst einmal ausgebreitet hat, gibt es immer irgendwo einen Samen, der der Entdeckung entgangen ist oder der im Verdauungstrakt eines Lebewesens sitzt und nur darauf wartet, freigesetzt zu werden, wenn und wo man es am wenigsten erwartet. Auch wenn man es schafft, die Anzahl der Samen zu reduzieren, kommen sie fast immer wieder zurück. Es wird zu einer ständigen Aufgabe, ihre Vermehrung zu kontrollieren."

„Es gibt also keine Lösungen", sagte ich niedergeschlagen.

„Es gibt Abhilfemaßnahmen, die wir anwenden können. Aber es wird einige Zeit dauern, bis wir durch gründliche Tests sicherstellen können, dass wir die lokale Flora und Fauna nicht schädigen. Wir müssen alle Tiere in dem Gebiet untersuchen, sowohl diejenigen, die infiziert waren, als auch diejenigen, die offenbar immun sind. Wir haben in der Vergangenheit ähnliche Probleme mit Nanorobotern gelöst, die speziell entwickelt wurden, um zu verhindern, dass sich eine bestimmte Art von Protein an bestimmte Zellen anlagert, um sie an der Vermehrung zu hindern und so den Organismus abzutöten."

„Das klingt nach der perfekten Lösung!", sagte ich mit einer Selbstverständlichkeit.

„Es geht darum, ob diese Zelle einzigartig genug ist, um nicht in anderen Lebensformen in diesem Gebiet gefunden zu werden. Wir wollen nicht versehentlich andere Pflanzen oder Tiere ausrotten", erklärte sie.

„Stimmt, daran habe ich nicht gedacht. Deshalb bist *du* ja auch der Wissenschaftler", betonte ich neckisch.

Sie lächelte. „Jeder von uns hat seine Fähigkeiten und seine Aufgabe. Du warst heute fantastisch. Angefangen bei der Art und Weise, wie du mich trotz meiner Höhenangst auf dem Flug hierher in Sicherheit gebracht hast, bis hin zu der Art und Weise, wie du diesen armen Mann beschwichtigt hast, obwohl andere auf seine Aggression nur mit Gewalt reagiert hätten. Und wie du den Auftrag, mit dem wir dich betraut haben, bewältigt hast. Du bist weit über den ursprünglich vereinbarten Weg hinausgegangen und hast ihn gründlich untersucht."

„Es war nur gesunder Menschenverstand", erwiderte ich, wobei meine Stimme ein wenig mürrisch klang, obwohl sie in Wirklichkeit von der Schüchternheit über ihre Lobpreisungen herrührte.

„Glaub mir, gesunder Menschenverstand ist viel zu oft ein rares Gut. Unterschätze dich nicht. Und übrigens, ich glaube nicht, dass du es bemerkt hast, aber du hast dir eine Menge Respekt verschafft, indem du dich dem Tempel nicht genähert hast. Ich habe den Blick in ihren Augen gesehen, als du sagtest, du hättest dich umgedreht. Keine Worte können beschreiben, wie verdammt stolz ich auf dich bin."

Mir wurde warm ums Herz, und ich ertappte mich dabei, wie ich ihr über den Tisch hinweg die Hand entgegenstreckte. Zu meiner Freude legte sie ihre, ohne zu zögern, in meine.

„Das Gefühl beruht auf Gegenseitigkeit, Ciara. Ich schätze, ich habe nicht bemerkt, was du gesehen hast, weil ich zu sehr damit beschäftigt war zu bemerken, wie sie auf *dich* reagierten. Als wir heute Morgen ankamen, strahlten ihre Auren Misstrauen und Verzweiflung aus. Als ich heute Abend zurückkam, sah ich Erleichterung, aber vor allem Hoffnung. Was du und deine Kollegen tun, ist die Rettung einer ganzen Spezies. Es könnte für mich keine größere Ehre geben, als ein Teil davon zu scin."

„Und du erweist dich in mehrfacher Hinsicht als ein wichtiger Teil", bekräftigte sie mit einem Lächeln.

Ich drückte ihre Hand sanft und streichelte ihren Rücken mit meinem Daumen, bevor ich sie losließ.

„Nun, ich habe den ganzen Tag geschwitzt. Ich sollte duschen gehen", sagte ich, stand auf und hob das leere Geschirr auf dem Tisch auf.

Ciara schnappte sich die anderen und folgte mir zum Waschbecken, damit wir sie abwaschen konnten. Es hatte etwas seltsam Intimes an sich, dass wir eine so niedere Aufgabe gemeinsam erledigten.

„Soll ich dir die Flügel waschen?", bot meine Gefährtin an, als ich den letzten Teller abgetrocknet hatte.

Mein Magen machte einen Rückwärtssalto, und ich verbarg, wie sehr mich ihre Worte berührten, indem ich einen spöttischen Gesichtsausdruck aufsetzte.

„Ich müsste nackt sein, während du das machst."

Sie zuckte mit den Schultern, hob eine Augenbraue und sah mich unverwandt an. „Ja, und? Ich bin Medizinerin. Es gibt nicht viel, was ich nicht schon gesehen habe. Wenn es dir also nicht unangenehm ist oder wenn obosianische Nacktheit für Menschen nicht irgendwie tödlich ist, dann habe ich kein Problem damit", sagte sie scherzhaft.

„Tödliche Nacktheit? Das ist das erste Mal. Aber nein, mich unbekleidet zu sehen, wird dir keinen Schaden zufügen."

„Dann ist ja alles klar, mein Großer. Wir gehen duschen!"

„Großer Junge?!", rief ich mit einer Mischung aus Belustigung und Unglauben aus.

„Ich habe gesagt, was ich gesagt habe", entgegnete sie im Singsang, während sie in Richtung Hintertür stolzierte.

Ich folgte ihr, nahm meinen Brustpanzer ab und legte ihn auf den Tresen, bevor ich das Haus verließ. Sie zog ihre Schuhe aus und drehte das Wasser auf. Zu meinem Erstaunen zog Ciara ihre eigene Kleidung aus und legte sie ordentlich auf einen Haufen neben den Regalfächern, in denen die sauberen Handtücher lagen. Als sie sich umdrehte, um sich mir in ihrer herrlichen Nacktheit zuzuwenden, starrte ich sie mit offenem Mund an, und meine Hände waren am Hosenbund festgefroren, wobei die Magnetverschlüsse halb geöffnet waren.

„Was machst du da? Zieh es aus!", sagte sie und gestikulierte mit ihrer rechten Hand in einer Weise, die bedeutete, dass ich mich beeilen sollte. „Und glotz mich nicht so an. Ich mache mir nicht die Klamotten nass, während ich deine Flügel wasche, und ich muss auch duschen."

Das riss mich aus meiner Benommenheit, und ich fügte mich sofort. Trotz ihres direkten und sachlichen Tons und Auftretens entging mir der Hauch von Unsicherheit in ihren Augen nicht. Eine Milliarde Worte drängten sich mir auf die Zunge. Ich wollte ihr sagen, wie wunderschön sie war, und ich wollte sie fragen, ob das bedeutete, dass ich auch ihren Rücken für sie waschen durfte.

Ein Teil von mir war der Meinung, dass es nur peinlich wäre, wenn ich darauf hinweisen würde, dass ihr Strippen die Dynamik zwischen uns verändert. Aber ein anderer Teil glaubte, dass es noch unangenehmer werden würde, wenn man es nicht zugeben würde, so als wenn etwas so schlimm wäre, dass man sich lieber einredet, dass es nicht passiert, anstatt sich damit auseinanderzusetzen.

„Entschuldigung. Deine Schönheit hat mein Gehirn verwirrt", sagte ich schließlich. „Aber das ist ein gutes Argument. Praktisch und effizient. Ich stimme zu!"

Obwohl sie schnaubte und mir eine Grimasse schnitt, entging mir nicht, wie sich ihre Schultern leicht entspannten. Ich wollte glauben, dass ich die Situation angemessen gehandhabt hatte.

„Das sind nur einige meiner unzähligen Qualitäten", erwiderte sie und strich sich theatralisch das Haar über die Schulter, was mich zum Lachen brachte. „Aber danke, dass du es bemerkt hast."

Ich zog meine Stiefel aus und schlüpfte dann aus meiner Hose, als mich eine Welle der Nervosität überkam. Es erschien mir albern, mir Gedanken darüber zu machen, was sie von meinem Aussehen halten könnte. Ich war extrem fit und bezweifelte, dass sie meinen Körper als mangelhaft empfinden würde. Aber wusste sie überhaupt, wie ein obosianischer Penis aussah? Würde er sie anmachen oder beunruhigen?

Ich richtete mich auf und stand ihr gegenüber, das Kinn mit einem Hauch von Trotz erhoben. Ciara wirkte weder beunruhigt noch verzweifelt über das Schauspiel, das sich ihr bot. Mit unglaublicher Kühnheit ließ sie ihren Blick langsam über mich schweifen, mit einer Besessenheit, die mein Blut in die Leistengegend schießen ließ. Obwohl sie mich unbestreitbar schätzte, hatte die Art und Weise, wie sie mich bewunderte, nichts Reißerisches oder Objektives.

„Du bist wirklich ein atemberaubender Mann", stellte Ciara fast wehmütig fest.

„Ich bin froh, dass du so denkst", fügte ich hinzu und fühlte mich unerklärlich schüchtern.

Schnell flocht sie ihr Haar zu einem einzigen Zopf, den sie zu einem Dutt wickelte, wobei sie das Ende geschickt durch ihr Haar flocht, damit es oben blieb. Durch diese Geste schoben sich ihre strammen Brüste leicht nach vorne, was meinen Blick auf die dunklen Brustwarzen und die straffen kleinen Knospen lenkte. Mit einem goldenen Piercing würden sie noch viel köstlicher aussehen.

Als ob sie meine Gedanken lesen könnte, deutete meine Gefährtin auf meinen Unterleib.

„Als ich dich kennenlernte, fragte ich mich, wie viele Piercings du haben würdest und wo sie sich befinden würden", sagte sie mit sanfter Stimme.

Ich blickte auf meinen Schwanz hinunter, der halb erigiert war. Kaum hatte sie begonnen, sich auszuziehen, wurde mein Schaft steif. Es störte mich nicht, dass sie diesen unbestreitbaren

Beweis für meine wachsende Erregung haben sollte. Es könnte zwar als anstößig empfunden werden, aber ich glaubte, dass die Abwesenheit von sichtbarem Verlangen meinerseits, als sie zum ersten Mal völlig nackt vor mir stand, viel problematischer gewesen wäre.

„Ich kann, ohne zu zögern, sagen, dass jeder einzelne erwachsene Obosianer, ob männlich *oder* weiblich, mindestens ein paar Piercings oder Implantate in seinem Intimbereich hat", entgegnete ich amüsiert.

„Nach deiner Meinung zu urteilen, ist es viel mehr als ein Paar", sagte Ciara und verzog ihr Gesicht auf eine unleserliche Weise.

Ich schaute an meinem Schwanz hinunter, mein Blick schweifte über die zwei Reihen von drei runden Nieten auf jeder Seite meiner Länge, in der Nähe des Ansatzes, die Widerhaken am Anfang des Schaftes, die auf meiner Eichel und die zwei zusätzlichen Nieten direkt unter der Eichel.

„In der Tat. Ich habe zehn", erklärte ich sachlich, bevor ich ihre Gesichtszüge studierte. „Stört dich das?"

Zu meiner Erleichterung schüttelte sie, ohne zu zögern, den Kopf.

„Ganz und gar nicht. Es ist sogar ziemlich heiß", fügte sie hinzu und sah ein wenig verlegen aus. „Gibt es noch andere?"

„Auf meiner Zunge", antwortete ich.

Sie nickte und ihr Gesicht nahm einen schelmischen Ausdruck an. „Ich weiß. Das habe ich gespürt."

Das brachte mich zum Schmunzeln, aber auch dazu, dass ich sie wieder tief küssen wollte. Ich verdrängte diesen abschweifenden Gedanken aus meinem Kopf und ließ meinen Blick frei – und etwas gierig – über die Perfektion ihres Körpers schweifen.

„Ein paar von ihnen würden auch an dir extrem heiß aussehen", überlegte ich laut.

Zu meinem Erstaunen versteifte sich Ciara sofort und schüttelte den Kopf, während sie die Stirn runzelte.

„Das würde mir sehr schwerfallen", sagte sie in einem Ton, der keinen Widerspruch duldete.

In Anbetracht ihrer vorherigen Bemerkung, dass sie sie an mir heiß findet, hat mich diese Reaktion überrascht.

„Warum?", fragte ich vorsichtig.

„Obwohl ich Körpermodifikationen bei anderen wirklich schätze und bewundere – zumindest, wenn sie gut gemacht sind – möchte ich persönlich keine an mir haben. Meine gepiercten Ohrläppchen sind das Einzige, was ich möchte. Ich habe nichts dagegen, aber ich mag meine körperliche Erscheinung so, wie sie ist", erklärte sie auf eine sanfte, fast vorsichtige Art.

„Ich verstehe", sagte ich leise.

Sie zappelte ein wenig hin und her und sah etwas unruhig aus. „Bist du deswegen verärgert?"

Meine Augenbraue schoss vor Überraschung in die Höhe. „Verärgert? Nein, überhaupt nicht. Ein bisschen enttäuscht vielleicht. Und selbst das scheint mir ein zu starkes Wort zu sein. Ich liebe die Ästhetik von Piercings, denn sie ist ein fester Bestandteil meiner Kultur, aber kein wesentlicher. Letzten Endes ist es dein Körper. Niemand kann dir vorschreiben, was du mit ihm machst. Solange du glücklich bist, ist das alles, was zählt."

„Aber werde ich dadurch weniger attraktiv für dich?", fragte sie nachdrücklich.

„Ciara, deine körperliche Erscheinung ist nicht deine Hauptattraktion. Das Licht deiner Seele ist es. Und deine hypnotisiert mich. Nichts kann jemals das ersetzen. Du bist schön, so wie du bist. Und das wird sich auch in sechzig Jahren nicht ändern, wenn wir beide ganz faltig sind und ich einen Weinbauch habe."

Sie brach in Gelächter aus. „Du meinst einen Bierbauch?"

„Ja, genau das", sagte ich in einem amüsierten Tonfall. „Oder wie auch immer die Menschen diesen schwanger aussehenden Bauch nennen, den eure Männchen in ihren späteren Jahren bekommen."

Immer noch kichernd, starrte meine Gefährtin mit einem

wehmütigen Blick auf meinen flachen Bauch. „Mein Großvater hat einen ziemlich beeindruckenden, den meine Oma seine Kristallkugel nennt. Immer, wenn er sie etwas Dummes fragt, fängt sie an, sie zu reiben und schaut hinein, als ob sie die Antwort darin finden würde, bevor sie mit etwas völlig Lächerlichem antwortet."

Auch ich musste lachen, als ich versuchte, mir die Szene vorzustellen. „So werden wir in ein paar Jahren sein, schätze ich."

Sie grinste und schüttelte den Kopf. „Das bezweifle ich. Ich habe schon ältere Obosianer gesehen. Ihr bleibt alle bis ins hohe Alter widerlich fit ... nicht, dass ich mich beschweren würde. Aber jetzt ab unter die Wasseroberfläche mit dir."

Ich nickte und drehte mein eigenes langes Haar schnell zu einem Dutt, damit es nicht nass wurde. Ich wollte nicht stundenlang versuchen, es kurz vor dem Schlafengehen auf natürliche Weise trocknen zu lassen.

Wir stiegen unter das Wasser, um uns nass zu machen. Mein Blick richtete sich sofort auf die Art und Weise, wie das Wasser über ihre Haut rann. Der irrationalste Neid durchströmte mich und ich wünschte, es wären meine Hände und meine Zunge, die auf diese Weise über sie glitten. Ich wollte jede einzelne Perle lecken, die auf der dunklen Seide zurückblieb, die ich so gerne erkunden wollte.

Da es nur ein Stück Seife gab, benutzten wir es abwechselnd und schäumten es ein, bevor wir tauschten. Als ich sie dabei beobachtete, wie sie ihren Körper mit der Seife einrieb, vor allem ihre Brüste und ihre Schenkel, wurde ich innerhalb von Sekunden steif. Obwohl sie so tat, als würde sie es nicht sehen, entging mir nicht das süffisante Grinsen, das sich diskret um ihre Mundwinkel legte.

Aber zwei könnten dieses Spiel spielen.

Ich wartete ab und deutete mit meinem Kinn auf ihren Rücken.

„Soll ich dir helfen?", bot ich es an.

„Ja, bitte", antwortete sie, während in ihren graubraunen Augen ein seltsames Licht brannte.

Sie drehte sich um, und mein Blick richtete sich auf die prallen Rundungen ihres Hinterns. Tharmok, nimm mich! Es sollte illegal sein, wenn etwas so verdammt verlockend ist. Ich konnte mich nicht entscheiden, ob ich mehr Lust hatte, ihre Backen mit beiden Händen zu packen oder auf die Knie zu fallen und einen Bissen zu nehmen. Ihr Hintern verlangte danach, gebissen zu werden.

Ich zwang mich, den Blick wieder nach oben zu richten, als ich begann, ihren Rücken zu waschen. Das lenkte mich nicht ab, sondern machte mich nur noch härter. Ihre Haut war so weich, so warm unter meiner Berührung. Zu spüren, wie sie zitterte, als meine Hände auf beiden Seiten der Wirbelsäule über ihren Rücken glitten, ließ meinen Schwanz zucken. Trotz ihrer Versuche, stoisch zu bleiben, wehte mir der Duft ihrer Erregung entgegen.

Für den Bruchteil einer Sekunde erwog ich, mutiger zu werden und meine Hände um ihre Vorderseite gleiten zu lassen, um ihre Brustwarzen zu necken. Ein Teil von mir glaubte, dass sie sich einem solchen Akt nicht widersetzen würde, ihn vielleicht sogar begrüßen würde. Aber ein anderer hielt es für klüger, sich zurückzuhalten. Es war nicht nur die Tatsache, dass ich nicht wollte, dass sie mich für zu anmaßend oder respektlos hielt. Ciara musste wissen, dass sie darauf vertrauen konnte, dass ich nicht versuchen würde, jede Gelegenheit zu nutzen, um sie auszunutzen, vor allem in einer verletzlichen Situation.

Ich beendete meine stille Unterhaltung, ließ meine Hände fallen – und zwar sehr widerwillig – und trat einen Schritt zurück. Meine Gefährtin drehte sich sofort um und sah mich an, ihr Gesichtsausdruck war nicht zu erkennen. Ihre gespannten Brustwarzen standen stramm und schienen fast wütend ihren

Unmut darüber herauszuschreien, dass sie so völlig ignoriert und vernachlässigt wurde.

Nonchalant seifte ich mich weiter ein, während sie unter das Wasser trat, um sich abzuspülen. Ich sah ihr in die Augen und begann, meinen Schwanz und meine Hoden zu waschen, wobei ich sie stumm herausforderte, ihre Augen abzuwenden. Der laszive Ausdruck, der sich über ihre Züge legte, ließ eine Perle von Sperma heraussickern, die zum Glück von der Seife verdeckt wurde.

Mein Magen machte einen dreifachen Salto, als sie plötzlich aus dem Wasser trat und den engen Abstand zwischen uns verringerte, um mir die Seife abzunehmen. Sie war so nah, dass bei jedem Einatmen ihre Brustwarzen gegen mich stießen. Eine törichte Sekunde lang dachte ich, sie würde sich zu mir beugen und mich küssen. Stattdessen wedelte sie mit dem Waschlappen in ihrer Hand, den ich nicht bemerkt hatte.

„Bereit für deine Flügel", sagte sie mit gesungener Stimme.

Der spöttische Ausdruck in ihren Augen machte deutlich, dass sie meine Enttäuschung bemerkt hatte und ihre Macht über mich auskostete.

„Danke", antwortete ich kontrolliert, während ich den Drang bekämpfte, ihr den köstlichen Hintern zu versohlen.

Sie fuhr fort, meine Flügel effizient, aber für meinen Geschmack zu schnell zu waschen. Als sie sie zuvor abtrocknete, hatte Ciara sich viel Zeit gelassen, so dass die Vergnügungsfolter sowohl zu unserem Vergnügen als auch zu unserem Entsetzen dauerte. Sie wollte eindeutig meine Flügel mit bloßen Händen berühren, so wie ich mich danach gesehnt hatte, dass sie es tat.

Diese Spiele des Anstands, die wir spielen, sind wirklich lästig.

Und doch störte es mich nicht wirklich. Sie bauten die Spannung und die Vorfreude auf. Wenn dieser Wunsch dann endlich erfüllt wurde, machte das das Erlebnis umso besonderer.

„Wie kommt es, dass ein so schönes Exemplar von Männlichkeit wie du immer noch Single ist?", fragte Ciara plötzlich, während sie die Vorderseite meines linken Flügels reinigte.

Ich schnaubte und warf ihr einen Seitenblick zu, mehr geschmeichelt, als ich je zugeben würde.

„Die offensichtliche Antwort ist, dass ich dich früher noch nicht gefunden habe", antwortete ich neckisch. „Aber wie du dir vorstellen kannst, macht es das Leben auf Molvi schwieriger, eine Partnerin zu finden."

„Richtig. Ein Gefängnisplanet klingt nicht gerade nach einer idealen Dating-Szene", antwortete sie. Obwohl ihr Ton leicht und ein wenig spielerisch war, bemerkte ich den besorgten Ausdruck, der über ihre Züge huschte.

„Das ist es nicht", räumte ich ein, „aber nicht aus den Gründen, die du annimmst. Im Gegensatz zu dem, was die meisten Leute denken, ist Molvi nicht nur ein großer, furchterregender Ort, der von Mördern und Psychopathen sowie einer Armee blutrünstiger, furchterregender Bestien befallen ist. All das gibt es definitiv, aber es ist in jedem unserer Sektoren enthalten. Der Rest des Planeten ist genauso schön wie die Wildnis, die du hier genießt. Wir haben eine Hauptstadt mit Einkaufszentren, Restaurants, Unterhaltungsmöglichkeiten, Schulen und verschiedenen Unternehmen, die sich um die täglichen Bedürfnisse der Bewohner und Familien kümmern, die dort leben."

„Oh, mein Gott! Wirklich?!", rief Ciara aus.

Ich konnte mir ein Lächeln nicht verkneifen, als ich den erleichterten und hoffnungsvollen Ton in ihrer Stimme hörte.

„Ja, meine Gefährtin. Kein Aufseher könnte eine Familie gründen, wenn er dort nicht ein normales, sicheres und komfortables Leben genießen könnte. Das Problem ist, dass die meisten Leute bereits verheiratet sind, oder die jüngeren Nachkommen dieser Paare. Die Schulen auf Molvi reichen nur bis zu einem gewissen Punkt. Sobald die Schüler bereit sind, eine weiterführende Ausbildung wie einen Universitätsabschluss zu machen, gehen sie normalerweise zurück nach Vargos, unsere Heimatwelt."

„Richtig. Das kann ich nachvollziehen."

„In der Vergangenheit bin ich oft nach Hause gereist und wurde zu vielen Veranstaltungen eingeladen, auf denen meine Eltern versucht haben, eine Partnerin zu finden", sagte ich und konnte mir ein verärgertes Augenrollen nicht verkneifen, das Ciara zum Kichern brachte. „Meine Leute stehen auch sehr auf protzige Partys, bei denen sie ihre Villen und ihren Reichtum auf Molvi zur Schau stellen, was die Gelegenheit bietet, einen potenziellen Partner zu treffen. Aber trotz aller Annehmlichkeiten und Schönheit ist das Leben auf einem Gefängnisplaneten nicht für jeden etwas."

„Es muss für bestimmte Berufe sehr einschränkend sein", räumte sie ein, während sie mich umkreiste und begann, die Rückseite meiner Flügel zu waschen.

Es störte mich, dass sie dies ausgerechnet jetzt tat. Ich wollte ihr Gesicht sehen, als wir dieses heikle Thema ansprachen. In ein paar Wochen, höchstens einem Monat, so hoffte ich, würden wir in der Lage sein, zu unserem eigenen Leben zurückzukehren. So sehr ich ihr auch entgegenkommen wollte, meine Situation brachte es mit sich, dass sie diejenige war, die folgen musste. War das ein Grund zum Feiern?

„Wäre das ein Problem für dich?", fragte ich leise.

Meine Brust zog sich zusammen, als sie nicht sofort antwortete. Ich warf einen Blick über die Schulter und sah sie an. Zu meiner Erleichterung sah sie nicht beunruhigt oder unbehaglich aus, sondern schien ein paar Dinge zu überdenken.

„Um ehrlich zu sein, ist es mir eigentlich egal, wo ich wohne", antwortete sie schließlich. „In den letzten Jahren habe ich mich mehr auf die Forschung verlegt, die ich fast überall durchführen kann, solange es ein ausreichend fortschrittliches Labor gibt. Aber auch dafür muss ich gelegentlich reisen.

Manchmal sind wir für ein paar Wochen bis hin zu ein paar Monaten weg."

„Das können wir regeln", antwortete ich schnell. „Es wäre kein Problem, dir Zugang zu einem erstklassigen Labor zu verschaffen. Wir haben auf Molvi bereits ein paar erstklassige Forschungseinrichtungen. Und was deine Reisen angeht: Wenn Kayog und Linsea eine so erfolgreiche Ehe führen konnten, obwohl jeder von ihnen an jedes Ende der Galaxis reisen musste, dann bin ich sicher, dass wir das auch schaffen können."

Ihre Lippen verzogen sich zu einem wehmütigen Lächeln und ihr Gesicht bekam einen verträumten Ausdruck. „Sie sind so perfekt zusammen. Ich habe schon viele Paare gesehen, die auch nach vielen Jahren Ehe noch sehr verliebt sind. Aber ich glaube nicht, dass ich jemals zwei Personen erlebt habe, die so perfekt miteinander harmonieren. Ich bin nicht eifersüchtig, aber ich will unbedingt das haben, was sie haben."

„Das werden wir", sagte ich mit Überzeugung. „Wir sind Seelenverwandte."

Sie lächelte und beendete das Waschen meiner Flügel, bevor sie mich zum Abspülen unter das Wasser schob.

„Wer kümmert sich denn jetzt um deinen Sektor?", fragte Ciara und griff nach einem Handtuch.

„Mein bester Freund, Kronos. Er ist der Aufseher des Sektors, der direkt neben meinem liegt. Mein Cousin Arthas ist ebenfalls in Bereitschaft, um bei Bedarf zu helfen. Aber ich habe ein schlechtes Gewissen wegen meiner Abwesenheit", gab ich verlegen zu und streckte eine Hand aus, um ihr das Handtuch abzunehmen.

Zu meiner Überraschung ignorierte meine Partnerin meine Hand und trocknete meine Brust ab. Obwohl ich fassungslos war, wehrte ich mich nicht.

„Ist das ein ernstes Problem? Könnte es deinen Status als Aufseher deines Sektors untergraben?", fragte sie mit einem Anflug von Sorge.

Das hat mich mehr berührt, als ich ausdrücken konnte. Ich musste kein Genie sein, um zu wissen, dass sie Vorbehalte hatte, sich auf Molvi niederzulassen. Jemand anderes hätte sich vielleicht über den Gedanken gefreut, dass ich durch meine längere Abwesenheit meine Stelle verlieren könnte, damit sie nicht mit mir dorthin ziehen müssten. Dass sie sich sofort Sorgen um mich machte, sagte viel über sie aus.

„Nein", antwortete ich in einem beruhigenden Ton. „Es müsste schon etwas sehr Ernstes sein, damit ein Aufseher entfernt wird. Es ist eher so, dass ich es hasse, anderen Unannehmlichkeiten zu bereiten. Kronos hat bereits alle Hände voll zu tun mit seinen eigenen Quadranten, ganz zu schweigen von der Tatsache, dass seine menschliche Gefährtin mit ihrem ersten Kind schon weit fortgeschritten ist. Ich sollte da sein, um ihn zu unterstützen und zu beruhigen, anstatt ihm zur Last zu fallen."

Ich schaffte es kaum, diesen Satz zu beenden, denn mein Gehirn wurde abgelenkt, als Ciara ihren Zeigefinger durch den Plüschstoff des Handtuchs steckte und vorsichtig um das Barbell-Piercing in meiner linken Brustwarze herumfuhr. Die Art und Weise, wie meine Partnerin um den Warzenhof kreiste, ließ keinen Zweifel daran, dass sie mich absichtlich necken wollte.

Sie vermied bewusst den Blickkontakt, als sie meine Brust abtrocknete. Sie brachte das Handtuch hinunter zu meinem Becken. Einen halben Moment lang glaubte ich, sie würde die Reise zu meinem Schwanz fortsetzen. Ich hielt den Atem an, um mich darauf vorzubereiten, nur um zu erleben, dass die unglückselige Frau das Handtuch nach rechts schob, als sie zur Seite kreiste. Das selbstgefällige, grenzwertig bösartige Grinsen, das ihre Lippen umspielte, brachte mich dazu, sie in die Knie zu zwingen und ihr den Hintern versohlen zu wollen.

„Vielleicht bist du ja gar keine Last", sagte sie lässig, während sie meinen Arm abtrocknete. „Wenn er wegen ihres ersten Kindes so nervös ist, tust du seiner Frau vielleicht einen großen Gefallen. Wenn er sich ständig über sie aufregt oder jedes

Mal in Panik gerät, wenn sie auch nur niest, könnte es ihr in den Fingern jucken, ihn bewusstlos zu schlagen, damit sie etwas Ruhe hat. Ihn zu beschäftigen, könnte ein Segen sein."

Ich schnaubte und nickte langsam. „Malaya hat ihn vielleicht ein- oder zweimal angeschrien, dass sie nur schwanger und nicht invalide sei", antwortete ich grinsend.

„Siehst du?", warf Ciara triumphierend ein. „Aber ich kann es nachvollziehen. Ich hasse es auch, wenn mein Arbeitspensum am Ende auf jemand anderen abgewälzt wird, weil die Umstände es mir unmöglich machen, es selbst zu erledigen."

Ein unwillkürliches Schnurren entrang sich meiner Kehle, als sie begann, meinen Rücken abzutrocknen. Wahrscheinlich rieb sie versehentlich die empfindliche Stelle in der oberen Ecke nahe meiner Wirbelsäule, wo mein Flügel mit meinem Rücken verbunden war. Ich würde es nicht gerade als erogen bezeichnen, und doch war das Reiben des Muskels genau dort immer höchst angenehm. Es war nicht die Art von Vergnügen, die einen zum Höhepunkt brachte, sondern die Art, die einen träge werden ließ, wie bei einer Ganzkörpermassage.

„Oooh! Das scheint jemandem zu gefallen!", sagte Ciara selbstgefällig.

„Jemandem gefällt es offensichtlich", bestätigte ich, und meine Stimme klang tiefer. „Das ist meine Schwachstelle. Es ist sehr entspannend, sie massieren zu lassen."

Ciara schnaubte. „Nun, das war subtil ..."

„Was meinst du?", fragte ich mit einer übertrieben unschuldigen Stimme, die sie nicht im Geringsten täuschte.

Zu meinem Erstaunen – und zu meinem großen Vergnügen – knetete sie diesen Muskel mit der bloßen Hand, was mir einen heftigen Schauer über den Rücken jagte, gefolgt von einem weiteren grollenden Schnurren, fast einem Stöhnen. Meine Gefährtin gluckste und setzte ihre Streicheleinheiten noch ein paar Sekunden lang fort. Ich wimmerte fast, als sie aufhörte.

„Schwachstelle zur Kenntnis genommen. Rechne damit, dass

ich sie schamlos ausnutzen werde, um dich dazu zu bringen, meinen unvernünftigen Forderungen nachzugeben", sagte sie mit einem reuelosen Grinsen.

Ich lachte. „Dafür, ja, würde ich dir wahrscheinlich meine Seele geben."

Sie lachte und fuhr fort, meinen Flügel zu trocknen.

„Aber was ist mit dir, Ciara? Warum war eine so schöne, kluge und erfolgreiche Frau wie du immer noch Single?", fragte ich.

„Ich war mit einem Idioten verlobt, der mich die längste Zeit verarscht hat. Nachdem ich mit ihm Schluss gemacht hatte, wurde ich viel wählerischer", antwortete sie abweisend. „Ich habe mehr auf Anzeichen geachtet, die darauf hindeuten, dass die Person ein Drogenabhängiger oder Narzisst sein könnte. Ich habe zwar ein paar anständige Männer kennen gelernt, aber irgendetwas hat immer gefehlt. Sich auf eine Beziehung einzulassen, die von vornherein zum Scheitern verurteilt war, erschien mir sinnlos. Also war es einfacher, Single zu bleiben."

„So sehr ich es auch hasse, dass du verletzt wurdest, bin ich doch froh, dass dieser Narr sein wahres Gesicht gezeigt hat, bevor er Anspruch auf das erheben konnte, was mir gehört. Ich hätte das Gesetz gebrochen, um ihn loszuwerden", erwiderte ich sachlich.

„Amreth!", rief Ciara aus, und in ihre Empörung mischte sich eine gehörige Portion Verwunderung und Belustigung.

Ich warf ihr einen reuelosen Blick über meine Schulter zu. „Es scheint, dass die Suche nach meiner Gefährtin meine dunkle Seite freigesetzt hat."

„So sieht es aus... Und es ist ziemlich sexy", flüsterte sie lächelnd.

Ich öffnete den Mund, um etwas zu erwidern, aber mir entkam nur ein schockiertes Keuchen. Sie sah mir in die Augen und strich mit dem Handtuch über meinen Hintern. Sie hob meinen Schwanz an und wischte ihn in seiner ganzen Länge ab, ihre Hand schloss sich um die Spitze, bevor sie wieder nach unten glitt, als würde man eine Rute streicheln. Ich schluckte hart, als sie zu meiner rechten Pobacke zurückkehrte. Ciara drehte sich zur Seite und kreiste wieder vor mir, während sie meinen rechten Oberschenkel abtrocknete. Ich hielt den Atem an, als sie kühn das Handtuch über meine Härte rieb. Meine Lippen öffneten sich, und ich atmete scharf ein, als sie ihn mit beiden Händen umfasste, um ihn abzutrocknen. Ich hasste dieses Handtuch zwischen uns, das mich um den direkten Kontakt mit ihr betrog. Meine Gefährtin nahm sich die Zeit, meine Eier zu säubern und drückte sie dabei nicht gerade sanft.

Meine Reißzähne brannten vor Verlangen, in das zarte Fleisch ihres Halses einzudringen und sie an mich zu binden.

Ciara war noch lange nicht fertig und brach schließlich den Blickkontakt ab, als sie sich langsam vor mich hockte. Sorgfältig trocknete sie meine Beine ab, jedes einzelne, während ihr Blick auf meine Länge gerichtet war. Ein Feuerblitz explodierte in meiner Magengrube, als sie ihn genau untersuchte. Es waren nicht meine Piercings, die ihre Aufmerksamkeit erregten, sondern die chevronförmigen Schuppen, die den oberen Teil meines Schafts bedeckten, und die weichen Stacheln, die seine Seiten säumten. Sie beugte sich so weit vor, dass ich für den Bruchteil einer Sekunde glaubte, sie würde tatsächlich ihren Mund darauf pressen.

Zu meinem Erstaunen blickte die Göre mit einem verschmitzten Lächeln und einem aufreizenden Glanz in den Augen wieder zu mir auf.

„Sehr schön", sagte sie spöttisch, während sie sich langsam aufrichtete.

Eine Milliarde Gedanken schossen mir durch den Kopf, und doppelt so viele Worte brannten mir auf der Zunge. Doch irgendetwas in mir zerriss, als ihre harten Brustwarzen erneut gegen meine Brust stießen. Mit der Geschwindigkeit einer zuschlagenden Schlange griff meine rechte Hand mit eigenem Willen nach ihrem Haar im Nacken und zog ihr Gesicht zu mir. Mein Schwanz schlang sich besitzergreifend um sie und drückte ihren Körper an meinen.

Ich merkte, dass ich sie küsste, als sich mein Mund brutal auf den ihren presste und einen unersättlichen Kuss gab. Das leise Rascheln des Stoffes wurde vage in meinem Gehirn registriert, als das Handtuch auf den Boden fiel und Ciara ihre Arme um meinen Hals schlang. Ich hob sie hoch, beide Hände hinter ihren Schenkeln, und sie schlang ihre Beine um meine Taille. Mein geschwollener Schwanz pochte gegen ihren Bauch, während ich den Kuss vertiefte. Sie fuhr mit ihren Fingern durch mein Haar und löste es aus dem improvisierten Dutt, zu dem ich es gebunden hatte. Es fiel in Kaskaden herab, und sie fasste es mit beiden Händen in meinem Nacken.

Ich hielt sie mit einer Hand hinter ihren Schenkeln hoch und streichelte mit der anderen ihren Rücken. Ihre Haut war noch etwas feucht, da sie sich nicht abgetrocknet hatte, nachdem wir uns beide abgespült hatten. Aber das war mir egal, und ihr schien es auch egal zu sein.

Ich brach den Kuss ab und sah meiner Frau in die Augen. Worte waren nicht nötig. Sie lächelte, ihre Hände hielten sich fester in meinem Haar. Ich lächelte zurück und eroberte ihre Lippen zurück. Brust an Brust trug ich sie zurück ins Haus.

KAPITEL 12

AMRETH

Jeder Schritt in Richtung unseres Zimmers ließ mein Blut durch meine Adern rasen. Ein brennendes Verlangen ließ einen Lavastrom in meiner Magengrube brodeln. Ich verstand nicht, wie sie mich so leicht hatte entflammen können. Ich hatte vor, Ciara ein längeres Werben zu schenken. Aber im Moment war alles, woran ich denken konnte, wie verzweifelt ich mich in ihr verlieren wollte, jeden Zentimeter ihres Körpers an meinen gepresst fühlen, den Klang ihres Stöhnens in meinen Ohren und den Geschmack ihrer Lust auf meiner Zunge.

Ich stützte ihr Gewicht immer noch mit einem Arm hinter ihren Oberschenkeln ab und öffnete blindlings die Schlafzimmertür mit meiner freien Hand. Ciara streichelte eifrig meine Brust und meine Seite, was es mir noch schwerer machte, einen rationalen Gedanken zu fassen. Ich wollte... brauchte mehr.

Ich hatte diesen Raum noch nie zuvor betreten. Als Aufseher und obosianischer Elitekrieger sollte mein erster Instinkt darin bestehen, meine Umgebung schnell zu untersuchen, um jede potenzielle Bedrohung und taktische Details einzuschätzen, die defensiv oder offensiv genutzt werden könnten, falls es zu

Problemen kommen sollte. Aber ich hatte nur Augen für das große Bett, das in der Mitte der Rückwand stand.

Ich küsste meine Gefährtin noch immer und machte mich auf den Weg dorthin, bevor ich sie vorsichtig auf der weichen Matratze ablegte. Als ich versuchte, mich aufzurichten, packte Ciara mich fester an den Schultern und zog mich näher an sich. Ich gluckste gegen ihre Lippen und gab nach. Ich kletterte auf das Bett und auf sie. Meine Partnerin spreizte ihre Beine, damit ich mich zwischen ihnen niederlassen konnte. Ich stützte mich mit dem linken Unterarm auf der Matratze ab, löste den Kuss und strich mit meinen Lippen über ihr Gesicht, besonders über die schöne Krone auf ihrer Stirn.

Ich umfasste ihren Hals mit der rechten Hand und hob ihr Kinn mit dem Daumen an, um die pochende Arterie freizulegen, in der meine Reißzähne gerne versinken würden. Aber ich bedeckte ihren Hals einfach mit Küssen und saugte an dem zarten Fleisch in der Halsbeuge, bevor es sich in ihre Schulter wölbte. Ciaras Seufzer der Freude hallte direkt in meinem Schwanz wider. Ich küsste einen Weg ihre Brust hinunter, mein Mund wässerte im Voraus, als ich mich dem Preis näherte, der mich seit einer gefühlten Ewigkeit verhöhnt hatte.

Ich klammerte mich an ihren harten kleinen Nippel wie ein hungriges Männchen, saugte und leckte ihn ausgiebig. Meine Gefährtin belohnte mich mit einem wollüstigen Stöhnen, und ein Schauer durchfuhr sie, als ich auch ihre linke Brustwarze mit meinen Fingern zwickte und kniff.

Ich hob meinen Kopf, um in Ciaras schönes Gesicht zu schauen, beschwor mein Lumiak in meinem Zeigefinger und schickte eine kleine elektrische Entladung auf die Unterseite ihrer Brustwarze. Meine Gefährtin warf augenblicklich ihren Kopf zurück und schrie auf. Ein heftiger Krampf erschütterte ihren Körper, und ihre Bauchmuskeln zogen sich ein paar Mal zusammen. Schwer atmend hob sie ihren Kopf und sah mich schockiert an.

Ich schenkte ihr ein selbstgefälliges Grinsen und entblößte dabei meine Reißzähne auf eine Art und Weise, die ich ein wenig bedrohlich fand. In der richtigen Intensität und an der richtigen Stelle eingesetzt, konnte unser Lumiak einen so intensiven Luststoß aussenden, dass er mit einem Orgasmus flirtete, ohne ihn ganz zu erreichen... Nun, es sei denn, er wurde direkt auf der Klitoris eingesetzt.

Den Blick immer noch auf sie geheftet, streckte ich meine Zunge heraus und dehnte sie langsam. Ihr fiel die Kinnlade herunter, als die Spitze an meinem Kinn vorbei bis hinunter zu meiner Halsschlagader reichte. Ein weiterer Schauer durchlief sie. Mein Grinsen wurde breiter und ihre Augen glühten, als ich meinen Kopf wieder senkte, um eine Spur über ihren flachen Bauch zu meiner noch größeren Beute zu lecken.

Der köstliche Duft ihres Moschus ließ meinen Schwanz vor Verlangen pochen. Er wurde mit jeder Sekunde stärker, im Einklang mit ihrer Erregung. Die Tatsache, dass die Blütenblätter meiner Frau bereits glitschig für mich waren, schürte die Flammen des Feuers, das tief in mir brannte. Sie waren in den schönsten Schattierungen von Rosa und Dunkelbraun mit einem Hauch von Lila. Obwohl ihre geschwollene Klitoris um meine Aufmerksamkeit bettelte, ritt mich das Bedürfnis, meine Gefährtin zu schmecken, zu sehr.

Ich neckte ihren Schlitz mit meiner Zungenspitze, die spitzer war als die eines Menschen. Ciara keuchte, und ihre linke Hand schloss sich um mein rechtes Haupthorn. Das schickte sofort einen Blitz der Lust in meine Leistengegend. Ich wollte, dass sie meine beiden Haupthörner packte und an ihnen zerrte. Aber ich konnte warten. Ich konnte nur beten, dass sie das tun würde, sobald ich tief in ihr steckte.

Ich schob meine Zunge in ihren Schlitz. Der herbe Geschmack ihrer Essenz setzte meine Lenden in Flammen. Ein hungriges, anerkennendes Knurren vibrierte in meiner Kehle, als ich meinen Mund gegen ihr Geschlecht presste und meine Zunge noch tiefer versenkte. Ein erstickter Schrei entkam Ciara, und ihre rechte Hand umklammerte mein anderes Horn. Mein Schwanz schmerzte und pochte vor Verlangen, sie zu erobern, aber ich konzentrierte mich auf mein Festmahl.

Der Klang ihres Stöhnens in meinen Ohren war die süßeste Musik, als ich begann, sie mit meiner Zunge zu penetrieren. Ihre Innenwände waren so warm und weich, dass die Vorstellung, wie sie sich um meine Länge herum anfühlen würden, mich wahnsinnig machte. Ich beschleunigte die Bewegungen meiner Zunge, die in sie ein- und ausfuhr. Um ihr Vergnügen zu steigern, rieb ich mein Zungenpiercing systematisch an dem empfindlichen Nervenbündel ihres G-Punktes.

In kürzester Zeit bewegten sich Ciaras Hüften und ihr Griff um meine Hörner wurde fester. Nicht ganz so fest, wie ich es mir wünschte, aber jedes unwillkürliche Ziehen hallte noch immer direkt in meinem Schwanz nach. Erst als ihre Beine um mein Gesicht zu zittern begannen, schenkte ich ihrem Kitzler endlich die längst überfällige Aufmerksamkeit, die er verdiente.

Ohne damit aufzuhören, ihre enge Scheide mit meiner Zunge zu plündern, rieb ich ihren kleinen Nippel mit meinem Daumen. Kaum habe ich ihn berührt, hob meine Frau ab. Sie schrie auf, ihr Körper krampfte, als die Ekstase sie mitriss. Ciaras Essenz ergoss sich auf meine Zunge, und ich verschlang gierig jeden Tropfen. Mein Daumen und mein Mund hielten sie noch eine Weile im Rausch. Schließlich gab ich nach und hob meinen Kopf, um sie anzuschauen.

Meine Gefährtin sah ein wenig benommen aus, ihre Lippen waren aufgesprungen, als sie schwer atmete. Das schnelle Heben und Senken ihres Brustkorbs lenkte meine Aufmerksamkeit nur wieder auf ihre frechen Brüste. So sehr ich mich auch in ihr vergraben und ihren Höhepunkt auf meinem Schwanz spüren wollte, ich war noch nicht fertig damit, mit ihr zu spielen.

Ich kniete zwischen den Schenkeln meiner Frau und spreizte ihre Beine weiter, so dass sie völlig nackt und meinem besitzergreifenden Blick ausgesetzt war. Tharmok möge mich schlagen! Sie war atemberaubend, und sie gehörte mir. Ganz mir. Ich würde sie dazu bringen, meinen Namen immer wieder zu schreien, bevor die Nacht zu Ende war.

Ciara blinzelte, erschrocken über eine plötzliche Bewegung am Rande ihrer Sicht, bevor sie erkannte, dass es mein Schwanz war, der sich der Party anschloss. Ihre Augen weiteten sich, als sie sah, wie er über ihren Bauch, über jede ihrer Brüste glitt und die harten Knospen auf dem Weg neckte. Ihr Atem stockte, als er seine Reise nach oben fortsetzte und sich um ihren Hals wickelte. Ich lehnte mich nach vorne, um ihre Gesichtszüge zu studieren, während ich meinen Schwanz anspannte und ihre Atemwege leicht verengte, indem ich beide Hände auf die Matratze legte.

Ich änderte meinen Blick, um ihre Aura auf Anzeichen von Not oder Unbehagen zu untersuchen. Sie überflutete mich mit einem hypnotisierenden Regenbogen von Farben, der mir sofort das Wasser im Mund zusammenlaufen ließ, weil ich ihre Energie schmecken wollte. Es kostete mich jedes Quäntchen Willenskraft, nicht dem Drang nachzugeben, ihre Gefühle zu verschlingen.

Obwohl ich ihn um Ciaras Hals gewickelt hielt, lockerte ich den Griff meines Schwanzes, um seine Spitze zu ihrem Mund zu führen. Ohne eine Anweisung zu benötigen, öffnete meine Gefährtin sofort ihre Lippen, um ihn zu empfangen. Ein tiefes, animalisches Knurren vibrierte in meiner Brust, als sie begann, auf eine laszive Weise daran zu saugen, die mein Blut in Wallung brachte.

Ich entblößte meine Reißzähne vor ihr, schloss meine rechte Hand um meinen Schwanz und drückte ihn fast schmerzhaft zusammen, um seinen Drang zum Ausbruch zu stillen. Jede Bewegung ihres Kopfes, während sie über meinen Schwanz wippte, hallte direkt in meinem Penis wider. Als meine Frau ihre Zunge um die Spitze zwirbelte, konnte ich sie fast an meiner

Eichel spüren. Fuck, wenn ich sie weitermachen ließe, könnte Ciara mich allein dadurch zum Höhepunkt bringen. Ich fürchtete, wie schnell sie mich aus der Fassung bringen würde, wenn sie meinem Schwanz so viel Aufmerksamkeit schenkte.

Sie keuchte und sah fast empört aus, als ich plötzlich meinen Schwanz wegzog. Sie versuchte zu argumentieren, aber ich würgte ihren Hals damit, mein Gesicht war streng und machte ihr klar, dass sie sich zu benehmen hatte. Für den Bruchteil einer Sekunde rechnete ich mit der Möglichkeit, dass sie rebellieren könnte. Ich wollte keine echte Unterwürfige, da ich mich nicht als Dom im traditionellen Sinne betrachtete. Aber so sehr ich es auch mochte, im Schlafzimmer die Kontrolle zu haben, so hatte ich doch nichts gegen einen gelegentlichen Machtwechsel, wenn meine Partnerin die Führung übernehmen wollte.

Aber in diesem Augenblick wollte ich mich mit ihr vergnügen, was ihre Unterwerfung voraussetzte. Natürlich würde ich nachgeben, wenn sie sich eindeutig dagegen wehrte, und ich konnte nur hoffen, dass sie es nicht tat.

Mein Herz schlug höher, als sie sich plötzlich entspannte und sich mir hingab.

„Braves Mädchen", flüsterte ich, während ich meinen Schwanz lockerte, bevor ich ihn ganz einzog. „Ich werde mich von dir ernähren, Ciara."

Mein Tonfall war fast bedrohlich, als ich diese Worte sprach. Einmal mehr wollte ich ihr Einverständnis. Technisch gesehen könnte ich es tun, ohne dass sie es überhaupt merkte, und es würde ihr nichts wegnehmen. Aber es würde sich zu sehr wie eine Verletzung anfühlen, sowohl ihres Körpers als auch ihres Vertrauens.

Zu meiner Freude leckte sie sich über die Lippen, so dass man die Vorfreude spüren konnte, und griff nach mir. Ich starrte auf ihre Hände, die über meine Brust streichelten, wobei ihr Daumen meine rechte Brustwarze kitzelte. Ihre Handflächen waren wie Glut auf meiner Haut und wärmten mich bis auf die

Knochen. Ich legte meine eigenen Hände auf ihre Taille und streichelte einen Weg zu ihren Brüsten, während ich meinen Lumiak beschwor. Sie keuchte, als die elektrischen Ranken ihre Nervenenden in Brand setzten, das angenehme Gefühl wurde durch Lustschübe verstärkt, als ich mit meinen Blitzen über ihre erogenen Stellen strich.

Bevor sie sich ganz auf meine Zärtlichkeiten einstellen konnte, stieß ich immer stärkere Wellen meines *Bakaan* aus. Die Intensität meiner Aura wirkte wie ein Schuss flüssiger Ekstase direkt in ihre Adern. In kürzester Zeit stöhnte und krümmte sie sich auf dem Bett vor Freude über das Duell zwischen meinem *Bakaan* und Lumiak. Ihr Rücken wölbte sich auf der Matratze, und sie umklammerte meine Unterarme mit quälender Kraft, als die Spitze meines Schwanzes ihren Weg zwischen ihre Schenkel fand.

Wie erwartet, saß sie fester als meine Zunge, und ich benutzte sie schamlos, nicht nur, um sie zu befriedigen, sondern auch, um sie darauf vorzubereiten, meinen größeren Umfang zu empfangen. Tharmoks Zähne, sie war umwerfend. Ihre Aura strahlte wie ein Kaleidoskop aus schimmernden Lichtern und tauchte sie in einen hypnotisierenden Heiligenschein, während sie vor Glückseligkeit stöhnte.

Meine Augen glühten, als ich begann, mich von ihr zu ernähren, und dann rollte ich sie fast an meinen Hinterkopf, als ihr göttlicher Geschmack mich durchströmte. Verdammt! Es war, als würde ich aus der Quelle der Götter selbst trinken. Ich verschlang ihre Gefühle, überschüttete sie mit noch mehr von meinem *Bakaan*, um ihr Vergnügen zu steigern, während mein Schwanz unaufhaltsam in sie eindrang.

Ciaras spitzer Schrei der Ekstase riss mich aus meiner betrunkenen Benommenheit. Ihr Kopf rollte von einer Seite zur anderen, als sie wieder einmal hochflog. Selbst als ich mich davon abhielt, mich von ihr zu ernähren, brannten meine Reißzähne darauf, sich in ihrem Hals zu vergraben, ihr meine Essenz zu injizieren und sogar etwas von ihrem Blut zu trinken. Das war etwas, das mein Volk nicht mehr wirklich tat, aber in Momenten überwältigender Emotionen wie diesem gaben wir uns manchmal unseren ursprünglicheren Trieben hin.

Ich ließ mein *Bakaan* und Lumiak verblassen und zog meinen Schwanz aus meiner Frau heraus, um ihn durch meine Finger zu ersetzen. Während sie weiter auf den Flügeln der Glückseligkeit flog, küsste und streichelte ich Ciara, wobei meine rechte Hand sie dehnte, um mich zu empfangen.

Als sie wieder in die Realität zurückkehrte, zog ich meine Finger heraus, leckte gierig ihre Essenz von ihnen und ließ mich dann vorsichtig auf meiner Gefährtin nieder. Sie schlang ihre Arme um mich, und der Ausdruck der Verwunderung in ihren schönen graubraunen Augen, die sich vor Leidenschaft fast schwarz verfärbt hatten, ließ mich zu einer willigen Pfütze schmelzen. Offensichtlich war das keine Liebe. Wir kannten uns noch kaum. Aber es gab mir einen Eindruck davon, welche Art von Bindung zwischen uns mit der Zeit erblühen würde.

Ich konnte es nicht erwarten.

„Meine Ciara", flüsterte ich zärtlich und strich ihr eine feuchte Haarsträhne aus der Stirn. „Akzeptierst du mich, meine Gefährtin?"

„Ja", flüsterte sie zurück, ihre Stimme war ein wenig rau vom Schreien. „Ich akzeptiere dich, Amreth."

Ich lächelte und ließ die Zärtlichkeit und Leidenschaft, die sie in mir weckte, durchscheinen, bevor ich ihre Lippen zurückforderte. Ich ließ eine Hand zwischen uns gleiten, richtete meinen Schwanz an ihrer Öffnung aus und begann sanft, mich hineinzuschieben. Obwohl ich sie so feucht gemacht hatte und Ciara so entspannt war, leistete ihr Körper schnell Widerstand. Damit hatte ich gerechnet, aber das machte es nicht weniger schlimm für meine brennende Ungeduld, mit meiner Seelenverwandten eins zu werden.

Unter Aufbietung der Kontrolle, die ich mir in jahrelanger

strenger Ausbildung zum Aufseher angeeignet hatte, zwang ich mich, ein langsames Tempo beizubehalten und stieß mit vorsichtigen, flachen Stößen in sie hinein. Die ganze Zeit über flüsterte ich süße Worte der Ermutigung, küsste und streichelte sie. Meine Ciara erwiderte jede Berührung mit der gleichen Leidenschaft.

Und dann waren wir eins.

Ihre Nägel gruben sich in meinen Rücken, als ich mich zu bewegen begann. Ihr fester Griff um meinen Schwanz drohte, mich bei jedem Stoß zu lösen. Obwohl die Stacheln an den Seiten meines Schwanzes dazu gedacht waren, unserer Frau zusätzliche Empfindungen zu verschaffen, waren sie höchst erogen. Die Art und Weise, wie ihre Innenwände sie auf ihrem Weg nach innen und außen zusammendrückten, schickte Funken wie Blitze durch meinen Unterleib und meine Beine hinunter.

Umhüllt von der sengenden Hitze ihres Körpers, gab ich mich allmählich der Leidenschaft hin, die sie in mir weckte. Als ich das Tempo erhöhte, sie schneller, tiefer und härter nahm, hob meine Gefährtin ihr Becken an und begegnete mir Stoß für Stoß. Ein Inferno tobte in mir. Ich konnte nicht genug von ihr bekommen, von der fiebrigen Art, wie sie mich streichelte und sich an mich krallte, von der Süße ihrer Zunge, die sich mit meiner vermischte, und von dem Klang ihrer Lust.

Aber vor allem der Geschmack dieses Vergnügens...

Ich verschlang noch mehr von ihren Gefühlen. Mein Verstand schrie, ich solle aufhören, aber ich konnte nicht. Es war zu gut, zu göttlich. Eine wahnsinnige Menge an Energie strömte durch mich hindurch. Meine Haut fühlte sich an, als würde sie platzen vor lauter Energie, die ich von ihr bekam. Ich wollte tief in ihr drin sein, sie umschlingen und sie ganz in mich aufnehmen. Kein Anfang, kein Ende, Ciara und ich völlig ineinander verschlungen als eins.

Es dauerte nicht lange, bis ich in sie stieß. Meine Flügel entfalteten sich, und ich sehnte mich danach, mit meiner Gefährtin zu fliegen und unsere Bindung zu vollenden. Ich fürchtete vage, dass meine wilden Instinkte die Oberhand gewinnen und ich sie ohne ihre Zustimmung unwiderruflich für mich beanspruchen würde, weil ich sie für immer zu mir nehmen wollte. Aber ich ertrank in einem zu starken Strudel von Gefühlen und Glückseligkeit. So sehr, dass ich gar nicht mitbekam, wie sich Ciaras Höhepunkt anbahnte.

Plötzlich schrie sie auf, ihre stumpfen Nägel fuhren wild über meinen Rücken, als ihr Orgasmus sie überrollte. Ihre inneren Wände klammerten sich an meinen Schwanz und rangen mir meine eigene Erlösung ab. Ich warf meinen Kopf zurück, brüllte und stieß mich tief in meine Frau. Mein Samen explodierte mit einer Gewalt, die mich taumeln ließ. Er schoss in mächtigen Schüben flüssiger Ekstase in Ciara hinein. Mein ganzer Körper zitterte, als ich tief vergraben blieb und mein Becken gegen ihr Becken drückte, bis ich völlig erschöpft war.

Kraftlos ließ ich mich neben ihr auf das Bett fallen, rollte mich auf den Rücken und zog sie mit mir. Sie atmete schwer, ihr Kopf ruhte auf meiner Brust. Ich schlang meinen Schwanz und meine Arme um ihren schlanken Körper, der von einer dünnen Schweißschicht bedeckt war. Ein Schauer durchlief sie, und eine Gänsehaut breitete sich auf ihrer Haut aus. Ich schloss meine Flügel um sie, um sie warm und sicher zu halten... um sie nahe bei mir zu haben.

„Du gehörst mir, Ciara. Jetzt und immer", flüsterte ich.

Sie schmiegte sich noch enger an mich und drückte mir einen sanften Kuss auf die Brust. „So wie du mir gehörst", flüsterte sie zurück.

Ich lächelte.

KAPITEL 13
CIARA

Amreths wandernde Hände weckten mich aus meinem Schlummer. Obwohl ich wundervoll wund war, ließ ich mich gerne auf ein weiteres wildes Spiel mit ihm ein. Mein Mann hatte nicht geprahlt, als er behauptete, der Sex mit ihm wäre der Hammer. Zu sagen, dass er meine Weiblichkeit dazu brachte, Arien zu singen, würde ihm nicht einmal ansatzweise gerecht werden.

Die Dreistigkeit, mit der ich all das zwischen uns in die Wege geleitet hatte, verblüffte mich immer noch. Ich war nicht prüde, aber ich war auch nicht der Typ, der schnell mit einem neuen Date ins Bett sprang. Sicher, Amreth und ich hatten eine viel stärkere Verbindung als das. Wir waren Seelenverwandte. Das bedeutete aber nicht, dass wir etwas überstürzen mussten.

Mein übermäßig analytisches Gehirn versuchte immer wieder zu erklären, warum ich es getan hatte, nicht dass ich es bereut hätte. Offensichtlich war es schwer, der Versuchung zu widerstehen, einen so tollen Mann zu haben, der bereit und willens war, es mit mir zu treiben. Doch so geil er mich auch machte, meine Libido beherrschte mich nicht. Es war mehr als nur animalische Anziehung zwischen uns. Außerdem wurde mir schnell klar, dass Amreth zwar ein Alphatier war, aber auch extrem respektvoll und beschützend.

Mehr als einmal spürte ich seinen Wunsch, die Dinge ein wenig weiter zu treiben oder mehr zu flirten. Er zügelte sich systematisch und machte mir klar, dass er mich ein Tempo vorgeben lassen würde, das für mich angenehm war. Ich fand es toll, wie er bei jedem Schritt meine Bestätigung und Zustimmung einholte. Selbst als er gestern Abend immer dominanter und kontrollsüchtiger wurde, fühlte ich mich kein einziges Mal bedroht oder genötigt. Ich wusste ohne jeden Zweifel, dass ein einziges Wort ausgereicht hätte, um ihn davon abzuhalten, das zu tun, was mir Unbehagen bereitete.

Die Art und Weise, wie er mich berührte, küsste und mit mir sprach, gab mir das Gefühl von Sicherheit und Verehrung. Ich war schwer verliebt in meinen Inkubus.

Nur widerwillig rollten wir uns schließlich aus dem Bett und duschten gemeinsam. Als wir uns an den Tisch setzten, um das reichhaltige Frühstück zu essen, das uns die Kreelars gebracht hatten, verzog Amreth das Gesicht angesichts des Essens. In Anbetracht der großen Menge an Fleisch, die es gab, ergab seine Reaktion keinen Sinn.

„Was ist los?", fragte ich verwirrt.

Als ich sah, wie sich seine spitzen Elfenohren verdunkelten und sein Gesicht einen verlegenen Ausdruck annahm, wurde ich noch neugieriger.

„Ich habe keinen Hunger", murmelte er.

„Was soll das heißen, du hast keinen Hunger? Die letzten Tage warst du ein Fass ohne Boden!", rief ich aus. „Wenn man bedenkt, wie sehr du dich gestern Abend – und heute Morgen – angestrengt hast, müsstest du am Verh…"

Meine Stimme verstummte, und meine Augen weiteten sich vor plötzlichem Verständnis, während sich sein Gesicht weiter verfinsterte. Obwohl ich mich bemühte, konnte ich nicht verhindern, dass ich über seinen beschämten Gesichtsausdruck in Gelächter ausbrach.

„Hat sich jemand eine Verdauungsstörung zugezogen, weil er sich zu sehr von seinem Partner ernährt hat?", fragte ich in spöttischem Tonfall.

Das mürrische Gesicht, das er machte, war die Antwort, die ich brauchte. Ich lachte noch mehr, Mitleid, Belustigung und eine gehörige Portion Selbstgefälligkeit schwollen in mir gleichermaßen an.

„Das ist deine Schuld, weil es so verdammt gut schmeckt", brummte er.

„Tut mir leid... Na ja, nicht wirklich. Aber ich bezweifle, dass ich dir etwas geben kann, um deinen Magen zu beruhigen", sagte ich in einem schelmischen Tonfall.

„Es ist nicht mein Magen", erwiderte er in der gleichen missmutigen Art. „Die Energie ist in mir gespeichert, und meine Haut fühlt sich an, als würde sie gleich platzen. Technisch gesehen ist es vergleichbar mit einem überfüllten Magen, nur dass es sich auf den ganzen Körper verteilt."

„Autsch", sagte ich diesmal mit aufrichtigem Mitgefühl. „Gibt es eine Möglichkeit, das zu lindern?"

Er nickte. „Ich muss nur etwas von der Energie verbrauchen, die ich gespeichert habe, um Platz zu schaffen. Normalerweise werde ich überschüssige Energie los, indem ich die Energiekristalle der verschiedenen Quadranten meiner Insassen auflade. Ich muss nur nach draußen gehen und etwas Energie verbrauchen."

„Warum hast du das nicht getan, als wir zum Duschen rausgegangen sind?", fragte ich mit echter Neugierde.

„Denn ich bezweifle, dass es unseren Gastgebern gefallen hätte, einen Schwarm Blitze über ihrem Dorf in den Himmel schießen zu sehen", antwortete Amreth spöttisch.

Ich schnaubte und stellte mir die Szene vor. Ja, die Kreelarer wären darüber überhaupt nicht amüsiert gewesen, vor allem, wenn er wirklich eine große Menge davon freisetzte. Ich hatte gesehen, wie beeindruckend die elektrischen Entladungen der Obosianer in tödlicher Stärke sein konnten. Es war erschreckend. „Ich werde Vala bitten, mich dazu ein Stück weit vom Dorf weggehen zu lassen."

„Gute Idee", antwortete ich mit einem Lächeln.

Augenblicke später, wie als Antwort auf seine Bemerkung, kam Vala vorbei, um uns mitzuteilen, dass die Kalds der anderen Stämme zugestimmt haben, dass wir mit seinem Schiff frei in ihrem Gebiet und auch zwischen ihren Dörfern reisen dürfen. Das musste man meinem Gefährten nicht zweimal sagen.

Ich begleitete ihn nach draußen. Er gab mir einen Kuss, bevor er zu seinem Schiff zurückflog, um ein Shuttle zu holen, das wir als unser eigenes Feldlabor nutzen würden. Vorher würde er jedoch noch einige Beeren im Wald sammeln und einen Umweg über Bryst machen, um sie bei Mehreen und Ernst abzuliefern. Sie konnten sie dann in dem mobilen Labor, das über die entsprechende Ausrüstung verfügte, gründlich testen und analysieren.

Ich musste wieder lachen, als in der Ferne Blitze in die Richtung zu schießen begannen, in die er sich aufgemacht hatte. Es war albern, super süß und unglaublich schmeichelhaft. Amreth schien mir nicht der Typ zu sein, der es mit Dingen übertrieb oder eine süchtig machende Persönlichkeit hatte. Dass meine Gefühle für ihn so köstlich waren, dass er sich nicht zurückhalten konnte, bis er sich unwohl fühlte, war das größte Kompliment, das er mir machen konnte.

Wehmütig seufzend machte ich mich auf den Weg zum Büro in der Versammlungshalle des Dorfes, um über das Funkkommunikationssystem der Kreelars eine Verbindung mit Mehreen und Ernst herzustellen. Es fühlte sich so seltsam an, als wäre ich in eine dystopische Zukunft teleportiert worden, in der die Gesellschaft in die alten Zeiten zurückgefallen war, in denen die meiste Technologie vom Planeten ausgelöscht worden war. Ohne Video fühlte es sich sogar noch merkwürdiger an. Situationen wie diese

erinnerten mich daran, wie bequem uns der technologische Fortschritt gemacht hat und wie wir so viele Annehmlichkeiten als
selbstverständlich hingenommen haben, dass wir ihre Vorteile
nicht mehr wirklich zu schätzen wussten, bis wir sie verloren.

„Wir haben hier große Fortschritte gemacht", sagte Ernst
stolz. „Alle unsere Tests haben bestätigt, dass es tatsächlich das
Östrogen ist, das die Weibchen schneller tötet. Wie du weißt,
interagiert es mit ihrem Hippocampus und präfrontalen Kortex,
um die Synaptogenese zu erhöhen."

Noch bevor er zu Ende gesprochen hatte, dämmerte mir, was
geschehen war.

„Natürlich!", rief ich aus. „Die Krankheit verursacht die
Hirnmutationen, die ihnen ihre Kräfte verleihen. Da Östrogen die
Bildung neuer Synapsen fördert, mutieren die Gehirne der
Frauen zu schnell!"

„Genau, und mit diesen neuen Synapsen wird auch die Akti-
vität der Neurotransmitter erhöht. Allerdings stören die Prionen
die normale Funktion der Neuronen, was zu einer fehlerhaften
Synthese und beschädigten Synapsen führt. Ihre Körper werden
überfordert, bevor sie die Chance haben, sich zu wehren, und sie
sterben", so Mehreen. „Wir haben einige Tests und Simulationen
durchgeführt, die zeigen, dass Gonadotropin-Releasing-Hormon-
Antagonisten bei ihnen wie bei Menschen wirken und ihre Eierstöcke daran hindern, Östrogen freizusetzen."

Ich runzelte die Stirn. „Das ist toll, aber reicht das?"

„Das wird ihre Überlebenschancen deutlich erhöhen, insbesondere wenn wir ihnen die richtigen GnRH-Antagonisten
verabreichen. Eine teilweise Stasis könnte erforderlich sein, um
denjenigen zu helfen, deren Krankheit bereits zu weit fortgeschritten ist. Wenn die Krankheit jedoch frühzeitig erkannt wird,
kann die Verabreichung von GnRH-Antagonisten an Frauen ihre
Chancen, die Krankheit zurückzudrängen, auf ein vergleichbares
Niveau wie bei Männern bringen."

„Gute Arbeit!", sagte ich mit einem Lächeln. „Amreth wird

in den nächsten Stunden in Bryst vorbeikommen. Er ist unterwegs, um sein Shuttle zu holen, und wird auf dem Weg ein paar Beeren für dich mitnehmen. Bitte gib ihm ein paar GnRH-Antagonisten, damit ich sie den Weibchen hier verabreichen kann, die sie brauchen."

„Wird gemacht", bestätigte Ernst und seine Stimme sprudelte vor Aufregung. „Ich habe bereits damit begonnen, eine Methode zu erforschen, um Erdbeeren hier dauerhaft auszurotten. Aber meine Tests basieren auf denen von der Erde. Ich kann es kaum erwarten, die hiesigen Erdbeeren in die Finger zu bekommen."

„Meinerseits suche ich nach Möglichkeiten, die Kreelars immun zu machen oder zumindest die Auswirkungen deutlich abzuschwächen. Mit beiden Optionen sollten wir in der Lage sein, eine brauchbare Lösung zu finden", erklärte Mehreen.

„Perfekt. Sobald Amreth zurückkehrt, werden wir direkt in den Wald gehen und den Boden, die umliegende Flora und die Tiere, die sich von ihr ernähren, untersuchen. Ich hoffe, ich kann euch einige nützliche Daten liefern."

„Klingt wie ein Plan", antwortete Mehreen mit Begeisterung.

Wir unterhielten uns noch ein wenig, bevor wir das Gespräch beendeten. Während ich auf Amreth wartete, sah ich nach den Patienten. Zu meiner Erleichterung hat die Behandlung, die wir verabreicht haben, bisher funktioniert. Natürlich war es kein Heilmittel, aber es hielt die Prionen davon ab, sich zu vermehren. Solange es uns nicht gelang, ein Heilmittel zu finden – was zweifelhaft blieb – würde es keine Wunderheilung geben. Alles, was wir im Moment tun konnten, war, den Infizierten ein Antagonistenprotokoll zur Verfügung zu stellen, um das Fortschreiten der Mutation lange genug zu verlangsamen, damit sich ihr Gehirn anpassen konnte. Diese zusätzliche Zeit würde es ihnen ermöglichen, die Veränderungen zu überleben.

Ich arbeitete auch mit ihren Heilern zusammen, um sie zu schulen und ihnen natürliche Methoden beizubringen, die ihre derzeitige Technologie nutzen, um in Zukunft ihre Lebensmittel zu testen und Infektionen bei Patienten frühzeitig zu erkennen. Die Idee war, ihre Gesellschaft nicht noch weiter umzukrempeln, indem wir eine ganze Reihe fortschrittlicher Technologien abwarfen, damit sie die Kontrolle über ihre Gesundheit zurückgewinnen konnten. Sie mussten in der Lage sein, selbst damit umzugehen, und zwar mit Methoden, die ihrem derzeitigen technologischen Stand entsprachen.

Sobald Amreth eintraf, ließ er eine Reihe von Drohnen starten, um das Gebiet auf der Suche nach kleineren Tieren, die sich von den Beeren ernährten, zu untersuchen. In den kommenden Tagen würden die Kreelar eine Jagd organisieren, um die tollwütigen größeren Kreaturen zu erlegen, die weiter nördlich umherstreiften. Aku und seine Stammesgenossen fingen einige Tiere lebendig ein, damit Mehreen und Ernst Tests durchführen konnten, um herauszufinden, wie wir auch andere Kreaturen dieser Art retten könnten, falls es uns nicht gelingen sollte, die Beeren auf dem Planeten vollständig zu eliminieren. Hoffentlich wird es so etwas wie ein Impfstoff gegen Tollwut auf der Erde sein.

Amreth entdeckte schließlich den perfekten Ort, an dem wir das Shuttle absetzen konnten. Er war von mehreren Beerenfeldern und einigen Onei-Höhlen umgeben. Als er das Gebiet zum ersten Mal absuchte, gelang es ihm, ein paar Bilder von den niedlichen kleinen Kreaturen zu machen.

Sie besaßen das rundere Hinterteil eines Bibers, aber den schlankeren Körper und die Schwanzlänge eines Otters. Sie waren Meister der Tarnung, dank ihres grünen Fells, das sich leicht mit Moos und Gras vermischte, des blattförmigen Fächers an der Schwanzspitze und vor allem des bezaubernden Kopfes mit den riesigen Augen, der kleinen Nase mit dem winzigen Mund und der Krone, die wie ein Farnblatt geformt war. Solange der Onei unbeweglich blieb, konnte man ihn wirklich für einen Teil des Unterholzes halten.

Vala zufolge waren sie relativ harmlose kleine Säugetiere, vergleichbar mit Kaninchen – zumindest nach ihrer Beschreibung. Sie ernährten sich hauptsächlich von Blättern, Früchten und Nüssen. In seltenen Fällen, vor allem bei Nahrungsknappheit, gingen sie stattdessen auf kleine Käfer los. Sie waren extrem schnell und hatten sehr starke und scharfe Zähne, mit denen sie die Schalen der Nüsse durchbrechen konnten. Wenn man sie jedoch erwischte, konnten Oneis mit einem Biss, der stark genug war, um einen Finger abzuhacken, und mit Krallen, die so scharf waren, dass sie einen in Stücke reißen konnten, böse Wunden zufügen.

Aber ich hatte meine Spezialwaffe in Form eines sehr sexy aussehenden Obosianer. Ich ging in der Nähe eines hohen Busches in Position, mit Handschuhen und Polstern um meine Handgelenke und Unterarme zum Schutz. Die selbstgefällige Göre von meinem Gefährten benutzte nicht einmal einen Tarnschild, um sich der Kreatur zu nähern, die sich zwischen zwei dicken, seilartigen Wurzeln eines hohen Baumes versteckte. Die breiten Blätter der Wildpflanzen, die die Beerensträucher überragten, verbargen den Onei teilweise. Ohne den Scanner an meiner Armbinde, der seine Anwesenheit bestätigte, hätte ich ihn nie entdeckt, und die Beeren schon gar nicht.

Kein Wunder, dass die Früchte so lange unbemerkt blieben, zumal sie sich noch nicht weit genug nach Süden ausgebreitet hatten, um in Gegenden zu sein, in denen junge Kreelar spielen und auf sie stoßen könnten.

Amreth begann, sein *Bakaan* gezielt auf den Standort der Kreatur zu schießen. Er war in die entgegengesetzte Richtung von mir gekreist, damit er den Onei zu mir treiben konnte, falls er versuchen sollte zu fliehen. Obwohl der Wirkungsbereich meine Position nicht erreichte, wurde mir sofort heiß und unangenehm bei der bloßen Erinnerung daran, wie er mich letzte Nacht damit in die Ekstase versetzt hatte.

Eine Reihe höchst unangemessener Gedanken schoss mir durch den Kopf. Ich unterdrückte sie und schimpfte im Geiste mit mir selbst, weil ich so ein Hornochse war. Der Onei, der zu fliehen versuchte, als er schließlich Amreths wahnsinnig leise Annäherung bemerkte, riss mich wieder aus meinen Gedanken. Das verdammte Ding war schnell. Ich sprang nach vorne, um es zu fangen, aber es schlüpfte mir durch die Finger und rannte weiter, nur um plötzlich zu stolpern und groggy zu wirken.

Ich blickte Amreth mit einem Anflug von Empörung und Misstrauen an. Er hatte seine beruhigende Aura eindeutig abgeschwächt, so dass die Kreatur mir entkommen konnte, und sie erst verlangsamt, nachdem ich sie verfehlt hatte. Der übertrieben unschuldige Blick auf seinem Gesicht schien dies zu bestätigen. Doch bevor ich ein Wort sagen konnte, deutete er mit einer Geste an, dass ich mich beeilen sollte, bevor der Onei floh.

Ich eilte zu der kleinen Süßen, nur um zu sehen, wie sie Sekunden, bevor ich sie ergreifen konnte, wieder verschwand.

„Du Teufelskerl!", rief ich aus und starrte Amreth an. „Hör damit auf!"

Wieder nahm er einen übertrieben dramatischen Gesichtsausdruck an, aber dieses Mal mit der unehrlichsten Art von Schuldgefühlen, die ich je gesehen habe.

„Entschuldige, meine Gefährtin! Ich habe mich von deiner Schönheit so ablenken lassen, dass ich vergessen habe, was ich gerade tat. Hier, lass mich das für dich übernehmen", sagte er.

„Das machst du absichtlich", antwortete ich und verzog das Gesicht.

Ich konnte mich nicht entscheiden, ob ich ihm in den Hintern treten oder ihn küssen wollte. Eigentlich wollte ich beides tun. Misstrauisch beäugte ich ihn und beobachtete, wie er mit seinem Schwanz langsam hin und her wippte, was ich als Provokation und Spott empfand. Der Onei machte immer noch gelegentlich einen Schritt nach vorne, schien aber meistens unsicher zu sein, was er tun wollte, ob er bleiben oder gehen sollte.

Amreth hob ihn mühelos auf, ohne auf den geringsten Widerstand zu stoßen. Schnell öffnete ich meinen Medizinkoffer und holte den Stift heraus, der auch als Spritze für die Blutentnahme diente. Ich wollte gerade nach einem sterilen Tuch greifen, um die Einstichstelle zu säubern, als mein Partner mich aufhielt.

„Lass mich das für dich machen", bot Amreth an.

„Ist schon gut. Ich hab's", antwortete ich mit einem dankbaren Lächeln, das Sekunden später erstarrte.

„Ich bestehe darauf!", erwiderte Amreth, bevor er den Onei wieder auf den Boden stellte, um den runden Behälter aufzuheben.

„Was zum Teufel?!", rief ich, als die kleine Kreatur abhob und im Unterholz verschwand.

„Ups?", sagte Amreth.

Ich wusste nicht, was für ein Gesichtsausdruck sich auf meinem Gesicht abzeichnete, aber Amreth blieb nicht stehen, um nach Erklärungen zu fragen, sondern schlug einfach mit den Flügeln und flog rückwärts in einen sicheren Abstand zu mir. Er brach in Gelächter aus, als eine Reihe von Schimpfwörtern aus meinem Mund purzelte. Aber selbst als es mich juckte, einen großen Stein zu werfen, um ihn genau auf den Schuppenfleck zwischen seinen Haupthörnern zu treffen, hatte ich den Drang zu lachen.

Ich ärgerte mich maßlos, dass sich die ernsthafte Arbeit verzögert hatte. Und gleichzeitig gefiel es mir, diese jungenhafte und verspielte Seite von ihm zu sehen. Als er für ein paar Sekunden im Wald verschwand, bevor er mit dem Onei in seinen Armen zurückkehrte, sah ich ihm mit gemischten Gefühlen dabei zu, wie er den Abstand zwischen uns verringerte. Während ich den Humor in seinen Neckereien erkennen konnte – und es trotz meines Ausbruchs sogar genoss –, fragte ich mich auch, ob er der Typ war, der nicht wusste, wann er aufhören musste, solange er noch vorne lag.

Als hätte er meine Gedanken gelesen, blieb er vor mir stehen und schaute mir in die Augen.

„Ich verspreche, mich dieses Mal zu benehmen", erklärte er

mit ernster Miene, obwohl mir der Hauch von Belustigung in seiner Stimme nicht entging.

„Gut", entgegnete ich, halb ernst und halb spielerisch. „Das muss für den Onei sehr schmerzhaft sein."

Diesmal verschwand jede Neckerei aus seinem Gesicht, und er schüttelte den Kopf.

„Er ist nicht beunruhigt. Er hat schnell begriffen, dass wir ihm nichts tun werden. Ich kann manchmal ein Schelm sein, aber ich würde nie ein Tier misshandeln, schon gar nicht zur Unterhaltung."

Während er diese Worte sprach, kratzte er die Kreatur sanft hinter der langen blattartigen Schuppe, die ihr rechtes Ohr zu bedecken schien. Mein Herz schmolz augenblicklich dahin, als der Onei seinen Hals reckte und seinen Kopf nach links neigte, um ihm besseren Zugang zu gewähren.

„Wow, er scheint dich zu mögen", sagte ich leise.

„Wer tut das nicht?", fragte er süffisant.

Ich schnaubte und gab ihm einen spielerischen Klaps. „Halt jetzt still, Mr. Lovable, damit ich ein paar Proben entnehmen kann", antwortete ich in einem gespielt strengen Ton.

Die Kreatur blieb in den Armen meines Gefährten glückselig still. Diese Ruhe war nicht ganz so natürlich, dass ich Amreths *Bakaan* spüren konnte, aber sie war sehr schwach. Ich vermutete, dass es jetzt mehr darum ging, das Tier stoisch zu halten, während ich das Blut abzapfte, und weniger darum, es daran zu hindern, davon zu huschen.

„Ich liebe Haustiere", überlegte ich laut. „Als ich aufwuchs, hatten wir einen Hund, eine Katze und ein Aquarium mit Schildkröten. Die mochte ich nicht besonders. Sie waren die Haustiere meines Vaters. Aber die anderen beiden habe ich geliebt. Als reisender Arzt kam es mir grausam vor, Haustiere zu adoptieren, wenn ich ihnen nicht die nötige Stabilität bieten konnte. Und ich wollte sie nicht wochenlang im Stich lassen. Die Ansiedlung bei dir auf Molvi würde das ändern."

„Und dann besorgen wir dir ein oder zwei Haustiere... oder fünf", sagte Amreth lächelnd.

Ich kicherte und warf ihm einen fragenden Blick zu, bevor ich wieder zu den Blutkonserven blickte, die ich zu beschriften begann.

„Hast du irgendwelche Haustiere?", fragte ich, als ich das erste beschriftete Fläschchen in das Kühlfach des Behälters stellte.

Ich hob eine Augenbraue angesichts des fast bösen Lächelns, das seine Lippen umspielte und die Spitzen seiner Reißzähne zwischen ihnen hervortreten ließ.

„Ich schon, aber sie sind von der furchterregenden Sorte, die niemand, der bei Verstand ist, auch nur streicheln würde", gab er selbstironisch preis.

„Was zum Beispiel? Hast du ein Becken mit Piranhas?"

Er lachte und schüttelte den Kopf. „Meine Haustiere sind einige Meter lang, haben fünf Köpfe voller Dolchzähne und eine Art Gift, das selbst den widerstandsfähigsten Menschen in wenigen Minuten tötet. Außerdem können sie fliegen und dich mit einem bösen Pfeil an der Schwanzspitze stechen."

„So viel zum Thema charmant", sagte ich mit einem Schaudern, das ihn nur noch mehr zum Lachen brachte.

„Faernychs sind nicht freundlich. Sie werden speziell gezüchtet, um die Wälder rund um unsere Quadranten zu bewachen. Sie sind mit ihrem Aufseher verbunden, was sie normalerweise davon abhält, uns persönlich anzugreifen. Aber man sollte das nie als selbstverständlich ansehen. Ihre Ausbildung wird sie aber auf jeden Fall davon abhalten, ihre Säure auf uns zu spritzen."

„Ich mag deine Haustiere nicht", sagte ich und begann, den Onei zu mustern, der noch immer zufrieden in Amreths Armen zu liegen schien.

Ich konnte es nicht verantworten.

„Das ist schon in Ordnung. Sie sind nicht wirklich der gesellige Typ, also werden sie keine Streicheleinheiten von dir erwarten", fügte er scherzhaft hinzu. „Außerdem verlassen sie den Wald nie."

Ich neigte meinen Kopf zur Seite und warf ihm einen prüfenden Blick.

„Was hat dich dazu bewogen, Aufseher zu werden?"

„Es wird oft von den Erstgeborenen eines Aufsehers erwartet, dass sie diese Aufgabe übernehmen, sobald sie erwachsen sind", erklärte er achselzuckend.

Ich schaute ihn neugierig an. „Du hast es also aus Pflichtgefühl getan?"

Er schüttelte den Kopf. „Es wird erwartet, aber nicht gefordert. Schließlich muss man sich die Position verdienen. Zunächst muss man die Eigenschaften eines Kriegers besitzen, die es einem ermöglichen, unseren Lumiak zu beschwören. Entgegen der landläufigen Meinung kann nicht jeder Obosianer Blitze beschwören. Oder besser gesagt, die meisten können nur die Art von schwachen Funken beschwören, die ausreichen, um einen Partner beim Vorspiel zu erfreuen, aber nicht genug, um sie offensiv oder defensiv einzusetzen."

„Das bedeutet, dass einige deiner Leute, die vielleicht Aufseher werden wollten, von vornherein ausscheiden?", fragte ich.

Er nickte. „Es ist für diese Rolle unerlässlich. Selbst wenn man Alternativen zu Lumiak finden könnten, wenn es darum geht, fehlbare Häftlinge oder die wilden Tiere in den umliegenden Wäldern zu kontrollieren, braucht man es für das Stromnetz. Wir erzeugen die elektrische Energie, die jeden Quadranten unserer Sektoren versorgt. Der Bau eines Elektrizitätswerks oder einer anderen Energiequelle wäre nicht nur kostspielig, sondern auch ineffizient."

Ich hielt mit dem Scanner inne und starrte ihn entgeistert an. „Du bist also buchstäblich eine wandelnde Batterie? Die Sache mit der überschüssigen Energie, die du heute Morgen ausge-

stoßen hast, war nicht nur eine hochgespielte dramatische Über-
treibung. Du hast es ernst gemeint?!"

Er gluckste und nickte. „Wenn dein mobiles Labor aufgrund
eines langen Zeitraums ohne ausreichend Sonne zum Aufladen
der Batterien zu wenig Energie hat, kann ich sie in weniger als
zehn Minuten wieder aufladen."

Ich pfiff durch die Zähne, als ich den Scan abschloss. „Ich
kann mir einige Leute vorstellen, die sich über deine Anwesenheit freuen würden. Die Stromrechnungen können auf manchen
Planeten wahnsinnig hoch sein."

„Darauf wette ich. Sonst wären sie es auf Molvi auch. Um
ehrlich zu sein, war ich mir anfangs nicht sicher, ob ich Aufseher
werden wollte."

„Oh? Was hat sich geändert?"

„Ich würde nicht sagen, dass sich irgendetwas geändert hat,
sondern eher, dass sich die Dinge für mich geklärt haben, als ich
älter wurde. Ich habe immer geschwankt, ob ich Aufseher oder
Richter werden soll. Weißt du, wie die Menschen ihre Nachkommen dazu bringen, Anwälte, Ärzte oder Ingenieure zu
werden?"

„Ja, absolut."

„Für uns ist es ein Richter, ein Gesetzeshüter oder die Über-
nahme des Familienunternehmens."

„Nicht ein Aufseher?", fragte ich überrascht, bevor ich ihm
zu verstehen gab, dass er den Onei freilassen sollte.

Das niedliche Geschöpf, nicht größer als eine gewöhnliche
Hauskatze, blickte zu Amreth hinauf und sah fast beleidigt aus,
weil es so ausrangiert worden war. Wenn man bedachte, wie
eifrig es zuvor weggelaufen war, hatte ich erwartet, dass es nicht
länger als nötig hier bleiben würde. Aber es flüchtete nicht.
Nachdem es noch einen Moment in unserer Nähe verweilt hatte,
schlenderte es ein paar Meter von uns weg, um in der Nähe
weitere Beeren zu fressen.

„Es gibt keine Sektoren mehr, die zugewiesen werden

können", sagte Amreth, als ich mich in die Büsche hockte, um einige Bodenproben zu nehmen. „Wenn deine Familie also keinen besitzt oder du nicht in eine Familie einheiratest, die einen besitzt, sind deine Chancen, Aufseher zu werden, gleich null."

„Oh, mein Gott! Gibt es so viele Gefangene, dass der gesamte Planet als Quadranten genutzt wird?", fragte ich fassungslos.

Er lächelte und schüttelte den Kopf. „Nein. Nur ein Drittel des Planeten wird derzeit für Gefängnisse genutzt. Die Hälfte ist noch ungestörte Wildnis, und der Rest wird von den Städten und Wohnsektoren eingenommen. Es besteht derzeit kein Bedarf an zusätzlichem Raum. Sollte dieser Tag kommen, wird der Wettbewerb um die neuen Grundstücke sehr hart sein."

„Ich bin überrascht, dass dein Volk sie nicht einfach trotzdem erschlossen hat", sagte ich nachdenklich. „Auf der Erde wird jedes Grundstück, das zur Erschließung zur Verfügung steht, bis zum Maximum ausgebeutet. Gier ist eine mächtige Sache."

„Das stimmt", räumte er ein, während er mir einen weiteren Behälter reichte, damit ich weitere Proben der umliegenden Flora einlegen konnte. „Aber so etwas neigt zu Korruption und Justizirrtümern. Wenn man leere Einrichtungen hat, wird man sie füllen wollen, um ein Defizit zu vermeiden. Das wiederum kann die Behörden dazu veranlassen, Lebewesen unter fadenscheinigen Vorwänden zu verhaften und Richter zu längeren und härteren Strafen als nötig zu verurteilen. Es wird auch dazu führen, dass die bestehenden Sektoren nicht mehr genügend Insassen haben, um ihren laufenden Betrieb einigermaßen aufrechtzuerhalten."

„Wäre das schlecht für deine Familie?", fragte ich.

Er schüttelte den Kopf. „Wir sind ein Adelshaus. Unser Reichtum reicht Jahrhunderte zurück, und wir haben einige sehr erfolgreiche und lukrative Unternehmen. Das Rohmaterial, das wir für einige unserer Fabriken benötigen, wird in meinem

Sektor gesammelt. Aber ich bezahle meine Gefangenen zu Marktpreisen für alles, was sie sammeln wollen. Daher würde es für uns finanziell keinen Unterschied machen, ob wir von unseren Gefangenen oder von einem anderen Unternehmen kaufen."

Ich lächelte. „Du hast keine Ahnung, wie sehr ich es schätze, dass du die Gefangenen fair entlohnst, anstatt sie als Sklaven zu benutzen. Lange Zeit haben die Menschen ihre Insassen in privatisierten Gefängnissen so behandelt."

Er erwiderte mein Lächeln. „Obosianer sind nicht perfekt, aber was das Strafsystem angeht, glaube ich wirklich, dass wir vieles richtig machen. Ich habe genug Cousins und Cousinen – ganz zu schweigen von meinem eigenen Bruder -, die von der Rasse der Krieger sind und an meiner Stelle hätten Aufseher werden können. Da ich mich nie für Betriebswirtschaft interessiert habe, hat es mich nicht gereizt, eine unserer Fabriken zu übernehmen."

„Ich denke, du wärst ein wunderbarer Richter gewesen. Warum hast du dich für die andere Option entschieden?"

Er warf mir einen schelmischen Blick zu. „Ich bin ein Masochist?"

Ich schnaubte und ging zu einem anderen Beet mit Pflanzen und Bäumen, um weitere Proben zu sammeln, während er den Behälter für mich hielt.

„Das kann ich verstehen. Aber ernsthaft, warum?"

„Weil ich nicht in einem Gerichtssaal eingesperrt bleiben konnte, um über andere zu urteilen", erklärte er ernüchtert. „Ich muss aktiv sein. Ich brauche die freie Natur. Um Aufseher zu werden, durchläuft man eine extrem intensive Ausbildung, die viele eigentlich aufgeben. Vom Schwierigkeitsgrad her ist es vergleichbar mit den Navy Seals. Aber dazu muss man auch Luftkämpfe mit und ohne Waffen absolvieren. Trotz der harten Ausbildung hat es mich gepackt."

„Und das hat sich auf jeden Fall gelohnt", sagte ich neckisch und warf einen vielsagenden und bewundernden Blick auf seinen Körper.

Er lächelte und neigte den Kopf zum Dank. „Aber darüber hinaus musste ich das Gefühl haben, dass ich im Leben der Menschen etwas bewirken kann. Als Richter verurteilst du sie und gehst weiter. Als Aufseher kann man versuchen, ihnen wieder auf den Weg der Erlösung zu helfen. Jede Person, der du geholfen hast, sich zu verbessern, ihren Weg zu finden und ein rechtschaffenes und produktives Leben zu führen, ist der größte Sieg, von dem man nur träumen kann."

Mir wurde ganz warm ums Herz, weil er so leidenschaftlich darüber sprach. Es gab mir einen weiteren Einblick in das wahrhaft gute männliche Wesen, das sich hinter seinem strengen und einschüchternden obosianischen Äußeren verbarg.

„Kommt es oft vor, dass sich deine Insassen rehabilitieren können?", fragte ich sanft.

Er schürzte die Lippen, und seine Schultern hingen unmerklich herab. „Leider nicht annähernd so oft, wie ich es mir wünschen würde. Wir haben eine recht hohe Erfolgsquote bei Häftlingen aus Q1. Aber das nimmt fast exponentiell ab, je dunkler die Quadranten sind. Dennoch gab es in der Vergangenheit immer wieder Rückführungen in Q4. Ich bemühe mich, diese Quote mit der Zeit weiter zu erhöhen. Aber was ist mit dir? Was hat dich dazu bewogen, ein interstellarer Arzt zu werden?"

Ich lächelte und deutete mit dem Kopf an, dass wir zum Shuttle zurückgehen sollten, um die gesammelten Proben zu sichern.

„Wie bei dir liegt das in der Familie. Meine Eltern sind beide plastische Chirurgen. Sie waren überglücklich, als ich ihnen sagte, dass ich in ihre Fußstapfen trete und in die Medizin gehe. Aber ich habe sie schnell eines Besseren belehrt und gesagt, dass ich nicht die Schönheitschirurgie wählen würde. Sie sind immer noch stolz auf mich, aber sie ärgern sich über viele meiner Entscheidungen", sagte ich mit einem Hauch von Selbstironie.

„Was zum Beispiel?", fragte er mit echter Neugier.

„Im Laufe der Jahre erhielt ich einige ziemlich schmeichelhafte Angebote, prestigeträchtige Positionen im medizinischen Bereich zu übernehmen. Aber diese Positionen verwandeln sich eher in eine Art Öffentlichkeitsarbeit, in Politik und Verwaltung, wo man nur Konferenzen abhält, sich unter die hochnäsige Elite mischt und die praktische Verbindung mit der Magie des Heilens wirklich verliert. Wie du möchte ich im Leben der Lebewesen einen spürbaren Unterschied machen. Diese ausgefallenen Rollen oder die noch ausgefallenere Klinik meiner Eltern waren für mich nicht das Richtige."

Amreth öffnete die Tür des Shuttles und gab mir ein Zeichen, zuerst einzusteigen, bevor er mir folgte.

„Plastische Chirurgie hat nicht nur etwas mit Eitelkeit zu tun", entgegnete er sanft. „Für viele Patienten war die rekonstruktive Chirurgie das Einzige, was ihnen nach einem schweren Unfall oder einer Verletzung ihr Leben zurückgegeben hat, ganz zu schweigen von denen, die mit schweren Geburtsfehlern geboren wurden."

Ich nickte. „Das ist absolut wahr. Tatsächlich habe ich es zuerst ernsthaft in Erwägung gezogen. Meine Eltern haben mir sogar angeboten, das als neue Dienstleistung in ihre Klinik aufzunehmen. Aber der Abenteurergeist hat mich gepackt. Ich wollte rausgehen und mich Herausforderungen stellen, denen ich in der kontrollierten Umgebung einer örtlichen Klinik nie begegnen würde. Die Welten und Spezies, die ich besucht und entdeckt habe, haben mich auf eine Weise verändert, die ich nie in Worte fassen könnte. In jeder Hinsicht haben mich diese Erfahrungen zu einem besseren Menschen gemacht."

„Ich verstehe, was du meinst", sagte er nachdenklich. „Die enge Zusammenarbeit mit den Häftlingen hat mir auch die Augen geöffnet und meinen Horizont erweitert. Wenn man nicht direkt und über einen längeren Zeitraum mit ihnen zu tun hat, vergisst man, dass sie in erster Linie Lebewesen und in zweiter

Linie Kriminelle sind. Das hat mich gezwungen, etwas über ihre verschiedenen Kulturen und Lebensumstände zu lernen. So streng ich auch auf die Einhaltung des Gesetzes achte, die Tätigkeit als Aufseher hat mich daran erinnert, dass die Leute nicht als Kriminelle geboren werden. Meist sind die Gesellschaft und die Umstände daran schuld. Ich finde es toll, dass ich versuchen kann, den Schaden zu beheben, der sie überhaupt erst in diese Lage gebracht hat."

„Genauso wie ich versuchen kann, den Schaden, der meinen Patienten zugefügt wurde, ungeschehen zu machen, egal ob er ihnen absichtlich oder durch einen Unfall zugefügt wurde – vor allem, wenn er durch die Unachtsamkeit eines Idioten verursacht wurde", sagte ich, und ein Hauch von Wut drang in meine Stimme, als ich an die Umstände dachte, die zu der Tragödie bei den Kreelars geführt hatten. „Ich wünschte nur, ich könnte meinen Eltern sagen, dass alles in Ordnung ist und dass ich eher früher als später nach Hause komme."

„Sie wissen es bereits", informierte mich Amreth zögerlich.

Vor Schreck hätte ich fast den Behälter fallen lassen, den ich auf den Tresen im Laderaum des Shuttles stellen wollte, den wir in ein provisorisches Labor verwandelt hatten.

„WAS?!"

Er stieß einen Seufzer aus und schien seine Worte sorgfältig zu wählen, bevor er antwortete. „Erinnerst du dich, dass ich erwähnt habe, dass Maeve mir geholfen hat, dich hier aufzuspüren?"

„Ja", sagte ich, wobei die Irritation in meiner Stimme deutlich machte, dass ich nicht verstand, was das mit der Frage zu tun hatte, die ich gerade gestellt hatte.

„Sie bat mich, eine Nachricht zu senden, sobald ich eine visuelle Bestätigung deiner Anwesenheit erhalte", erklärte er. „Ursprünglich hätte es ausgereicht, wenn die Friedenswächter – und vielleicht sogar die Enforcer – herbeigeeilt wären, wenn ihr in irgendeiner Form in Gefahr gewesen wärt oder Not gezeigt hättet. Bevor ich gefangen genommen wurde, habe ich Maeve die Aufnahme von euch dreien geschickt, wie ihr aus dem Labor geht, während ich noch auf Erkundungstour war."

„Richtig", sagte ich, während die Spannung aus meinem Rücken wich. „Das ergibt Sinn. Aber es bestätigt nicht, dass sie es erhalten hat oder dass sie es an meine Eltern weitergegeben hat. Schließlich hast du selbst gesagt, dass wir uns in der Toten Zone befinden und die Kommunikation mit dem Rest der Galaxie bestenfalls ein Glücksspiel ist, bevor das Signal weit genug reicht, um von einem der Relais aufgefangen zu werden."

„Das wäre wahr, wenn ich nicht Maeves Antwort gefunden hätte, als ich heute Morgen zum Schiff zurückkehrte", konterte er.

„Was?! Warum hast du mir das nicht früher gesagt? Was steht denn da?", fragte ich, etwas beleidigt.

„Sie bestätigt, dass sie meine beiden Nachrichten erhalten hat."

„Deine *beiden* Nachrichten?!", rief ich aus, bevor er fortfahren konnte, und unterbrach ihn.

Er nickte. „Die erste Nachricht war die, von der ich dir erzählt habe. Aber in der ersten Nacht, als Aku mir erlaubte, meine persönlichen Sachen zu holen, schickte ich eine zweite Nachricht, in der ich ihr mitteilte, dass es uns gut geht, dass wir in Sicherheit sind und dass wir freiwillig bleiben, um ihr Volk zu heilen. Andernfalls hätten sie jemanden geschickt, um nachzuforschen, und die Sache wäre vielleicht unschön geworden. Wenn nicht die Vollstrecker selbst, kann ich dir garantieren, dass meine Familie nach mir gesucht hätte."

„Schön", antwortete ich, immer noch verblüfft von der ganzen Sache.

„Als ich heute Morgen das Shuttle abholen wollte, fand ich eine weitere Nachricht, in der Maeve bestätigte, dass alle drei Familien und die Vollstrecker über die Situation informiert sind", fuhr Amreth fort. „Sie werden sich nicht einmischen, bleiben aber in Bereitschaft. In Wahrheit glaube ich, dass sie sich entweder im Orbit oder nicht weit von hier befinden."

Ich runzelte die Stirn. „Warum? Wie kommst du darauf?"

„Ihre Antworten sind zu schnell", erklärte er sachlich. „Ohne ein Relais in der Nähe dürfte es im Durchschnitt ein paar Tage dauern, bis das Signal aufgefangen wird."

„Aber warum hast du mir das nicht schon früher gesagt? Was ist hier los? Ich bin kein Freund von Geheimniskrämerei, vor allem nicht unter den gegenwärtigen Umständen", sagte ich und sah ihn unbehaglich an.

Ich hasste die starken Flashbacks, die ich von meinem beschissenen Ex-Verlobten bekam. Er hielt so viele Dinge geheim, damit er mich ausnutzen konnte, dass ich jetzt Vertrauensprobleme hatte.

Amreth fuhr sich mit der Hand nervös durch sein langes, silberweißes Haar und runzelte die Stirn, die mit dunklen Schuppen bedeckt war.

„Ich befinde mich in einer seltsamen Lage", sagte er und klang frustriert. „Ich glaube, sie wollen, dass ich sehr diskret bin."

„Diskret?", erwiderte ich verblüfft. „Worüber?"

„Es ist schwer zu erklären. Es sind nur verschiedene subtile Signale, die in das Gespräch und die Nachrichten eingewoben sind. Ich hatte von Anfang an den Eindruck, dass ich als freier Agent für diese spezielle Mission rekrutiert wurde, damit sie plausibel alles leugnen können, wenn etwas schief geht. Und ich glaube, es geht um etwas viel Größeres, für das sie sicherstellen müssen, dass niemand weiß, dass wir hier sind."

„Glaubst du, dass hier etwas faul ist?", fragte ich mit einem Anflug von Sorge.

Amreth nickte mit grimmiger Miene. „Ja, ich glaube schon. Vielleicht denke ich zu viel nach, aber da war ein einziges Wort am Ende ihrer Nachricht fehl am Platz. Es hieß einfach 'Kalmia', so wie man seinen Namen als Unterschrift schreiben würde."

Ich wich zurück. „Kalmia? Wie in diesem riesigen Korruptionsfall, der zu massiven Verlusten führte?!"

Er nickte erneut. „Ich kann es nicht mit Sicherheit sagen. Aber wie bei dir ist es das erste, was mir in den Sinn kommt."

Ich schüttelte den Kopf und stimmte nicht zu. „Das ergibt keinen Sinn. Die Beeren, die derzeit die Kreelars töten, sind im letzten Jahrzehnt organisch gewachsen. Die Computeranalysen des Verbreitungsmusters bestätigen das. Kein Attentäter kam hierher und pflanzte diese Beeren. Die Tiere haben sie an all diesen verschiedenen Orten gefunden", argumentierte ich.

„Ich glaube nicht, dass das etwas mit den Beeren zu tun hat", sagte Amreth nachdenklich. „Ich stimme dir zu, dass sich die Beeren auf natürliche Weise verbreiteten. Aber für mich bezieht sich Kalmia nicht auf die gegenwärtige Situation, in der eine ganze Spezies über mehrere Jahrzehnte langsam dem Aussterben entgegengeht. Es würde eher bedeuten, dass jemand eine Gruppe von Attentätern schickt, um die gesamte Kreelar-Bevölkerung schnell auszulöschen."

„Aber warum?!", rief ich aus und weigerte mich zu glauben, dass jemand so etwas Verrücktes, Ungeheuerliches und Unmoralisches tun würde.

„Damit diese Geschichte niemals aufgedeckt wird", antwortete Amreth mit einer Überzeugung, die mir einen kalten Schauer über den Rücken jagte. „Aku erwähnte, dass es mächtige Personen gibt, die seinem Volk ein schreckliches Schicksal bescheren würden, wenn sie von Anfang an an die Öffentlichkeit gingen, anstatt dich zu entführen."

Ich nickte. „Richtig, das hat er auch zu mir gesagt, als ich ihn darauf angesprochen habe. Aber wer könnte das wohl sein?"

„Als Teil der Nachricht, die ich Maeve geschickt habe, bat ich sie, die Geschichte und die Identitäten von Elias' damaliger Mannschaft zu erforschen. Es gäbe Aufzeichnungen über alle Mitglieder seines Teams. Vielleicht finden wir eine Verbindung, wenn wir uns die Hintergründe jedes Einzelnen ansehen."

„Wenn sie wirklich erwägen, Attentäter zu schicken, müssen wir die anderen warnen", sagte ich angespannt.

Zu meiner Überraschung schüttelte er vehement den Kopf.

„Nicht die anderen", verneinte er energisch. „Ich stimme zu, dass wir Aku informieren sollten. Allerdings ist das im Moment reine Spekulation meinerseits. Was ist, wenn ich falsch liege? Es gibt keinen Grund, die Leute in Panik zu versetzen, solange wir keine handfesten Beweise für die Annahme haben, dass es sich um eine echte Bedrohung handelt. Ehrlich gesagt, habe ich gezögert, es dir zu sagen."

„Warum?", fragte ich, und der Schmerz, den ich empfand, war in meiner Stimme hörbar. „Ich weiß, wir haben uns gerade erst kennengelernt, aber ich würde dir absolut alles anvertrauen."

„Es ist nicht so, dass ich dir nicht vertraue, meine Ciara. Ich will dich nur nicht mit einem Haufen unbegründeter Spekulationen in Angst und Schrecken versetzen", sagte Amreth mit einer Aufrichtigkeit, die das irrationale Gefühl der Ablehnung, das ich verspürte, etwas linderte. „Du hast bereits so viel auf deinen Schultern, dass es unverantwortlich ist, dir noch mehr aufzubürden."

„Ich weiß es zu schätzen, dass du versuchst, mich zu beschützen", erwiderte ich leise. „Aber Ehrlichkeit ist für mich wirklich wichtig. Ich habe lieber eine hässliche Wahrheit, mit der ich umgehen kann, als in seliger Unwissenheit zu leben, bis mich die Realität schließlich ins Gesicht schlägt. Ich kann mich nicht auf einen Schlag vorbereiten, von dem ich nicht einmal wusste, dass er auf mich zukommt."

„Ich entschuldige mich, meine Gefährtin", sagte er mit schuldbewusster Miene. „Ich verspreche, dass ich in Zukunft transparenter sein werde. Es verwirrt mich nur, dass Aku behauptet, ich würde die Verantwortlichen bestrafen. Ich wünschte, er würde mir mehr sagen als diese kryptischen Einzeiler, die mehr Fragen als Antworten aufwerfen."

„Das kann er nicht", erklärte ich in einem mitfühlenden Ton.

„Die Sache mit den Sehern und Orakeln ist ziemlich chaotisch. Alle Spiele, die mit dem Schicksal zu tun haben, sind heikel. Wenn dir einer von ihnen sagt, dass sie nicht ins Detail gehen können, musst du das einfach hinnehmen." Er runzelte die Stirn und musterte mein Gesicht mit unverhohlener Neugierde. „Woher weißt du das?"

„Die Erde ist Teil der Galaktischen Allianz, schon vergessen? Wir hören viel über Orakel und Seher. Wenn sie dir zu viel darüber erzählen, was sie über deine Zukunft gesehen haben, kann das deine Entscheidungen in die falsche Richtung beeinflussen. Sie alle haben einen Blutschwur geleistet, immer die Wahrheit zu sagen, aber auch nie zu versuchen, einem den Weg zu diktieren, den man gehen sollte, besonders wenn es um Orakel geht, denn sie sehen Möglichkeiten und keine unveränderlichen Gewissheiten wie die Seher. Der freie Wille ist wesentlich."

„Aber würde es nicht in meinem freien Willen liegen, ob ich darauf reagiere, wenn sie mir klar sagen, was passieren wird?", argumentierte Amreth. „Wenn man mir sagt, dass eine Person zu einer bestimmten Zeit und an einem bestimmten Ort ertrinken wird, kann ich wählen, ob ich es ignoriere, dorthin gehe und versuche, sie zu retten, jemanden an meiner Stelle dorthin schicke oder versuche, diese Person zu warnen, sich in diesem entscheidenden Moment nicht in die Nähe des Wassers zu begeben."

„Richtig, aber das wäre die Art von Dingen, die dir der Seher oder das Orakel sagen würde", konterte ich. „Die Möglichkeiten, die du aufgezählt hast, sind die Arten von Wegen, die ein Orakel sieht. Was es dir nicht sagen wird, ist, dass du, wenn du selbst gehst, die Person zwar retten, aber dabei ertrinken wirst. Es wird nicht erwähnen, dass, wenn du es ignorierst, eine andere Person versuchen wird, das Opfer zu retten und eine massive Katastrophe auslösen wird, die hundert weitere Menschenleben fordern wird. Es wird auch nicht sagen, dass du, wenn du eine

andere Person dorthin schickst, entdecken wirst, dass sie Seelenverwandte sind, oder dass die Warnung an diese Person, in
diesem Moment nicht ins Wasser zu gehen, es ihr ermöglichen
wird, an einen anderen Ort zu gehen, wo sie ein Geschäft
abschließen wird, das einem ganzen Volk, das schwer zu
kämpfen hat, Wohlstand bringen wird."

„Aber warum sollten sie nicht diese beiden Wege mit posi-
tiven Ergebnissen erwähnen? Dann könnte ich mich für den Weg
entscheiden, den ich für vorteilhafter halte. Ich würde immer
noch meinen freien Willen ausüben", argumentierte Amreth.

Ich lächelte. „Nicht wirklich. Denn an diesem Punkt wählt
man lediglich zwischen den beiden moralisch geeigneteren
Optionen. Aber jeder Weg hat eine Reihe von Dominoeffekten.
Dein Ertrinken bei dem Versuch, sie zu retten, wird eine Reihe
von neuen Gesetzen und Sicherheitsmaßnahmen in diesem
Gebiet in Gang setzen, die in Zukunft unzählige weitere Leben
retten werden. Dein Opfer war es also wert. Je mehr man in die
Fäden des Schicksals eingreift, desto mehr Leben werden beeinflusst, ob positiv oder negativ."

„Deshalb haben sich *die Freunde* der Kreelars auch gewei-
gert, sich weiter zu engagieren. Die möglichen Wege, die sie
sahen, hatten zu viele negative Auswirkungen", antwortete er
nachdenklich.

Ich nickte. „Glaub mir, ich hasse nichts mehr, als wenn man
mir sagt, ich solle einfach abwarten. Aber ich verstehe es. Mir
wird ganz warm ums Herz, wenn ich weiß, dass du die Huren-
söhne, die all diesen Schmerz verursacht haben, auf irgendeine
Weise zur Rechenschaft ziehen wirst."

„Das verspreche ich", sagte er mit einer Wildheit, die
verdammt sexy war.

Ich lächelte, verringerte den Abstand zwischen uns und
schlang meine Arme um seine Taille. Er erwiderte meine Umarmung, sein Schwanz schlang sich um mich, während sich ein
zartes Gefühl auf seine hübschen Züge legte.

„Danke, dass du das alles mit mir geteilt hast", sagte ich mit aufrichtiger Dankbarkeit. „Ich bin so froh, dass du hier bist. Du gibst mir das Gefühl, dass alles möglich ist und dass wir, egal welche Hürde uns in den Weg gestellt wird, siegreich sein werden. Danke, dass du gekommen bist, um mich zu retten."

„Immer, meine Ciara. Immer", bekräftigte Amreth in einem feierlichen Ton.

Ich lächelte und hob mein Gesicht, um seinen Kuss zu empfangen. Ja, das war mein Seelenverwandter.

KAPITEL 14

AMRETH

In den folgenden drei Tagen hatten meine Partnerin und ich eine angenehme Routine entwickelt. Ich liebte es, sie bei dem zu begleiten, was ich anfangs als unsere Exkursionen bezeichnete. Ich half ihr auf jede erdenkliche Weise, obwohl ich mir wünschte, ich könnte mehr tun. Ihre Intelligenz, ihre Fähigkeiten und ihre Arbeitsmoral haben mich immer wieder verblüfft. Ich gebe nicht vor, die Hälfte der Dinge zu verstehen, die sie tat, aber ich war froh, dass ich den Prozess beschleunigen konnte, indem ich die Tiere einfing, die sie untersuchen musste, einige der benötigten Proben sammelte und sie einfach überall hinflog, wo sie wollte.

Vor allem liebte ich es, mit ihr zusammen zu sein.

Ich war schwer verliebt in meine Frau. Es war albern, wie mein Verstand ständig nach Möglichkeiten suchte, sie zum Lächeln zu bringen. Seltsamerweise hatte ich das irrationale Bedürfnis, sie von Zeit zu Zeit zu ärgern. Nicht so sehr, dass sie tatsächlich wütend auf mich werden würde, aber gerade so viel, dass sie diesen Blick in den Augen bekam, der schrie, dass sie mir in den Hintern treten wollte. Irgendetwas daran war verdammt sexy.

Heute schlossen wir unsere letzten Tests in der Region ab und bereiteten uns auf unsere Rückkehr nach Bryst vor. Ciara machte noch eine letzte Runde, um die Patienten des Dorfes zu untersuchen, bevor wir uns von Vala verabschiedeten.

„Ich danke euch für alles, was ihr für meinen Stamm getan habt", sagte Vala, und ihre Stimme klang voller Dankbarkeit. „Ich möchte dir besonders dafür danken, was du für Mutis Familie getan hast. Ich bezweifle, dass er sich jemals von dem Verlust seiner Gefährtin erholt hätte. Er hat sie seit seiner Kindheit geliebt. Wir hatten alle unseren Frieden mit der Tatsache gemacht, dass sie sterben würde."

Eine starke Emotion überflog das Gesicht meiner Frau, als sie die Dorfanführerin anlächelte. Stolz schwoll in mir an, als ich Ciara anschaute.

„Sie kämpft noch und ist noch nicht ganz über den Berg", warnte Ciara sanft. „Aber jetzt sieht es gut aus. Ich will zwar nichts versprechen, aber solange die Heiler die Behandlungen fortsetzen, habe ich große Hoffnung, dass sie und die anderen durchkommen."

„Mach dir keine Sorgen, Ciara. Deine Anweisungen werden pflichtbewusst befolgt werden. Bis du kamst, hatten wir nichts als Dunkelheit am Horizont. Jetzt geht die Sonne wieder auf. Wir sind traurig, dass du uns verlässt. Du sollst nur wissen, dass du beim Stamm der Jaln immer eine Heimat haben wirst", sagte Vala.

Meine Partnerin blinzelte mehrmals, um die Tränen zu unterdrücken, die ihr in die Augen stiegen.

„Danke", antwortete sie mit leicht zittriger Stimme. „Aber so leicht wirst du mich noch nicht los. Wir werden innerhalb einer Woche zurückkehren, um nach den Patienten zu sehen und zu prüfen, wie es allen anderen geht. In der Zwischenzeit zögere nicht, uns über Funk zu informieren, wenn dir etwas komisch vorkommt. Nichts ist zu unbedeutend. Wir können kein Risiko eingehen."

„Du hast mein Wort. Gute Reise, Schwester."

Das letzte Wort hat meinen Gefährten umgehauen. Zu meinem Erstaunen umarmten sich die beiden Frauen gegenseitig. Nachdem sie sich voneinander gelöst hatten, verabschiedete sich auch Vala herzlich von mir, aber zwischen ihr und meiner Ciara hatte sich ein unbestreitbares Band gebildet. Das ganze Dorf sang für uns, als wir wieder in das Shuttle stiegen. So etwas hatte ich noch nie erlebt.

„Jetzt verstehe ich, was du damit meinst, dass du etwas im Leben der Leute bewirken willst", sagte ich leise, während ich das Shuttle zurück nach Bryst steuerte.

Sie lächelte, ihr Gesicht zeigte noch immer die starken Gefühle, die dieser Abschied in ihr auslöste.

„Sie sind nicht immer so ausdrucksstark", antwortete sie mit einem wehmütigen Blick. „Je nach Situation klatschen sie in irgendeiner Form, jubeln oder bieten Geschenke an. Gesänge sind viel seltener. Andererseits bleibt meine Rolle selten so lange bestehen, bis die Krankheit der Vergangenheit angehört. Normalerweise bleibe ich nur so lange, bis das Heilmittel oder die Behandlung gefunden ist. Dann ziehe ich weiter zu einer anderen Mission, und die Krankenschwestern vor Ort oder die Allgemeinmediziner bleiben zurück, um die Behandlung zu Ende zu führen. Sie sind also oft diejenigen, die gefeiert werden."

Ich runzelte die Stirn. „Das scheint ein wenig unfair zu sein."

Sie schnaubte und schüttelte den Kopf. „Das Heilmittel zu finden, ist nur die Spitze des Eisbergs. Die härteste Arbeit haben diejenigen, die sich in den folgenden Tagen, Wochen und Monaten um die Patienten kümmern. Es ist nicht leicht, so viel Leid mitanzusehen und gleichzeitig zu versuchen, sowohl den Kranken als auch ihren Angehörigen Hoffnung und die Kraft zu geben, weiterzukämpfen. Es bricht einem jedes Mal das Herz, wenn man denjenigen, die es nicht geschafft haben, den Stecker ziehen muss. Und man fragt sich immer wieder, ob man etwas hätte besser, früher oder anders machen können, um sie zu retten."

Ich schürzte die Lippen und nickte langsam, da ich die Sache nicht aus diesem Blickwinkel betrachtet hatte. „Ich verstehe, was du meinst."

„Jeder Einzelne in jedem Schritt des Prozesses ist wichtig und unerlässlich. Ich beneide also nicht die Krankenschwestern und Ärzte, die am Ende die meisten Auszeichnungen erhalten. Sie verdienen jeden einzelnen Teil davon. Zu wissen, dass meine Arbeit zu diesem Erfolg beigetragen hat, ist die größte Belohnung, die ich mir wünschen kann. Ich habe geholfen, diese Leben zu retten."

„Das hast du getan, meine Gefährtin", bekräftigte ich mit Stolz.

Kurze Zeit später landeten wir in Bryst. Auch hier wurden wir herzlich begrüßt, fast wie Helden. Es war albern, aber mir kam es so vor, als würde unser Verhalten in Jaln positiv auf sie zurückfallen, als wären wir Mitglieder ihres Stammes, die einem ihrer Nachbarn helfen. Schließlich hatte sich Aku für uns und unsere Absichten verbürgt.

„In der kommenden Woche werden weitere unserer Leute zu einer Pilgerreise aufbrechen", sagte Aku, als wir die letzten Proben, die Ciara und ich im Laufe des Tages gesammelt hatten, in das mobile Labor brachten. „Wir werden morgen früh aufbrechen, um die Hauptwege zum Tempel zu säubern. Es wurden immer mehr tollwütige Kreaturen gesichtet, die sich unserem Dorf und unseren Jagdgründen nähern."

„Ich würde euch gerne helfen", bot ich sofort an, während ich den Container auf dem Tresen abstellte. „Meine Drohnen können dabei helfen, sie alle zu finden, und es wird viel schneller gehen, sie zu erreichen und die Leichen mit meinem Shuttle zu entsorgen."

„Vielen Dank. Wir sind dankbar für das Angebot", sagte Aku warmherzig.

Er brauchte nicht zu erwähnen, dass er hoffte, ich würde es tun. Es machte Sinn. Allein würden sie Wochen brauchen, um ihre ausgedehnten Wälder auszukundschaften, und dabei würden ihnen wahrscheinlich viele Bestien durch die Lappen gehen, während sie weiter umherstreiften.

„Eigentlich solltet ihr, während ihr da draußen seid, die Standorte der Beerensträucher markieren und sogar damit beginnen, sie auszureißen", mischte sich Ernst ein, während er eine der Kisten öffnete, die wir mitgebracht hatten. „Ich habe gehört, dass der Jaln-Stamm bereits damit begonnen hat, die Erdbeeren in ihrem Gebiet auszurotten."

„Wir hatten vor, dies nach der Keulung zu tun", bestätigte Aku.

Ciara schüttelte den Kopf. „Ich denke, ihr solltet die Beeren zuerst oder gleichzeitig loswerden. Die Sorte, die hier wächst, nennen wir tagesneutrale Erdbeeren, was bedeutet, dass sie vom Frühjahr bis zum Herbst ständig Früchte tragen. Ich hatte gehofft, ihr hättet welche, die nur ein- oder zweimal in der Saison Früchte tragen."

„Natürlich haben wir das nicht. Das wäre zu einfach gewesen", entgegnete Aku, seine Stimme war voller Sarkasmus.

„Wenn wir alle tollwütigen Biester ausrotten, werden sich nur noch mehr davon herumtreiben, solange die Beeren noch gefressen werden. Bis deine Leute also entschieden haben, was sie mit diesen Beeren machen wollen und wie sie sie am besten eindämmen können, schlage ich vor, dass ihr sie komplett ausgrabt. Wir können euch helfen, den pH-Wert des Bodens so zu verändern, dass es für sie schwieriger wird, wieder zu wachsen. Was wir uns bisher ausgedacht haben, ist keine dauerhafte Lösung, aber es wird die Wahrscheinlichkeit drastisch verringern, dass weitere Kreaturen tollwütig werden und damit auch deine Leute krank machen."

„Wir können uns bei der morgigen Keulung um beides kümmern. Die Drohnen können sowohl die Tiere als auch die

Beerenbeete gleichzeitig aufspüren. Wenn ihr sie währenddessen ausgrabt, können wir sie im Verbrennungsofen des Shuttles verbrennen", schlug ich vor.

„Ausgezeichnete Idee", sagte Aku zustimmend. „Ich werde noch ein paar Leute zusammentrommeln, die sich um die Beeren kümmern, während wir jagen."

In dieser Nacht fühlte es sich seltsam an, wieder in diesem ersten Haus zu sein. Es war fast so, als wäre ich wieder zu Hause. Natürlich mied ich das Gästezimmer und teilte mir Ciaras Schlafzimmer, das auch ein größeres Bett hatte, das besser für meine große Statur geeignet war – nicht, dass wir so viel geschlafen hätten.

Ich schäme mich immer noch dafür, dass ich mich immer wieder an ihren Gefühlen verschlungen habe. Ich konnte mir nicht helfen. Im Laufe der wenigen Tage, die ich im Dorf Jaln verbracht hatte, hatte der Stamm begonnen, sich über meine seltsame Angewohnheit lustig zu machen, jeden Morgen eine wahnsinnige Menge an Blitzen in die Ferne zu werfen. Zuerst befürchteten sie, dass mich etwas oder jemand verärgert hatte, so dass ich meiner Wut auf diese Weise Luft machte. Dann wich ihr Misstrauen schnell einer gewissen Belustigung. Als ich meine Gefährtin fragte, ob sie den Grund für mein Verhalten verraten habe, beteuerte sie ihre Unschuld. Ihrer Aura nach zu urteilen, sprach sie die Wahrheit.

Und wie haben sie es erraten? Angenommen, sie haben es getan...

Der Gedanke, dass sie es herausgefunden haben, weil wir so laut waren, war beschämend. Dennoch war es für sie schwierig, den Zusammenhang herzustellen. Daher überzeugte ich mich selbst davon, dass sie keine Ahnung hatten, sondern sich lediglich über ein Verhalten amüsierten, das sie für schrullig hielten.

An diesem Morgen kamen Aku und sechzehn Kreelar zu mir an Bord des Shuttles. Die Rückreise würde etwas eng werden, wenn wir vorhätten, mit den Kadavern der Kreaturen zurückzufliegen. Schließlich einigten wir uns darauf, sie an Ort und Stelle zu verbrennen, um zu vermeiden, dass wir unnötigerweise etwas mitbrachten, das für die Stammesmitglieder schädlich sein könnte.

Ich ließ fünf Drohnen los und schickte sie voraus, um die benachbarten Gebiete des Weges, den die Pilger benutzen würden, auszukundschaften. In kürzester Zeit fanden wir das erste Paar wilder Bestien, die sie Murthis nannten. Von allen infizierten Kreaturen stellten sie die größte Bedrohung dar. Sie waren mindestens drei Meter lang und zwei Meter hoch und besaßen die breiten Schultern und den schlanken Körper eines Raubtiers. Ciara behauptete, sie sähen aus, als hätte ein riesiger Löwe ein Baby mit einem Dinosaurier bekommen. Letzteres musste ich nachschlagen, um herauszufinden, was sie meinte.

Es hatte ein kurzes grünliches Fell auf dem Unterbauch und grüne Schuppen entlang seines dicken Halses, seiner Brust und seines Rückens. Noch größere Schuppen bedeckten seine katzenartigen Beine und Pfoten sowie seinen reptilienartigen Schwanz, der an der Oberseite mit einer Reihe von scharfen Knochenstacheln versehen war. Der Kopf war unbestreitbar reptilienartig, dreieckig, mit einem breiten, mit Dolchzähnen gefüllten Maul und einer langen, gespaltenen Zunge. Aus der Stirn entsprangen riesige Hörner, die am oberen Rand ebenfalls mit Stacheln besetzt waren und sich auf beiden Seiten des Gesichts verzweigten.

Trotz seiner enormen Größe und seines Gewichts konnte sich der Murthis mit wahnsinniger Geschwindigkeit bewegen. Sein Kiefer war stark genug, um mit einem einzigen kräftigen Biss Fleisch und Knochen zu durchtrennen. Glücklicherweise reisten sie in der Regel in kleinen Rudeln von etwa fünfzehn Herdentieren umher. Die meisten Männchen blieben nur so lange bei den Weibchen und ihrem Nachwuchs, bis die Jungen alt genug waren, um an der Seite ihrer Mütter zu jagen, was normalerweise etwa sechs Monate dauerte. Danach zogen die Männchen wieder alleine los, blieben aber in ihrem Territorium, das sie mit bis zu zehn anderen Männchen teilten.

Gerade als ich hoffte, dass wir die Mütter und ihre Jungen nicht ausmerzen müssten, entdeckten Drohnen ein verdächtig großes Rudel, mindestens zwei- bis fast dreimal so viele Tiere wie normal. Ein kurzer Überflug mit der Drohne zeigte, dass es sich um Weibchen mit ihren Jungen handelte. Sie sahen nervös aus, und die Mütter bildeten einen Kreis um ihren Nachwuchs.

„Die Weibchen schließen sich zusammen, um ihre Jungen vor den wütenden Männchen zu schützen", sagte Aku. „Bitte sag mir, dass keine von ihnen infiziert ist."

„Die Scanner zeigen keine Infektionen bei diesen Weibchen oder ihren Jungen an", sagte ich erleichtert.

„Perfekt. Dann wollen wir uns mal um die kranken Männchen kümmern", erwiderte Aku.

Ich landete das Shuttle auf einer kleinen Lichtung, einen halben Kilometer von der nächstgelegenen tollwütigen Bestie entfernt. Wie beim ersten Mal, als sie mich gefangen nahmen, waren die Kreelars nicht bis an die Zähne bewaffnet. Man könnte meinen, sie würden einfach nur einen Spaziergang im Wald machen. Sie trugen alle diese weiten Hosen mit einem dekorativen Lendenschurz darüber. Barfuß und mit nacktem Oberkörper trugen sie einen Waffengürtel und Armschienen, gelegentlich auch einen Brustgurt.

Während mein Waffengürtel eine Klinge – nicht ganz ein volles Schwert, aber länger als ein Dolch – und einen Blaster enthielt, hatten die Kreelars nur ein Blasrohr, das kaum dicker als ein Strohhalm war, einen Dolch und einen kleinen Beutel mit den Pfeilen, die sie auf ihre Ziele abfeuern würden.

„Was?", fragte Aku, als er sah, wie ich sie beim Verlassen des Shuttles anstarrte.

„Ich habe nur gedacht, dass eure Waffen für solche imposanten Bestien ziemlich minimal sind", begann ich vorsichtig.

Die Kreelars schnaubten und schnauften und sahen mich an, als hätte ich etwas Lächerliches gesagt.

„Sieh zu und lerne, Außenweltler", sagte eine Frau neckisch.

Mit der gleichen unglaublichen Geschwindigkeit, mit der sie mich verfolgt hatten, rannten die Kreelar in die Richtung, in der mein Scanner ein paar tollwütige Männchen angezeigt hatte. Sie teilten sich in zwei Gruppen auf, von denen die eine auf die Bäume links und die andere auf die Bäume rechts kletterte. Aku rannte weiter auf dem Boden geradeaus. Ich aktivierte meinen Tarnschild und stieg in die Luft, um dem Anführer zu folgen.

Es raubte mir den Atem, seine Stammesgenossen von Baum zu Baum schwingen zu sehen. Jetzt, wo ich nicht mehr versuchte, vor ihnen zu fliehen, konnte ich die körperliche Leistung bewundern, die sie dabei vollbrachten. Sie sprangen mühelos über sechs bis acht Meter zum nächsten Baum, hielten sich mit einer Hand an einem Ast fest und nutzten ihren Schwung, um sich zum nächsten Baum zu katapultieren. Es erinnerte mich an die hypnotische Bewegung eines Pendels. Ihre Körper schwankten von einer Seite zur anderen, während sie sich mit der linken Hand abfingen, zum nächsten Baum sprangen, mit der rechten Hand einen Ast abfingen und in einer Endlosschleife erneut sprangen.

Die Bewegungen all dieser Kreelar, die sich mit vergleichbarer Geschwindigkeit und in nahezu perfekter Synchronität bewegten, ließen das Ganze wie eine Art tödliche Choreografie erscheinen. Als Köder stürmte Aku auf dem Boden auf sein Ziel zu. Sobald die Bestie ihn bemerkte, stürzte sie sich mit einem markerschütternden Brüllen auf ihn. Ich kämpfte gegen den instinktiven Drang an, mich herabzustürzen und den Kreelar-Anführer aus der Schusslinie zu ziehen.

Die kühne Zuversicht, mit der er auf eine wilde Bestie zustürmte, die mindestens viermal so groß war wie er, verblüffte mich. Ihn dabei zu beobachten, wie er einfach sein Blasrohr zückte, kam mir noch waghalsiger vor. Aber seine Aura zeigte keine Angst, sondern nur Konzentration und Entschlossenheit. Plötzlich wich er auf einen Baum aus, als die Bestie auf ihn zukam. Im letzten Moment sprang Aku in einer unmöglichen Höhe über den Murthis. Es bäumte sich auf seinen Hinterbeinen auf und versuchte, den Kreelar mit seinen bösartigen Krallen auszuweiden, verfehlte ihn aber völlig. Bevor er wieder auf alle Viere kommen konnte, trafen mindestens drei oder vier Pfeile seinen Unterleib, abgefeuert von den Stammesmitgliedern, die sich in den Bäumen tummelten.

Aber meine Augen waren auf Aku gerichtet. Mit phänomenaler Anmut und Geschicklichkeit stieß er sich vom Stamm eines nahegelegenen Baumes ab, fing einen Ast mit seinem Schwanz auf, schwang sich damit auf die Kreatur zu und schoss ihr einen Pfeil in den Hinterkopf. Er ließ seinen Schwanz los und nutzte den Schwung, um wieder in einiger Entfernung von der Kreatur zu landen. Mir fiel die Kinnlade herunter, als der Murthis unter der Wirkung der Droge, die die Pfeile umhüllte, taumelte. Er brach zusammen, gerade als Aku auf ihn zuging.

Aku packte die sich windende Kreatur an den massiven Hörnern, die ihren Kopf umrahmten, und brach ihr mit einer kraftvollen Bewegung das Genick. Und einfach so war es vollbracht. Der Respekt, den ich für sein Volk empfand, wuchs um das Tausendfache. Die Bewunderung für ihre Fähigkeiten war nur ein kleiner Teil davon. Es war die barmherzige und effiziente Art und Weise, wie sie das Tier töteten, die mich wirklich beeindruckte. Mir gefiel auch, dass er sich als ihr Anführer nicht einfach zu Hause zurücklehnte und sie die Drecksarbeit machen ließ. Er ging in die Schützengräben und übernahm die gefährlichste Rolle.

Trotz meines Tarnkappenschildes hob Aku den Kopf, um genau die Position zu sehen, in der ich schwebte, und setzte einen selbstgefälligen Gesichtsausdruck auf. Es ging mir immer noch durch den Kopf, dass sie mich so deutlich sehen konnten. Ich hasste es, wie verletzlich ich mich dadurch fühlte, was ironisch war, wenn man bedachte, dass meine Leute genau diese Macht nutzten, um unsere Gefangenen zu verfolgen.

Ich nickte zustimmend, bevor ich mich nach dem Weibchen umsah, das mich mit dem Beobachten und Lernen geneckt hatte. Sie hockte auf einem dicken Ast ein paar Meter rechts von mir. Sie zwinkerte mir mit einem spielerischen Grinsen zu, das mich schnauben ließ.

Aku stieß einen einzigen hohen Ton aus, der alle dazu veranlasste, sich gemeinsam in Richtung des nächsten Tieres zu bewegen, bis auf zwei der Kreelar, die sich ihrem Opfer näherten. Beide nahmen sich einige Augenblicke Zeit, um etwas über den Kadaver zu sprühen. Ich nahm an, dass es jeden Aasfresser abwehren würde, der einen Bissen nehmen wollte, bis sie zurückkommen und ihn entsorgen konnten. Ich markierte die Stelle auf meinem Armreif, bevor ich den Rest des Stammes einholte. Ich kam gerade noch rechtzeitig, um zu sehen, wie sie mit dem nächsten Ziel kurzen Prozess machten.

Einmal mehr wurde mir klar, was für eine tödliche Armee sie im Kampf sein würden. Es waren nicht nur ihre Schnelligkeit und Effizienz, sondern auch ihre unglaubliche Lautlosigkeit, mit der sie buchstäblich durch die Bäume flogen. Ob primitiv oder nicht, die IPO musste eine Allianz mit den Kreelaren eingehen und diese Beziehung für die Zukunft pflegen.

Da sich das nächste Ziel in einiger Entfernung befand, landete ich in der Nähe von Aku, während der Rest seiner Stammeskameraden ebenfalls von den Bäumen herunterkam.

„Beeindruckende Arbeit", sagte ich, während ich meinen Tarnschild deaktivierte. „Ich bin allerdings neugierig, warum du nicht deine Fähigkeit zur Bewusstseinsunterbrechung eingesetzt hast, anstatt direkt auf eine wütende Bestie zuzustürmen."

„Vor allem, weil sie wütend sind", erklärte Aku mit einem Lächeln. „Der Geist eines tollwütigen Tieres ist bereits zu verwirrt, als dass unsere Kräfte wirken könnten. Deine beruhigende Fähigkeit könnte sie tatsächlich verlangsamen, da sie das Ziel ein wenig groggy macht."

„Ich würde es gerne tun", bot ich sofort an. „Obwohl du es nicht nötig zu haben scheinst."

Er grinste mich so selbstgefällig an, dass ich den Kopf schütteln musste. In diesem Moment wurde mir klar, dass ich ihn vermissen würde, sobald wir diesen Planeten verlassen würden. Unter anderen Umständen, so glaubte ich, hätten er und ich enge Freunde werden können.

„Wir werden die Beeren in diesem Gebiet entfernen, bevor wir uns dem nächsten Tier zuwenden", sagte Aku nachdenklich und schaute sich um.

„Ich werde eine Schwebeplattform holen, damit wir die Kadaver in die Verbrennungsanlage des Shuttles bringen können, und auch die Kisten, in die wir die Sträucher legen", antwortete ich.

„Danke, mein Freund", sagte Aku.

Einmal mehr beobachtete ich mit Erstaunen die Effizienz, mit der jeder von ihnen arbeitete, und ihre körperliche Stärke und Ausdauer konnten es locker mit den fittesten Kriegern, die ich kannte, aufnehmen. Mehr als einmal fragte ich mich, ob sie so etwas wie einen Bienenstockgeist hatten. Es gab keinen konkreten Anlass für diese Vermutung. Es war einfach eine Kombination von Dingen, wie die Art und Weise, wie sie wenig Kommunikation benötigten, während sie kollektiv auf ein gemeinsames Ziel hinarbeiteten.

Sie bildeten eine Reihe und bewegten sich vorwärts, während sie die Beerensträucher, Stämme und Wurzeln ausrissen. Ein paar ihrer Stammeskameraden beschatteten sie und hielten die Kisten, in die sie die Pflanzen warfen, während sie den Boden auf Anzeichen dafür beobachteten, dass irgendetwas zurückgelassen worden war. Während sie sie füllten, schnappte ich mir einige der Kisten, flog sie zurück zum Shuttle und warf sie in den Verbrennungsofen.

Die Kreelars und das Team meiner Gefährtin kamen überein, vorerst nicht mit dem pH-Wert des Bodens zu spielen, bis sie besser verstanden, wie er sich auf die umliegende Fauna auswirken könnte. Obwohl ihre ersten Tests darauf hindeuteten, dass es sicher wäre, einige Aluminiumsulfate zu verwenden, um den pH-Wert zu senken und ihn weniger geeignet für Erdbeeren zu machen, die auf saureren Böden gediehen, bestand keine Eile. Die derzeitige Säuberung würde uns einen ausreichend langen Aufschub gewähren, so dass zunächst gründlichere Tests durchgeführt werden könnten.

Alle stiegen wieder in das Shuttle, und wir flogen in einen anderen Sektor. Sie schickten vier weitere Murthis sowie eine Handvoll weniger tödlicher, kleinerer tollwütiger Kreaturen, die die lokale Fauna immer noch bedrohten.

Wir bewegten uns in einem phänomenalen Tempo, das darauf hindeutete, dass wir das gesamte Gebiet bis zum Ende des nächsten Tages abräumen konnten. Am frühen Nachmittag flogen wir zurück ins Dorf, um zu Mittag zu essen und die Kreelars mit Darts zu versorgen. Diesmal aßen wir nicht im Versammlungsraum neben dem Labor im Innenhof, sondern wurden von unseren Gastgebern in die Versammlungshalle eingeladen.

Es war üblich, dass sie gemeinsam aßen, auch wenn nicht alle zur gleichen Zeit speisten. Obwohl der Raum Platz für den gesamten Stamm bot, kamen sie gewöhnlich in kleineren Gruppen, wie die Kleinkinder mit ihren Eltern oder Betreuern, die Bauern und Handwerker in einer separaten Welle und dann die Jäger, wenn auch nicht unbedingt in dieser Reihenfolge. Das hinderte die Bewohner aus den verschiedenen Gruppen jedoch nicht daran, zu unterschiedlichen Zeiten zu kommen oder sich unter die anderen zu mischen. Zumindest schienen die Kreelars sehr familiär zu sein, mit einem ausgeprägten Sinn für Gemeinschaft.

Sie hatten keine offiziellen Währungen. Alles basierte auf

Handel, Waren gegen Waren oder Dienstleistungen, ob innerhalb des Stammes oder mit ihren Nachbarn. Die Tatsache, dass sie uns einluden, ihre Mahlzeit mit ihnen zu teilen, sagte viel darüber aus, dass sie uns nun als Freunde und nicht nur als Eindringlinge akzeptierten. Hoffentlich würde uns das die Gelegenheit geben, einen tieferen Einblick in ihre Gesellschaft zu bekommen, die sie eifrig vor uns geheim hielten.

Ich konnte es ihnen nicht verübeln, dass sie uns nur das absolut Notwendige zeigten, damit wir unsere Aufgabe hier erfüllen konnten. Je weniger wir über sie wussten, desto weniger potenzielle Schwachstellen, die später ausgenutzt werden könnten, zeigten sie uns.

Mehrere Tische waren in der hinteren Ecke des Gebäudes aufgestellt, mit großen Fenstern, die auf den Platz hinausgingen. Auf einem langen Tisch war ein Buffet aufgebaut. Ich habe zum ersten Mal gesehen, wie die Elektrizität genutzt wurde, mit breiten Tabletts, die einige der Salate und Gemüse kühl hielten, und Brennern, die die gekochten Gerichte warmhielten.

Während die Jäger, die uns begleitet hatten, sich auf verschiedene Tische verteilten, ließen sich Aku und Enre mit meiner Gefährtin, ihren Kollegen und mir an unserem eigenen Tisch nieder. Wir genossen das Essen und unterhielten uns zwanglos. Das meiste davon war unseren Gastgebern gewidmet, die sich über unser Leben außerhalb der Welt erkundigten. Mir entging nicht, wie sie unsere Bemühungen, mehr über ihr eigenes Volk zu erfahren, gekonnt abwehrten.

Unter anderen Umständen wäre das vielleicht misstrauisch, wenn nicht sogar ein wenig beleidigend gewesen. Aber Aku war nicht der Anführer seiner gesamten Spezies. Ich hatte den starken Verdacht, dass er und die anderen Kalds sich darauf geeinigt hatten, nicht zu viel zu erzählen, da es sich auf sie alle auswirken könnte. Da nur eine Handvoll von ihnen einen von uns kennengelernt hatte, hatten sie keinen Grund, uns zu vertrauen, trotz der aufblühenden Freundschaft, die wir mit Aku hatten.

Zumindest waren seine Fragen harmlos. Er versuchte nicht, etwas herauszufinden, das unsere eigene nationale Sicherheit gefährden könnte. Es war die Art von freundlichem Geplauder, das man mit einem neuen Bekannten über die jeweiligen Familien, Hobbys und unsere entsprechende berufliche Laufbahn führen würde.

Gerade als wir uns wieder auf den Weg machen wollten, ging mein Funkgerät an. Erstaunt blickte ich auf die Schnittstelle und dachte, es sei nur eine Benachrichtigung meiner Aufklärungsdrohnen, die weitere wilde Bestien entdeckt hatten. Zu meinem Erstaunen war es eine echte Nachricht.

Du hast Besuch.

„Was in Tharmoks Namen...?!", flüsterte ich vor mich hin.

Diesem einzigen Satz folgten eine Reihe von Koordinaten und eine Frequenz. Die Identität des Absenders war unbekannt. Technisch gesehen sollte ich diese Art von Direktnachricht hier nicht empfangen. Es handelte sich nicht um eine analoge Funkfrequenz, sondern um eine digitale, die eine Verbindung erforderte.

„Was ist los?", fragte Ciara, deren Gesicht die gleiche Neugierde zeigte wie das der anderen.

Ich teilte ihnen den Inhalt der Nachricht mit und lenkte dann eine meiner Drohnen in die Nähe dieser Koordinaten, um zu sehen, was vor sich ging.

„Beruflich?", echote Aku, sein Gesicht und seine Stimme wurden härter. „Sind noch mehr fremde Schiffe gekommen?"

„Ich nehme an, das bedeutet das", entgegnete ich vorsichtig, während ich das holografische Display meines Armschutzes aufrief, um die Kameraübertragung meiner Drohnen anzuzeigen. „Gib mir eine Minute."

Zunächst wurde nichts angezeigt, selbst wenn ich den Scanner auf den größten Radius einstellte. Ich kalibrierte das

Gerät neu, um auf der in der Nachricht angegebenen Frequenz zu scannen. Innerhalb von Sekunden entdeckte es ein getarntes Schiff in geringer Entfernung. Mir wurde ganz flau im Magen, als die Vergrößerung ein Nazhral-Schiff zeigte.

„Scheiße! Das kann nicht gut sein", sagte Ernst.

„Wer sind sie?", fragte Aku mit einem Ausdruck von Misstrauen und Verrat in seinen gelbbraunen Augen. „Was machen sie hier?"

„Dem Schiff nach zu urteilen, gehören sie zu einer Spezies mit einem eher schlechten Ruf, wenn es um Schmuggel und Piraterie geht", erklärte ich behutsam. „Aber ich habe keine Ahnung, wer sie sind oder warum sie hierhergekommen sind. Wir werden es alle gemeinsam herausfinden. Wenn wir nichts Gutes im Schilde führen würden, würde ich das nicht in Echtzeit mit euch teilen."

Aku schien es peinlich zu sein, dass er uns unterstellte, wir würden sie hintergehen. Er warf mir einen entschuldigenden Blick zu, und ich lächelte, um zu zeigen, dass ich nicht beleidigt war. Unter den gegebenen Umständen hatte er allen Grund, Fremden gegenüber misstrauisch zu sein.

Die Drohne folgte dem Schiff unauffällig. Zum Glück hatte ich sie alle in den Tarnmodus versetzt, um die Tierwelt bei der Erkundung des Landes nicht zu stören. Da sie nicht über die fortschrittlichen Anti-Detektionssysteme einer militärischen Drohne verfügte, befürchtete ich, dass unsere Ziele sie entdecken könnten. Da die Eindringlinge jedoch keinen besonderen Grund hatten, zu vermuten, dass wir ihnen auf den Fersen waren, gingen sie seelenruhig ihrer Arbeit nach und scannten offenbar nicht nach potenziellen Bedrohungen.

Zu unserem gemeinsamen Entsetzen steuerte ihr Schiff direkt auf den Svast-Tempel zu. Aku stieß eine Reihe von Schimpfwörtern in seiner Sprache aus. Enre fletschte die Zähne, und die gleiche Wut war auf seinen Zügen zu sehen. Obwohl dies weder mein Planet noch mein höchstes Heiligtum war, fühlte ich mich persönlich verletzt, als ich sie auf einer großen Lichtung in der Nähe des Weges landen sah, der zum Eingang führte.

„Gott sei Dank sind dort gerade keine Pilger", überlegte Ciara laut. „Ich kann mir nicht vorstellen, wie hässlich es sonst geworden wäre."

„Das scheint unglaublich praktisch zu sein", entgegnete Aku, dem die gleiche Wut ins Gesicht geschrieben stand. „Erst gestern waren über vierhundert unserer Leute dort. Morgen früh werden Hunderte weitere eintreffen. Woher wussten sie, dass sie heute kommen mussten, um unentdeckt zu bleiben?"

Das war eine ausgezeichnete Frage, die viele weitere auslöste, die wahrscheinlich alle die Art von Antworten liefern würden, die ich befürchtete. Aber zwei Passagiere, die das Schiff verließen, lösten bei uns eine weitere Schockwelle aus. Trotz des Schiffsmodells waren es keine zwei Nazhrals, die ausstiegen, sondern ein Mensch und ein Raitheaner.

„Was zum Teufel?!", äußerte Ciara verärgert.

Obwohl ich fassungslos war, wies ich die Drohne sofort an, ihre Bilder aufzunehmen, um eine Gesichtserkennung zu starten. Da ich leider keinen Netzzugang hatte, musste ich die Daten später an meinen Kontakt übertragen, um sie zu identifizieren.

Die beiden Eindringlinge gingen die kurze Strecke bis zum Wasser am Eingang des Tempels. Der Mensch blieb am Rande stehen, während der Raitheaner ins Wasser ging. Er watete durch den seichten Teil und hielt gelegentlich für ein paar Sekunden inne, bevor er sich wieder bewegte. Dann tauchte er in den tieferen Teil ein und verschwand völlig aus dem Blickfeld, während sein Begleiter schweigend zusah.

„Was machen die da?", fragte Aku. „Wer sind sie? Und sind sie eine Bedrohung?"

Stirnrunzelnd schüttelte ich den Kopf, ohne eine befriedigende Erklärung zu finden.

„Ich bin mir nicht sicher. Sie kamen mit einem Schiff, das keiner ihrer Spezies gehört. Aber sie könnten es gebraucht in

einer Werft zu einem vernünftigen Preis gekauft haben. Sie
scheinen nichts anderes zu tun, als den Raitheaner ins Wasser zu
lassen. Es ist Salzwasser, richtig?"

Aku nickte.

„Wie du sehen kannst, sind Raitheaner eine Amphibienart.
Sie müssen in regelmäßigen Abständen im Salzwasser baden.
Das könnte also erklären, warum er das tut", erklärte ich, obwohl
mein Tonfall deutlich machte, dass mich meine eigene Aussage
nicht einmal annähernd überzeugte.

„Na gut", sagte Aku, dessen Stimme noch immer vor Misstrauen triefte. „Aber warum unser Tempel? Überall sonst gibt es
reichlich Wasser. Einige der Gebiete, die sie auf ihrem Weg nach
Svast überflogen haben, hatten große, unverbaute Ufer, an denen
sie viel leichter hätten landen können. Das wirkt zu gewollt."

„Oh Gott!", rief Ciara plötzlich aus. „Das ist Kalmia! Sie
sind hier, um uns alle zu töten!"

KAPITEL 15

CIARA

Noch während ich diese Worte sprach, überkam mich ein starkes Gefühl des Grauens. Meine Begleiter zuckten zusammen, Schock und Verwirrung überzogen ihre Züge, als sie mich ungläubig ansahen.

„Was?!", rief Aku aus. „Uns alle töten, wie? Was ist das, Kalmia?"

Ich leckte mir nervös über die Lippen und fuhr mir mit den Fingern durch die Haare, während ich die Eindringlinge beobachtete. Raitheaner wurden auf der Erde häufig als Kraken bezeichnet. Sie besaßen einen menschenähnlichen Oberkörper mit einem Rumpf, zwei Armen und einem Kopf, aber mit dicken Tentakeln anstelle von Haaren. Und ihr Unterkörper bestand aus acht Tentakeln wie bei einem Oktopus, aber nur die Hälfte von ihnen hatte Saugnäpfe.

„Raitheaner – das Männchen, das du mit dem Menschen siehst – haben Ähnlichkeiten mit bestimmten Kreaturen von der Erde, den Tintenfischen und Kraken. Man erkennt sie an den Tentakeln, die anstelle von Beinen die untere Hälfte ihres Körpers bilden", erklärte ich. „Im Allgemeinen sind sie eine friedliche Spezies, aber sie besitzen auch einige extrem tödliche Fähigkeiten."

„Was zum Beispiel?", bestand Aku auf weitere Details.

„Sie können perlenartige Wucherungen bilden, die wir Kalkkonkretionen nennen", fuhr ich fort. „Sie haben normalerweise die Form von kleinen Kieselsteinen oder Steinen. Sie können glatt oder rau sein, aber bei Raitheanern sehen sie normalerweise wie rote Felsen aus."

Aku versteifte sich, sein Gesicht nahm einen ängstlichen Ausdruck an, der mich bis ins Mark erschreckte. Er war nicht der Typ, der seine Angst offen zeigte.

„Es sollten keine roten Felsen im Fluss sein", flüsterte er mit einem Blick des Grauens.

„Ganz genau! Ich bin mir nicht sicher, warum ich das weiß, aber..."

„Mein Freund hat uns gewarnt, dass das passieren könnte", antwortet Aku abweisend und unterbrach mich. „Was genau bewirken diese Felsen? Wie gefährlich sind sie?"

Diese Bemerkung machte mich stutzig. Ich wollte fragen, was sein Freund sonst noch darüber sagte, aber dafür war später noch Zeit.

„Weichtiere wie Tintenfische produzieren normalerweise Perlen oder solche Konkretionen als natürlichen Schutz gegen Reizstoffe, Parasiten oder Wunden. Wenn sich ein Fremdkörper in ihrem Körper festsetzt und sie ihn nicht entfernen können, überziehen sie ihn mit einer Art Perlmutt, damit er sie nicht weiter schädigt. Bei Raitheanern ist das ein wenig anders, denn sie bilden eine faserige Schicht, die nicht wie Perlmutt kristallisiert ist."

„In Ordnung", sagte Aku zögernd und wartete ab, worauf ich hinauswollte.

„Perlen aus Perlmutt sind extrem schwer zu zerstören, während faserige Perlen unter Druck oder bei längerem Kontakt mit etwas, das sie verdünnen könnte, wie z. B. Wasser, ziemlich leicht zerbröckeln", erklärte ich.

Seine Augen weiteten sich vor Verständnis.

„Normalerweise stellen die Kalkkonkretionen keine Bedrohung dar, da sie in der Regel nur einen Holzsplitter oder andere ähnliche Reizstoffe enthalten, die sich in ihren Körpern festgesetzt haben. Aber in einem sehr hässlichen Krieg mit den Raitheanern haben wir entdeckt, dass sie diese Fähigkeit auf tödliche Weise nutzen können, um eine große Anzahl von Gegnern zu eliminieren. Sie besitzen ein natürliches Gift, das eine schreckliche Krankheit hervorrufen kann, die mit dem vergleichbar ist, was wir auf der Erde Malaria nennen."

„Eine tödliche Krankheit?", fragte Aku.

Ich zögerte mit der Erklärung. „Das kann es sein, wenn es nicht schnell diagnostiziert und behandelt wird. Die Raitheaner produzieren sehr dünne Pfeile von der Größe einer Nadel, die sie aus den Saugnäpfen ihrer Tentakel abschießen können. Normalerweise feuern sie diese aus der Ferne ab, so wie du es mit deinen Blasrohren tust, und so infizieren sie ihre Ziele."

„Gut, aber was hat das mit den roten Felsen zu tun?", fragte Aku ein wenig verärgert und ungeduldig.

Ich deutete ihm an, mir zu folgen, während ich versuchte, das gesamte Konzept noch knapper zusammenzufassen.

„Das Problem ist, dass die Raitheaner während dieses Krieges absichtlich giftige Pflanzen gegessen haben, die es ihnen ermöglichten, eine giftige Säure abzusondern, die sie mit ihrem Gift vermischten, bevor sie ihre Pfeile mit dieser Kombination überzogen. Auf die gleiche Weise, wie sie einen Splitter oder einen Reizstoff in ihrem Körper mit einer faserigen Membran umhüllen, können sie auch ihre tödlichen Pfeile damit umhüllen. Und sie werden zu Zeitbomben", sagte ich.

„Der Raitheaner kommt aus dem Wasser", sagte Amreth plötzlich und unterbrach uns.

Er war eine beträchtliche Strecke von der Stelle geschwommen, an der er ursprünglich eingetreten war. Das beunruhigte mich noch mehr. Hatte er einen Haufen Steine über das Flussbett verstreut?

„Deine Drohne muss das Wasser nach diesen Felsen absuchen", sagte ich angespannt.

„Ich brauche die Parameter dafür", antwortete Amreth. „Ich kann diese hier vorerst konfigurieren, aber ich habe eine zweite Drohne im Anflug. Diese erste muss beim Schiff bleiben, falls sie sich bewegen."

Ich nickte und gab schnell ein paar Parameter ein, die hoffentlich ausreichen würden. Andernfalls müssten wir warten, bis die zweite Drohne abflog und nahe genug an das Wasser herankam, damit die Kamera ihre mögliche Anwesenheit erfassen konnte.

Als er aus dem Wasser auftauchte, drehte der Raitheaner sechs seiner acht Tentakel in Dreiergruppen und bildete so ein behelfsmäßiges Beinpaar, das ihm einen seltsamen, wackeligen zweibeinigen Gang ermöglichte. Das war bei seinem Volk üblich, da es mit den Saugnäpfen seiner Tentakel schmecken konnte und nicht unbedingt den Boden ablecken wollte. Zugegeben, sie konnten die Geschmacksrezeptoren blockieren, aber einige Krümel blieben immer zurück, wenn sie über eine Oberfläche glitten.

Zu unserer Überraschung stiegen beide Männer, sobald er den Menschen eingeholt hatte, wieder in ihr Schiff und flogen davon. Gleichzeitig piepte Amreths Armschiene und die Drohne bestätigte, dass sie tatsächlich rote Steine im Wasser entdeckt hatte.

„Wir müssen sofort gehen und sie aufhalten", sagte Aku, als er aufsprang und in Richtung Ausgang marschierte, während Enre ihn beschattete.

„Warte", stoppte ihn Amreth in einem befehlenden Ton. „Wir können sie nicht mit dem Shuttle verfolgen. Wenn es zu heiß wird, wird ihr Schiff uns auslöschen. Und was ist mit den Steinen? Wie lange dauert es, bis sie das Wasser vergiften?"

„Es wird einige Zeit dauern, bis sich die faserige Schale auflöst", erwiderte ich nachdenklich. „Das hängt davon ab, wie dick er sie gemacht hat. Wenn sie wussten, dass der Tempel heute leer sein würde, aber dass morgen Leute kommen würden, dann hat er sie so dick gemacht, dass sie mindestens vierundzwanzig Stunden hält."

„Das gibt uns genug Zeit, sie zu verfolgen", betonte Aku.

„Ja, aber nur, wenn meine Vermutungen richtig sind", warnte ich ihn. „Du kannst ihnen nachgehen, während Mehreen, Ernst und ich uns um die Steine im Tempel kümmern. Wir brauchen nur einen Moment, um Ausrüstung und Schutzanzüge zu besorgen."

„Wenn ihr mitkommen wollt, müssen wir das Shuttle benutzen, um zum Schiff zu fliegen", mischte sich Amreth ein, als Aku den Mund öffnete, um gegen diese zusätzliche Verzögerung zu argumentieren. „Es wäre nicht sinnvoll, wenn wir beide Schiffe in Beschlag nehmen und die Steine länger als nötig in eurem heiligen Schrein lassen würden. Die Drohne verfolgt sie gerade. Sie werden nicht entkommen. Lass uns das richtig machen."

Mit zusammengebissenen Zähnen nickte Aku starr. „Während ihr euch vorbereitet, werde ich Sora bitten, eine Nachricht an Vala und die anderen Kalds zu schicken, um sie zu warnen, sich von allen Gewässern fernzuhalten, die einen Fluss mit dem Tempel teilen."

„Das ist eine ausgezeichnete Idee", sagte ich mit einem dankbaren Lächeln.

Wir eilten zum Labor und packten alles ein, was wir brauchten. Als wir in das Shuttle stiegen, schossen mir eine Million verschiedener Gedanken durch den Kopf. Sobald wir uns auf den Sitzen niederließen und Amreth uns in die Luft brachte, teilte ich die Theorien, die in meinem Kopf Wurzeln schlugen.

„Ich glaube, ich habe es endlich verstanden", gab ich nachdenklich preis. „Puricis – die rote Steinbombe, die die Raitheaner produzieren – würde tatsächlich dazu dienen, Kalmia zu wiederholen. Jeder, der mit ihr in Berührung kommt, wird nicht nur krank. Die Säure wird ihn auch von innen heraus verflüssigen. Wenn sie ihre Wirkung entfaltet hat, ist die Person völlig unkenntlich und hat sich in eine Blutlache verwandelt."

„Also würden alle Pilger ausgelöscht werden?", fragte Aku wütend.

„Es wäre schlimmer als das", erklärte ich entschuldigend. „Puricis ist hochgradig ansteckend, sobald die Symptome auftreten. Der Tod ist grausam, kommt aber schnell. Die Bakterien werden durch bloßen Kontakt, vor allem aber durch den Schweiß des Patienten übertragen. Das Fieber hält etwa vierundzwanzig Stunden an. Aber sobald das Fieber ausbricht, stirbt der Patient innerhalb einer Stunde."

„Was ist diese Kalmia, von der du immer wieder sprichst?", fragte Aku und sah verzweifelt aus.

„Es war ein Massaker, das zwischen zwei rivalisierenden Kartellen stattfand", erklärte Amreth. „Eines der Kartelle vergiftete die Wasserquelle des gegnerischen Geländes. Das hat alle ausgelöscht. Was mich beunruhigt, ist, dass die Attentäter, wenn sie es jetzt auf eure Tempel abgesehen haben, wissen, dass dies die Jahreszeit ist, in der ein Großteil eurer Leute in dieses Wasser geht. Wer könnte diese Art von Informationen über eure Bräuche haben?"

„Niemand sollte das", entgegnete Aku mit hilfloser Frustration. „Selbst unsere Freunde wissen sehr wenig über uns. Sie schnüffeln nicht, so wie wir nicht über sie schnüffeln. Es ist also klar, dass Außenweltler uns ausspionieren. Was mich zu deinen eigenen Freunden bringt. Wer hat dich vor den Attentätern gewarnt?"

„Derselbe Freund, der mir sagte, ich solle herkommen und meine Gefährtin retten", antwortete Amreth sachlich.

„Du vertraust ihm?", bestand Aku auf einer Antwort.

„Ja, ohne diese Botschaft würden wir morgen oder in ein paar Tagen in einer unumkehrbaren Tragödie aufwachen", sagte Amreth. „Die Frage ist, warum? Wer hasst euch so sehr, dass er versucht, euch auszulöschen, obwohl ihr scheinbar nur euer Leben leben wollt?"

„Die Antwort ist offensichtlich, dass die mächtigen Leute, von denen unsere Freunde uns erzählt haben, uns mit bösem Zorn verfolgen würden, wenn wir an die Öffentlichkeit gingen", antwortete Aku.

„Tharmoks Blut!", rief Amreth plötzlich aus und seine Augen weiteten sich. „Hast du nicht gesagt, dass Elias behauptet hat, die Kreatur vom Ursprung von SS12 hätte sich zu schnell zersetzt, als dass man etwas hätte vorweisen können? Dass es sich fast verflüssigt hat?"

Mir fiel die Kinnlade herunter. „Ja. Das ist die Erklärung, die er gab, als die Leute danach fragten. Das kann kein Zufall sein. Er hat Puricis als Referenz benutzt, um alles zu rechtfertigen. Aber warum sollte er wegen dieses ersten Vorfalls so weit gehen? Das ergibt keinen Sinn."

„Was auch immer der Grund sein mag, sie wollen die Kreelar auslöschen und alle Spuren ihrer Existenz beseitigen", resümierte Amreth in harschem Ton, und seine silberweißen Augen glänzten mit unnachgiebiger Entschlossenheit. „Lasst uns diese Unholde fangen. Sie *werden* reden."

Der fünfminütige Flug zu Amreths Schiff kam mir wie eine Ewigkeit vor. Sobald wir gelandet waren, stürzte Aku aus dem Shuttle. Ich verstand seine Ungeduld. Sein Volk hatte schon so viel gelitten, dass diese neue Bedrohung der letzte Schlag sein würde.

„Sei vorsichtig und komm in einem Stück zu mir zurück, hörst du?", sagte ich zu Amreth, als wir an der Rampe des Shuttles standen.

„Ich verspreche es, meine Gefährtin. Sei auch du vorsichtig

da draußen. Ich habe dich nicht nur gefunden, um dich schon wieder zu verlieren", antwortete er.

„Auf keinen Fall. Du hast mich am Hals", entgegnete ich mit einem Lächeln, trotz der Befürchtungen, die sich in mir regten.

Wir tauschten einen Kuss aus, viel zu kurz, aber wir konnten nicht länger verweilen. Aku würde wahrscheinlich sowieso ausrasten, und das aus gutem Grund.

Sobald Amreth ausgestiegen war, ging ich zu meinem Platz zurück, während Mehreen das Shuttle aus dem Hangar zum Tempel steuerte. Kaum eine Minute nach unserem Abflug hob Amreths Schiff ab. Ich verkrampfte mich gegen die schrecklichen Bilder, die sich in meinem Kopf festsetzten, wie alles schief gehen konnte. Die Erinnerung daran, dass Amreth ein Elitekrieger und ein Aufseher auf Molvi war, half mir, einige meiner Ängste zu zerstreuen.

Er lag mir wirklich am Herzen. Die Aussicht auf ein Leben ohne ihn war unerträglich.

Doch als wir uns dem Tempel näherten, konzentrierte ich mich wieder auf die bevorstehende Aufgabe. Wir zogen schnell unsere Schutzanzüge an. Zu Enres Entsetzen waren sie weder für ihn noch für die beiden anderen Kreelar, die mit uns kamen, geeignet, was nicht zuletzt an ihren Schwänzen lag.

Weitere Scans der Umgebung ergaben glücklicherweise keine weiteren Personen, Kameras oder Drohnen, die die vermeintlichen Attentäter zurückgelassen haben könnten. Das zeugte entweder von einem Übermaß an Vertrauen oder von einem hohen Maß an Nachlässigkeit. Was auch immer der Grund war, es kam uns nur zugute.

Als wir ins Wasser wateten, wogte eine Welle der Wut in mir auf. Das war eine so feige und hinterhältige Art, eine ganze Spezies zu beseitigen, die nichts anderes getan hat, als zu versuchen, ihr Leben in Frieden zu leben. Hätten wir nicht gesehen, wie der Raitheaner ins Wasser ging, wären die Chancen, dass jemand herausfand, was geschehen war, gering bis gar nicht vorhanden gewesen.

Aufgrund ihrer relativ geringen Größe wäre es fast unmöglich, die Puricis-Steine aufzuspüren, wenn man nicht vorher von ihrer Anwesenheit wüsste. Und selbst dann mussten wir unsere Scanner benutzen, da wir immer wieder an einigen von ihnen vorbeigingen, die sich bequemerweise mit dem Flussbett vermischten. Wir sammelten zweiundzwanzig Kieselsteine ein und bewahrten sie in einem Behälter für biologische Gefahrstoffe auf.

„Wie schlimm ist es?", fragte Enre mit angespannter Stimme, als ich den Behälter versiegelte.

„Für das Wasser?", fragte ich.

Er nickte, sein Rücken war steif.

Ich schenkte ihm ein beruhigendes Lächeln. „Ernst nimmt einige Wasserproben für weitere Analysen im Labor, aber alle unsere ersten Scans zeigen, dass es sicher ist. Die Steine selbst haben eine ziemlich dicke Beschichtung. Ich bin zuversichtlich, dass nichts ausgetreten ist. Wir haben alles früh genug erwischt, und es gibt keine starke Strömung, die die Steine hätte mitreißen können. Außerdem ist das Wasser relativ kalt. Das verlangsamt den Zerfall der faserigen Hülle. Wäre das Wasser warm gewesen, wäre es problematischer gewesen. Jetzt sollte alles gut sein."

„Danke", erwiderte Enre, seine Stimme war voller Emotionen. „Unser Volk kann keine weitere große Tragödie verkraften."

Seine Begleiter nickten mit grimmigem Gesichtsausdruck.

„Und wir werden alles tun, was in unserer Macht steht, damit das nicht passiert", sagte ich beruhigend. „Lasst uns zurück ins Dorf gehen, dieses Zeug testen und es zerstören."

KAPITEL 16
AMRETH

Wir verfolgten das Schiff im Stealth-Modus. Nach ihrem Flugmuster zu urteilen, schienen sie ein ganz bestimmtes Ziel vor Augen zu haben. Ich gab ein paar Anweisungen in meine Navigationstafel ein, damit die künstliche Intelligenz ihre mögliche Flugbahn berechnen konnte.

Aku, der auf dem Kopilotenstuhl saß, murmelte plötzlich eine Reihe von Schimpfwörtern in seiner Sprache. Ich schaute ihn neugierig an.

„Die Karte, die dein Gerät anzeigt, deutet direkt auf Lenph", sagte Aku wütend. „Es ist ein weiterer Tempel, der Svast ähnelt, aber in einem anderen Gebiet liegt. Wir sind kurz davor, die Grenze zu überschreiten."

„Ist das illegal?", fragte ich vorsichtig. „Gibt es irgendwelche Konflikte zwischen euren Gebieten?"

Er schüttelte den Kopf. „Die Kreelar sind ein friedliches Volk. Wir wären alle eins, wenn das Land nicht so riesig und die Entfernungen so groß wären. Wir sind alle eine Großfamilie. Aber es wäre unrealistisch, dass alle Stämme denselben Tempel besuchen. Die Reise wäre zu lang."

„Wie viele solcher Tempel habt ihr?", fragte ich Aku.

„Drei insgesamt. Aber diese beiden anderen Gebiete – Lenph und Durgh – wurden von der Krankheit nicht berührt. Nur die Stämme, die den Svast-Tempel anbeten, sind betroffen. Die Krankheit ist nicht über unser Gebiet hinausgewandert."

Ich nickte grimmig. „Die Beeren haben sich noch nicht über eure Grenzen hinaus verbreitet. Sorgen wir dafür, dass sie das nie tun."

Ich erhöhte unsere Geschwindigkeit, um den Abstand zu unserer Beute weiter zu verringern. Ich wollte in der Lage sein, sie abzufangen, bevor der Raitheaner seine vergifteten Steine in den Fluss werfen konnte. Nur die Götter wussten, welcher Schaden im Svast-Tempel bereits angerichtet worden war.

Ein Blick auf das Overlay-Display der Kamera der Drohne zeigte mir das Gebiet, in dem das feindliche Schiff flog, sowie einen geisterhaften Umriss des Schiffes selbst. Von unserem jetzigen Standort aus konnten wir seine Tarnung nicht durchschauen.

Ich tippte ein paar Anweisungen ein, damit der Autopilot, sobald wir fünfhundert Meter von ihnen entfernt waren, ansprang und uns in einem gleichmäßigen Abstand zu ihnen hielt. Das Ziel war, uns an sie heranzuschleichen, sobald sie ihre Rampe heruntergelassen hatten. Nach ihren früheren Aktionen im Svast-Tempel zu urteilen, waren sie ziemlich unvorsichtig und übermäßig zuversichtlich, dass ihnen niemand auf der Spur war.

„Was machst du da?", fragte Aku, als ich begann, eine Nachricht auf einem anderen Bildschirm zu tippen.

„Ich schicke Bilder der beiden Eindringlinge an meinen Freund", antwortete ich. „Wir haben eine Gesichtserkennungstechnologie, die ihnen helfen könnte, ihre Identitäten zu finden und hoffentlich ihre Komplizen oder vielleicht sogar ihren Auftraggeber ausfindig zu machen. Wir müssen die Quelle finden, bevor sie wieder zuschlagen."

„Gut. Sie müssen sich für ihre Verbrechen verantworten",
knurrte Aku. „Wir würden es wissen..."

Eine eingehende Kommunikationsanfrage unterbrach ihn und
ließ uns beide aufschrecken.

„Was in Tharmoks Namen...?!", flüsterte ich.

Eine so schnelle Antwort sollte es nicht geben, geschweige
denn eine direkte Com-Anfrage. Es gab keine Relais oder Satelliten in der Nähe. Oder zumindest theoretisch...

„Was ist das?", fragte Aku.

„Eine Kommunikationsanfrage von meinem Freund. Ich
werde sie annehmen", antwortete ich.

Er nickte mir steif zu, seine Anspannung war fast greifbar.

Eine Million Gedanken schossen mir durch den Kopf, als das
Gesicht von Maeve auf meinem Bildschirm erschien, sobald ich
die Mitteilung angenommen hatte. Sie sagte, sie sei auf einer
anderen Mission unterwegs. Und doch war sie hier, nahe genug,
um eine Live-Vidcom zu haben, in einem Gebiet, in dem das
nicht möglich sein sollte.

„Maeve", sagte ich zur Begrüßung. „Das ist Aku, der
Anführer des Stammes, der uns beherbergt. Aku, das ist Maeve,
meine Freundin."

„Es ist mir eine Freude, Sie kennenzulernen, Kald Aku",
antwortete Maeve.

„Ebenso", antwortete Aku unverbindlich, seine Stimme war
höflich, aber kalt.

„Ich möchte nicht schroff oder unhöflich sein, aber ich kann
diese Verbindung nicht lange aufrechterhalten", fuhr Maeve fort.
„Wir analysieren die Daten, die du geschickt hast, Amreth. Wie
ist dein Status?"

„Wir nähern uns ihnen. Wir wollen sie konfrontieren, sobald
sie gelandet sind. Wir glauben, dass sie auf einen anderen
Tempel zusteuern", antwortete ich, bevor ich einen Blick auf das
Overlay der Kamerabilder der Drohne warf. „Ich kann ihn in der

Tat in der Ferne sehen. Sie sind fast da. Wir müssen uns beeilen."

„Jagt sie von Kestria weg, aber gebt die Verfolgung auf", befahl Maeve.

„WAS?! Auf gar keinen Fall!", zischte Aku. „Wir werden diese Mörder fangen, und sie werden sich vor meinem Volk verantworten müssen."

„Sie müssen sich der Gerechtigkeit stellen!", argumentierte Maeve. „Das Gesetz...

„Nach *Dramsta* mit euren Gesetzen! Das ist Kestria!", schrie Aku, und seine Muskeln schwollen vor Wut an. „Ihr Weltfremden habt den Tod von unzähligen meiner Leute verursacht, und jetzt wagt ihr es, zu diktieren, wie mit den Schuldigen umzugehen ist?!"

Maeve hob ihre Handflächen in einer beschwichtigenden Geste. „Wir versuchen nicht, irgendetwas zu diktieren oder eurem Volk unseren Willen aufzuzwingen. Trotz der tragischen Ereignisse, die stattgefunden haben, können Sie sicher sein, dass wir Ihre Souveränität respektieren. Wir brauchen jedoch unwiderlegbare Beweise gegen die Personen, die diese Verbrechen angeordnet und diesen Anschlag finanziert haben, damit sie vor Gericht gestellt werden können. Sie können sie nicht töten."

„Warum sollten wir es nicht tun?", forderte Aku, dessen Wut immer noch hörbar war. „Ihre Überreste werden Beweis genug sein. Im Gegensatz zu ihnen werden wir keine Gifte verwenden, die ihre Körper bis zur Unkenntlichkeit verflüssigen."

„Sie hat ein gutes Argument, Aku. Wenn sie nicht mehr am Leben sind und gezwungen werden, auszusagen, wird es schwieriger, ihre Schuld zu beweisen", erklärte ich beruhigend. „Die Tatsache, dass wir ihre Leichen haben, bedeutet nicht, dass sie mit bösen Absichten in eure Heimatwelt gekommen sind, oder dass sie sogar absichtlich gekommen sind. Es könnte eine Falle sein, um jemandem zu schaden, mit dem wir einen Konflikt haben."

„Du hast deine Aufnahmegeräte", entgegnete Aku.

„Das tun wir", räumte ich ein. „Aber diese Videos können manipuliert werden, um das zu zeigen, was wir wollen. Viele Gerichte werden ihnen bei der Urteilsfindung kein großes Gewicht beimessen."

„Sie landen!", sagte Aku und richtete seine Aufmerksamkeit auf die überlagerte Anzeige auf dem Bildschirm, die zeigte, dass unsere Beute mit dem Sinkflug begann. „Schneller!"

Im Gegensatz zum Svast-Tempel musste man hier nicht über einen schmalen Pfad zum Fluss gehen, der zum Eingang führte. Auf beiden Seiten des Flusses befand sich eine große Lichtung, die zu der Felsformation führte, in die dieser Tempel gemeißelt worden war. Einige Bäume in gleichmäßigen Abständen schmückten den Rand des Ufers, ihre langen Äste bildeten fast einen Bogen über dem Fluss.

„Es tut mir leid, Maeve. Wir müssen gehen", sagte ich entschuldigend.

„Bitte, Amreth! Tötet sie nicht! Sie sind lebenswichtig für diesen Fall!", flehte Maeve.

„Zur Kenntnis genommen. Auf Wiedersehen", antwortete ich unverbindlich.

Sie kniff resigniert die Lippen zusammen und nickte mir starr zu. Ich beendete die Verbindung und raste zum Tempel. Ich verfluchte mich innerlich dafür, dass ich nicht früher mehr Gas gegeben hatte. Trotz des langen Weges, den wir zurückgelegt hatten, dachte ich dummerweise, dass wir etwas mehr Zeit gehabt hätten und drosselte deshalb unser Tempo, um die Gefahr, entdeckt zu werden, zu verringern.

Zu meiner Überraschung kamen sie, obwohl ihr Schiff gelandet war, nicht sofort die Rampe herunter. Tatsächlich schien in den fünf Minuten, die wir brauchten, um sie mit hoher Geschwindigkeit einzuholen, nichts zu passieren. Ich bremste das Schiff ab und landete zweihundert Meter von ihnen entfernt.

Doch sie blieben drinnen und machten keine Anstalten, herauszukommen.

Eine weitere eingehende Nachricht ließ mich fast aus der Haut fahren. Tharmoks Blut! Wann bin ich nur so nervös geworden? Zu meiner Überraschung war es ein analoges Signal von Ciara. Meine anfängliche Erleichterung wich schnell der Sorge, dass etwas schiefgelaufen sein könnte.

„Ciara?", sagte ich anstelle einer Begrüßung, sobald die Verbindung hergestellt war. „Ist alles in Ordnung?"

„Ja, wir haben uns im Tempel um alles gekümmert", antwortete sie. „Wenn ihr noch mehr Steine findet, rührt sie nicht an. Schickt uns einfach die Koordinaten, und wir werden uns darum kümmern."

„Sie sind jetzt gerade in einem anderen Tempel. Aber aus irgendeinem Grund kommen sie nicht aus ihrem Schiff heraus. Unsere Systeme zeigen nicht an, dass sie uns entdeckt haben, aber ich fange an, mich zu wundern", antwortete ich und hasste es, dass ich ihr Gesicht nicht sehen konnte.

„Das überrascht mich nicht", antwortete Ciara sofort selbstbewusst und verblüffte mich. „Raitheanianer brauchen Zeit, um mehr von diesen Steinen herzustellen. Bei der Menge, die wir aus dem Fluss geholt haben, und je nachdem, wie geschickt er ist, sollte er etwa eine Stunde brauchen, um eine ähnliche Menge mit einer vergleichbaren Dicke der faserigen Schale herzustellen. Das bedeutet mindestens weitere fünfzehn bis zwanzig Minuten."

Erleichterung durchströmte mich. „Das sind ausgezeichnete Neuigkeiten."

„Ist der Svast-Tempel sicher?", warf Aku ein.

„Bis jetzt haben wir allen Grund zu der Annahme, dass er keinen Schaden genommen hat. Die ersten Tests deuten darauf hin, dass das Wasser unbedenklich ist, aber wir werden noch weitere gründliche Untersuchungen durchführen", antwortete Ciara.

„Perfekt. Wir werden versuchen, sie daran zu hindern, etwas ins Wasser zu werfen. Ich melde mich bei bei, sobald hier alles geregelt ist", antwortete ich.

„Verstanden. Seid vorsichtig", bekräftigte Ciara.

Sobald das Gespräch beendet war, drehte ich mich um und sah Aku an.

„Wir können sie nicht töten, mein Freund", sagte ich sanft.

Sein Gesicht verhärtete sich sofort. Mit seiner Wut konnte ich umgehen, aber der Ausdruck des Verrats in seinen Augen traf mich tief.

„Ich werde sie *nicht* entkommen lassen und dann hoffen, dass irgendein Fremder sie fängt und sie für ihre Verbrechen zur Rechenschaft zieht", knurrte er. „Vor allem du als Aufseher des Hauptgefängnisses eurer Allianz solltest verstehen, dass die lokalen Gesetze durchgesetzt werden müssen, wenn ein Verbrechen gegen das Volk begangen wurde."

„Das tue ich, mein Freund. Glaube mir, das tue ich. Aber diese beiden Männer sind im Großen und Ganzen nur einfache Soldaten", erklärte ich in einem vernünftigen Ton. „Wenn du sie foltern oder töten willst, kann ich mich nicht einmischen, ganz gleich, wie ich persönlich dazu stehe. Dies ist dein Planet und daher gelten deine Regeln."

„Ganz genau. Und unsere Regeln besagen, dass sie vor den Kalds stehen werden, um sich unserem Zorn zu stellen", schnauzte Aku.

Ich seufzte, während ich in Gedanken nach einem Argument suchte, das ihn umstimmen könnte. Es war eine seltsame Zwickmühle, in der ich mich befand. Als Aufseher und sogar während meines obligatorischen Dienstes als Friedenswächter als Teil meiner Ausbildung musste ich nie mit dieser Art von diplomatischem Konflikt jonglieren. Da ich nur mit Mitgliedsplaneten der IPO zu tun hatte, galten unsere Gesetze für alle, wobei auch die individuellen Gesetze der einzelnen Planeten berücksichtigt wurden.

„Du hast im Moment unglaubliche Macht. Aber Tote reden nicht. Von ihnen können wir genügend Beweise sammeln, die uns zu den Drahtziehern führen. Wenn sie das deinen Leuten angetan haben, ist es wahrscheinlich, dass sie anderen das Gleiche oder vielleicht sogar Schlimmeres angetan haben. Die mächtigen Leute, auf die dein Freund anspielt, müssen aufgehalten werden. Die beiden könnten uns dabei helfen."

Er starrte mich lange Zeit an, ohne ein Wort zu sagen. Für einen kurzen Moment hoffte ich, dass ich zu ihm durchdringen könnte, aber sein Gesicht verhärtete sich erneut.

„Sie *werden* reden", antwortete er.

Ich öffnete den Mund, um weiter zu argumentieren, aber der Blick in seinen Augen sagte mir eindeutig, dass ich es lassen sollte. Mit einem weiteren Seufzer erhob ich mich auf die Beine. Das Misstrauen, das sofort in seinen Augen aufflammte, traf mich stark. So sehr ich seine Wut auch verstand, so sehr hasste ich es, dass diese Situation ausreichte, um die Freundschaft und das Vertrauen, das wir seit unserer Ankunft allmählich aufgebaut hatten, ernsthaft zu untergraben.

„Ich werde EMP-Ladungen an ihrem Schiff anbringen", antwortete ich auf seine unausgesprochene Frage. „Das sind Geräte, die eine starke elektrische Entladung freisetzen, die ihren Antrieb und ihre Navigationssysteme zerstört", erklärte ich. „Sollten sie versuchen zu fliehen, kann ich sie aus der Ferne aktivieren und dafür sorgen, dass sie nicht entkommen können."

Aku entspannte sich sofort, und das Misstrauen wich einer Mischung aus Zustimmung und Dankbarkeit. Es stand für mich außer Frage, dass er sie zu Brei schlagen wollte. Ehrlich gesagt, würde ich an seiner Stelle dasselbe tun wollen. Ich hoffte nur, dass ich ihn überreden konnte, falls und wenn es soweit war.

Die wichtigste Frage war für mich, wer und wie viele Schiffe in der Nähe im Orbit lauerten. Ich konnte nicht mit Sicherheit sagen, dass Maeve unter ihnen war. Ich vermutete sogar, dass sie ehrlich war, als sie behauptete, auf einer anderen Mission zu sein. Aber die Klarheit unserer Vidcom deutete darauf hin, dass die IPO wahrscheinlich einen Satelliten, ein Relais oder eines dieser Kommunikationsschiffe eingeschleust hatte, das als Satellit fungierte. Ich tendierte stark zur letzteren Möglichkeit, da man so keinen Verdacht schöpfen konnte, da solche Schiffe getarnt waren, um im Falle einer Entdeckung unauffällig zu sein.

Ich wusste von ihrer Existenz nur aufgrund meiner hohen Sicherheitsstufe als Aufseher, da solche Schiffe früher bei Razzien eingesetzt worden waren, um einige der in meinem Sektor gelandeten Häftlinge festzunehmen.

Die IPO konnte keine kleine Flotte dort oben haben. Selbst wenn es ihnen gelänge, unentdeckt zu bleiben, würden sie, sobald sie enttarnt wären, um die Attentäter zu fangen – vorausgesetzt, es gelang ihnen, vor uns zu fliehen -, ein anderes Problem innerhalb des Justizsystems schaffen, wenn sie die Tote Zone ohne Durchsuchungsbefehl überfielen. Ein oder zwei Schiffe waren viel wahrscheinlicher. Aber es bedeutete auch, dass die Attentäter leichter entkommen könnten. Die EMPs würden dafür sorgen, dass sie das nicht taten.

Ich holte die EMP-Geräte aus der Waffenkammer sowie ein Paar Blaster, von denen ich Aku einen hinhielt. Er rümpfte die Nase, bevor er mich ansah, als hätte ich etwas Beleidigendes getan. Ich nickte zustimmend, legte die Waffe an ihren Platz zurück und bot ihm einen Armschutz an.

„Sie hat einen Energieschild, den man so aktiviert", sagte ich und demonstrierte es, indem ich den Schild an meiner eigenen Armschiene aktivierte.

„Das wird nicht nötig sein", widersprach Aku.

Diesmal warf ich ihm einen verärgerten Blick zu. „Wenn es mit diesen beiden Männchen unangenehm wird, werden sie ihre Waffen auf dich richten. Blasterschüsse sind böse und können dich töten. Es ist in Ordnung, wenn du keinen Blaster benutzen willst, denn sie erfordern eine gewisse Ausbildung, aber es gibt keinen Grund, warum du keinen Schild benutzen solltest. Ich habe nicht die Absicht, in dein Dorf zurückzukehren, ohne dass du auf deinen eigenen Füßen stehst."

„Vorsichtig, Obosianer. Du hörst dich an, als würdest du dir Sorgen machen", antwortete er in einem spöttischen Ton. „Aber es wird mir gut gehen. Lasst uns nicht trödeln. Nach der Einschätzung deiner Partnerin werden sie jeden Moment herauskommen."

„Benutz wenigstens die persönliche Tarnfunktion des Armschutzes", forderte ich verärgert und wartete darauf, dass er mich wieder abwies.

Zu meiner Überraschung schürzte er die Lippen und nickte mir zu. „Die Unsichtbarkeitsfunktion könnte nützlich sein. Dem stimme ich zu."

Ich starrte ihn an, und mein Mund schloss sich mit einem hörbaren Geräusch, als er spöttisch eine Augenbraue hob. Nachdem ich ihm gezeigt hatte, wie man es ein- und ausschaltet, besprachen wir kurz unsere Strategie und verließen dann das Schiff.

Ich vergewisserte mich, dass sein Tarnschild ordnungsgemäß aktiviert war, bevor wir aus dem Tarnradius um unser Schiff traten. Der Ausdruck auf seinem Gesicht war fast wild. Trotz der vielen Tage, die wir bei seinem Volk verbracht hatten, hatte Aku gute Arbeit geleistet und uns größtenteils im Unklaren über sie gelassen. Ich wusste nicht, wie sie auswählten, wer ihr Kald sein würde, aber ich vermutete, dass es nicht nur um Führungsqualitäten und Diplomatie ging, sondern auch darum, der oberste Alpha zu sein. Und in diesem Moment drückte sein Gesicht deutlich aus, dass ein wildes und rücksichtsloses Raubtier in ihm lauerte.

Ich deutete ihm an, zurückzutreten, während ich mich schnell dem Schiff näherte. Mit klopfendem Herzen schlich ich mich an die Rückseite des Schiffes heran und hockte mich so tief wie möglich, um die EMP-Ladung so nah wie möglich am Motor zu platzieren, aber auch in einem Winkel, der visuell schwer zu bemerken sein würde, ohne dass man absichtlich darauf aufmerksam gemacht wird.

Ich wollte gerade auf die andere Seite gehen, um den zweiten Magneten zu platzieren, als mich das zischende Geräusch der sich senkenden Rampe aufschreckte. Mein Kopf ruckte zu Aku. Durch sein Tarnschild erschien er mir wie eine geisterhafte Silhouette. Aber sie verbarg nichts von dem wilden Ausdruck, der sich über seine Züge senkte, als er eine defensive Haltung einnahm und bereit war, sich auf die Feinde zu stürzen. Ich gab ihm ein Zeichen, dass er sich noch nicht bewegen sollte. Seine Augen blickten kurz zu mir, bevor sie sich wieder auf die beiden Männer richteten, die das Nazhral-Schiff verließen.

Aku nahm sein Blasrohr aus seinem Gürtel, während ich mich ihm heimlich näherte. Meine Augen weiteten sich, als er eine Reihe bösartiger Krallen ausfuhr, von denen ich nicht wusste, dass er sie besaß. Nicht einmal während der Jagd auf die Murthis hatte er sie so weit ausgefahren. Ich wusste, dass die Kreelar ihre Krallen ein wenig ausfahren konnten, was sie regelmäßig taten, um leichter auf Bäume klettern zu können. Aber das war etwas anderes. Es jagte mir einen kalten Schauer über den Rücken, als mir klar wurde, dass dies ein weiteres Zeichen dafür sein könnte, dass er sie nicht am Leben lassen würde.

„Dieser Planet ist wirklich wunderschön", sagte der Raitheanianer, während er die Rampe auf diese seltsame Art und Weise hinunterging, wie es sein Volk tat, wenn sie ihre Tentakel zu behelfsmäßigen Beinen verdrehten. „Es ist eine Schande, ihn und seine Bewohner zu vergiften. Es macht keinen Spaß, die Unschuldigen zu töten."

„Wen interessiert das?", sagte der Mann mit einer Mischung aus Verärgerung und Verachtung. „Sei kein verdammtes Weichei. Das ist doch nur ein Haufen sprechender Affen. Wir müssen uns nicht einmal die Hände schmutzig machen, um sie loszuwerden. Das ist der am einfachsten verdiente Haufen Credits, den ich seit langem gemacht habe."

„Es geht nicht um die Credits", brummte der Raitheanianer, als er ein paar Schritte nach dem Verlassen der Rampe stehen blieb. „Manche Dinge sind wichtiger als das."

„Nichts ist wichtiger als das, du dummes Arschloch. Seit wann bist du denn so verdammt sentimental geworden?"

Er zuckte die Achseln. „Ich bin nicht sentimental. Ich werde keine schlaflosen Nächte wegen ihnen haben. Es macht mir einfach keinen Spaß, jemanden zu verarschen, der mir nichts getan hat. Es ist nicht ehrenvoll, Leute zu vergiften, die niemanden belästigen."

„Alter, erspare mir diese reumütige Schurken-Nummer. Scheiß dich einfach aus, damit wir von hier abhauen können. Auf der Raumstation Galathea gibt es ein paar feine Schlampen, die mit den ganzen Credits, die wir verdienen, auf meinem Schwanz hüpfen werden. Also fang schon mal an zu kacken!"

„Ich kacke nicht ins Wasser. Puricis zu erschaffen braucht Zeit, und sie müssen achtundvierzig Stunden durchhalten, bevor sie sich auflösen", sagte der Raitheanianer mit einem verächtlichen Blick für seinen Begleiter. „Ihr Volk ist immer noch auf dem Weg hierher."

„Das ist mir alles scheißegal. Erledige es einfach!"

„Du wirst dir spätestens dann Sorgen machen, wenn du wegen eines verpfuschten Auftrags deine Credits nicht erhältst, du dummer Mensch! Wenn das Gift zu früh freigesetzt wird, werden die Flora, die Fauna und die Fische in der Nähe tot sein, wenn ihre Leute eintreffen. Sie werden wissen, dass etwas passiert ist. Was glaubst du, was Marilia mit uns machen wird, wenn die Vollstrecker alarmiert sind?"

Mein Herz machte einen Sprung, als ich diesen Namen hörte. Meinte er etwa Marilia Hesper, die Geschäftsführerin von Typhoon Pharma, dem größten intergalaktischen Pharmakonzern? Dieser Name war zu einzigartig, um ein Zufall zu sein.

Der Mensch murmelte etwas Unverständliches vor sich hin, die Drohung überzeugte ihn offenbar, sich zurückzuhalten.

„Ich bin fast fertig", sagte der Raitheanianer schließlich zögernd. „Gib mir noch fünf Minuten."

„Das glaube ich nicht!", zischte Aku, als er seinen Tarnschild fallen ließ.

Ich stöhnte innerlich auf, dass er uns so früh verraten hatte. Der Raitheanianer hätte noch ein paar Enthüllungen machen können, die uns dabei helfen würden, alle in diesen Schlamassel verwickelten Personen aufzuspüren.

Beide Attentäter zuckten zusammen, als sie sich abrupt nach rechts drehten, um sich uns zuzuwenden. Der Mensch griff instinktiv nach seinem Blaster, während der Raitheanianer die beiden verbliebenen Tentakel, die er nicht in seine behelfsmäßigen Beine eingewickelt hatte, aufrichtete. Bevor einer von ihnen feuern konnte, schoss Aku mit seinem Blasrohr einen Pfeil auf den Menschen. Er fand sein Ziel im Hals des Mannes. Die linke Hand des Menschen flog zur Eintrittsstelle, noch während er versuchte, zu schießen. Der Schuss ging daneben, und er stolperte zurück, weil die Kraft des Lähmungsmittels mit wahnsinniger Geschwindigkeit auf ihn einwirkte.

Ich schenkte ihm kaum Beachtung, als er zusammenbrach und seine Augen glasig wurden, und stürzte nach vorne, während ich meinen Energieschild aktivierte, um die Salve vergifteter Pfeile abzuwehren, die der Raitheanianer aus den Saugnäpfen seiner Tentakel auf Aku abfeuerte. Sie prallten gegen meinen Schild und brachten ihn zum Glitzern. Meine Hände kribbelten, als ich mein Lumiak beschwor und es auf den Raitheanianer schleuderte. Er wich nach links aus und rollte sich ab, bevor er sich wieder auf seine nun entfalteten Tentakel stürzte.

Diesmal hob er vier Tentakel, um einen zweiten Schwall von Pfeilen abzuschießen, während er in einem unregelmäßigen Muster auf die Rampe zuschlitterte, um sich selbst schwerer anvisieren zu können. Aber ich schnitt ihm den Weg ab, indem ich ihm in den Weg flog und mehr Lumiak auf ihn schoss. Aku war auch schon in Bewegung. Er rannte auf den Raitheanianer zu und sprang in einer unmöglichen Höhe, um den Geschossen auszuweichen.

Der Raitheanianer aktivierte seinen eigenen Energieschild, der meinen Blitz abblockte, sich aber für Akus Pfeil angreifbar machte. Er schrie vor Wut auf, als er den Stich spürte, der sich in seine Hüfte bohrte. Als er erkannte, dass er es nicht mehr zurück auf sein Schiff schaffen würde und dass er es nicht allein mit uns beiden aufnehmen konnte, machte er sich auf den Weg zum Fluss. Er hielt seinen Schild vor sich erhoben, während er mit erstaunlicher Geschwindigkeit rückwärts glitt und seine eigenen Pfeile auf uns abfeuerte.

Ich spürte die psionische Energie, die von Aku ausging, einen halben Wimpernschlag, bevor der Raitheanianer ins Stocken geriet. Er blinzelte mehrmals und schüttelte den Kopf, wie jemand, der sich von einer brutalen Ohrfeige erholen wollte. Ich flog ungehindert auf ihn zu, während er seine Angriffe auf meinen Begleiter richtete, der immer noch keinen Schild benutzte. Es war ein törichtes Unterfangen, denn der Kreelar bewegte sich viel zu schnell, sprang und hüpfte in schwindelerregender Geschwindigkeit aus dem Weg, während er sein Blasrohr fast wie eine automatische Waffe abfeuerte.

Viele – wenn auch nicht alle – Pfeile von Aku trafen ihr Ziel. Und doch wurde der Raitheananer nicht sofort taub oder gelähmt, wie der Mensch es war. Da wurde mir klar, dass er wahrscheinlich jeden Pfeil mit seiner faserigen Membran umhüllte, bevor das Gift negative Auswirkungen auf ihn haben konnte.

Aber kann er sie wirklich so schnell ausschalten?

Das war eine Frage für ein anderes Mal. Trotz Akus psychischer Störung schaffte es der Raitheanianer, bis an den Rand des Ufers zu schlittern. Ich stürzte mich auf ihn, in der Hoffnung, ihn zu erwischen, bevor er ins Wasser ging, was es extrem schwierig machen würde, ihn zu bekämpfen. Zu meinem Entsetzen sprang Aku auf einen Baum am Ufer, direkt über unserer Beute. Er schwang sich um den Ast, warf seinen Schwanz wie ein Lasso und hielt sich an einem der Tentakel des Raitheanianer fest, als dieser gerade ins Wasser tauchte. Wie ein Turner, der sich um ein Reck drehte, bewegte sich Aku zurück in Richtung der Lichtung und riss den Raitheanianer mit sich zurück. Er schleuderte ihn mit brutaler Kraft auf den Boden. Fassungslos versuchte er, sich wieder auf seine Tentakel zu schwingen und seinen Schild zu erheben, um alle Angriffe von uns abzuwehren, aber er war nicht schnell genug. Mein Lumiak schlug ihm direkt in die Brust. Sein Körper verkrampfte sich, und er sackte von Krämpfen geschüttelt auf den Boden zurück. Ich kämpfte gegen den Drang an, ihn noch einmal mit noch größerer Intensität zu betäuben, und zückte stattdessen meinen Blaster und schoss mit der höchsten Betäubungsstufe auf ihn. Sein Körper zuckte noch einmal, bevor er schlaff wurde.

Aku landete auf seinen Füßen und rannte die kurze Strecke zu seiner gefallenen Beute. Der mörderische Blick in seinen Augen jagte mir einen weiteren Schauer über den Rücken.

„Er ist vorerst bewusstlos", sagte ich präventiv, während ich mich neben den Raitheanianer hockte. „Es wird etwa zehn Minuten dauern. Ich werde sowohl ihm als auch dem Menschen das Kontrollhalsband anlegen. Es wird sie daran hindern, zu fliehen oder uns auf andere Weise anzugreifen. In seinem Fall wird es ihn auch daran hindern, seine Giftpfeile zu produzieren."

Aku antwortete mir nicht. Er stand einfach nur da und beobachtete mich, die Krallen voll ausgefahren, während seine Finger zuckten, als ob er gegen den Drang ankämpfte, den bewusstlosen Mann in Stücke zu reißen. Ich nahm das Halsband von meinem Gürtel und legte es schnell um den Hals des Raitheanianer, bevor ich es für seine spezielle Spezies konfigurierte. Es würde entsprechende neuronale Signale aussenden, die bestimmte Funktionen hemmten.

Ich ging zu dem Menschen, der noch bei Bewusstsein war, nur gelähmt. Er konnte noch sprechen und denken, aber seine

Gliedmaßen waren zu schwer, um sie zu bewegen. Sogar seine Sprache war leicht undeutlich, als er begann, mich mit Beleidigungen zu überschütten, als ich das Halsband um seinen Hals schloss.

„Bringen wir sie zurück in ihr Schiff", sagte ich, entnervt von der kalten – um nicht zu sagen sadistischen – Intensität, mit der Aku immer noch auf das bewusstlose Männchen starrte.

Ich hob den Menschen auf und trug ihn auf meinen Armen die Rampe hinauf. Ich hatte gemischte Gefühle bei dem Gedanken, dass Aku den Raitheanianer am Handgelenk seines rechten Arms packte und ihn wie ein totes Gewicht hinter sich herschleifte. Nach galaktischen Maßstäben würde dies als missbräuchliche und illegale Misshandlung eines Gefangenen gelten. Es juckte mich, ihn zu bitten, ihn auf eine mitfühlendere Weise zu tragen, aber ich hielt mich zurück. Diese geringfügige Grobheit war besser als eine Hinrichtung im Schnellverfahren.

Wir brachten sie auf die Brücke und setzten sie auf die Stühle neben den wissenschaftlichen und taktischen Stationen. Nachdem ich sie an ihre Sitze gefesselt hatte, wandte ich mich an die Navigationstafel und versuchte, Maeve zu rufen. Zu meinem Schock antwortete sie wieder einmal fast sofort. Alle Zweifel, die ich noch hatte, dass sie entweder ein Kommunikationsschiff oder einen temporären Satelliten im Orbit hatten, verschwanden.

„Sind sie am Leben?", fragte sie sofort.

„Vorläufig", antwortete Aku mit kalter Stimme.

Maeve kniff die Lippen zusammen, widersprach aber nicht. „Gib mir mir Zugang zu ihrem Computer. Ich werde dir zeigen, wie."

Ich folgte ihren einfachen Anweisungen, und innerhalb von Sekunden leuchtete die gesamte Navigationstafel auf.

„Danke", sagte Maeve, ihre Stimme war angespannt, als sie zu meinem Begleiter blickte, der immer noch über den Gefangenen thronte. Sie richtete ihre Aufmerksamkeit wieder auf mich, wobei ihre Augen das Sprechen übernahmen. „Ich zähle auf dich, Amreth."

Ich nickte und verstand ihre unausgesprochene Bitte. Es war eine große Aufgabe, aber ich hoffte, sie zu erfüllen.

„Der Raitheanianer erwähnte etwas von einer Marilia. Ich vermute, es könnte sich um Marilia Hesper handeln. Ihr solltet sie vielleicht überprüfen."

Das rätselhafte Lächeln, das sie mir schenkte, mit einem Hauch von Triumph in ihren dunkelbraunen Augen, deutete an, dass sie ihr bereits auf der Spur war.

„Zur Kenntnis genommen", antwortete sie unverbindlich. „Maeve Ende."

Obwohl sie die Kommunikation beendete, wusste ich, dass der Top-Hacker der Enforcer gerade dabei war, alle Daten des Schiffes zu säubern, einschließlich der Kommunikationsprotokolle. Alles, was gesammelt werden konnte, würde ihr nicht entgehen.

Sobald ich mich zu Aku bei den Gefangenen gesellt hatte, wandte er seine Aufmerksamkeit dem Menschen zu, der bei Bewusstsein und wütend war. Der allgemeinen Ruhe seines Körpers nach zu urteilen, wirkte die Lähmung immer noch auf ihn ein.

„Wer hat dich geschickt?", verlangte Aku zu erfahren. Offenbar hatte er gewartet, bis ich fertig war, bevor er mit dem Verhör begann.

„Ich will einen Anwalt", sagte der Mensch mit Arroganz.

„Du bist auf Kestria, du *Smarva*! Hier bekommst du keinen Anwalt. Dies ist *meine* Welt, und du wirst *meine* Regeln befolgen."

„Ich pfeife auf deine Regeln, du dummer Affe. Ich rede nicht ohne Anwalt", spuckte er aus und hob trotzig das Kinn.

Der Narr schien nicht zu erkennen, in welch prekärer Lage er sich befand. Er glaubte törichterweise, dass meine Anwesenheit ihm eine Art Schutz bot. Auf jeder anderen Welt wäre das wahr gewesen, aber nicht hier.

Aku neigte den Kopf zur Seite, und ein bedrohliches Grinsen umspielte seine Lippen.

„Weißt du, wir haben die kleinen Steine wiedergefunden, die dein Freund vorhin in das heilige Wasser des Svast-Tempels geworfen hat", sagte er mit einer kränklich-süßen Stimme. „Da wir Kreelarer daran glauben, andere so zu behandeln, wie sie uns behandeln, bin ich geneigt, dir ein Bad in ihnen zu geben. Unsere Freundin Ciara erwähnte etwas von warmem Wasser, das die Erfahrung beschleunigt. Sag mir, Mensch, was würdest du vorziehen? Ein heißes Bad oder ein freundliches Gespräch?"

Mit jedem seiner Worte wurde der Mensch ein wenig blasser. Er hatte die gebräunte Haut einer Person, die an die Arbeit im Freien gewöhnt war. Er schien Anfang bis Mitte vierzig zu sein, hatte fettiges schwarzes Haar bis zu den Schultern, einen Zwei-Tage-Bart, strahlend blaue Augen und eine krumme Nase, die darauf hindeutete, dass sie mindestens ein- oder zweimal gebrochen worden war. Er war groß und schlaksig und wirkte auf mich wie der Typ, der Probleme sofort mit einem Blaster zu lösen versuchte, aber vor einem Nahkampf davonlief.

„Folter ist illegal", zischte er und versuchte, trotz der Angst, die in seine Stimme sickerte, tapfer zu klingen, als er sich mir zuwandte. „Sag es ihm!"

„Ich habe ihm nichts zu sagen", antwortete ich lässig mit einem Achselzucken. „Du hast ihn gehört. Dies ist sein Planet. Deshalb halten wir uns an seine Regeln."

„Aber du bist ein Obosianer! Du hast geschworen, die Gesetze aufrechtzuerhalten!", rief der Mann, dessen Panik immer mehr zunahm.

„Genau. Und seine Leute machen die lokalen Gesetze. Ich werde mich an sie halten. Wenn die Kreelars Folter zulassen, kann ich nichts dagegen tun."

„Du bluffst!", rief er und klammerte sich an die Leugnung.

„Dieser Planet ist ein Mitglied der IPO. Wir betreiben Handel mit den Sangoths!"

„Dieser Planet *kein* Mitglied der IPO", korrigierte ich. „Die Sangoths haben ein begrenztes Abkommen mit ihnen, aber das gilt nicht für andere Spezies hier. Dies ist die Tote Zone. Die Internationale Planetarische Organisation ist hier nicht zuständig, ebenso wenig wie die Enforcer oder die Friedenswächter. Wenn du also nicht willst, dass sich deine Eingeweide in Brei verwandeln, schlage ich vor, dass du anfängst zu sprechen. Denn ich versichere dir, dass Aku mehr als glücklich sein wird, dir eine Kostprobe dessen zu geben, was du für sein Volk auf Lager hattest."

Diesmal wurde ihm der Ernst der Lage endlich bewusst. Er leckte sich nervös über die Lippen, während er versuchte, sich eine Antwort auszudenken. Er warf einen Blick auf seinen Kumpel, der neben ihm gefesselt war, nur um festzustellen, dass er immer noch bewusstlos war. Der Raitheanianer würde jeden Moment erwachen, nicht dass er ihm eine Hilfe sein würde.

„Ich weiß gar nichts", äußerte der Mensch schließlich. „Ich bin nur eine angeheuerte Arbeitskraft. Dies war einer von vielen Aufträgen. Meine Aufgabe war es, ihn herumzufliegen, damit er seinen Scheiß in drei Tempeln und in den Brunnen abladen konnte, falls nötig."

„Warum?", knurrte Aku. „Warum tust du uns das an?"

Der Mensch zuckte mit den Schultern, seine Bewegungen waren aufgrund der anhaltenden Lähmung kaum zu erkennen. „Es ist verdammt offensichtlich. Man sagte uns, wir sollten die Affen und Wissenschaftler ausrotten."

Eine blendende Wut schwoll in mir an, nicht nur wegen der anhaltenden Respektlosigkeit gegenüber den Kreelar, sondern auch wegen der Gefühllosigkeit, mit der er seine Absicht äußerte, eine ganze Spezies zusammen mit meiner Gefährtin und ihren Kollegen zu ermorden.

„Du tust gut daran, auf deinen Ton zu achten, Mensch",

zischte ich. „Du bist nicht in der Lage, Leute herabzusetzen, die viel besser sind, als du es je sein wirst. Und jetzt beantworte die verfluchte Frage. Warum wurdest du geschickt, um sie zu töten?"

„Ich weiß es nicht, und es ist mir auch egal. Sie boten mir ein nettes Sümmchen, und ich wollte einfach nur bezahlt werden. Warum, und wer dabei verletzt wird, ist nicht mein verdammtes Problem", antwortete der Mann angriffslustig.

„Du lügst!" Aku knirschte mit den Zähnen.

Er hatte Recht. Ein kurzer Blick auf die Aura des Mannes bestätigte seine Täuschung und noch etwas anderes. Verrat kam ihm in den Sinn.

Was hat er vor?

Eine starke Welle psionischer Energie erschreckte mich. Nicht einmal eine Sekunde später schrie der Mensch auf, und Blut begann aus seiner Nase zu tropfen. Mit gefletschten Zähnen und einem bösartigen Gesichtsausdruck starrte Aku den Mann mit einem Hass an, der mir einen Schauer über den Rücken jagte. Es kostete mich jedes Quäntchen Willenskraft, nicht einzugreifen. Ich glaubte nicht an Folter. Aber als fortschrittliche Spezies genoss ich viele Vorteile der Technologie, die dazu beitrug, gewisse widerspenstige Zungen zu lockern. Ich wollte glauben, dass mein Begleiter die Dinge nicht so weit treiben würde, dass ich keine andere Wahl hätte, als einzugreifen.

So sehr ich auch daran glaubte, die Gesetze seines Volkes zu respektieren, so konnte ich doch nicht tatenlos zusehen, wie ein Mord begangen wurde, ganz gleich, wie sehr das Opfer es auch verdient haben mag.

Die Welle psionischer Energie endete ebenso abrupt wie sie begonnen hatte. Der Kopf des Mannes sank auf seine Brust, seine Schreie gingen in ein schmerzhaftes Wimmern über, während er schwer atmete.

„Sprich oder du wirst dir wünschen, du könntest sterben", sagte Aku mit drohender Stimme. „Dein Volk hat Tod und Leid über die Meinen gebracht, mit einer Krankheit, die uns fast ausgelöscht hat. Und jetzt drohst du uns mit der Ausrottung. Du *wirst* mir sagen, warum."

„Ich weiß nichts! Ich schwöre es!", flehte der Mann.

Aku bestand nicht darauf und verpasste ihm einfach eine weitere großzügige Portion psionischer Schläge. Mein Magen kribbelte, jede Faser meines Wesens schrie danach, dass ich ihn aufhalten sollte. Das war nicht die richtige Art und Weise, es zu tun. Es beunruhigte mich umso mehr, dass, obwohl seine Stimme die Aufrichtigkeit verriet, dass er nichts wusste, die Aura des Menschen weiterhin darauf hindeutete, dass er uns über etwas täuschte.

Als das Blut aus dem Ohr des Mannes zu tropfen begann, legte ich Aku beschwichtigend eine Hand auf die Schulter. Ich sagte kein Wort. Er warf mir einen Seitenblick zu und unsere Blicke trafen sich für einen Moment. Er wollte mir eindeutig auf eine weniger freundliche Weise sagen, dass ich mich zurückhalten sollte. Zu meiner angenehmen Überraschung und Erleichterung lenkte er ein und stoppte seinen Angriff.

Der Mann keuchte und weinte, sein ganzes arrogantes Auftreten von früher war verschwunden.

„Er weiß nichts", ertönte der Raitheanianer plötzlich und erschreckte uns beide.

Sein Kopf war immer noch gesenkt, was den Eindruck erweckte, dass er immer noch bewusstlos war. Die kürzeren und schmaleren Tentakel, die von seinem Kopf herabhingen und als Haare fungierten, verdeckten sein Gesicht und verstärkten den Eindruck, dass er immer noch ohnmächtig war. Er hob sie an, und die Nickhaut seiner beiden Augenlider blinzelte, als er uns mit einem leicht erschöpften Gesichtsausdruck ansah.

„Bruce ist nur ein Sprücheklopfer. Er ist zu dumm, als dass man ihm irgendetwas anvertrauen würde, was über seine Aufgaben hinausgeht", sagte der Raitheanianer mit müder Stimme.

„Aber *du* weißt doch, was los ist", erwiderte ich.

„Ich weiß *einiges* von dem, was hier vor sich geht, aber nicht alles", korrigierte er, bevor er sich Aku zuwandte. „Ich weiß nichts über die Krankheit, die die Wissenschaftler zu heilen versuchen. Aber der Fortbestand eures Volkes ist eine zu große Bedrohung geworden, jetzt, da ihr einen Weg gefunden habt, außerhalb der Welt zu reisen. Unser Auftraggeber kann nicht riskieren, dass du sie gefährdest."

„Halt die Klappe, Nylar!", zischte Bruce.

„Nein, halt du die Klappe, dummer Mensch", erwiderte Nylar, während er ihm einen angewiderten Seitenblick zuwarf. „Wir werden nicht gerettet. Aber du bist zu dumm, um das zu erkennen."

„Das weißt du doch gar nicht!", konterte Bruce.

„Schau auf den Monitor", sagte Nylar und deutete mit dem Kinn auf den Overlay-Bildschirm über der Navigationstafel. „Die künstliche Intelligenz überträgt gerade alle unsere Daten. Sie haben jemanden, der fähig ist, die Kontrolle über unser Schiff zu übernehmen. Inzwischen haben sie unseren vorprogrammierten Notruf bereits gesehen und bearbeitet. Wir sind am Arsch. Also können wir genauso gut die Wahrheit sagen."

„Wir haben in der Tat die Kontrolle über euer Schiffscomputer übernommen", bestätigte ich, während ich ihm misstrauisch in die Augen blickte. „Aber warum bist du plötzlich so kooperativ?"

„Denn entweder sterben wir heute hier, *verunglücken* auf dem Rückweg oder ereilt uns ein ebenso schreckliches Schicksal auf Molvi. Wie auch immer, wir sind am Arsch. Typhoon Pharma wird nicht wollen, dass wir reden. Also würde ich es lieber jetzt tun, um die Chance auf mehr Schutz bei den Vollstreckern zu bekommen. Sicherlich haben sie einige ihrer Leute da draußen. Sie hätten uns auf keinen Fall so schnell entdeckt oder es geschafft, unser Schiff in der toten Zone so zu hacken, wie sie es jetzt tun."

Ich nickte zustimmend und mein Herz schlug höher, als ich

diese Bestätigung über die Beteiligung von Typhoon Pharma hörte. Dass auch seine Aura keine Täuschung erkennen ließ, begeisterte mich zusätzlich.

„Ich wusste, ich hätte mich nicht mit einer so schönen Welt anlegen sollen, und schon gar nicht mit einem Ort der Anbetung", fügte Nylar mit Selbstironie hinzu.

„Und doch hast du es getan", sagte Aku barsch. „Warum?"

„Ich musste es tun. Das ist mein Job. Fürs Protokoll, ich kenne nicht alle Geheimnisse, sondern nur, dass, wenn das, was hier passiert ist, aufgedeckt wird, es zu viele Fragen aufwirft, die die Leute dazu bringen werden, Typhoon Pharma viel zu genau unter die Lupe zu nehmen", antwortete der Raitheanianer nonchalant. „Das Problem dreht sich hauptsächlich um Noah Montel, den Sohn des CEO aus einer früheren Beziehung."

„Noah! Den Namen kenne ich", rief Aku aus. „Das war der Name des Menschen, den Sora gebissen hat."

Nylar schnaubte. „Offensichtlich. Dieser Bastard gerät ständig in Schwierigkeiten. Die meiste Zeit meiner Karriere habe ich damit verbracht, seine Scheiße auszubaden. Nach der letzten großen Tragödie, die er verursacht hat, dachte ich, er sei erledigt. Aber Elias Jacobs hat sich bereit erklärt, ihn in sein Team aufzunehmen, als es sonst niemand wollte."

„Warum hat Jacobs das getan?", fragte ich. „Und warum wollte niemand sonst Noah aufnehmen?"

„Credits, natürlich", antwortete Nylar sachlich. „Jacobs ist es nicht gelungen, neue Gelder für seine Forschung zu bekommen. Noah will Feldarzt spielen, kann sich aber nicht an Regeln halten und langweilt sich schnell. In diesem speziellen Fall erwies sich das Projekt als nicht lukrativ genug."

Ich runzelte die Stirn, meine Verwirrung spiegelte sich in Akus Gesicht wider.

„Was meinst du mit nicht lukrativ genug?", fragte ich.

„Die Forschung über die Sangoths war immer ein großes Wagnis, an das niemand wirklich glaubte. Aber es war nur eine

Fassade. Typhoon hat immer geahnt, dass es nicht klappen würde. Aber es gab ihnen eine legale Ausrede, um auf Kestria zu sein, trotz der Obersten Direktive. Es gibt einen Grund, warum Typhoon versucht, sich an Projekten auf primitiven Planeten zu beteiligen. Es erlaubt ihnen, allen anderen immer einen Schritt voraus zu sein, wenn es um große Entdeckungen geht. Sie schicken Leute wie Noah als Kundschafter aus, um verbotene Gebiete des Planeten zu erforschen und nach neuen Medikamenten, Pflanzen oder Ressourcen zu suchen, die sie ausbeuten können."

„Aber warum greifen sie mein Volk an?", forderte Aku ihn heraus. „Ihr Typhoon tötet doch sicher nicht auf jedem Planeten, den sie ausbeuten wollen, die einheimische Bevölkerung."

„Das tun wir nicht, aber dein Fall war insofern einzigartig, als Noahs Handeln deine Leute krank gemacht hat", erklärte Nylar. „Es gab im Laufe der Jahre viele Beschwerden gegen ihn wegen früherer Verstöße und Verletzungen von Sicherheits- und medizinischen Protokollen. Hätte Jacobs den Vorfall gemeldet, hätte Noah seine Lizenz verloren. Abgesehen davon, dass seine Mutter ihn immer übermäßig beschützt hat, konnte sie den effektiven Agenten bei der Ausbeutung primitiver Welten, der Noah war, nicht verlieren."

„Das verstehe ich. Aber das alles ist schon mehr als ein Jahrzehnt her. Unsere derzeitigen Forschungen deuten darauf hin, dass die Quelle der neuen Krankheit von einer invasiven Beerenart verursacht wird", konterte ich. „Wenn das jemals herauskäme, könnte Jacobs argumentieren, dass es keinen Beweis dafür gibt, dass sein Team sie nach Kestria gebracht hat. Verschiedene Leute arbeiten mit strenger Erlaubnis mit den Sangoths zusammen. Einer von ihnen könnte dafür verantwortlich sein."

„Das hätte auch gegolten, wenn SS12 nicht gewesen wäre", konterte Nylar. „Das hat alles verändert, im Guten wie im Schlechten."

„Wie das?", fragte Aku.

„Ohne das Serum wären alle einfach weitergezogen, sobald deine Leute geheilt waren. Aber das Serum hat viele Fragen über die Quelle aufgeworfen. Auch die Arbeitseinsätze mit den Sangoths waren ein Problem. Früher oder später würde einer der Saisonarbeiter die Kreelars entdecken, was den Vorfall aufdecken würde. Aber die Jahre vergingen und es passierte nichts, also dachten wir, alles sei gut. Und dann begannen die Nachrichten."

„Welche Nachrichten?", fragte ich.

„Unsere Forderung, dass Elias das wiedergutmacht, was sein Team uns angetan hat", antwortete Aku an seiner Stelle.

„Nur ist Elias nicht mehr der schwache und fast bankrotte Forscher, der er damals war", sagte Nylar. „SS12 hat ihn wahnsinnig reich und einflussreich gemacht. Während Typhoon ihn damals zum Schweigen bringen konnte, haben sie jetzt nicht mehr so viel Einfluss auf ihn. Er begann, Marilia, der Geschäftsführerin von Typhoon, eine Nachricht zu schicken, in der er sagte, dass es längst überfällig sei, den Vorfall aufzuklären. Natürlich war sie damit nicht einverstanden. Sie beauftragte mich, ihm unmissverständlich klarzumachen, dass er über die Angelegenheit Stillschweigen bewahren und ihr die Sache überlassen solle."

„Willst du damit sagen, dass Jacobs nichts mit diesem Attentatsplan zu tun hat?", beharrte ich.

Er nickte. „Jacobs ist ein unausstehlicher Arsch, aber er wollte nie etwas davon geheim halten. Marilia hat ihn dazu gezwungen, um ihre eigenen Interessen zu schützen."

„Was wolltet ihr also noch tun, außer unsere Tempel zu vergiften?", fragte Aku.

„Nichts", antwortete Nylar. „Wir wollten mein Puricis seine Wirkung tun lassen. In einer Woche sollten wir für eine zweite Dosis wiederkommen, falls nötig."

„Aber warum? Wir haben diese Botschaften vor vielen

Monaten verschickt", beharrte Aku. „Der Angriff auf euer Schiff ist mehr als zwei Wochen her. Warum kommt ihr jetzt?"

„Weil wir die Bestätigung erhalten haben, dass ihr hier von Wissenschaftlern behandelt werdet. Ich habe sofort vermutet, dass es sich um eine Falle handelt und habe es Marilia gesagt. Aber sie hat darauf bestanden, dass wir kommen und alle auslöschen."

„Wie kommst du darauf, dass es eine Falle ist?", fragte ich verblüfft.

„Weil die Vollstrecker nie etwas durchsickern lassen, es sei denn, sie *wollen, dass* diese Information an die Öffentlichkeit gelangt. Und jedes Mal ist es eine Falle für die Idioten und Leichtgläubigen", sagte Nylar mit einem niedergeschlagenen Gesichtsausdruck.

Und so viel war wahr. Ich erinnerte mich nur zu gut daran, wie sie mich „ermutigt" hatten, ähnliche Informationen über Piratenüberfälle, an denen die Levendoc Corporation beteiligt war, weiterzugeben, nachdem Gaelec seine Strafe auf Molvi abgesessen hatte.

„Und trotzdem bist du gekommen", forderte Aku.

Der Raitheanianer schnaubte und lächelte resigniert. „Wie Elias hatte ich keine andere Wahl. Ich habe schon viel zu lange für Marilia gearbeitet. Wenn man einmal zu tief drinsteckt, gibt es kein Zurück mehr, bis man befreit wird – was selten vorkommt – oder der Tod einen holt."

„Du hast dich mit diesem Tod abgefunden, nachdem du gefangen genommen wurdest, aber du hättest ihn nicht riskiert, um die Auslöschung einer ganzen Spezies zu verhindern, die, wie du selbst zugibst, unschuldig ist?", knurrte Aku.

Zu meiner Überraschung antwortete Nylar nicht sofort und nahm sich einen Moment Zeit, um über seine Antwort nachzudenken.

„Um die Wahrheit zu sagen, ihr wart keine Personen für mich... nicht wirklich. Ihr wart lediglich Ziele... eine Aufgabe.

Ich tue nicht gerne jemandem weh, der mir kein Unrecht getan hat, aber das hat mich nie davon abgehalten, es zu tun, wenn es mein Job war. Mitgefühl und Empathie haben in meinem Beruf keinen Platz. Du musst nur wissen, dass es nicht persönlich gemeint war", antwortete er sachlich.

Weit davon entfernt, ihn zu besänftigen, verärgerten die Worte des Raitheanianers Aku noch mehr und er fletschte die Zähne vor ihm.

Nylar hob trotzig sein Kinn. „Du wolltest die Wahrheit, du hast sie bekommen. Ich habe nie behauptet, dass es schön sein würde."

„Ich sollte dich töten", antwortete Aku mit gefährlich leiser Stimme. „Ich sollte euch zu meinem Volk bringen, damit es euch beiden einen langsamen und qualvollen Tod bereiten kann. Aber selbst das wäre zu nett."

Mein Herz machte einen Sprung vor Hoffnung, als ich seine Worte hörte, vor allem als er sich zu mir umdrehte und mich ansah.

„Ich habe gehört, dass Molvi ein schrecklicher Ort ist, um dort zu Gefangener zu sitzen", sagte Aku.

Ich lächelte. „Das ist es allerdings."

„Das hängt davon ab, in welchem Quadranten man dient", erwiderte Nylar lässig. „Ich war schon auf Molvi und habe es unbeschadet überstanden, wie du sehen kannst."

„Du hast nie auf Dakons Spielplatz gedient", erwiderte ich in eisigem Ton. „Niemand überlebt dort seine Strafe. Und ich kann dir versichern, dass ihr beide genau dort für eure Verbrechen landen werdet."

Der Raitheanianer hatte den Anstand, bei diesen Worten entnervt zu schauen. Ich bezweifelte, dass er glaubte, er würde eine zweite Strafe auf Molvi überleben, aber er hätte wahrscheinlich nie erwartet, dass sie im schlimmsten Sektor des ganzen Planeten stattfinden würde. Dakon teilte seinen Sektor nicht in Quadranten ein. Alle Gefangenen teilten sich denselben Raum.

Deshalb nahm er nur die grausamsten, skrupellosesten und unverbesserlichen Kriminellen auf. Nur wenige hielten länger als ein paar Wochen durch, manche nicht einmal ein paar Tage.

„Das klingt nach einer angemessenen Strafe", sagte Aku. „Mögest du jeden Tag deines Aufenthalts dort an uns denken."

Das Piepsen einer eingehenden Nachricht ließ uns alle den Kopf in Richtung der Navigationstafel drehen. Selbst als ich sie annehmen wollte, sagte mir mein Gefühl, was passiert war. Es war keine Überraschung, dass Maeve wieder auf dem Bildschirm erschien.

„Lass mich raten, du hast alles gehört?", fragte ich.

Sie lächelte unverbindlich, bevor sie ihren Blick auf meinen Begleiter richtete.

„Mit deiner Erlaubnis, Aku, können wir von hier aus übernehmen. Ich habe die volle Kontrolle über das Schiff. Da du es wahrscheinlich vorziehen würdest, dass keine weiteren Außenweltler in deinen Raum eindringen, kann ich dieses Schiff per Fernsteuerung von deinem Planeten wegbringen und diese Gefangenen in unseren Gewahrsam nehmen, damit sie sich der Justiz stellen können."

Er starrte sie einen Moment lang schweigend an, bevor er mir einen fragenden Blick zuwarf. Das traf mich hart, aber auf die wundersamste Weise. Das Vertrauen, das er in mich setzte, bedeutete mir sehr viel. Erneut zog sich meine Brust bei dem Gedanken zusammen, dass sich unsere Wege bald trennen und wir uns wahrscheinlich nie wiedersehen würden. Ich hätte mir vorstellen können, dass zwischen uns eine so enge Freundschaft entstehen würde wie die, die ich mit Kronos teilte.

„Ich vertraue ihr mit meinem Leben und verbürge mich, ohne zu zögern, dafür, dass sie dafür sorgen wird, dass sie der Justiz nicht entkommen", antwortete ich entschieden.

Er nickte und sah dann wieder zu Maeve. „Wenn das so ist, gehören sie dir."

„Ich danke dir, Aku. Ich verspreche bei meiner Ehre, dass

wir alle, die an der Tragödie, die deinem Volk widerfahren ist, beteiligt waren, vor Gericht bringen werden. Du solltest wissen, dass deine heutige Mitarbeit uns helfen wird, unzählige weitere Leben zu retten und noch mehr Opfer zu rächen, denen Typhoon Pharma Unrecht getan hat", erklärte Maeve inbrünstig. „Mit deiner Erlaubnis werden wir dich in Zukunft kontaktieren, um dich über die Entwicklungen auf dem Laufenden zu halten."

„Ich würde es zu schätzen wissen", entgegnete Aku widerwillig.

Maeve drehte sich zu mir um, und der Ausdruck von Dankbarkeit, gemischt mit einem unverkennbaren Funken von Triumph, brachte mich fast zum Lächeln. Sie brauchte nicht zu sprechen, um mir zu sagen, dass sie mir zu einem gelungenen Auftrag gratulierte. In diesem Augenblick wurde mir klar, dass mein anfänglicher Verdacht, ich würde als freier Agent rekrutiert, richtig war. Die Vollstrecker hatten die ganze Zeit gehofft, dass die Dinge zu diesem Ergebnis führen würden. Mein Bauchgefühl sagte mir außerdem, dass sie Typhoon Pharma schon immer verdächtigt hatten, ihnen aber einfach die Beweise oder der hinreichende Verdacht fehlten, um die notwendigen Haftbefehle für eine umfassende Untersuchung zu bekommen.

„Wir danken dir für deine Hilfe in dieser Angelegenheit. Lass uns wissen, wenn du etwas benötigst, um die Situation für die Kreelars zu lösen. Mit dieser Verhaftung ist die IPO nun offiziell in der Lage, sich einzuschalten und jede benötigte Unterstützung zu leisten."

„Das ist sehr freundlich", erwiderte ich höflich, wohl wissend, dass Aku durch ihre Worte angespannt wirkte. „Wir werden die Angelegenheit mit den Wissenschaftlern und den Kreelar Kalds besprechen, damit sie entscheiden können, ob sie weitere externe Unterstützung wünschen."

Sie lächelte wieder und nickte zustimmend. Diesmal wurde mir klar, dass sie nicht nur eine solche Antwort von mir erwartet hatte, sondern dass sie es auch auf eine neckische Art und Weise getan hatte, um mich daran zu erinnern, dass sie behauptete, ich hätte bessere diplomatische Fähigkeiten, als ich mir selbst zutraute.

Ich erwiderte ihr Lächeln. „Sei dir bewusst, dass ich einen EMP-Detonator in der Nähe ihres Motors platziert habe. Ich kann ihn auf unserem Weg nach draußen entfernen."

Sie schnaubte und schüttelte den Kopf. „Danke für die Vorwarnung, aber mach dir keine Sorgen. Wir werden uns darum kümmern, sobald wir das Schiff geborgen haben."

Wir tauschten unsere letzten Abschiedsworte aus.

„Lass uns nach Hause gehen", sagte ich zu Aku, als die Verbindung abbrach.

Das sanfte Lächeln, das er mir schenkte, rührte mich zutiefst. „Zeig mir den Weg, Bruder."

Wir ignorierten Bruce' flehende Stimme und verließen das Schiff unter den resignierten Blicken des Raitheanianers. Als wir uns wieder in meinem Schiff einrichteten, war Maeve bereits dabei, das Nazhral-Schiff in die Luft zu bringen. Es hob Sekunden vor uns ab.

„Werden die anderen Kalds verärgert sein, dass du die Attentäter freigelassen hast?", fragte ich vorsichtig, als wir nach Hause zurückflogen.

„Am Anfang werden es einige sein. Aber alle werden sich meiner Entscheidung anschließen", sagte Aku voller Zuversicht. „Was uns passiert ist, darf anderen nicht passieren. Und vor allem muss der Anführer für die Taten einstehen, zu denen er andere verleitet hat. Es wäre unverzeihlich, wenn diese beiden Attentäter die ganze Schuld auf sich nehmen würden, nur um später durch andere ersetzt zu werden, die von derselben bösen Hand gelenkt werden. Ich möchte, dass diese Marilia und Noah ihre ganze Welt zerbröckeln sehen, so wie wir unsere jahrelang langsam sterben sahen."

„Und wir werden dafür sorgen, dass sie es tun", versprach ich.

„Ich weiß, dass du das wirst."

Wir beendeten die Reise in einer freundlichen Atmosphäre, während der er mir einige Sehenswürdigkeiten seiner Welt zeigte und einige der damit verbundenen Folklore einflocht. Als wir uns dem Dorf näherten, wies er auf eine große Freifläche, auf der ich das Schiff landen konnte.

„Das ist ein bisschen weit für dich. Ich könnte dich etwas näher hier drüben absetzen", sagte ich und deutete auf einen anderen Platz, der groß genug war, um zu landen.

Er schüttelte den Kopf. „Es ist nicht viel länger zu laufen. Und du kannst dein Schiff dort lassen. Du brauchst es nicht woanders zu lassen und zurückzufliegen."

Meine Augenbraue schoss in die Höhe. „Bist du sicher?"

Er nickte. „Danke für das, was du heute getan hast. Ohne deine Warnung hätten wir es nie erfahren und wären alle gestorben. Unsere Freunde sagten uns, du würdest unsere Feinde der Gerechtigkeit zuführen. Aber ihr habt jede Hoffnung, die wir in euch gesetzt haben, übertroffen. Du sollst wissen, dass ihr euch alle vier einen Platz in meinem Volk verdient habt."

„Du ehrst uns, Aku", erwiderte ich und meine Kehle zog sich zusammen, als ich dankbar lächelte. Ich wusste immer noch nicht viel über ihre Gesellschaft und ihr Volk, aber ich wusste genug, um zu erkennen, dass dies nicht nur eine höfliche Geste war, sondern ein seltenes Geschenk.

„Lass uns nach Hause gehen, Bruder."

KAPITEL 17

CIARA

Aufgeregte Rufe von draußen ließen mich aus dem Labor stürmen. Noch bevor sich die Tür öffnete, riss ich den Kopf hoch und suchte den Himmel ab. Als ich Amreths Schiff im Anflug sah, entfuhr mir ein aufgeregter Schrei. Ich rannte wie eine Verrückte aus dem Hof, über den Dorfplatz und aus den Toren hinaus, während mich alle amüsiert anschauten.

Technisch gesehen hatte ich nicht das Recht, den Innenhof ohne eine Eskorte zu verlassen. Aber etwas hatte sich unbestreitbar schon früher, nach unserer Rückkehr aus dem Tempel, verändert. Diese Veränderung hatte sich bereits allmählich und auf sehr viel subtilere Weise vollzogen. Doch heute stellte die Tragödie, die wir zu verhindern halfen, alles völlig auf den Kopf.

Obwohl ich ahnte, dass uns die Kreelar aus den anderen Dörfern weiterhin mit Argwohn und Misstrauen beäugen würden, nahmen uns die Stammesangehörigen von Bryst nun voll und ganz in ihre Arme.

Amreth landete sein Schiff auf einer Lichtung, die mindestens dreihundert Meter vom Dorf entfernt war. Obwohl ich stolz darauf war, mich fit zu halten, war ich außer Atem, als ich das Schiff erreichte, weil ich ständig befürchtete, dass er wieder abhauen würde, nachdem er Aku abgesetzt hatte, um es auf der Klippe zu parken, wo er es normalerweise aufbewahrte.

Zu meinem Schock – aber auch zu meiner angenehmen Überraschung – entdeckte ich beide Männchen, die Seite an Seite in Richtung Dorf gingen. Sein Gesicht erhellte sich, als er mich sah, und er schlug mit den Flügeln und flog nur wenige Meter über dem Boden, um den Abstand zwischen uns zu verringern. Ich warf mich in seine Arme, und er fing mich auf. Ich beanspruchte seine Lippen in einem brutalen Kuss, in den ich sowohl mein Glück als auch meine Erleichterung darüber, ihn wiederzusehen, einfließen ließ.

Immer noch in Bodennähe fliegend, wirbelte er uns herum, bevor er wieder unten landete. Ich brach den Kuss ab, vergrub mein Gesicht in seiner Nackenbeuge und atmete tief seinen Duft ein. Ein Gefühl des Friedens und des Zuhauseseins durchströmte mich. Er schlang seine Flügel um mich und hielt mich fest, während wir ruhig in der Umarmung des jeweils anderen verharrten.

Nach ein paar Sekunden oder unzähligen Minuten – ich konnte es nicht genau sagen, und es war mir auch egal – öffnete Amreth seine Flügel und ließ mich los. Ich trat einen Schritt zurück und untersuchte ihn sofort von Kopf bis Fuß, um nach Anzeichen von Verletzungen zu schauen.

Er gluckste. „Mir geht es gut, meine Gefährtin. Uns beiden geht es gut."

Ich streichelte weiter seine Brust und seine Arme, bevor ich meinen Hals reckte, um nach Aku Ausschau zu halten, wobei sich ein Hauch von Schuldgefühlen in meine Züge mischte. Ich schaute über meine Schulter und sah ihn in respektvollem Abstand stehen, um uns etwas Privatsphäre zu gewähren. Er beobachtete uns mit einer fast väterlichen Belustigung, was albern war, wenn man bedachte, dass ich älter als er war.

„Geht es dir gut?", fragte ich ihn, obwohl ich immer noch an Amreth lehnte. „Ist jemand verletzt?"

Er schüttelte den Kopf, als er auf uns zukam. „Keiner von uns ist verletzt, und wir konnten die Attentäter aufhalten, bevor sie den Tempel verseuchen konnten."

„Wo sind sie?", fragte ich und schaute über seine Schulter in Richtung des Schiffes, als ob ich durch den Rumpf bis in die Brigg sehen könnte.

„Die Vollstrecker haben sie", antwortete Amreth.

„Was?! Wie?", rief ich aus.

„Ich werde alles erklären, wenn wir bei den anderen sind", sagte Amreth in einem beschwichtigenden Ton.

Der Drang, ihn mit Fragen zu bombardieren, brannte mir auf der Zunge. Ich wollte nicht warten, aber es hätte auch keinen Sinn, ihn die Geschichte zweimal erzählen zu lassen. Natürlich würden Mehreen und Ernst sowie das ganze Dorf wissen wollen, was passiert war.

Am Ende teilten wir uns auf, und Aku trommelte seine Leute in der Versammlungshalle zusammen, während wir vier Außenweltler in das mobile Labor gingen. Zuerst schmerzte es ein wenig, dass wir nicht dabei sein sollten, da wir einen wichtigen Beitrag in dieser Angelegenheit geleistet hatten. Aber Enre und die beiden anderen Kreelar, die uns zum Svast-Tempel begleiteten, hatten bereits alle über unsere Arbeit dort informiert. In diesem zweiten Bericht würde es mehr um die Art und Weise gehen, wie ihr Anführer mit den Attentätern umgegangen ist, und um die möglichen Maßnahmen, die sie als Volk in Zukunft ergreifen wollen. An ihrer Stelle würde ich auch nicht wollen, dass Fremde uns belauschten, unabhängig davon, wie freundschaftlich unsere Beziehung geworden war.

Sobald wir uns im Besprechungsraum des Labors eingefunden hatten, berichtete Amreth uns ausführlich über die Ereignisse. Wir saßen alle da und waren verblüfft über all diese Enthüllungen, besonders über Marilias Beteiligung. Und doch sollte ich nicht so schockiert sein. Es war kein Geheimnis, dass große Unternehmen oft auf höchst fragwürdige Weise handelten, wenn es darum ging, ihren Gewinn zu steigern oder in ihrem Bereich führend zu bleiben. Das galt besonders für die Pharma- industrie. Wer auch immer mit dem ersten Patent aufwartete, konnte Milliarden von Credits verdienen. Wenn die Entdeckung eine artenübergreifende Behandlung ermöglichte, stieg das finan- zielle Potenzial exponentiell an.

SS12 hat Elias Jacobs und Typhoon Pharma obszön reich gemacht. Und dieser Reichtum sollte abgeschöpft werden – zumindest für Typhoon – sowohl als Strafschadenersatz als auch zur Finanzierung der Bemühungen, die erforderlich sein würden, um den Kreelars gerecht zu werden.

Bei primitiven Planeten, die unter die Oberste Direktive fielen, wurde die Sache immer deutlich komplizierter, da man ihnen nicht einfach eine Menge Credits als Entschädigung zukommen lassen oder Technologien teilen konnte. Aber das war eine Herausforderung für Leute, die auf diesem Gebiet qualifi- zierter waren als ich, um das zu klären.

„Wow! Jetzt wird es richtig hässlich für Typhoon", überlegte Mehreen laut. „Sie sind ein riesiger Konzern mit Labors und Forschungsteams überall in unserem Sektor der Galaxie. Sie zu untersuchen, wird ein wahnsinniges Unterfangen. Das könnte Jahre dauern!"

Amreth nickte grimmig. „Das kann schon sein. Aber das bedeutet nicht, dass die Konsequenzen nicht schon früher spürbar sein werden. Die Vollstrecker werden sich auf die am wenigsten hängenden Früchte stürzen, um eine rasche Verurtei- lung zu erreichen und einen besseren Zugang zu allem zu bekommen, damit sie später weitere Anklagen wegen früherer Verbrechen erheben können. Es macht mich einfach wütend, dass einige von ihnen aufgrund von Verjährungsfristen mögli- cherweise nicht angeklagt werden können. Dennoch habe ich das Gefühl, dass es genug von ihnen geben wird, um sicherzustellen, dass sie nie wieder die Freiheit genießen können."

„Sie hätten reinen Tisch machen sollen, anstatt zu versuchen,

Noah zu decken", sagte Ernst. „Ich kann verstehen, dass eine Mutter ihr Kind beschützen will, aber er hat immer sehr viel Ärger gemacht. Gleichzeitig bin ich mir nicht sicher, inwieweit es aus mütterlicher Liebe oder einfach aus Habgier geschah. Schließlich war es nicht einfach, jemanden mit der entsprechenden medizinischen Qualifikation zu finden, der bereit war, diese Art von dubioser Arbeit zu machen."

„So oder so, sie sind am Arsch", sagte ich achselzuckend. „Aber was wird mit Elias passieren?"

Amreth schürzte die Lippen, als er über diese Frage nachdachte. „Das kommt ganz darauf an. Natürlich wird es ein Nachspiel haben, wenn man verheimlicht, was hier passiert ist. Diese Nachlässigkeit hat die Kreelars um die regelmäßigen Kontrollen gebracht, von denen sie in den folgenden Jahren profitiert hätten und die verhindert hätten, dass sich diese Tragödie fast ein Jahrzehnt lang fortsetzt. Es kommt darauf an, wie sehr er zum Schweigen gezwungen wurde. Nach der Aussage von dem Raitheanianer hat Marilia Jacobs ernsthaft bedroht. Wenn ein Verbrechen unter Zwang begangen wird, könnte er entlastet werden."

„Aber ich dachte, das gilt nicht, wenn es den Tod eines anderen verursacht?", entgegnete Ernst.

„Die bisherigen Beweise deuten nicht darauf hin, dass eine von Jacobs' Handlungen zu direkten Todesfällen geführt hat", erklärte Amreth. „Er war nicht anwesend oder verantwortlich für das, was Noah getan hat. Er hat die Kreelar sofort behandelt, als er merkte, dass sie infiziert waren. Sein Verbrechen war, dass er es nicht der galaktischen Ärzteorganisation gemeldet hat. Aber das geschah unter Zwang, als sie kaum Grund zu der Annahme hatten, dass die Krankheit zurückkehren würde. Und tatsächlich war die Ursache eine völlig andere Quelle, die er nicht vermuten konnte und von deren Existenz er nichts ahnte, bis die Freunde der Kreelars ihnen halfen, ihm eine Nachricht zu schicken."

„Und er hat sich sofort bei Typhoon gemeldet und darum

gebeten, dass sie an die Öffentlichkeit gehen", ergänzte ich für ihn. „Vielleicht kommt er ja ungeschoren davon, oder lediglich mit einem ziemlich harten Schlag auf die Finger. Die Zeit wird es zeigen. Dennoch ist der Untergang von Typhoon die bestmögliche Strafe. Hoffentlich sendet es eine abschreckende Botschaft an andere Unternehmen und Konglomerate, die solche unmoralischen Taktiken anwenden, um sich zu bereichern."

„Hört, hört", sagte Mehreen.

„Aber es ist schon spät", sagte ich schließlich. „Ich könnte eine Dusche, ein gutes Essen und etwas Ruhe und Entspannung gebrauchen."

„Oh, ich bin sicher, du wirst *dich ausruhen*", erwiderte Mehreen und wackelte mit den Augenbrauen.

Ich starrte sie an, während die anderen beiden grinsten.

„Du wirst dich tatsächlich ausruhen", sagte Amreth mit einem schelmischen Gesichtsausdruck. „Ich glaube, da hat sich jemand einen Wellnesstag auf meinem Schiff verdient, das zufälligerweise nur einen kurzen Spaziergang entfernt geparkt ist."

„Oh verdammt, ja!!", rief ich aus, was meine Begleiter wieder zum Lachen brachte.

Wir sagten unseren Freunden gute Nacht, und ich sträubte mich nicht, als Amreth mich in seine Arme nahm und zum Schiff flog. Andererseits blieb er nahe genug am Boden, dass mir bei meiner dummen Höhenangst nicht mulmig wurde.

Dies war das erste Mal, dass ich das Schiff wirklich besichtigen konnte. Es war nicht nur auf dem neuesten Stand der Technik, sondern es fiel mir auch auf, dass es, was den Luxus anbelangt, definitiv am oberen Ende des Spektrums angesiedelt war. Obwohl wir oft darüber sprachen, wie unsere Zukunft aussehen würde, wenn das alles geklärt ist, haben wir nie wirklich über belanglose Dinge wie Finanzen gesprochen.

Ich war nicht reich, aber ich lebte sehr komfortabel und befand mich in der oberen Hälfte der Mittelschicht. Abgesehen von dem generationsbedingten Wohlstand, den ich von meinen

Eltern geerbt hatte, brachte mir meine Tätigkeit als Epidemiologe ein beneidenswertes Einkommen ein. Aber es war klar, dass
Amreth zu einer viel höheren Schicht gehörte. Immerhin war er
ein Lord.

Der Gedanke, dass ich, sobald wir verheiratet waren, offiziell
Lady Ciara werden würde, kam mir immer seltsam vor. Das
brachte mich dazu, auf eine sehr unladylike Weise zu gackern.
Wenn man bedachte, wie aufgeblasen ich die meisten Leute bei
Ereignissen wie dem Symposium, bei dem ich entführt worden
war, fand, war ein solcher Titel für jemanden wie mich eher
verschwendet. Ich war nur dankbar, dass Amreth nicht spießig zu
sein schien und es nicht auf Hierarchie und Anerkennung seines
Ranges abgesehen hatte. Das wäre definitiv ein Problem
gewesen.

Ich habe mich jedoch an der Farbpalette und dem Dekor des
großen Gefäßes sattgesehen. Ich vermutete, dass es seine eigene
Ästhetik zu Hause widerspiegelte. Aus irgendeinem Grund hatte
ich viele dunkle Farben erwartet, von verschiedenen Grautönen
bis hin zu tiefen Rottönen und dunklen Brauntönen. Stattdessen
war das Innere überwiegend weiß mit hellbeigen und gelegentlichen scharfen Obsidian-Akzenten. Es hatte etwas sehr Zen-
artiges und friedliches an sich.

„Ich mag diese Farbpalette", sagte ich, während er mich in
den hinteren Teil des Schiffes führte, wo es vier Schlafzimmer
gab, zwei davon mit eigenen Hygieneräumen, die anderen beiden
teilten sich einen.

„Das freut mich zu hören", meinte Amreth mit einem Grinsen. „Mein Haus hat eine ähnliche Farbpalette. Ich finde es toll,
wie geräumig und entspannend sich der Raum dadurch anfühlt.
Wir haben viele große Fenster und riesige Terrassen auf allen
drei Etagen des Hauses. Ich kann es kaum erwarten, dass du es
siehst. Natürlich steht es dir frei, Änderungen vorzunehmen, um
es für dich noch ansprechender zu gestalten."

„Nach dem zu urteilen, was ich bisher gesehen habe,

bezweifle ich, dass das nötig sein wird", sagte ich in aller Aufrichtigkeit. „Aber ich kann es kaum erwarten, es zu sehen."

„Nun, hier ist der erste Blick", sagte er und öffnete eine Tür zu einem beeindruckenden Schlafzimmer.

Beim Anblick des massiven Bettes, das mindestens ein Drittel des Raumes einnahm, fiel mir die Kinnlade herunter. Es sah fast so breit aus, dass Amreth mit ausgebreiteten Flügeln darauf liegen konnte. Bettzeug und Kissen in Erdtönen sorgten für Wärme und einen schönen Farbtupfer. Ich schaute kaum auf die bequeme Couch aus dunklem Holz mit plüschigen beigen Kissen, die einem riesigen Bildschirm gegenüberstand. Zu meiner Überraschung gab es in dem Zimmer weder einen Frühstückstisch noch einen Schreibtisch. Aber es waren die großen abstrakten Gemälde, die die Wände schmückten, die meine Aufmerksamkeit erregten.

Ich war nie der Typ, der berühmte Künstlernamen in den Mund nahm oder in unverschämt teure Kunstsammlungen investierte. Aber ich hatte eine echte Wertschätzung für die Arbeit derjenigen, die mit ihrer Kreation ein Gefühl vermitteln oder eine Emotion hervorrufen konnten, von einer einfachen Zeichnung bis zu einer Skulptur oder einem Lied. Ich war nicht in der Lage, dies in Worte zu fassen, und hielt es auch nicht für nötig. Für mich ging es einfach darum, die Emotionen zuzulassen, die das Werk in mir weckte. Und diese Stücke haben bei mir Resonanz gefunden.

„Ja, ich glaube wirklich, ich werde dein Haus so lieben, wie es ist", sagte ich wehmütig, während ich die Kunstwerke bewunderte.

Er lächelte, küsste meine Schläfe und führte mich an der Hand in einen Nebenraum.

Mir fielen fast die Augen aus dem Kopf, als ich den Hygieneraum betrat. Er hatte nicht gescherzt, als er sagte, er habe ein regelrechtes Spa. Der Raum war größer als die meisten Kabinen auf gewöhnlichen Kreuzfahrtschiffen. Die riesige, eingelassene

Badewanne erregte sofort meine Aufmerksamkeit. Amreth hatte nicht übertrieben, als er mit ihrer Größe prahlte. Ich quietschte wie ein Schulmädchen und klatschte, während er lachte.

Dann bemerkte ich die noch gewaltigere Dusche, die fast eine ganze Wand einnahm. Zusätzlich zu den Duschköpfen, die von der Decke hingen, säumten eine Reihe von Körperdüsen die Wand. Nach ihrer Anzahl und den Winkeln zu urteilen, waren sie speziell für die große Spannweite der Flügel eines Obosianers ausgelegt. Kein Wunder, dass mein Mann ohne seinen Komfort so unglücklich gewesen war. In der Ecke befanden sich lange Streifen an der Wand, die wie vertikale Lüftungsschlitze aussahen, und ein quadratischer an der Decke, der offenbar als eine Art Trockner diente.

Gegenüber der Dusche befand sich ein langer Tresen mit einem Doppelwaschbecken vor einem Spiegel, der bis zur Decke reichte. Am anderen Ende der Dusche, abgetrennt durch eine Sichtschutzwand, befand sich eine Toilette, die auf einem kleinen Podest stand. In Anbetracht der großen Lücke zwischen der Toilette und der Rückwand wurde mir klar, dass der Abstand und die Höhe dazu dienten, seine Flügel und seinen Schwanz unterzubringen.

„Dies ist eine fast perfekte Nachbildung des Hygieneraums im Hauptschlafzimmer meines Hauses", sagte Amreth, bevor er sich einem wirbelnden Muster an der Wand in der Nähe des Eingangs näherte, neben dem ein leuchtender Stein lag. „Und hier drin findest du saubere Handtücher und andere Toilettenartikel. Winke einfach mit der Hand vor dem Stein."

Ich staunte, als sich das wirbelnde Muster in eine dicke Flüssigkeit zu verwandeln schien und das Muster sich auflöste, um die Regale darin zu enthüllen.

„Okay, das ist super cool", sagte ich beeindruckt.

Er schenkte mir ein süffisantes Lächeln. „Das ist der Standard für Türen auf Vargos, und damit auch auf Molvi. Wenn du eine Tür öffnen willst, winke einfach mit der Handfläche vor dem Stein. Um sie zu verschließen, winke stattdessen mit dem Handrücken vor dem Stein."

„Zur Kenntnis genommen", entgegnete ich, aufgeregt bei dem Gedanken an all die anderen Wunder, die ich in seiner Welt entdecken würde.

„Gut. Jetzt zieh dich aus und lass uns dich nass machen", sagte Amreth mit einer anzüglichen Stimme, die mir sofort die Zehen kribbeln ließ.

Ich kicherte und gehorchte, während er die Wanne mit Wasser füllte.

„Ich bin gleich wieder da", sagte er in einem geheimnisvollen Ton, der meine Neugierde weckte.

Mein Blick verweilte auf ihm, als er den Raum verließ, ich bewunderte seinen kräftigen Rücken und die Art und Weise, wie sein langer Schwanz sanft hinter ihm wippte. Die Erinnerung daran, wie unanständig er ihn benutzt hatte, ließ mich sofort an allen richtigen Stellen pulsieren. Voller Vorfreude beendete ich das Ausziehen und legte meine Kleidung ordentlich auf dem Tresen zusammen. Ich näherte mich der Wanne, die sich mit einer beeindruckenden Geschwindigkeit füllte, und tauchte meine Zehenspitzen hinein, um die Temperatur zu testen. Ein Grinsen breitete sich auf meinen Lippen aus, als ich feststellte, dass sie die perfekte Wärme hatte. Ich ging die zwei Stufen hinunter in die Wanne und ließ mich mit einem wollüstigen Stöhnen im Wasser nieder.

Das leise Zischen der sich hinter mir öffnenden Tür lenkte meine Aufmerksamkeit auf sich. Meine Augen weiteten sich, als ich Amreth sah, gefolgt von einem schwebenden Tablett mit zwei Flöten, die mit einem prickelnden Getränk gefüllt waren, das an Champagner erinnerte, und zwei Tellern mit aufgeschnittenen exotischen Früchten in einem und luxuriösen Gourmet-Pralinen im anderen.

„Oh, mein Gott! Woher hast du das?!", rief ich aus und richtete mich in der Wanne auf, als er sich näherte und das Tablett in der perfekten Höhe vor mir abstellte.

„Ich habe sie mitgebracht, damit wir sie bei unserem ersten Date nach deiner Befreiung genießen können", sagte Amreth süffisant, während er begann, sich zu entkleiden. „Es gab sogar das Äquivalent von in Schokolade getauchten Erdbeeren als Teil des Menüs. Aber unter den gegebenen Umständen dachte ich mir, dass wir für eine Weile genug davon gesehen haben und ließ sie weg."

Ich schnaubte, amüsiert und gleichzeitig gerührt von seiner Nachdenklichkeit. „Verdammt, du bist so süß!"

„Normalerweise würde ich mich darüber ärgern, so bezeichnet zu werden, aber dieses Mal erlaube ich es", sagte er scherzhaft. „Ich habe dich nicht gerade befreit, aber wir haben Grund zum Feiern."

„Das tun wir", stimmte ich zu, während ich meine Augen an meinem Mann weidete. „In mehr als einer Hinsicht."

Zu meiner Überraschung setzte er sich nicht zu mir in die Wanne, sondern nahm seitlich auf dem erhöhten Rand Platz, wobei seine Füße auf dem Boden blieben. Amreth griff nach den beiden Flöten und reichte mir eine. Ich nahm sie und mein Herz flatterte, als er mich mit einer tiefen Zuneigung ansah, die mich durcheinanderbrachte.

„Auf dich, meine Ciara, den größten Segen, den die Götter mir je hätten zuteilwerden lassen können. Ich habe mich immer gefragt, wie meine Seelenverwandte sein würde. Ich hoffte, sie wäre freundlich, klug, lustig, liebevoll und natürlich gesetzestreu", fügte er mit einem neckischen Augenzwinkern hinzu, was mich zum Kichern brachte.

Er wurde ernüchtert und streichelte mit seinen Fingerknöcheln sanft meine Wange.

„Aber du hast das alles übertroffen. Du bist kühn, mutig, mitfühlend und selbstlos. Tag für Tag beobachte ich, wie du dich bis auf die Knochen abrackerst, um dieses Volk mit Empathie und Respekt zu retten. Nicht ein einziges Mal hast du darüber nachgedacht, wie dir der Erfolg dieses Unterfangens Lob und Anerkennung einbringen könnte. Du sorgst dich nur um ihr Wohlergehen. Und das sieht man dir an. Du kannst dir gar nicht vorstellen, wie stolz ich bin, dass du zu mir gehörst."

Meine Kehle schnürte sich zu, und dumme Tränen versuchten, mir in die Augen zu schießen, um mitzufeiern. Ich dachte nicht, dass ich irgendetwas Besonderes tat, außer dem, was notwendig und richtig war. Aber seine Reaktion rührte mich zutiefst.

„Ich liebe es, dass du keine Angst hast, deine Meinung zu sagen, zu deinen Überzeugungen zu stehen und das zu tun, was du willst. Und vor allem liebe ich es, wie glücklich ich mich fühle, einfach nur an deiner Seite zu sein. Allein der Gedanke, dein Gesicht zu sehen und deine Stimme zu hören, bringt mich zum Lächeln. Ich verliebe mich gerade in dich, Ciara. Ich kann es nicht erwarten, dass wir unser gemeinsames Leben beginnen."

„Und ich kann es auch nicht erwarten, unser gemeinsames Leben zu beginnen. Auch du hast meine kühnsten Träume übertroffen. Jede Eigenschaft, die du an mir aufgezählt hast, könnte ich dir direkt zurückgeben. Meine größte Befürchtung war, dass du zu starr sein könntest. Aber du bist extrem bescheiden, aufgeschlossen und bereit, die Dinge aus der Perspektive eines anderen zu sehen. Du bist beschützend, ohne zu kontrollieren, prinzipientreu, aber nicht selbstgerecht, diszipliniert und doch verspielt, und vor allem bist du der beste Kuschler der Welt. Diese Umarmungen sind einfach klasse", fügte ich neckisch hinzu.

Er schnaubte und schüttelte den Kopf über mich.

„Ich finde es toll, dass du, ohne zu zögern, gekommen bist, um mich zu retten. Ich finde es toll, dass du dich schnell auf die neue Situation eingestellt hast und nicht gezögert hast, das Richtige zu tun, auch wenn es deiner eigenen Karriere auf Molvi schadet. Du bist genauso selbstlos, wie du behauptest, dass ich es bin. Und jeder hier sieht das. Ich bin sogar noch stolzer auf dich als du auf mich."

„Ich bezweifle, dass das möglich ist", sagte er und versuchte, spielerisch mürrisch zu klingen, um zu verbergen, wie sehr ihn meine Worte bewegten.

„Glaubt mir, das ist es. Du hast so viel Macht, die du leicht missbrauchen könntest, und doch suchst du immer nach einer friedlichen Lösung, die ein Blutvergießen vermeidet. Du gibst mir das Gefühl von Sicherheit, Respekt und Wertschätzung. Ich bin dabei, mich in dich zu verlieben, mit Schwanz, Flügeln, Hörnern und allem anderen."

„Auch Piercings?", fragte er.

Ich brach in Gelächter aus, und er gluckste liebevoll.

„Ja, Piercings auch. Vor allem diese", fügte ich hinzu und warf einen vielsagenden Blick auf seinen Schritt.

„Gut! Denn wenn wir nach Hause zurückkehren, wird mir das Konklave vermutlich mehr Algarium als Belohnung für meinen Beitrag zur Lösung dieser Krise zukommen lassen. Überlege schon mal, wo ich die Piercings anbringen soll."

Mir fiel die Kinnlade herunter, während er süffisant lächelte.

Das Konklave war die höchste juristische Instanz auf Vargos, der Heimatwelt der Obosianer. Algarium war das seltene Metall, das sie für ihre Piercings verwendeten, die man sich durch besondere Taten oder Leistungen verdienen musste. Ich musste mich erkundigen, womit er sich all die Piercings verdient hatte, die derzeit seinen Körper schmückten.

„Bis dahin, auf uns", sagte Amreth, ohne meine Antwort abzuwarten.

„Auf uns", wiederholte ich, während wir mit unseren Gläsern anstießen.

Wir tranken beide aus. Es stellte sich heraus, dass es sich eher um einen fruchtigen Rosé handelte, obwohl es durchaus eine obosianische Version von Champagner sein könnte, was mich nicht sonderlich interessierte. Ich hatte noch nie viel von Alkohol gehalten. Aber das hier war köstlich.

Zu meiner Überraschung nahm Amreth nicht an den Leckereien auf den beiden Tellern teil, sondern bewegte sich hinter mich, hockte sich an den Rand der Badewanne, um mir eine ordentliche Schultermassage zu verpassen. Ein lautes Schnurren drang aus meiner Kehle.

„Iss, meine Gefährtin, und genieße es, umsorgt zu werden", sagte Amreth.

„Du isst nichts?", fragte ich und griff nach einer der Pralinen.

„Nö. Ich lasse Platz für das köstliche Festmahl, das ich mir etwas später gönnen werde", antwortete er in einem anzüglichen Ton, der keinen Zweifel an seiner Bedeutung ließ.

Eine angenehme Flamme entfachte in meiner Magengrube, als ich mich der Massage hingab und noch ein paar Leckereien genoss. Er benutzte sein *Bakaan* auf einer sehr niedrigen Stufe, um mich noch mehr zu entspannen. Mit einem stimmlichen Befehl aktivierte er das Soundsystem, das eine beruhigende obosianische Musik zu spielen begann.

Ich trank mein Getränk aus, knabberte noch ein paar Früchte und Pralinen und stellte das Tablett beiseite, als Amreth meine Schultern losließ, um das Bad zu umrunden. Mein Herz machte einen Sprung, als er in die riesige Wanne stieg, in der noch genügend Platz für mindestens einen weiteren Erwachsenen war, der sich bequem zu uns gesellen konnte. Amreth saß mir jedoch am anderen Ende gegenüber, anstatt mit mir zu kuscheln. Erst da wurde mir klar, dass er mir gerade eine Fuß- und Beinmassage verpassen wollte. Ein weiteres lautes Schnurren drang aus meiner Kehle. Ich lehnte mich mit dem Rücken an die Wanne und stützte meinen Kopf auf den erhöhten Rand, während ich mich von meinem Mann verwöhnen ließ.

Seine Berührung war magisch. Ich brauchte einen Moment, um zu erkennen, dass das leichte Kribbeln darauf zurückzuführen war, dass er winzige Mengen seines Lumiaks verwendete, während er mich massierte. Ich fragte mich kurz, ob das nicht ein riskantes Unterfangen war, da Wasser ein großer Leiter für Elektrizität war. Aber mit sechsundvierzig Jahren vertraute ich darauf, dass er inzwischen wusste, was sicher war und was man nicht mit seinen Kräften machen sollte.

Als er fertig war, war ich völlig erschöpft, mein ganzer Körper fühlte sich an, als würde er auf einer Wolke schweben. Amreth stieg aus der Wanne und aktivierte die Sprudeldüsen. Sofort begann das warme Wasser um mich herum zu sprudeln und gab mir eine weitere Ganzkörpermassage, die mich beinahe schwerelos zurückließ.

Mein Gefährte lächelte süffisant, als er sich nach vorne beugte, um mich zu küssen. Ich erwiderte seinen Kuss und wünschte, er würde mit mir in der Wanne kuscheln. Aber er richtete sich auf und ging unter die Dusche. Ein wenig ratlos sah ich ihm zu, wie er begann, sich zu waschen. Es war in der Tat ein ziemliches Spektakel, all diese Körperdüsen zu sehen, die Wasser auf ihn und besonders auf seine Flügel spritzten.

Er sah aus wie ein heidnischer Gott, als er sie weit ausbreitete. Mir lief das Wasser im Mund zusammen, als ich sah, wie er die Arme hob, um sich die Haare zu waschen. Er entblößte jeden Zentimeter seines köstlichen Körpers für meine gierigen Augen. Das Umgebungslicht reflektierte genau richtig auf seinen Piercings und lenkte meine Aufmerksamkeit noch mehr auf sie. Ich schluckte schwer, als ich mich daran erinnerte, wie sie sich auf meiner Zunge anfühlten, ebenso wie die kleinen Schuppen und weichen Stacheln entlang seiner Länge.

Er drehte sich um, um sich den Körperdüsen zu stellen, die die Vorderseite seiner Flügel bestrahlten. Mein Blick glitt über die starken Muskeln seines Rückens, die sich unter seiner graubraunen Haut abzeichneten. Er folgte dem Weg entlang seiner Wirbelsäule, die sich in seinen langen Schwanz krümmte. Obwohl er an der Basis etwas dick war, verbarg er nicht die köstlich runden Kugeln seines Hinterns. In meinen Fingern juckte es vom Drang, sie mit beiden Händen zu packen. Andererseits wollte ich auch jeder Backe einen kräftigen Biss verpassen. Er hob sein Gesicht zu dem Wasser, das aus den Duschköpfen regnete. Nach einem Moment stoppte er das Wasser, dann drehte er sich wieder zu mir um. Die Augen geschlossen, stützte er seine Handflächen gegen die Glastüren, den Kopf leicht gesenkt. Erst dann hörte ich ein sehr leises Pfeifen, von dem ich annahm, dass es vom Trockner stammte. Sekunden später bemerkte ich tatsächlich, wie sich sein langes, silberweißes Haar bewegte, was darauf hindeutete, dass es vom Wind durchweht wurde.

Ich bemerkte, dass ich aus der Wanne gestiegen war, als ich mich auf den Weg zur Dusche machte. Amreths Augen rissen einen halben Wimpernschlag auf, bevor ich die Dusche erreichte. Seine silberweiße Iris, die von der sie umgebenden schwarzen Sklera fast völlig verschluckt worden war, weitete sich plötzlich zu ihrer normalen Größe, als er mir in die Augen blickte. Er richtete sich auf und ließ seine Handflächen von den Glastüren fallen. Ich zog sie auf und trat ein, wobei mich der lauwarme Luftzug des Trockners sanft umspielte.

Ohne ein Wort zu sagen, schloss ich den Abstand zu meinem Gefährten und legte meine Handflächen auf seine Brust. Ich hob mein Gesicht, um seinen Kuss zu empfangen, den er mir großzügig gab. Unsere Zungen vermischten sich, und ein Blitz der Begierde durchfuhr mich. Seine war schmaler als die eines Menschen, mit einer etwas raueren Textur, die jedes Gefühl verstärkte, besonders an den intimen Stellen. Sogar das Piercing in der Mitte steigerte das Erlebnis.

Mit der rechten Hand umfasste er meinen Nacken, die linke glitt sanft über meinen Rücken, bevor sie sich auf meinem Hintern niederließ. Ich brach den Kuss sofort ab, um ihm nicht die Kontrolle über den Moment zu überlassen. Im Schlafzimmer war er von Natur aus dominant. Normalerweise hatte ich kein Problem damit, ihm nachzugeben, aber in diesem Moment wollte ich mein Verlangen nach ihm unter meinen eigenen Bedingungen stillen.

Er versuchte nicht, mich zurückzuhalten, als ich anfing, Küsse entlang seines Kiefers und über die Kurve seines Halses zu verteilen. Ich liebte die weiche Beschaffenheit seiner Haut, die sich im Vergleich zu der eines Menschen leicht ledrig anfühlte. Die Schuppen in Chevronform auf seinen Schultern kitzelten meine Handflächen, als die Ränder daran kratzten, während ich ihn streichelte.

Mein Mund wagte sich weiter hinunter zu seiner linken Brustwarze. Ich war ziemlich süchtig danach geworden, an dem kleinen Barbell-Piercing zu saugen, das er dort hatte. Wenn ich sah, welche Freude ich daran hatte, bekam ich immer ein schlechtes Gewissen, weil ich selbst kein Piercing hatte, mit dem er spielen konnte. Ich glaubte zwar immer noch nicht, dass ich jemals eins bekommen würde, aber jetzt, da ich mich mit seinem vertraut gemacht hatte, war ich nicht mehr so hartnäckig dagegen. Die Tatsache, dass er nie wieder damit anfing oder auch nur im Entferntesten versuchte, mich dazu zu drängen, spielte dabei eine große Rolle. Ich fand es toll, dass er meine körperliche Autonomie wirklich respektierte und mich so mochte, wie ich war.

Das tiefe Grollen seines zustimmenden Stöhnens hallte direkt in meiner Klitoris wider. Es gab nichts Erregenderes, als wenn der Mann, den man liebte, so unglaublich sensibel und empfänglich für die eigene Berührung war. Amreth schien nie genug von mir zu bekommen, genau wie ich mich ständig nach ihm sehnte. Ich leckte und liebkoste seine Brustwarze noch eine Weile, saugte an der kleinen Knospe, während ich mit der linken Hand die andere zwickte.

Ich setzte meine Reise nach unten fort und hielt inne, um dem anderen Piercing in seinem Nabel ein wenig Aufmerksamkeit zu schenken. Zu spüren, wie sich seine Bauchmuskeln unter meinen Handflächen zusammenzogen, fachte die Flamme in meinem Inneren weiter an. Ich rieb mit meinen Händen über sie, bevor ich mit meiner Zunge jede gemeißelte Rille nachzeichnete.

Amreth holte zischend Luft, als meine rechte Hand sich einen Weg zwischen seinen Schenkeln bahnte, um sich kühn um sein Glied zu legen. Verdamme mich! Ich würde nie müde werden, das jenseitige Gefühl seines Schwanzes in meiner Hand zu genießen. Seine Xinnix – *die* kleinen Stacheln, die die Seiten seines Schafts säumten -, die beiden Schuppen auf der Oberseite seines Schafts und die zahlreichen Piercings, die entlang der Länge und an der Spitze verstreut waren, sorgten für eine Vielzahl von Empfindungen, die mich vor Vorfreude pochen ließen. Alles, was er mit meiner Handfläche machte, als ich begann, ihn zu streicheln, würde sich in mir tausendfach vervielfachen.

Ich hockte vor ihm und ergötzte mich an der Perfektion, die er war. Ich beugte mich vor und begann sofort, den Schlitz seiner Eichel mit meiner Zunge zu necken, bevor ich Kreise um die Eichel zog. Meine andere Hand streichelte und drückte seine Hoden, genoss ihre ungewöhnlich glatte Beschaffenheit. Amreths Finger glitten durch mein Haar und hielten es locker genug, um meine Bewegungen nicht einzuschränken. Ein erstickter Laut kam von ihm, als ich ein paar Mal über seine gesamte Länge leckte, bevor ich ihn in meinen Mund nahm.

Zu sagen, er sei riesig, würde ihm nicht einmal ansatzweise gerecht werden. Seltsamerweise war ich diejenige, die sich betrogen fühlte, weil ich nicht viel mehr von ihm in meinen Mund nehmen konnte. Ich wünschte wirklich, ich könnte ihn richtig tief in den Mund nehmen. Aber ich kompensierte das, indem ich ihn streichelte, im Rhythmus der Bewegungen meines Mundes. Der tiefe, knurrende Klang seines Stöhnens in meinen Ohren ließ mich in Sekundenschnelle klatschnass werden. Meine Brüste fühlten sich schwer an, und meine Brustwarzen schmerzten vor lauter Verlangen nach Aufmerksamkeit.

Trotz seiner phänomenalen Selbstbeherrschung begann Amreth als Reaktion auf meine Berührungen leicht zu wippen.

Als er das zum ersten Mal tat, befürchtete ich, dass er meine Mandeln zerstören würde, sobald die Leidenschaft ihn übermannte. Zum Glück vergaß er nie, sich um meine Sicherheit zu kümmern, selbst wenn ihn das Vergnügen hart ritt. Aus einem völlig irrationalen Grund spornte mich das an, ihn noch mehr ausrasten zu lassen, wie in einem masochistischen Bedürfnis, seine Grenzen zu erweitern.

Ich liebte seinen Geschmack, leicht würzig wie süßer Ingwer. Leider beraubte er mich zu oft des Vergnügens, ihn voll auszukosten. Es war ein merkwürdiges Verlangen, das ich speziell für ihn entwickelt hatte, denn ich war nie besonders verrückt nach Schlucken gewesen. Und doch liebte ich alles mit ihm und konnte nie genug davon bekommen. Amreth hatte nur ein Problem damit, zuerst zum Höhepunkt zu kommen. Er war besessen davon, sicherzustellen, dass ich mindestens ein paar Mal den Orgasmus erreichte, bevor er seine eigene Erlösung genießen konnte.

Als hätte er die Gedanken gelesen, die mir durch den Kopf gingen, begann Amreth, mich sanft an den Haaren zu ziehen, um mich von ihm wegzuziehen. So wie sich seine Bauchmuskeln krampfhaft zusammenzogen und seine Beine leicht zitterten, war er kurz davor, den Gipfel zu erreichen. Ich weigerte mich, mich um meine Freude betrügen zu lassen, packte seinen Schwanz fester und beschleunigte die Bewegung meines Kopfes, der vor ihm wippte. Als er versuchte, etwas kräftiger zu ziehen, griff ich zu der beschämenden Taktik, von der ich wusste, dass sie ihn in Sekundenschnelle aus den Angeln heben würde.

Ich streifte mit meinen Zähnen über die empfindlichen Spitzen seiner *Xinnix*. Für ihn waren sie wie äußere G-Punkte. Wie aufs Stichwort verkrampfte sich sein Körper, und seine Hand krallte sich schmerzhaft in mein Haar, während er aufschrie. Obwohl ich das absichtlich provoziert hatte, erstickte ich fast an der ersten kräftigen Ladung, die mir in den Mund schoss. Ich schluckte und bereitete mich auf mehr vor, aber das

unglückselige Männchen zog sich zurück und hielt meine Haare
zu fest, als dass ich versuchen konnte, mich an Ort und Stelle zu
halten.

Er zischte und schloss seine Hand um den Ansatz seines
Schwanzes, direkt unter meiner, die immer noch versuchte, ihn
zu streicheln. Amreth drückte fest zu, um den Fluss seines
Samens zu stoppen. Ich leckte mir lasziv über die Lippen, mit
einem schelmischen Glanz in den Augen, der sich mit einem
Hauch von Missbilligung mischte, weil er mich nicht vollständig
an sich heranließ.

Aber selbst als er noch leicht vor Glückseligkeit zitterte,
starrte er mich mit einem fast wilden Ausdruck an, der deutlich
zum Ausdruck brachte, dass ich ein böses Mädchen gewesen war
und er mich dafür bestrafen würde. Das Pochen zwischen
meinen Schenkeln ging auf Hochtouren, als ich mich auf seine
Vergeltung vorbereitete.

Und sie kam schnell.

„Du spielst gerne schmutzig?", knurrte er. „Das Spiel können
auch zwei spielen."

Eine wahnsinnig mächtige Welle seines *Bakaans* schlug in
mich ein. Ich schrie auf, mein Rücken krümmte sich, als ein
heftiger Orgasmus mich mitriss. Zwei starke Arme hoben mich
auf, bevor ich auf den gefliesten Boden fiel.

Ich klammerte mich an seine Schultern, zitterte am ganzen
Körper und versuchte, mich wieder zu fangen, während Feuer
durch meine Adern floss und mein Kitzler fast schmerzhaft
pochte. Amreths Brust an meiner vibrierte mit einem selbstgefälligen Grinsen. Er küsste den weißen Fleck auf meiner Stirn –
meinen Scheitel, wie er es nannte – und strich dann mit seinen
Lippen an meiner Schläfe entlang bis zu meinem rechten Ohr.

„Wie wäre es mit einem anderen Spiel?", flüsterte er in
einem fast bösartigen Ton.

Ich war noch zu benommen, um zu fragen, was er meinte.
Aber er streichelte meinen Hintern, seine Hand glitt zwischen

meine Schenkel und krümmte sich, um meine Klitoris zu erreichen. Das einzige Geräusch, das aus mir herauskam, war ein weiterer Schrei der Ekstase, als er meinen geschwollenen kleinen Nervenbüdel mit einem Blitz von Lumiak traf. Meine Augen rollten zu meinem Hinterkopf, als ich wieder einmal mitgerissen wurde.

Eine Welle nach der anderen der Glückseligkeit brach über mich herein, während Amreth mich mit einer Mischung aus seinem *Bakaan* und dem strategischen Einsatz seiner Blitze an erogenen Stellen zwischen zwei Liebkosungen hochhielt. Ich brauchte viel zu lange, um zu bemerken, dass sein Schwanz sich dem Kampf angeschlossen hatte und in einem Rausch in mich hinein- und hinausglitt, während mein Gefährte mein Gesicht und meinen Hals mit leidenschaftlichen Küssen bedeckte.

Ein dritter Orgasmus überkam mich, der sich diesmal allmählich aufbaute und nicht so wild war, wie Amreth die beiden vorherigen ausgelöst hatte. Ich klammerte mich um mein Leben an ihn, wollte mehr und fürchtete doch, in Millionen Stücke zu zerbrechen. Mein Gehirn konnte die süßen Worte, die er zu mir sprach, kaum verarbeiten, zu sehr war mein Verstand von der überwältigenden Lust verwirrt. Die endlosen Stöhngeräusche, die aus mir heraussprudelten, und das Rauschen des Blutes in meinen Ohren machten es noch schwieriger, zu verstehen, was er sagte.

Und doch, als er seinen Schwanz aus mir herauszog, um ihn durch seinen dicken Schaft zu ersetzen, durchdrangen seine Worte den lustvollen Nebel, der meine Gedanken verwirrte.

„Noch einmal, meine Liebe. Auf meinem Schwanz... Zusammen."

Wie jedes Mal, wenn wir zusammenkamen, füllte er mich bis zum Rand aus, sein nicht zu vernachlässigender Umfang dehnte mich bis an meine gefühlten Grenzen. Und doch konnte ich nicht genug bekommen. Jeder Stoß entlockte mir ein ersticktes Stöhnen nach dem anderen. Zwischen den Stacheln seines *Xinnix* und den Piercings an seinem Schaft waren meine Innenwände einem unbeschreiblichen sinnlichen Angriff ausgesetzt, der mich Arien singen ließ. Das Barbell-Piercing an seinem Kopf und die Schuppen an der Oberseite seines Schafts rieben systematisch und mit tödlicher Präzision an meinem G-Punkt, gingen rein und raus und machten mich vor Lust wahnsinnig.

Die Welt um mich herum hörte auf zu existieren, mein ganzes Universum reduzierte sich auf das Gefühl von ihm, in und um mich herum. Ein Inferno verzehrte mich von innen heraus, jedes Nervenende wurde von einem Wirbelsturm von Empfindungen in Flammen gesetzt.

Amreth begann, immer schneller in mich hineinzupumpen, sein Atem wurde schwer und drang in kurzen, lauten Stößen in mein Ohr, während er sich dem Gipfel näherte. Es dauerte nicht lange, da stieß er in mich hinein, packte meinen Hintern mit beiden Händen, und seine teilweise ausgefahrenen Krallen gruben sich in meine Backen. Sein Schwanz zerstörte mich, während mein ultimativer Höhepunkt mit der ungezügelten Wut eines Tsunamis auf mich einstürmte.

Meine Wirbelsäule krampfte sich zusammen, und ein blendendes Licht explodierte vor meinen Augen, als ich einmal mehr zusammenbrach. Meine inneren Wände klammerten sich an Amreths Schwanz und verstärkten das Gefühl seiner Stacheln, Schuppen und Piercings in mir. Er stimmte in mein Stöhnen ein, und seine Hände an meinem Hintern wurden fast schmerzhaft fest. Es überraschte mich, dass seine Klauen meine Haut nicht durchbohrten.

Sein Samen schoss in mich hinein und überflutete mein geschundenes Inneres mit einem brennenden Strom, während er weiter in mich hinein- und wieder herauspumpte. Er beanspruchte meine Lippen mit einem unersättlichen Kuss und verschluckte mein Stöhnen der Ekstase. Er brach den Kuss ab, und ich vergrub mein Gesicht in seiner Halsbeuge, erschüttert und völlig schwerelos. Ich spürte vage, wie er halb zurückstolperte und sich dann gegen die Wand lehnte, wahrscheinlich um sich wieder zu fangen. Wie er es schaffte, mich an sich festzuhalten, entzog sich jeder Logik. Ich war einfach nur dankbar dafür.

Der Regen, der auf uns niederprasselte, riss mich aus meiner Benommenheit. Ich fühlte mich zu überrollt, um mich zu bewegen, aber das musste ich auch nicht. Mit einer Zärtlichkeit und unendlichen Sorgfalt, die mich durcheinanderbrachte, wusch Amreth uns beide und hielt mich in seinen Armen, küsste mich und flüsterte Worte der Liebe, während der Trockner warme Luft auf uns blies.

Dann trug er mich zurück in sein Zimmer und legte mich vorsichtig auf die große Matratze, bevor er sich zu mir setzte. Amreth zog mich auf sich, seine Rute und seine Arme legten sich um mich, und seine gewaltigen Flügel bedeckten uns.

Ich schlief in den Armen meines Gefährten ein, fühlte mich sicher, geliebt... zu Hause.

KAPITEL 18
CIARA

In der Woche nach der Festnahme der beiden Attentäter dominierten viele diplomatische Gespräche den Großteil unserer Interaktionen mit den Kreelarern. Nun, da die Katze aus dem Sack war, unterbreiteten die IPO und die Vollstrecker Aku und Amreth offiziell das Angebot, das Maeve erwähnt hatte. Sie wollten Personal und technologische Ressourcen zur Verfügung stellen, um entweder ein Heilmittel oder eine Behandlung zu finden und die Invasion der Erdbeeren auszurotten.

Während ich früher eine primitive Spezies in ihrer Situation automatisch ermutigt hätte, diese Hilfe anzunehmen, hat mir die kurze Zeit, die ich hier unter ihnen verbracht habe, wirklich geholfen, ihre Zurückhaltung besser zu verstehen. Dieses Volk litt unter einem echten Trauma, das es durch seine Interaktion mit Außerweltlern erlitten hatte. Der Völkermordversuch vervielfachte das Leid nur noch um ein Tausendfaches.

Außerdem war ich nicht so naiv zu glauben, dass das Angebot rein altruistisch war. Ja, die IPO und die Vollstrecker wollten es den Kreelarern recht machen, aber sie versuchten auch, sich bei ihnen einzuschmeicheln und den Grundstein für künftige Bündnisse zu legen.

Obwohl meine Kollegen, Amreth und ich ihr Vertrauen voll und ganz verdient haben, waren die Kreelar nicht so erpicht darauf, es auch anderen zu gewähren. Gleichzeitig waren wir trotz des einsatzbereiten Labors und der Tatsache, dass Amreth den größten Teil der Erkundung übernahm, zu wenige, um den Umfang der Arbeit zu bewältigen. Ein komplettes Team, insbesondere für Analysen, Simulationen und die Vorbereitung der Behandlungen, würde unseren Fortschritt erheblich beschleunigen. Vor allem aber würde der Zugang zu Spitzentechnologie, die im mobilen Labor fehlte, und die Anbindung an die unendliche Datenbank der Galaktischen Ärztekammer einen großen Unterschied machen.

Obwohl sich die Kalds zunächst weigerten, weitere Außenweltler auf ihrem Planeten landen zu lassen, willigten sie in die dauerhafte Platzierung eines Relaissatelliten im Orbit ein, um uns endlich die von uns benötigte Verbindung zu ermöglichen. Sie erklärten sich auch damit einverstanden, dass ein Team an Bord eines Forschungsschiffes im Orbit verblieb, um einen großen Teil der Arbeit von uns zu übernehmen.

Am Ende der folgenden Woche hatten wir ein Serum entwickelt, das die Prionen mit einer Substanz umhüllte, die ihre Aufnahme verhinderte. Es handelte sich nicht um ein Gegenmittel, sondern um eine Behandlung für diejenigen, die bereits infiziert waren. Wir rieten nach wie vor zur Impfung, waren aber zuversichtlich, dass dieses Medikament wirken würde.

Die größte Debatte für sie als Volk war die Entscheidung, was sie mit den Erdbeeren machen wollten. Die neuen Kräfte, die diese Mutationen mit sich brachten, waren nun ein fester Bestandteil ihres Volkes. Unsere Nachforschungen ergaben, dass diese Mutation als Teil der natürlichen Evolution ihrer Spezies immer geplant war. Die Prionen lösten sie nur viel früher aus, als sie darauf vorbereitet waren.

Die Frage war, ob sie den Auslöser auslöschen und ihrem Volk die Möglichkeit geben sollten, zu ihrer normalen Zeitlinie zurückzukehren, soweit dies möglich war, oder ob sie die Kontrolle über diese Entwicklung übernehmen und die Mutation zu ihren eigenen Bedingungen aktivieren sollten. Doch selbst wenn es ihnen gelänge, alle Erdbeeren loszuwerden, gäbe es diese psionische Fähigkeit schon jetzt in ihrem Volk. Einige Kinder würden damit geboren werden, andere könnten sie plötzlich entwickeln, während sie bei anderen schlummern würde. Es würde eine andere Klasse von Stammesmitgliedern in ihrer Bevölkerung schaffen, die einen Riss oder ein Machtungleichgewicht verursachen könnte, das ihre gesamte Zukunft zum Scheitern bringen könnte.

Wenn sie sich darauf einließen, könnten sie die Beeren selbst in einer kontrollierten Umgebung anbauen und sie ihrem Volk vor der Pubertät gezielt in kleinen Mengen verabreichen. In Kombination mit der von uns entwickelten Medizin könnten sie so eine sichere Mutation für alle gewährleisten.

Wie auch immer ihre Entscheidung ausfiel, sie erforderte immer noch die Ausrottung der Beeren in der freien Natur. Und das eröffnete die Diskussion über die Zulassung von Außenweltlern auf ihrem Planeten neu. Wir waren bereits seit einem Monat hier. Da die Hauptkrise nun abgewendet war und alle Infizierten sich stabilisiert und sicher mutiert hatten, war es nicht mehr zu rechtfertigen, dass wir Amreth hier festhielten, weg von seinen Pflichten.

Eigentlich hätte er schon ein paar Tage nach der Verhaftung der Attentäter abreisen können. Aber wir brauchten ihn, um mit seinem Shuttle den Chauffeur zu spielen. Hätte Amreth sein Shuttle verlassen und wäre mit seinem Schiff nach Hause zurückgekehrt, wären Mehreen, Ernst und ich zu sehr mit wissenschaftlicher Arbeit beschäftigt gewesen, um das ganze zu übernehmen. Jedenfalls wollte er mich nicht zurücklassen, was mich insgeheim glücklich machte.

Schließlich stimmten die Kalds – nicht zuletzt dank meines Gefährten – zu, dass fünf kleine, von Amreth überprüfte Teams alle Erdbeeren beseitigen und alle infizierten Tiere aufspüren, behandeln und einschläfern durften. Jedes Team erklärte sich damit einverstanden, von einigen Kreelern beaufsichtigt zu werden, die ihnen zugewiesen wurden. Da die Aufgabe viele Wochen in Anspruch nehmen würde, wurden sie in den Innenhöfen des Dorfes untergebracht, dem sie zugeteilt waren.

Nach weiteren Debatten beschlossen die Kreelar, dass jeder Einzelne – und nicht ihr Stamm oder die Kalds – entscheiden sollte, ob die Mutation ausgelöst werden sollte. Wir richteten in jedem der drei Tempel ein spezielles Gewächshaus ein, in dem ihre Adhias – die als ihre geistigen Führer fungierten – das Wachstum und die Verwaltung der Beeren überwachen sollten. Ab dem Alter von zehn Jahren konnte ein Kreelar, wenn die Mutation nicht von selbst eingetreten war, entscheiden, ob er die Beeren, die ihm von einem Adhia gegeben wurden, verzehren wollte.

Meine letzte Woche auf Kestria verbrachte ich damit, die Kreelars bei der Entwicklung ihrer eigenen Tests zu schulen, infizierte Patienten zu behandeln und Fälle zu überwachen, in denen Personen die Beeren absichtlich konsumiert hatten. Mehreen und Ernst erklärten sich bereit, so lange zu bleiben, bis alles erledigt war, was wahrscheinlich noch mindestens drei Monate dauern würde.

Ich meldete mich jedoch freiwillig zu den Nachuntersuchungen, die in den ersten zwei Jahren alle sechs Monate, in den nächsten drei Jahren einmal jährlich und im zehnten Jahr ein letztes Mal stattfinden sollten. Mit dem Relaissatelliten hatten sie nun eine direkte Möglichkeit, uns um Hilfe zu bitten, falls zwischen den Kontrolluntersuchungen etwas schief gehen sollte. Natürlich würde mich Amreth bei diesen Besuchen begleiten. Weniger, um mich zu beschützen, als um mit seinem neuen Kumpel herumzuhängen. Wenn ich Aku und Vala nicht so sehr mögen würde, wäre ich fast neidisch.

Der Tag unserer Abreise haute mich um. Ich war schon

immer ein wenig emotional, wenn ich eine Mission verließ, aber bei dieser Mission war es eine ganz andere Sache. Vala, die Heiler und Adhias, mit denen ich zusammenarbeitete, kamen, um uns zu verabschieden. Muti und seine beiden Kinder zu sehen, berührte mich unfassbar.

Das gesamte Dorf versammelte sich auf dem Platz. Zu meinem Erstaunen bildeten sie einen perfekten Kreis um Amreth und mich in mehreren konzentrischen Ringen. Jeder hielt die Hand seines Nachbarn und verflocht seinen Schwanz mit dem des Vordermannes im kleineren Ring. Da die inneren Ringe weniger Stammesmitglieder zählten, hatte eine Person von zwei ihren Schwanz mit zwei weiteren verflochten. Vala, Aku, Enre und zwei Adhias umringten Amreth und mich, als wir uns von Angesicht zu Angesicht gegenüberstanden.

Ich hielt beide Hände meines Gefährten. Während sein Schwanz mit dem von Aku verflochten war, wickelten Enre und einer der Adhias ihren eigenen Schwanz um jede von Amreths Waden, während Vala und der andere Adhia dasselbe mit mir taten. Jede einzelne Person im Dorf war mit Händen und Schwanz verbunden und bildete einen ununterbrochenen Kreis.

Gemeinsam begannen die Kreelar eine eindringliche Melodie zu singen, die mir eine Gänsehaut über die Haut jagte. Von Zeit zu Zeit sprachen die Adhias Worte in ihrer Sprache, während die Leute weiter sangen. Ich wusste nicht, was sie sagten, und ich brauchte es auch nicht. Aku erwähnte, dass sie den Segen eines Reisenden auf uns legen wollten. Aber auf einer intuitiven Ebene glaubte ich, dass es viel tiefer ging, dass sie uns zu offiziellen Mitgliedern ihres Stammes machen wollten.

Amreth hatte eine ähnliche Szene im Tempel beschrieben, als er das erste Mal dorthin geflogen war, um nach infizierten Tieren zu suchen. Dass sie uns in ein Ritual einbeziehen würden, das ihnen offensichtlich heilig war, hat mich zutiefst erschüttert.

Als der Gesang endete, ließen die Leute ihre Hände und Schwänze fallen, blieben aber in einem meist lockeren Einzelkreis um uns herum. Muti und seine Nachkommen kamen auf uns zu. Meine Kehle schnürte sich zusammen, als er mir einen wunderschön bestickten, gefalteten Stoff überreichte, der sich als Decke mit verschiedenen Symbolen, darunter das Emblem des Jaln-Stammes, entpuppte.

„Meine Gefährtin und ich haben das für dich gemacht. Sie wollte hier sein, aber sie erholt sich noch", sagte Muti mit einer Stimme, die vor Rührung bebte. „Ich habe die Decke gewebt, und meine Ranae hat sie mit den Symbolen des Lebens, der Liebe und des Glücks bestickt, denn das ist es, was du uns zurückgegeben hast. Jedes Mal, wenn du sie um dich wickelst, sollst du wissen, dass es unsere Arme und unsere Herzen sind, die dich umarmen."

„Danke, euch beiden", erwiderte ich, und meine Kehle war fast zu eng, um zu sprechen. „Euch zu helfen ist an und für sich schon ein großer Segen. Ich werde dieses Geschenk in Ehren halten."

Er legte seine Handfläche auf seine Brust und senkte den Kopf. Zu meiner Überraschung ergriff jedes seiner Kinder der Reihe nach meine rechte Hand und drückte ihre Stirn auf ihren Rücken. Gleichzeitig wickelten sie ihre Schwänze um meine Wade. Es war nur kurz, und sie ließen mich sofort wieder los, bevor sie einen Schritt zurücktraten und mich mit ihren entzückenden kleinen Gesichtern anstrahlten.

Ich erwiderte ihr Lächeln, und mein Herz war zum Bersten voll. Die Familie wich zurück, als Vala und Aku sich näherten. Jeder von ihnen hielt eine der kunstvollen Perlenketten, die ihr Volk trug, obwohl es nicht nur Perlen waren. Sie ähnelten gemeißelten Steinen, in denen Kristalle oder Edelsteine gefangen waren. Ich würde sie nicht mit Geoden vergleichen, denn ihr Äußeres konnte mit dem poliertesten Kieselstein mithalten, und der Kristall oder Edelstein im Inneren war viel zu klar, glatt und schillernd.

Auch die Halsketten schienen weitaus aufwändiger und luxuriöser zu sein als die, mit denen sich die Stammesangehörigen normalerweise täglich schmückten.

„Dies ist ein *Ondishae*", klärte mich Vala auf und hielt mir die Halskette vor die Nase, während Aku dasselbe mit seiner vor Amreth tat. „Sie ist sowohl ein wichtiges Identitätssymbol als auch ein Band der Gemeinschaft. Jeder Kreelar erhält eine an dem Tag, an dem er von seiner Mutter oder Amme entwöhnt wird, etwa im Alter von sieben oder acht Jahren. In den folgenden Jahren, in denen sie enge Beziehungen zu anderen aufbauen und sich ihren Platz innerhalb des Stammes erobern, werden auch ihre *Ondishae* wachsen."

„Wachsen?", erwiderte ich neugierig.

„Sie besteht aus zwei Teilen. Der *Ondi*", erklärte Aku und entfernte den mittleren Teil der Halskette, der sich als eine einzelne Kette mit einer Kette aus sieben größeren Edelsteinen entpuppte. „Und der *Shae*", fügte er hinzu und zeigte den anderen, viel größeren Teil, der aus vier Ketten bestand, von denen jede mit unzähligen kleinen, gemeißelten Edelsteinen geschmückt war. „Der erste Stein des *Ondi* steht für den Stamm, dem du angehörst oder in dem du geboren wurdest, während die anderen die anderen Stämme anzeigen, die dich als Verwandten oder Freund beanspruchen."

Ich drückte eine Handfläche auf meine Brust, als seine Bedeutung tief sank. Sieben Edelsteine... Sieben Stämme beanspruchten uns.

„Die *Shae* sind Zeichen der Freundschaft von Personen, deren Loyalität, Respekt oder Liebe man sich durch große Taten verdient hat", fuhr Vala fort. „Sie werden nicht leichtfertig vergeben, da die gesamte Familie zustimmen muss, bevor sie verliehen werden kann, was im Durchschnitt vier bis acht Personen bedeutet, die alle zustimmen müssen, dass es gerechtfertigt ist. Jeder eurer *Schahs* zählt einhundertsiebenundzwanzig Steine."

„Wir haben keine Worte", entgegnete Amreth, und seine Stimme war von den Gefühlen erfüllt, die ich empfand.

„Es bedarf keiner Worte", sagte Aku in einem leicht neckischen Ton. „Es wird nicht erwartet, dass man sein *Ondishae* täglich trägt. Da er schwerer ist, wird der *Shae* normalerweise in unseren Häusern an einem Ehrenplatz ausgestellt. Aber es ist üblich, den *Ondi* als Halskette zu tragen, um unsere Armschienen zu wickeln oder in unseren Gürtel zu integrieren."

Er hob ostentativ seinen Unterarm. Erst da bemerkte ich, dass er seinen *Ondi* tatsächlich gut an seiner Armschiene befestigt hatte. Zuvor hatte ich gedacht, er hätte ihn mit eingebetteten Edelsteinen verziert.

„Dies ist ein Geschenk von allen Kalds und ihren Stämmen für das, was ihr für uns getan habt. Ihr seid Kreelar, wenn nicht durch Blut, so doch im Herzen. Ihr werdet hier immer willkommen sein", betonte Vala mit feierlicher Stimme.

Ich murmelte ein Dankeschön, als sie mir die Halskette um den Hals legte. Obwohl sie nicht unbequem oder schmerzhaft war, war sie unbestreitbar schwer, was erklärte, warum sie niemand täglich trug – vorausgesetzt, man erhielt so viele Gutscheine. Da wurde mir klar, dass es sich wie ein Armband verhielt, bei dem man für gute Taten ein neues erhalten konnte.

Zu meiner Überraschung legte Aku den *Shae* um Amreths Hals, band aber den *Ondi* um sein Handgelenk. Vala, die mich in ihre Umarmung zog, erlangte meine Aufmerksamkeit zurück. Sie umarmte mich auf fast mütterliche Weise, obwohl sie mir vorkam, als sei sie vielleicht ein paar Jahre jünger als ich. Ich erwiderte die Geste mit der gleichen Zuneigung.

Sie ließ mich los, küsste mich auf die Stirn und trat dann einen Schritt zurück. „Möge das göttliche Licht immer auf dich scheinen, so wie du die Dunkelheit vertrieben hast, die uns erstickt hat. Bis wir uns wiedersehen, Schwester, mögen deine Tage mit deinem Gefährten von all dem Glück erfüllt sein, das du verdienst, und noch mehr."

„Bis wir uns wiedersehen, möge die Finsternis stets fernbleiben, und möge dir und deinem Volk jeder Segen zuteilwerden", sagte ich.

Gerade als wir uns zum Aufbruch bereit machten, zog Aku ein Blasrohr aus seinem Waffengürtel, zusammen mit einem Beutel. Wieder einmal war ich verblüfft über meine mangelnde Beobachtungsgabe. Genauso wie ich sein *Ondi* auf seiner Armschiene übersehen hatte, war mir nicht aufgefallen, dass er mit einem zweiten Blasrohr und einem zusätzlichen Pfeilbeutel ausgerüstet war. Er reichte beides Amreth, der es mit einer hochgezogenen Augenbraue und neugieriger Miene entgegennahm.

„Du darfst dich erst dann einen geschickten Jäger nennen, wenn du deine Beute mit nichts anderem als deinem Blasrohr und deinen natürlichen körperlichen Eigenschaften, ausgenommen psionische Kräfte, besiegen kannst", klärte ihn Aku spöttisch auf.

Amreth schnaubte, als er das Geschenk von ihm entgegennahm. „Ist das eine Mutprobe?"

„Das ist es", bestätigte Aku mit einem fast boshaften Grinsen. „Bei deinem nächsten Besuch werden wir sehen, wie du dich gegen einen Murthis schlägst."

„Herausforderung angenommen", sagte Amreth mit einer Selbstgefälligkeit, die einen Hauch von Arroganz enthielt. „Sorge dafür, dass du viele andere Stämme einlädst, damit sie an dem Festmahl in dieser Nacht teilnehmen können. Ich werde mit diesem kleinen Blasrohr genug Fleisch besorgen, um mindestens fünf von ihnen zu ernähren."

Wir brachen alle in Gelächter aus, während ich wegen Amreth liebevoll den Kopf schüttelte. Beide Männchen wurden ernüchtert, dann legte Aku seine Hand auf die Schulter meines Gefährten.

„Gute Reise, Bruder. Bis wir uns das nächste Mal sehen, mögen die Sonne und die Sterne immer den Weg erleuchten, den du gehst", sagte Aku.

Nach ein paar weiteren Verabschiedungen und freundschaftlichen Umarmungen mit Mehreen und Ernst machten wir uns auf den Weg in ein neues Abenteuer – das größte und wichtigste für mich – mein neues Leben mit meinem Seelenverwandten.

Sobald wir den Planeten verlassen hatten, rief ich als Erstes meine Eltern an. Sie beide weinen zu sehen, vor allem meinen immer stoischen Vater, hat mich ziemlich mitgenommen. Wie Amreth bereits erwähnte, wussten sie, dass es mir gut ging. Aber es war doch ein großer Unterschied, ob man etwas gesagt bekam oder es mit eigenen Augen sah. Sie waren nicht gerade begeistert, als sie hörten, dass ich nicht nach Hause kam, sondern direkt auf Molvi flog. So beeindruckt sie auch von meinem Gefährten waren, so hatten sie doch wie die meisten Menschen ein schreckliches Bild von dem Gefängnisplaneten. In ihrer Vorstellung war es eine verbrannte Welt, in der es von dämonischen Kreaturen wimmelte, in der es fauliges Wasser gab und die Luft von schwefelhaltigen giftigen Dämpfen erfüllt war.

Erst als Amreth ihnen Bilder von seiner Heimat und der umliegenden Landschaft schickte, gaben sie endlich ein wenig nach. Sie schmollten immer noch, weil ich nicht zur Erde zurückkam. Ich fühlte mich sogar schuldig. An ihrer Stelle würde ich wahrscheinlich auch mein Baby im Arm halten wollen, um mich zu vergewissern, dass es ihm gut geht. Gleichzeitig war ich auf zahllosen Missionen gewesen und war zwei oder drei Jahre hintereinander von der Erde ferngeblieben, wobei ich nur einmal pro Woche über Vidcom mit meinen Eltern sprach. Aber das Versprechen, dass wir sie in ein paar Monaten zu unserer Hochzeit nach Molvi oder Vargos fliegen würden, beruhigte sie weiter.

Die zweitägige Reise nach Molvi war wie eine kleine Hochzeitsreise, bei der Amreth keine Mühen scheute, um mich auf jede erdenkliche Weise zu verwöhnen. Natürlich wurden wir mit in jedem Raum und auf jeder Oberfläche des Schiffes kreativ.

Das hielt mich aber nicht davon ab, ein paar Minuten Zeit zu finden, um mich bei Mehreen und Ernst zu melden.

Die IPO und die Vollstrecker blieben beunruhigend ruhig. Das sollte mich nicht überraschen, wenn man bedachte, dass ein so wichtiger Fall umfangreiche Ermittlungen erforderte und dass sie sehr vorsichtig vorgehen mussten. Sie wollten nicht, dass der Schuldige wegen irgendeiner Formalität freikam, weil sie die Sache durch zu viel Eile verpfuscht hatten. Ich bezweifelte nicht, dass Marilia inzwischen wusste, dass mit ihren Attentätern etwas schiefgelaufen war. Sie würde wahrscheinlich versuchen, so viele belastende Beweise wie möglich zu beseitigen, obwohl ich vermutete, dass sie dies im Laufe der Jahre für den Fall einer solchen Wendung der Ereignisse getan hatte.

Ich wollte, dass sie für all den Schmerz und das Leid, das sie entweder provoziert, ermöglicht oder aufrechterhalten hat, zur Rechenschaft gezogen wird. Aber vor allem wollte ich, dass Aku und die Kreelars Recht bekamen. Er hat uns sehr viel Vertrauen entgegengebracht. Die meisten seiner Erfahrungen mit Außenweltlern waren mehr als negativ gewesen. Wenn die IPO und die Vollstrecker die versprochene Gerechtigkeit nicht einhielten, wäre der Schaden für die blühende Beziehung, die wir zu ihnen aufbauten, irreparabel. Ich hoffte nur, dass es bald irgendwelche Neuigkeiten oder Konsequenzen geben würde.

Unsere Ankunft auf Molvi raubte mir den Atem. Trotz der schönen Bilder, die Amreth meinen Eltern gezeigt hatte, und obwohl er mir von der Schönheit des Gefängnisplaneten erzählt hatte, konnte ich die Befürchtung nicht abschütteln, dass es ein furchtbarer und deprimierender Ort sein würde. Aber mein Gefährte hatte nicht geprahlt, als er die Landschaft von Molvi mit der wilden und ungezähmten Schönheit der Heimat der Kreelar verglich.

In Amreths Haus – unserem Zuhause – fielen mir fast die Augen aus dem Kopf. Wieder hatte er mir Bilder gezeigt, aber die Realität übertraf alles, was ich mir je hätte vorstellen können.

Seine schiere Größe machte mich sprachlos. Offensichtlich war sein Haus, wie das Herrenhaus – um nicht zu sagen das Schloss – eines jeden Höllenfürsten, direkt in die Spitze des Berges gehauen. Es hatte drei Stockwerke mit weitläufigen Terrassen auf jeder Ebene, die breit genug waren, um mindestens zweihundert Menschen zu beherbergen. Ein Pool von olympischer Größe nahm den größten Teil der unteren Terrasse ein. Ein natürlicher Wasserfall ergoss sich in ihn. Ein Innenhof sorgte dafür, dass die Fenster im Inneren des Hauses vom Boden bis zur Decke reichten, so dass das Haus nicht klaustrophobisch wirkte.

Wie sein Schiff war auch das Haus überwiegend weiß mit einigen hellbeigen und dunkelbraunen oder schwarzen Akzenten. Zahlreiche Pflanzen und duftende Blumen gaben ihm den nötigen Farbtupfer, um es warm und nicht klinisch wirken zu lassen. Am Fuße der steilen Klippe unterhalb der Terrassen waren die Gärten und die Flora sogar noch beeindruckender.

„Das ist wunderschön", sagte ich und lehnte mich an das Geländer der Hauptterrasse, während ich den Blick über den Garten und den üppigen Wald schweifen ließ, der sich dahinter ausbreitete. „Das sieht nach einem perfekten Ort für ein Picknick aus."

Zu meiner Überraschung bellte Amreth vor Lachen und sah mich an, als hätte ich den Verstand verloren.

„Ein Picknick für die Pflanzen, ja. Für uns ganz bestimmt nicht", erwiderte er amüsiert. „Jede einzelne Pflanze dort unten, auch das Gras, *wird* dich töten. Manche lassen sich dabei Zeit und halten dich unter schlimmsten Qualen am Leben, während sie dich langsam verschlingen, andere töten dich sofort, weil ihre Sporen deine Venen und Kapillaren wie gefrorenes Wasser in einem Rohr zum Platzen brinen, und dann gibt es noch die, die dich entweder ersticken, bevor sie dich fressen, oder dich mit der bösartigsten Säure bespucken, die es gibt, so dass du verflüssigt wirst – einschließlich deiner Knochen – und sie die Nährstoffe durch ihre Wurzeln aufnehmen."

„Was zum Teufel?!", rief ich entsetzt aus. „Warum solltest du so einen Scheiß aufbewahren?"

„Weil es Teil des Verteidigungs- und Abschreckungssystems ist, um die Gefangenen an der Flucht zu hindern", antwortete Amreth sachlich. „Die Gefangenen werden übrigens im Voraus über alle tödlichen Verteidigungsanlagen informiert, die um ihre Quadranten und im gesamten Sektor errichtet wurden. Wenn sie sich trotzdem entscheiden, das Risiko einzugehen, ist es ihre Sache."

Ein Schauder durchlief mich, als ich den bunten, fast friedlich wirkenden Garten unter mir betrachtete.

„Warum sollte man es so verdammt hübsch und einladend machen, wenn diese verrückten Dinger gleich auf dich losgehen? Warum nicht stattdessen knorrige Ranken mit dolchgroßen Stacheln und riesige Pilze in Neonfarben, die schreien: 'Ich werde dich gleich bis zur Unkenntlichkeit erledigen'?"

Amreth lachte wieder und schenkte mir ein nachsichtiges Lächeln. „Weil ich mir diese Pflanzen jeden Tag ansehen muss, wenn ich mich auf meinen Terrassen entspanne. Ein schöner Anblick ist mir viel lieber als ein knorriger."

Ich schürzte die Lippen, noch immer verstört von all dem. „Schön und gut, denke ich. Aber die Frage ist, wie oft hast du es 'genossen', wenn einer deiner Insassen von Blumen abgeschlachtet wurde?"

Er grinste weiter, anscheinend amüsiert über meine dramatische Miene. „Beruhige dich, meine Liebe. Das ist nie geschehen. Dies ist die letzte Verteidigung ... nun, abgesehen von der Klippe, die unmöglich zu überwinden ist. Niemand hat je den Versuch überlebt, den Wald zu durchqueren. Dort wimmelt es nur so von bösen Dingen, einschließlich eines Flusses mit noch böseren Kreaturen. Hab keine Angst, meine Gefährtin. Dieses Haus ist sicher, und du wirst nicht den weniger schmackhaften Dingen ausgesetzt sein, die gelegentlich in den Quadranten passieren."

„Richtig", erwiderte ich und klang alles andere als überzeugt. Er lächelte. „Sei nicht so beunruhigt, meine Ciara. Du wirst diese tödlichen Pflanzen im Rest von Molvi nicht finden. Sie wurden speziell für unsere Quadranten gezüchtet und sind woanders streng verboten. Aber komm, es wird Zeit, dass du unsere Nundars kennenlernst. Sie haben ein ordentliches Festmahl für uns vorbereitet und warten ungeduldig darauf, dich kennenzulernen."

Mein Puls beschleunigte sich sofort, und meine Wirbelsäule versteifte sich. So neugierig ich auch war, die schwer fassbaren Vertrauten zu treffen, von denen Amreth so gern sprach, konnte ich nicht umhin, mir Sorgen zu machen, dass sie nicht gut auf mich reagieren würden. Sie wählten sorgfältig aus, in wessen Haus sie eintraten, da sie sehr empfindlich auf die Gefühle der anderen reagierten. Was, wenn sie meine nicht mochten? Was, wenn meine Aura für sie so unerträglich war, dass sie lieber Amreth verlassen wollten, als sich meiner bloßen Anwesenheit auszusetzen?

Hör auf damit, Frau! Du bist die Seelenverwandte von Amreth. Sie sind verpflichtet, dich zu lieben!

Das beruhigte mich ein wenig, aber da er meine Nervosität spürte, beruhigte mich mein Gefährte mit seinem *Bakaan* weiter. Ich schenkte ihm ein verlegenes Lächeln der Dankbarkeit.

„Mach dir keine Sorgen. Sie lieben dich bereits. Ich kann ihre Aufregung spüren. Normalerweise verstecken sie sich und warten ein paar Tage, bis sie sich offiziell vorstellen, um dem Partner Zeit zu geben, sich an ihr neues Zuhause zu gewöhnen. Aber sie können es kaum erwarten, dich kennenzulernen. Deine Aura hat sie von dem Moment an angelockt, als du das Schiff verlassen hast."

Mit flatterndem Magen ließ ich mich von Amreth an der Hand ins Innere des Hauses führen. Die riesigen, vom Boden bis zur Decke reichenden Terrassentüren aus Glas öffneten sich vor uns und gaben den Blick auf einen großen, formellen Wohnbereich frei. Auch hier herrschte eine sehr zenartige Atmosphäre, aber so luxuriös, dass ich mich fragte, ob ein professioneller Innenarchitekt ein solches Wunderwerk geschaffen hatte.

Meine ganze Aufmerksamkeit galt jedoch den zwei Dutzend seltsamen Wesen, die uns drinnen begrüßten. Sie waren zweibeinig und hatten einen sehr langen, gestreiften Hals, der von einem kegelförmigen Kopf gekrönt wurde. Ihre Gesichter waren nicht ganz flach, sondern hatten einen fast rüsselartigen Nasenhöcker über einem Paar sehr dünner Lippen. Ein langer, pelzartiger Schnurrbart, der eine hellere Beigefarbe als ihre Haut hatte, umrahmte ihre breiten Münder. Ihre Füße ähnelten sternförmigen Hufen, und ein dicker Schwanz hing weit hinter ihnen her. Sie trugen lange, bestickte Tuniken, die mich an mittelalterliche Gewänder erinnerten.

Sie sahen mich mit großen, neugierigen Augen an, die vor Freundlichkeit strotzten.

„Willkommen zu Hause, Meister. Seid gegrüßt, Herrin", sagte eine Stimme in meinem Kopf, während alle Nundars ihre rechte Hand an die Brust pressten.

Erst da bemerkte ich, dass sie nur zwei extrem lange Finger an jeder Hand hatten, die mit zweizackigen Krallen bestückt waren. Aber ich konzentrierte mich weiter auf ihre Worte.

Obwohl ich wusste, dass ich diese Begrüßung *gehört hatte*, waren es keine wirklichen Worte oder eine echte Stimme gewesen, wie wenn ein Telepath geistig mit jemanden kommunizierte. Es war eher eine Übertragung von Gedanken, die ich einfach verstand. Amreth erwähnte beiläufig, dass sie eine Art Schwarmgeist hatten. Sie benutzten keine individuellen Namen, und man sollte sie immer als eine Einheit ansprechen. Ich wusste nicht, wer von ihnen im Namen der anderen gesprochen hatte.

Ein Teil von mir hatte das Gefühl, dass ich vor diesen seltsamen Wesen eigentlich Angst haben müsste. Und doch lächelte ich unwillkürlich und fühlte mich wohl. Dass es sich um spirituelle Wesen handelte, leuchtete alles hell auf. Sie strahlten eine

Aura des Friedens und der Freundlichkeit aus, in die man sich einfach einhüllen wollte.

„Danke", sagte Amreth liebevoll. „Ciara, das sind meine Nundars."

„Es ist mir eine Freude, euch kennenzulernen", sagte ich herzlich.

„*Nundars haben ein Festmahl vorbereitet. Erdenrezepte, die von Lady Malayas Nundars geteilt werden. Wir servieren, wenn ihr bereit seid.*"

Das verwirrte mich ein wenig. Ich hatte Malaya, die Frau von Lord Kronos, Amreths bestem Freund, noch nicht kennengelernt. Aber dass unsere Nundars sich die Mühe machen würden, menschliche Rezepte zu lernen, damit ich mich willkommen fühle, hat mich zutiefst bewegt.

Amreth blähte seine Brust auf, Stolz und Dankbarkeit sickerten aus ihm heraus als Antwort auf seine Nundars.

„Vielen Dank, meine Freunde. Das ist sehr rücksichtsvoll. Wir werden essen, sobald ich meiner Gefährtin ihr neues Zuhause gezeigt habe", erklärte Amreth.

Gemeinsam verneigten sie sich, bevor sie sich zerstreuten. Zu meiner Überraschung ging eine Handvoll an uns vorbei und verließ das Haus durch die große Terrassentür, während die anderen in die entgegengesetzte Richtung gingen, tiefer hinein. Da dämmerte mir, dass die erste Gruppe wahrscheinlich unsere persönlichen Gegenstände aus dem Schiff holen wollte.

„Sie sind unglaublich!", flüsterte ich mit einer Stimme voller Ehrfurcht.

„Das sind sie, und sie denken dasselbe von dir. Ich kann es kaum erwarten, dass wir miteinander verbunden werden, damit du ihre Auren so sehen kannst wie ich. Für dich schimmern sie in noch schöneren Farben, als sie es jemals für mich getan haben. Meine Gefühle sind verletzt", stellte er mit schmollender Miene fest.

Ich brach in Gelächter aus. „Sei nicht neidisch auf meinen

unwiderstehlichen Charme! Aber hey, nur Mut. Wenn du lange genug in meiner Nähe bleibst, wird er vielleicht auf dich abfärben! Dann bist du genauso schön wie ich!"

Er schnaubte. „Wenn es das ist, was es braucht, dann kannst du dich in absehbarer Zeit auf viel Reibung gefasst machen", sagte er, und seine Stimme war voller Versprechen.

Ich lachte und ließ mich von ihm durch das Haus führen, das ich nun mein Zuhause nennen würde.

EPILOG
CIARA

D er nächste Monat auf Molvi entpuppte sich als ein ziemlicher Wirbelwind. Zwischen der Festigung meiner Beziehung zu Amreth, dem Kennenlernen meiner neuen Heimatwelt und der Planung meiner Karriere verging die Zeit wie im Flug. Aber meine Nachbarin und neue beste Freundin Malaya war ein großer Segen. Da sie den gesamten Umzugsprozess durchlaufen hatte, kannte sie alle Tricks und Tipps, um alles so schmerzlos wie möglich zu machen.

Zu sagen, dass sie ein Engel war, wird ihr nicht annähernd gerecht. Malaya war witzig, geistreich und immer bereit zu helfen. Ich musste sie sogar dafür maßregeln, damit sie sich mit ihrem riesigen Bauch ausruhte, als sie kurz vor der Geburt ihres ersten Kindes stand. Zu sehen, wie sie diese Schwangerschaft durchmachte, verringerte auch viele meiner Sorgen über zukünftige Babys mit Amreth. Frauen beklagten sich oft darüber, dass ihr Fötus gegen ihre Blase und Nieren trat, als hätte er ihr Essensgeld gestohlen, aber obosianische Babys waren natürliche Beschützer.

Soweit ich wusste, spürten sie jedes Unbehagen, das sie ihren Müttern bereiteten, und kontrollierten sich sofort, um sie nicht zu beeinträchtigen. Sicher, sie waren übermäßig massiv, aber nicht in einem lähmenden Ausmaß.

Da Malaya die offizielle Reporterin des Konklaves und der Vollstrecker war, konnte sie die weltbewegende Nachricht über die Massenverhaftungen von Marilia Hesper, ihrem Sohn Noah Montel und zahllosen anderen Mitarbeitern schreiben. Der Untergang von Typhoon Pharma löste in der gesamten Branche Schockwellen aus. Der Pharmariese wurde unter Vormundschaft gestellt, während die Gerechtigkeit ihren Lauf nahm. Natürlich haben Amreth und ich Malaya ein ausführliches Interview gegeben, in dem wir uns eingehend mit dem Leid und der Zerstörung befasst haben, die die Kreelars erlitten haben.

Elias Jacobs' Ruf bekam einen herben Schlag, als er von einem Tsunami von Klagen überrollt wurde. Allerdings hatte er sich seit Jahren auf diesen Tag vorbereitet. Innerhalb weniger Stunden nach dem Bekanntwerden der ersten Anklagen reichte sein Heer von Anwälten bereits Anträge auf Klageabweisung mit einer beeindruckenden Menge an Belegen und detaillierten Präzedenzfällen ein, die begründeten, warum er von jeglicher Verantwortung aufgrund der Nötigung und des Zwangs, denen Marilia ihn jahrelang ausgesetzt hatte, befreit werden sollte. Und dann trat auch noch die Verjährung in Kraft.

Das Wiesel war klug genug gewesen, schriftliche Mitteilungen zu verfassen, in denen er sein Bedürfnis, an die Öffentlichkeit zu gehen, zum Ausdruck brachte und die systematisch mit weniger als subtilen Drohungen abgeschmettert wurden. Ich bezweifle, dass diese Anträge aus echter moralischer Verzweiflung gestellt wurden. Er hat sich nur geschickt abgesichert.

Am Ende kam er mit einem strengen Verweis und einer beträchtlichen Geldstrafe davon – was in Anbetracht des Reichtums, den SS12 ihm einbrachte, wirklich nichts war. Obwohl sich ein Teil von mir wünschte, dass er mit härteren Konsequenzen konfrontiert worden wäre, konnte ich nicht wirklich gegen das Ergebnis argumentieren. Schließlich konnte ihm nichts von dieser Tragödie angelastet werden. Er hatte Noahs Sexkapaden, die zu der ersten Begegnung geführt hatten, weder gefördert noch gebilligt. Noah hatte die Erdbeeren ohne sein Wissen oder seine Zustimmung geschmuggelt. Und er hatte kein vernünftiges Motiv, um eine Durchsuchung der Sachen seines Teams oder die Verfolgung ihrer Bewegungen zu rechtfertigen.

Das hätte auch jedem anderen Leiter eines Forschungsteams passieren können, der einen miesen Mitspieler hatte.

Der gesamte Prozess würde mindestens ein paar Jahre dauern, bis alle Anklagen und Prozesse abgeschlossen waren. Aber zumindest war Marilia, ihrem Sohn und ihren engsten Gefolgsleuten eine Reise nach Molvi sicher. Es überraschte mich, dass Amreth hoffte, sie würden nicht im Quadranten von Dakon landen. Ich hätte erwartet, dass er ihnen das schlimmste Schicksal wünschen würde. Aber sie würden dort zu schnell sterben. In einem Sektor wie seinem oder dem von Kronos würden sie jahrelang leiden, bevor sie aus dem Leben scheiterten.

Machte es mich zu einem Monster, dass ich mir auch für sie ausgedehnte Schmerzen wünschte?

Alles, was zählte, war, dass Aku und die Kreelars mit dem Ergebnis mehr als zufrieden waren, vor allem, nachdem bestätigt worden war, dass die Untersuchung weitere Missetaten an anderen primitiven Spezies aufgedeckt hatte. Erstaunlicherweise richtete die IPO das verrückteste Labor auf Molvi ein. Sie stellten mich tatsächlich ein, um fortgeschrittene Forschungen auf verschiedenen Gebieten durchzuführen, die primitive Spezies betrafen. Die meisten von ihnen bezogen sich genau auf die Planeten, die von den Söldneraktionen von Typhoon Pharma negativ betroffen waren. Glücklicherweise hatte keiner der bisher entdeckten Planeten etwas so Tragisches wie die Kreelar erlitten. Einer der abscheulichsten Fälle, den wir entdeckten, betraf jedoch ihre Abteilung für Schönheitsprodukte. Sie hatten das Futter von wilden Reptilien manipuliert, um deren Haut und Schuppen zu verändern. Sobald die Kreaturen ihre Häutung abgeschlossen hatten, stürzten sich die pharmazeutischen Mitarbeiter auf sie und sammelten die Haut ein, um sie für absurd teure Verjüngungscremes zu verwenden.

Die Manipulationen wirkten sich negativ auf diese Tiere aus, so dass ihre Häutung äußerst schmerzhaft war und ihre Lebenserwartung sank. Außerdem wurden diese Reptilien für den Verzehr durch die primitiven Spezies, die sie früher jagten und für die sie eine wichtige Nahrungsquelle darstellten, ungeeignet.

So sehr ich es auch hasste, dass es so etwas gab, war ich doch wie auf Wolke sieben, denn das waren genau die Projekte, an denen ich schon immer arbeiten wollte. Außerdem machte es Amreth überglücklich zu wissen, dass ich hier auf Molvi eine erfüllende Karriere hatte. Obwohl er sich bemühte, gelassen zu bleiben, wenn wir über unsere gemeinsame Zukunft sprachen, konnte ich tief in seinen Augen die Angst erkennen, dass es ihm nicht gelingen würde, Molvi zu einem Ort zu machen, der gut genug für mich war, um mich dauerhaft niederzulassen.

Wie er vorausgesagt hatte, schenkte ihm das Konklave dreihundert Gramm Algarium für seinen Beitrag zur Rettung der Kreelars. In Wirklichkeit hätte er nur die Hälfte erhalten sollen, die andere Hälfte wurde mir geschenkt. Da wir aber noch nicht offiziell verheiratet waren, konnten sie mir keine geben, da diese für Obosianer reserviert waren – was auch für ihre Ehepartner und Nachkommen galt. Es berührte mich trotzdem, dass sie meinen Anteil mit seinem zusammenlegten, damit er ihn mir geben konnte, sobald unsere Hochzeit in ein paar Monaten stattfand.

Die elende Sache wurde einfach immer wieder verschoben, weil alles andere passierte, ganz zu schweigen davon, dass sowohl seine als auch meine Eltern durchdrehten und die größte und schlimmste Hochzeit wollten, bei der menschliche und obosianische Rituale kombiniert werden sollten. Amreth und mir wäre es recht gewesen, durchzubrennen. Aber wir waren froh, unseren Eltern den Spaß an diesem Wahnsinn zu überlassen, solange sie die Last auf sich nahmen, was sie auch bereitwillig taten.

Heute Abend, zwei Wochen nach meiner Ehrung durch das Konklave, kehrte ich nach Hause zurück und stellte mein persönliches Shuttle auf dem Landeplatz am Rande der Hauptterrasse ab. Als ich die Rampe hinunterging, wartete Amreth am Eingang mit einem geheimnisvollen Gesichtsausdruck auf mich. Dass er immer noch seinen Brustpanzer trug, versetzte alle meine Sinne in höchste Alarmbereitschaft. Um diese Zeit, wenn ihn nicht gerade ein Zwischenfall in einen seiner Quadranten zurückrief, stolzierte mein Gefährte gern mit nacktem Oberkörper herum, so wie menschliche Frauen ihren BH auszogen, sobald sie von der Arbeit oder von Besorgungen nach Hause kamen.

„Was ist hier los?", fragte ich, bevor ich meinen Hals reckte, um über seine Schulter zu schauen, ob wir einen spontanen Gast hatten.

Ich konnte mir nicht vorstellen, wer es sein könnte, denn normalerweise hätte er mich vorher gewarnt, selbst wenn es nur Kronos und Malaya gewesen wären. Jedenfalls fühlte er sich bei beiden wohl genug, um in ihrer Gegenwart weder Oberteil noch Brustpanzer zu tragen. In mehr als einer Hinsicht waren sie wie Geschwister für uns.

„Ich habe eine Überraschung für dich", sagte er mit demselben unleserlichen Ausdruck.

„Eine gute, hoffe ich?", erwiderte ich, neugierig geworden, aber auch mit einem Hauch von Sorge.

„Ich möchte glauben, dass es so sein wird", antwortete er, während sein Blick auf dem meinen haften blieb.

Ich verringerte den Abstand zwischen uns. Die Tatsache, dass er mich sofort in seine Umarmung zog und sein Gesichtsausdruck von einer Zärtlichkeit geprägt war, die an Bewunderung grenzte, löste sofort einen Teil meiner Anspannung. Er beugte sich zu mir hinunter und gab mir einen leidenschaftlichen Kuss, bei dem sich meine Zehen krümmten und meine Knie wackelig wurden. Es waren kaum fünf Monate vergangen, seit wir uns nach seinem Rettungsversuch zum ersten Mal begegnet waren, aber es hatte ausgereicht, dass ich mich unsterblich in meinen Inkubus verliebt hatte. Ich hatte immer erwartet, dass die anfängliche Leidenschaft, die bei unseren ersten Treffen so heftig zwischen uns loderte, sich mit der Zeit in etwas Zartes und Angenehmes verwandeln würde. Aber sie schien immer weiter zu wachsen, als ob eine Million Leben niemals ausreichen würden, um den Hunger und das Fieber zu stillen, das uns verzehrte.

Er ließ mich los, nahm meine Hand und lockte mich zu dem großen Tisch am Pool. Erst jetzt bemerkte ich zwei hohe Gläser, eine Flasche Sekt, die kalt gestellt war, und eine mittelgroße Schachtel dazwischen.

„Was ist das?" fragte ich neugierig. „Was feiern wir denn?"

„Ich habe mich endlich entschieden, wie ich das Algarium nutzen kann, aber ich brauche deine Zustimmung, um fortzufahren", sagte er, und ein Hauch von Nervosität schwang in seiner Stimme mit.

„*Meine* Zustimmung?", echote ich verblüfft. „Wie du selbst so schön gesagt hast, kannst du mit deinem Körper machen, was du willst. Du brauchst meine Erlaubnis nicht, um dir den Teil deines Körpers piercen zu lassen, den du möchtest. Und du bist gebildet genug, um keine Entscheidung zu treffen, die auf lange Sicht deiner Gesundheit oder deinem Wohlbefinden schaden könnte."

„Du hast recht", entgegnete er vorsichtig. „Aber dieses Mal geht es auch um *deinen* Körper."

Ich versteifte mich, und mein Gesicht verschloss sich sofort, als mich ein kalter Schauer durchlief. Nicht einmal fünf Minuten zuvor hatte ich noch darüber nachgedacht, wie sehr ich in diesen Mann verliebt war. Konnte er so wenig Respekt vor meinen Grenzen haben, dass er versuchte, mir ein schlechtes Gewissen einzureden, damit ich mir Piercings stechen ließ, nachdem ich klar gesagt hatte, dass das für mich nicht in Frage kam? Dachte er, dass ich es nicht übers Herz bringen würde, ihn abzulehnen, weil er sie bereits hat machen lassen?

„Es ist nicht so, wie du denkst", fügte er schnell hinzu, als er meine körperliche Reaktion sah. „Du hast gesagt, dass du eindeutig keine Piercings haben willst, und das respektiere ich. Das, was ich vorhabe, wird keine körperliche Veränderung von dir erfordern."

„Ooookay", antwortete ich vorsichtig, und die Anspannung löste sich aus meinen Schultern, als ich auf die Schachtel blickte. „Was ist es dann?"

Amreth streckte eine Hand nach dem Tisch aus. Zu meiner großen Verärgerung nahm er nicht die Schachtel, um ihren Inhalt zu enthüllen, sondern die Flasche, öffnete sie in aller Ruhe und füllte dann die Gläser. Ich warf ihm einen bösen Blick zu, aber er grinste weiterhin selbstgefällig und mit einem waghalsigen Blick in den Augen.

Herausforderung angenommen!

Zwei können Spielchen spielen. Als er das zweite Glas zur Hälfte gefüllt hatte, versuchte ich schnell, die Schachtel zu entreißen. Gerade als meine Fingerspitzen die Oberfläche berührten, schlang sich Amreths Schwanz um mein Handgelenk und riss meine Hand weg.

„Hey!", rief ich empört aus.

„Du böses Mädchen!", brummte er. „Anfassen ist nicht erlaubt."

„Du hast gesagt, es sei ein Geschenk für mich", argumentierte ich, bevor ich mit meiner freien Hand wieder danach griff.

Der Unglückselige ließ mein Handgelenk los und wickelte seinen Schwanz blitzschnell um mich, drückte meine Arme an meine Seiten und fesselte mich wie eine verdammte Wurst.

„Was zum...?"

Er grinste und starrte mich mit einer unerträglich selbstgefälligen Miene an, während seine Augen schelmisch funkelten.

„Ein Gegenstand wird erst dann zum Geschenk, wenn er verschenkt wurde", sagte Amreth in einem leicht tadelnden Ton. „Diese Kiste wurde dir nicht geschenkt. Tatsächlich ist das, was sie enthält, *nicht* für dich bestimmt."

Erschrocken hörte ich auf, mich gegen seinen Schwanz zu wehren, der mich fesselte, und starrte ihn überrascht und verwirrt an.

„Ist es nicht?", fragte ich und ärgerte mich innerlich, dass ich das Offensichtliche wiederholte.

Er schüttelte den Kopf mit einem spöttischen Blick. „Nein. Das hier ist dein Geschenk *an mich*, wenn du meins zuerst annimmst."

Diesmal starrte ich ihn einfach nur sprachlos an, weil ich nicht wusste, was zum Teufel los war. Zu meiner Überraschung wurde Amreth nicht noch selbstgefälliger und spitzbübischer, sondern wirkte plötzlich etwas nervös, fast schüchtern, als er seinen Schwanz, der mich zurückhielt, abwickelte.

„In den Monaten, seit wir uns kennengelernt haben, habe ich mich unsterblich in dich verliebt, meine Ciara", sagte er in einem fast feierlichen Ton. „Da Kayog uns für seelenverwandt hielt, war es von Anfang an klar, dass wir beide heiraten würden. Unsere Eltern geben sich in dieser Hinsicht wirklich alle Mühe."

Der Hauch von Spott, mit dem er diesen letzten Satz sagte, ließ mich schnauben und dann zustimmend nicken. Aber ich war noch mehr verwirrt, worauf er hinauswollte. Hätte er nicht zu Beginn des Satzes seine Liebe zu mir bekräftigt, wäre ich kurz davor gewesen, zu hyperventilieren, weil ich angenommen hätte, dass er sich anschickte, mich zu verlassen.

„Ich habe das Gefühl, dass nichts von alledem jemals auf normale und angemessene Weise gehandhabt wurde. Alles wurde irgendwie rückwärts gemacht. Aber ich will es richtig machen. Du *verdienst* es, dass es richtig gemacht wird", sagte er und brachte mein Herz zum Flattern.

Mir stockte der Atem, als Amreth einen Schritt zurücktrat

und auf ein Knie sank. Mit großen Augen beobachtete ich, wie er ein kleines Kästchen aus seiner Tasche fischte und es mir hinhielt. Mir stiegen die Tränen in die Augen, als er den Deckel öffnete und den atemberaubendsten Verlobungsring zum Vorschein brachte. Er sah aus, als hätte man Algarium in die Art von Twists geflochten, die ich gelegentlich in mein Haar mache. In der Mitte bildeten die Strähnen ein zartes Gefäß, in dem ein wunderschöner Kreelar-Stein lag, der die Farbe meiner Augen hatte und in den das Symbol für die Ewigkeit eingraviert war.

„Ich möchte, dass wir jetzt und immer eins sind, mit Leib und Seele, weil wir uns füreinander entschieden haben und uns lieben. Ich möchte, dass du dich mit mir verbindest, und dass diese Ringe die physische Repräsentation der Verpflichtung sind, die wir einander gegenüber eingehen, in Übereinstimmung mit deiner Kultur, während wir auch die meine annehmen. Willst du mich haben, Ciara?"

Das war das Stichwort für den Dammbruch.

Tränen liefen mir über die Wangen, als ich weinte und lachte, während ich meine Zustimmung heulte. Meine Hand zitterte, als er mir den Ring an den Finger steckte. Die seltsamste Mischung aus Belustigung über meine alberne Reaktion und Freude über meine Zustimmung spielte auf den herrlichen Zügen meines Mannes. Als er mir schließlich die Schachtel vom Tisch gab, damit ich ihm den anderen Ring an den Finger stecken konnte, ließ ich ihn vor lauter Rührung fast fallen, so dass er in Gelächter ausbrach.

Schließlich gelang es mir und ich warf mich in seine Arme. Es war albern, dass ich so auf etwas reagierte, das eigentlich eine reine Formalität war, aber das machte es wirklich perfekt. Die Rücksichtnahme, mit der er einen Weg gefunden hat, mich an einem wichtigen Aspekt seiner Kultur teilhaben zu lassen und gleichzeitig meine Grenzen zu respektieren, bedeutete mir sehr viel. Dass er es auf diese Weise tat und mir deutlich machte, dass er mich nicht als selbstverständlich ansah, nur weil jeder uns als ausgemachte Sache betrachtete, gab mir das Gefühl, geliebt und geschätzt zu werden.

Er forderte meine Lippen mit einem besitzergreifenden Kuss ein, der mein Blut sofort in Wallung brachte. Ich griff nach den Verschlüssen seines Brustpanzers, begierig darauf, ungehinderten Zugang zu seiner Vollkommenheit zu erhalten. Zu meiner Überraschung hielt Amreth meine Handgelenke fest und stoppte mich. Er unterbrach den Kuss und sah mir in die Augen, während ich ihn verwirrt anstarrte.

„Ich möchte eine Bindung mit dir eingehen. Bist du einverstanden?", fragte er, wobei seine Augen zwischen meinen hin und her wanderten.

Mein Herz machte einen Sprung. Ich leckte mir nervös über die Lippen, Aufregung und ein Hauch von Angst ließen meinen Magen flattern. Obosianer konnten sich nur einmal im Leben binden und ihre Seele für die Ewigkeit an den von ihnen gewählten Partner vergeben. Selbst der Tod des Ehepartners erlaubte es dem Überlebenden nicht, eine neue Bindung mit einem anderen einzugehen. Sie waren wirklich auf Lebenszeit verheiratet. Wenn er mich also bat, mit ihm eine Bindung einzugehen, war das keine leichtfertige Entscheidung. Er wollte wirklich, dass wir so lange zusammen blieben, wie wir atmeten.

Die Bindung selbst schreckte mich nicht ab. Ich war mehr als einverstanden. Aber normalerweise machten sie das beim Fliegen. Meine Feigheit würde den Moment höchstwahrscheinlich ruinieren, indem ich mir in die Hose machte oder vor Angst kotzte, wegen meiner Höhenangst. Nach der Beschreibung, die Malaya mir von ihrem Bindungsflug mit Kronos gegeben hatte, stellte er selbst die wildesten, halsbrecherischsten Achterbahnen da draußen in den Schatten. Auch wenn sie die Details nur am Rande erwähnte, war es ein ziemlich unanständiges Spiel. Die Bindung verursachte auch ziemlich viel Schmerz für die Menschen, während sie uns leicht veränderte, nicht nur um unser Immunsystem zu verbessern, sondern auch um uns die Fähigkeit zu verleihen, Seelen zu sehen, wenn auch nicht in demselben Ausmaß wie ein reinblütiger Obosianer.

Aber es bräuchte viel mehr als das, um mich davon abzuhalten, mich mit der Liebe meines Lebens zu verbinden. Meine Höhenangst sei verdammt. Ich würde nicht zulassen, dass sie das Beste ruinierte, was mir je passiert war.

„Ja, Amreth, ich willige ein. Ich möchte den Rest meines Lebens mit dir verbringen", antwortete ich mit leicht zittriger Stimme.

„Meine Liebste", flüsterte er und beanspruchte meine Lippen mit einer Inbrunst, die mich umwarf.

Er hob mich hoch, und ich schlang instinktiv meine Beine um seine Taille, konzentrierte mich auf das Gefühl, das er in mir auslöste, und unterdrückte die ersten Anzeichen von Angst, die sich in meinem Herzen festzusetzen versuchten. Zu meinem Erstaunen stieg Amreth nicht mit einem einzigen kräftigen Flügelschlag in die Luft, wie es seine Gewohnheit war. Stattdessen ging er lässig auf das Haus zu, ohne den Kuss zu unterbrechen. Als sich die riesigen Türen mit einem leisen Zischen öffneten, wich ich zurück und sah ihn neugierig an.

Er lächelte zärtlich. „Fliegen ist dafür nicht erforderlich. Dein Komfort und dein Wohlergehen sind das Einzige, was zählt. Auch flügellose Obosianer können sich binden, während sie an den Boden gebunden bleiben."

Meine Brust verengte sich vor Liebe zu meinem Partner und vor Schuldgefühlen, weil ich ihm die volle Erfahrung der Bindung vorenthalten hatte.

„Du bist so wundervoll zu mir. Es tut mir leid, dass ich dich darum betrogen habe..."

„Du betrügst mich um nichts", unterbrach er mich streng, als er sich auf den Weg in unser Schlafzimmer machte. „Ich kann jederzeit fliegen, jeden Tag. Bei der Bindung geht es nicht darum, durch den Himmel zu fliegen, sondern darum, dass zwei

Seelen zueinander finden. Es ist mir völlig egal, wo oder wie wir es tun. Ich will nur, dass meine Seele mit deiner eins wird."

„Du bist so verdammt perfekt. Ich weiß nicht, was ich getan habe, um dich zu verdienen", flüsterte ich mit einer Stimme voller Emotionen.

Er schnaubte. „Das wirst du nicht mehr sagen, wenn ich dich das nächste Mal aus Spaß neckte."

Ich gluckste und nickte, als er mich in unser Zimmer trug. Er konnte eine unerträgliche Nervensäge sein, die mich dazu brachte, ihn sowohl erwürgen als auch küssen zu wollen. Aber all diese Gedanken verschwanden sofort aus meinem Kopf als er mich wieder vor unserem Bett absetzte. Wie war es möglich, dass jemand mir mit einem einzigen Blick das Gefühl gab, so geliebt zu werden?

Wir sprachen nicht, unsere Hände übernahmen das Reden, während wir uns zwischen sanften Küssen und Liebkosungen gegenseitig entkleideten. In diesem Moment gab es nichts von der üblichen ungezügelten Lust, die uns normalerweise antrieb. Es war reine Liebe und unendliche Zärtlichkeit. Er hob mich vorsichtig hoch und legte mich auf das Bett, bevor er sich zu mir setzte. Für die nächste Ewigkeit verehrte er jeden Zentimeter meines Körpers, seine Hände und seine Zunge brachten mich langsam zu einem sanften Höhepunkt, anders als die erderschütternden, die er mir oft bescherte und die mich als ein völliges Wrack hinterließen. Diesmal schwebte ich hoch, eingehüllt in eine Wolke von Glückseligkeit und vollkommenem Wohlbefinden.

Ich verstand, dass er mich auf den Biss vorbereitete, der unsere Verbindung besiegeln würde. Bevor ich wieder ganz unten war, ließ er sich auf mir nieder und begann vorsichtig, in mich einzudringen. Ich würde nie müde werden, das Gefühl seines massiven Schwanzes zu genießen, der mich dehnte und bis zum Rand füllte. Seine Schuppen, *Xinnix* und Piercings an meinen Innenwänden und meinem G-Punkt ließen mich schnell wieder zum Höhepunkt kommen. Er küsste mich, unsere Zungen vermischten sich, während er die Bewegung seiner Hüften allmählich beschleunigte.

Er unterbrach den Kuss und hob den Kopf, um mich anzusehen. Ein Blick auf seinen Gesichtsausdruck verwandelte mein wollüstiges Stöhnen in ein ersticktes Keuchen. Seine silberweiße Iris war so sehr geschrumpft, dass sie fast im schwarzen Meer seiner Sklera verschwand. Seine entblößten Reißzähne erschienen länger, schärfer, und an ihren Spitzen glitzerte ein Tropfen von dem, was ich als seine Bindungsessenz vermutete. Aber es war die wilde Art, wie er mich anstarrte, wie ein wildes Tier, das seine Beute verschlingen wollte, die meinen Magen ein paar Mal zusammenkrampfen ließ.

Bevor ich etwas tun oder sagen konnte, bewegte sich Amreth mit der schwindelerregenden Geschwindigkeit einer angreifenden Schlange und vergrub seine Reißzähne in meinem Hals. Ein intensives Brennen explodierte an der Einstichstelle. Ich öffnete den Mund, um vor Schmerz aufzuschreien, aber stattdessen kam ein Schrei der Ekstase heraus, als er mich sofort mit einer kräftigen Welle seines *Bakaans* durchbohrte und mir einen sofortigen, starken Orgasmus entlockte.

Gleichzeitig schien etwas in ihm zu zerbrechen, und er entlud seine Leidenschaft auf mich. Seine Reißzähne füllten meine Adern noch immer mit seiner Essenz, während mein Gefährte mich hart nahm. Jeder Stoß seines massiven Schwanzes schickte Feuerblitze durch meinen ganzen Körper, während eine wahnsinnige Welle der Lust nach der anderen über mich hereinbrach, angeheizt sowohl durch seinen Körper, der mich vor Ekstase zerstörte, als auch durch seine Aura , die mein Blut in einen Rausch versetzte. Dieser endlose Wirbelwind der Glückseligkeit übertönte das brennende Gefühl seiner säureartigen Essenz, die mich von innen heraus auffraß.

Mein Verstand wusste, dass ich mich bei dieser Pein vor Schmerzen winden sollte. Und doch waren es endlose Stöhngeräusche der Ekstase, die aus mir heraussprudelten, als ich meine Nägel in den kräftigen Rücken meines Mannes bohrte. Ein fast unerträgliches Vergnügen baute sich in mir auf, als ich mein Becken anhob, um ihm Stoß für Stoß entgegenzukommen, während er sich in mir bewegte. Als ich endlich merkte, dass er seine Reißzähne aus mir herausgezogen hatte, bemerkte ich auch, dass die überwältigenden Empfindungen, die mich mitrissen, nicht nur mir gehörten.

Ich spürte nun auch Amreths Lust, als wäre es meine eigene.

Ein heftiger Orgasmus stürzte auf mich ein. Einen halben Takt später warf er seinen Kopf zurück, brüllte seine eigene Erlösung und erfüllte mich mit der sengenden Hitze seines Samens. Ein blendendes Licht explodierte vor meinen Augen, und die Echos von Amreths Höhepunkt hallten mit solch brutaler Kraft in mir wider, dass ich befürchtete, mein Verstand würde zerbrechen. Es entstand eine Endlosschleife, in der seine Lust die meine nährte und meine die seine, bis es keinen Anfang und kein Ende zwischen uns gab, nur ein unendliches Crescendo der Ekstase.

Wir waren ein Körper, eine Seele.

Er brach auf mir zusammen, sein Körper zitterte vor dem gleichen Glücksgefühl wie meiner. Zu meiner Überraschung rollte er sich auf die Seite, mir zugewandt, anstatt sich auf den Rücken zu legen, und zog mich auf sich, wie er es normalerweise tat. Ich fühlte mich beraubt und betrogen um die einhüllende Wärme seiner Umarmung und öffnete träge die Augen, um ihn anzustarren, nur um festzustellen, dass mich das gleiche helle Licht immer noch blendete.

Ich blinzelte ein paar Mal, verwirrt darüber, was los war. Dann begann das Licht in einem atemberaubenden, schillernden Muster kreisförmig zu schimmern, und Amreths Gesicht zeichnete sich aus dem leuchtenden Schein ab. Mir fiel die Kinnlade herunter, als ich plötzlich verstand, dass das blendende Licht sich zurückzog und einen faszinierenden Heiligenschein um den Kopf meines Gefährten bildete.

„Oh Gott! Ich sehe es", flüsterte ich wie gebannt.

Amreth lächelte mich mit unendlicher Zärtlichkeit und Freude an.

„Ja, meine Gefährtin. Du kannst jetzt meine Seele auf eine Weise sehen, wie es kein anderes Lebewesen jemals kann oder jemals tun wird. Ich liebe dich. Mein Licht, alles, was ich bin, alles, was ich je sein werde, gehört dir, Ciara."

„So wie ich dein bin. Du bist mein Herz, meine Liebe, die andere Hälfte meiner Seele, jetzt und immer."

Schließlich rollte er sich auf den Rücken, zog mich in seine Umarmung und schloss seine Flügel um uns. Sicher und geborgen in den Armen meines Geliebten, Herzen und Seelen ineinander verschlungen, war ich zu Hause.

DAS ENDE

SAGUL

ONEI

MURTHIS

FAERNYCH

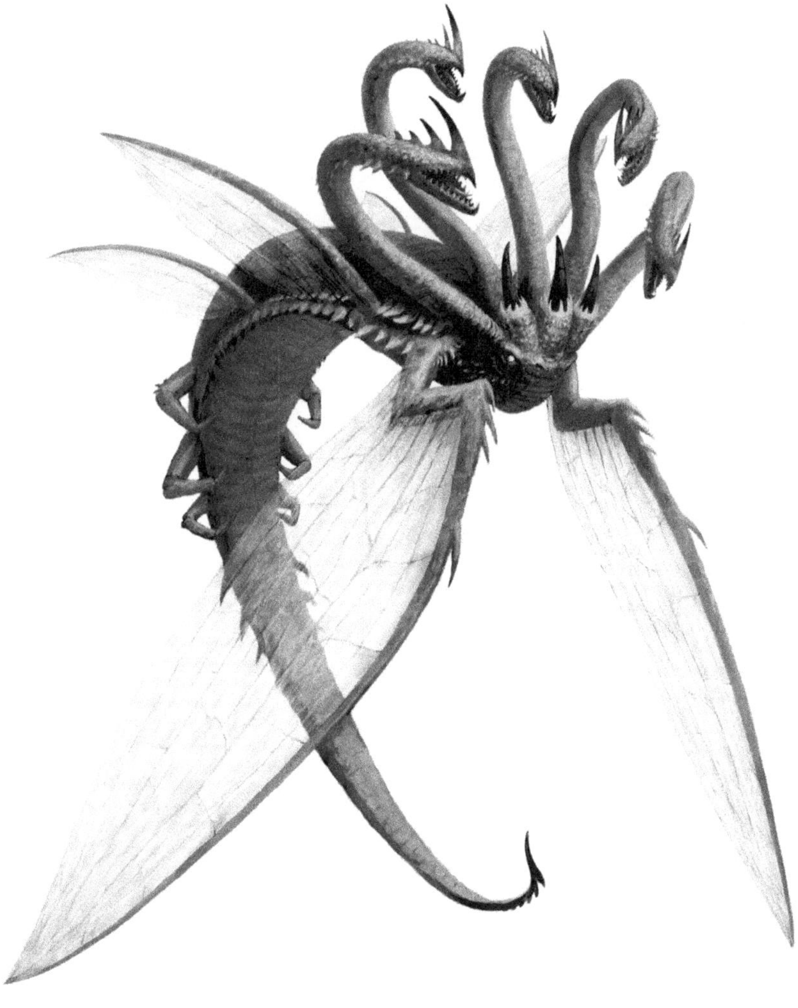

KRONOS & MALAYA

Raviks Mercy
Krygors Hope
Kerans Dawn

DIE SCHATTENREICHE
Für Das Gespenst Bestimmt
Für Den Sensenmann Bestimmt
Für Den Lykaner Bestimmt

DER NEBEL
Der Nebelwandler
Der Albtraum

MATCH MAKER AGENTUR
Mein Echsenehemann
Mein Naga Ehemann
Mein Vogel Ehemann
Mein Minotaurus Ehemann
Mein Ehemann Wonjin
Mein Nixen Ehemann
Mein Drachen Ehemann
Mein Biest Ehemann
Mein Ehemann Krogal
Mein Dryade Ehemann
Mein Inkubus Ehemann
Mein Motten Ehemann
Mein Katzen Ehemann
Mein Ehemann Amreth
Mein Ehemann Kayog

VALOS VON SONHADRA
Die Eisstadt
Im Eis Gefangen

DUNKLES MÄRCHEN
Fluch Des Blaubarts
Der Bucklige

BLUTJUNGFRAUEN VON KARTHIA
Meine Thalia

EMPATHEN VON LYRIA
Ein Alien Zu Weihnachten

KHARGALS VON DURAS
Herz Aus Stein

ANDERE BÜCHER
Erwachen Des Aliens
Hart Wie Stahl

ÜBER REGINE

Regine Abel ist ein Fantasy-, Paranormal- und Science-Fiction-Junkie. Alles, was mit ein bisschen Magie, einen Hauch von Ungewöhnlichem und viel Romantik zu tun hat, lässt sie vor Freude springen. Heiße außerirdische Krieger, die auf eine coole Heldin treffen, geben ihr ein warmes, wohliges Gefühl.

Bevor sie sich hauptberuflich dem Schreiben widmete, hat Regine sich der anderen Leidenschaft in ihrem Leben hingegeben: Musik und Videospiele! Nachdem sie ein Jahrzehnt lang als Toningenieurin in der Filmsynchronisation und bei Live-Konzerten gearbeitet hatte, wurde Regine zur professionellen Spieledesignerin und Creative Director, eine Karriere, die sie von ihrer Heimat Kanada in die USA und in verschiedene Länder in Europa und Asien führte.

Facebook
https://www.facebook.com/regine.abel.author/

Website
https://regineabel.com

Regine's Rebellen Lesergruppe

https://www.facebook.com/groups/ReginesRebels/

Newsletter

http://smarturl.it/RA_Newsletter

Goodreads

http://smarturl.it/RA_Goodreads

Bookbub

https://www.bookbub.com/profile/regine-abel

Amazon

http://smarturl.it/AuthorAMS